FICTION WRITING

小说创作
大师班

MASTER CLASS——→

［美］威廉·凯恩 _ 著　黄筠 _ 译

William Cane

中原出版传媒集团
中原传媒股份公司

大象出版社

·郑州·

献 给

我的妻子玛丽莲，
她让我用尽了辞藻。
还有我的女儿凯特，
她经常吃我的手稿！

目　录
contents

前　言

当许多人在键盘上绞尽脑汁"砰砰"地敲字，并抱怨"为什么我就不能写出像大师一样的作品？"时，答案其实是你可以做得到。不过在此之前，你得认清一个事实：大师所受到的教育和我们有很大的不同。

在过去约80年里，创作者们非常不幸地错过了一个关键方法的训练，而他们的前辈们却惯用此法来提升自己的写作水平。这一被忽视的技巧理应是作家们最为重要的法宝之一，两千多年来这个方法屡试不爽，在如今却被突然抛之脑后。几乎所有的大师都用到了这一法宝，而你可能因近年来教育体系的影响冷落了它。如果你意识到这一门被遗忘的技巧的存在，并磨炼它，它将对你的创作产生极大的影响，就像发生在乔叟[1]、莎士比亚、弥尔顿[2]、蒲柏[3]、斯威夫特[4]、T. S. 艾略特[5]等大师身上的一样，它为你的作品注入新的生命，甚至让你的创作实现飞跃。

说到这里，你一定很想知道你和那些大师所受到的教育到底有何不同吧？不过，在告诉你答案之前，请容我先问个问题。当你还是学生时，你会经常听到"原创"这个词吗？换句话说，你会被经常要求写出新东西，写的东西要有所突破，并用自己的语言进行创作吗？也许，你和大多学生一样，傻傻地被那些禁止抄袭、禁止弄虚作假并坚持原创的要求牵着鼻子走。许多大学老师也会对学生们说"让我听到你们的想法！"这些大学课堂上的要求至今仍萦绕在我们大多数人的耳旁。

然而，这就是问题所在——不管你信不信。

说到底，你不可能凭空变成一个卓越的作家。在你像

---

[1] 杰弗雷·乔叟（Geoffrey Chaucer, 1343—1400），英国小说家、诗人。主要作品有小说集《坎特伯雷故事集》。——译者注

[2] 约翰·弥尔顿（John Milton, 1608—1674），英国诗人、政论家，英国文学史上伟大的六大诗人之一清教徒文学的代表者。代表作品有长诗《失乐园》《复乐园》和《力士参孙》。——译者注

[3] 亚历山大·蒲柏（Alexander Pope, 1688—1744），18世纪英国最伟大的诗人，代表作品《伊利亚特》《奥德赛》《田园诗集》。——译者注

[4] 乔纳森·斯威夫特（Jonathan Swift, 1667—1745），18世纪英国著名文学家、讽刺作家、政治家，代表作《格列佛游记》。——译者注

[5] 托马斯·斯特尔那斯·艾略特（Thomas Stearns Eliot, 1888—1965）（通称T. S. 艾略特），英国诗人、剧作家和文学批评家，诗歌现代派运动领袖，代表作品有《荒原》《四个四重奏》等。——译者注

舞王弗雷德·阿斯泰尔[1]那样脱下外套就立马能在字里行间起舞之前，你需要的是积淀，是系统性的知识，是扎实的写作技巧以及对语言的基本悟性。

在我向你解释清楚你的教育中到底缺失了哪一环之前，还是先让我聊聊，我是如何偶然发现这一令人遗憾的事实的。那是在我去法学院之前还徘徊在图书馆散发着霉味的旧书架间的日子，当时我是大学辩论社的主席，我需要搜集尽可能多的资料来打败对手。因此，我会在波士顿大学图书馆闷热的三楼站上几小时翻看政府文件。我当时还在大学电台工作，因此我会顺便为我的广播剧找些素材。就这样在一个晚上，我偶然发现了一整排关于古典修辞学的书。这些布满尘埃的书里居然满是我们在面向一小撮忠实听众的肥皂剧中可以用到的金点子。

除此之外，我还发现了另一个事实，那就是古典修辞学这一门学问并未在任何一门大学写作课程中被教授过，至少，我找不到类似的课程。相对应的，修辞学被划分到了语言传播系，在那里我们只上过关于亚里士多德、西塞罗、昆体良[2]的一些无聊讲座。言归正传，我想说的是，在当今的写作教育中被忽视的这门学问正是修辞学。爱德

---

[1] 弗雷德·阿斯泰尔（Fred Astaire，1899—1987），美国电影演员、舞蹈家、舞台剧演员、编舞、歌手。演出生涯长达 76 年，出演过 31 部歌舞剧，代表作有《鬼故事》《狗王擒贼王》等。1950 年，获得奥斯卡终身成就奖。——译者注

[2] 昆体良（Marcus Fabius Quintilianus，约 35—约 100），古罗马时期的著名律师、教育家和皇室委任的第一个修辞学教授。——译者注

华·P. J. 科比特（Edward P. J. Corbett）作为在这一领域仍然健在的并被公认为最有造诣的学者也曾宣称道，修辞学中的核心要素早在 20 世纪 30 年代前后就逐步退出了美国教育的舞台。[1]

那么，你为什么需要去关心修辞学的沉寂与否呢？难道修辞学不就是用语调和情绪来说服或感染他人吗？也许在某些地方确是如此，但它并不仅仅是你来我往的唇枪舌剑或冠冕堂皇的布道宣教，它还包括措辞的恰当得体以及文风的精通熟稔。究其本源，修辞学还涉及如何确保文章的选题、选材及编排的清晰、巧妙和有趣。除此之外，它还能教导人们如何通过一个导言去诱导读者，一直牵着读者的鼻子让他读到文章最后。而这就是你想做的，不是吗？

那么，就请允许我向你展示修辞学的其中一面，单单这冰山一角就能够切实地拯救你的写作，给你的文风注入新的活力，并赋予你和那些最为优秀、最为聪明的人一样的文笔。关于古典修辞学中的这一技巧——"模仿"将在本书中得到全面讲解。是的，你没看错，这是一本关于如何去"模仿"文学大家的书，而这一技巧在现代教育出现后就从修辞学的版图上掉下来、穿过地面、从地表上消失

---

[1]　科比特，1971 年，第 32—33 页，第 627 页（注：此处页下注体例尊重原著格式，读者可通过正文后的"参考书目"查找准确出处）。

了。[1]但是，模仿可能仍是成为成功作家的路上最为有效的修辞手法（此处可比照亚里士多德、西塞罗以及其他权威人士）。[2]

这也太简单了吧，简直让人难以相信？好吧，现在请试着想一想披头士、海滩男孩，或者你音乐播放器里的任何一个歌手，他们几乎都是先通过翻唱其他人的歌来磨炼自己的歌喉和技艺。说得更简单一点，他们都是通过模仿其他歌手的作品来开启自己的职业生涯。他们只有掌握这些基础之后，才会尝试创作自己的作品。那为什么作家就不能这么做呢？为什么他们就不能被指导和鼓励着去做相同的事，而这恰好还是古典模仿这一修辞手法所擅长的领域？

你将像音乐家一样，通过模仿名家大师的作品，吸收他们的风格来完成自己的创作。模仿将帮助你成长为一名出色的作家，就像它曾助力过弥尔顿、梅尔维尔、福楼拜、福克纳、狄更斯和莎士比亚一样。更为重要的是，除非学会了通过模仿来博采众长，你无法期望自己能完全激发出作为作家的全部潜能。[3]

---

[1]　一位深谙此理并广受尊敬的当代小说家指出：在18世纪，模仿就是学习写作的主要方式。（加德纳，1983年，第26页）

[2]　例如，西塞罗把模仿称为他修辞学的第一原则。（墨菲、卡图拉、希尔和奥克斯，2003年，第172页）

[3]　许多伟大的作家不仅对模仿勤加练习，还对此高度赞扬，直言模仿对他们的创作大有裨益。例如，但丁称："为了达到完美，我们必须去模仿过去的那些伟大诗人。"（雷诺兹，2006年，第59页）

　　这本书详细介绍了历经过时间检验但现今的作家并未在学校中学习的方法，它将帮助你提高写作水平，创作出更好的作品，好到甚至可以创造奇迹，将一个文笔乏味的作者培养成为像塞林格、海明威那样可以在文字的海洋中自由徜徉的作家。我保证，本书中的技巧所给予你在创作上的帮助不会像你之前学过的课程一样不痛不痒。作为一名英语教授，我已经用这些技巧指导了一代学生。所以，我以亲身经历担保这些方法十分有效。读完这本书，相信你也会有同感。

　　书中的各个章节将弥补你在课堂上的那些知识空白。我将通过剖析21位著名作家的作品来展示古典修辞学中的模仿手法，并告诉你如何在自己的创作中运用他们的写作技巧。就像画家在创作前需要学会构图、笔法、调色等绘画基础一样，你也将在本书中学习到创作的基本要素，包括对文章节奏韵律的把握、人物的刻画、故事的展开等等，以便站在巨人的肩膀上提升自己的写作技巧和水平，就像巨人们曾经做过的那样。

　　本书的最终目的并不是让你成为其他作家的复制品，而是帮助你了解他们成功的秘诀，让你能够自信、有范儿地发出自己独特的声音。一旦你用模仿掌握了接下来的章节中介绍的技巧，属于你自己的声音就会在此基础之上以某种从未展现过的方式显现出来。

　　换作是我，就会毫不犹豫地将自己的声音发出来。

从多年前我在图书馆里偶然发现了那些布满灰尘的书卷的那刻起，我就一直在等待着这个机会——写出你现在拿着的这本书。相信它能够帮助你超越同时代的作家。最后，愿你在阅读和使用这本书的过程中充满探索的喜悦和激情。

第 1 章

奥诺雷·德·巴尔扎克的创作方法

　　巴尔扎克是个拙劣的作家。他的句子粗糙，用词生硬，风格也不讨喜，但他的作品却很成功。我们该如何解释这一现象呢？

　　答案就在于巴尔扎克的作品中存在着许多其他的闪光点。他的作品里充满了逼真现实的人物、错综复杂的情节和大量的浪漫主义元素。因此，读者们原谅了巴尔扎克作品里的粗糙。他们翻阅着巴尔扎克的小说，迫切想知道欧也纳·德·拉斯蒂涅（Eugène de Rastignac）、面粉商人高老头（Père Goriot）、守财奴的女儿欧也妮·葛朗台（Eugénie Grandet）以及其他在他小说中栩栩如生的人物身上都发生了哪些故事。从创作量上看，他是法国最伟大的小说家；从广度上看，其作品展示的社会生活层面最为广阔；在私生活上，他最为放荡多情；在作品里犯的小错误又最为怪诞；他是那个年代报酬最高的作家，但又因奢华挥霍的生活而负债累累。这个引领着法国文学的男人在许多方面既怪异又蛮横，而这正是理解他的作品，并将其最为成功的技巧吸收运用的关键之一。

　　奥诺雷·德·巴尔扎克（Honoré de Balzac）出生于1799 年。他是家中的长男，下面还有两个他深爱的妹妹。

早年间，巴尔扎克进入法律学校学习，但和卡夫卡一样，他发现律师工作乏味得令人难以忍受。因此，他不顾父亲的反对，停止了学习法律，转而走上文学创作的道路。刚开始，他野心勃勃，满脑子都是疯狂的商业计划（但都失败了），最后别无选择，只能老老实实地通过码字赚钱；而他确实也从中赚到了不少钱，足够当上好几次富人了。可惜，他是个天才浪子。一位传记作家提到，巴尔扎克禁不住将钱挥霍在昂贵的手套、衣物以及——和他笔下的大多数人物一样——追求贵族女性上。结果他债台高筑，被拖累终身。但巴尔扎克是一个无可救药的浪漫主义者——也许是本书所提及的所有作家中最浪漫的一位——对他来说，无数的情事是一种生活的方式〔包括与高级妓女奥林普·贝里西耶（Olympe Pélissier）的情事，她和她著名老相好们的故事为他的许多小说提供了素材〕。从许多方面来看，巴尔扎克都是一位非常现代的作家，他的情感与我们这个时代有着许多共鸣。[1]

如何克服拙劣的文风

没有什么比一篇从头到尾无病呻吟的文章更令读者反感了。某些想法的初衷可能是好的，但如果文笔枯燥生涩、粗糙笨拙、磕磕巴巴、不知所云，那很大概率上它就不会受到读者欢迎。因此，即便是最为优秀的作家也会想方设

[1]　格尔森，1972 年，第 103—104 页。

法地让自己的文章写得贴切得体，他们会用心学习构思布局的技巧，反复修改并虚心接受编辑们的建议，尽可能地让文章读起来一气呵成、朗朗上口。在读者看来，读这些书就如同在听一张专辑、一首歌、一首诗，即便故事中出现了短暂的停顿，也仿佛是听到了诗歌般的抑扬顿挫。

对巴尔扎克而言，他那拙劣的文风在其职业生涯早期几乎就是个笑话。当时，为了寻找赚钱门路，他注意到有一群年轻人因一个偶然机会开始作为合著者共同创作，并将作品卖给了当地的出版商。看到他们因此发迹，巴尔扎克告诉他的妹妹，他也要去分一杯羹。同他们不同的是，他打算独自完成整个作品，独吞所有的钱。自此，他就像个疯子一样以疯狂的速度开始写作。

他发现了对于他未来的作家生涯而言极为重要的一件事：他能用和说话语速相媲美的速度进行写作，并且这个速度还相当快。从此，他便日夜不休地创作，用两到三周时间便完成一部中篇小说；他曾吹嘘说道，他在奋笔疾书下，三天就能用掉十支羽毛笔。他的笔速几乎跟不上那泉涌的思潮，但他并不在意这些文字读上去到底如何。巴尔扎克曾满不在意地提到，这些思绪尽管很零碎，但它们却似泉水般源源不断地喷涌而出。他的父亲对此感到惊讶，而他的母亲则感到一阵惊慌。她从小就在语法和文体上接受了良好的教导，而自己儿子在行文上的漫不经心和粗糙鄙俗让她倍感震惊。随着巴尔扎克的成功，他与父母之间的关系反而变得更糟了。[1]

看到这里，如果你还担心你的文笔仍有晦涩笨拙之处，担心你的句子读起来并不流畅，听起来并不悦耳，担心你的文章时而会枯燥乏味，那么就请振作起来。尽管弥补这些缺点很重要，但它们不应该阻止你写作。毕竟，它们可从来没能阻止过巴尔扎克。

不过，你不用试图去了解这一拙劣的文风到底如何，在这里给出相应的例子对你的写作也没有任何帮助。首先，巴尔扎克的所有作品都是用法语写的，而大多数英语作家读到的都是他的译本，其混乱的语法和滔滔不绝的长句在翻译的过程中已经被译者们费尽心思地处理，往往比原著更有可读性。其次，无论多少次拿出这个关于文风生硬的例子，都既不会激发你的想象力，也不会为你的写作赋能，让你突然像开了挂一样以破纪录的速度写出一本故事。我要说的重点在于，即便是如此拙劣粗糙的文笔也没能阻止巴尔扎克成功，他把别人浪费在担心文笔不好上的时间，投入到更多的文学创作之中。对于正在创作人生中第一部作品的新手而言，巴尔扎克的成功是一剂强心针。

假设你碰巧缺乏对语言的鉴赏力，但这是否意味着你

---

[1] 普利切特，1973 年，第 51—52 页。

就应该放弃成为一名作家呢？远非如此！你仍然可以给自己打气，坐在书桌前，拿起笔，心无旁骛、一往无前地坚持写完初稿。万事开头难，小说也是如此，在这点上，没有人比巴尔扎克更适合成为你的榜样。

有时，拙劣的文风会随着时间的推移而逐步改善；事实上，你写得越多，你会写得越好，这几乎是一成不变的规律。你不可能每天坐在桌子前掏心掏肺地写上 4 到 6 个小时，写作水平还没有一丝提高。你可以试着建一个博客，把自己的想法甚至一些章节的草稿都写在上面，这样你能看到作品在相对专业的排版下所呈现出来的样子，这一行为将有助于你的写作。曾经，一位著名的写作老师向我抱怨他的学生们大都在文笔上有所欠缺："他们对文字的音调韵律毫无感触。节拍、复奏这些写作中必要的元素和他们毫不沾边。"不幸的是，这点并非通过简单的教学就能获得，最好的办法还是让学生们通过更多的写作练习来自己体会。这就是从巴尔扎克身上得到的启示——要多写多练。

如何使用"情感标签"

如果你和巴尔扎克一样，在文笔上也碰到了点麻烦，那你亦可像他一样用其他优点来扬长避短。例如，巴尔扎克是一位刻画人物情感的大师，他的写作中充满了"情感标签"来揭示人物当下的感受。在《高老头》(*Père Goriot*,

1834年）中，巴尔扎克深入到主人公欧也纳·德·拉斯蒂涅的脑海中揭示了他的心理活动："**一想到**要在子爵夫人家吃饭的**快乐**，这位大学生的**牢骚**也就没有了。"[1]从这句话中的黑体字可以看出，巴尔扎克紧凑的句子里饱含着情感的活动。你也可以像巴尔扎克一样在作品中运用类似的情感标签让作品更为出彩，这样读者就很可能忽略掉作品中一些细微的语法和逻辑错误。

巴尔扎克在这本1834年创作的小说中将情感标签运用到了极致。这本小说的中心人物欧也纳·德·拉斯蒂涅是一名为了追求社会地位而巴结贵族女性，在法国社会中奋力往上爬的富有野心的青年。其原型正是与许多贵族女性相好的巴尔扎克本人。德·拉斯蒂涅也和他一样，时而肤浅，时而迷茫，但总在寻找摆脱窘境的出路。尽管他为了往上爬不顾一切，愿意和任何一个女人上床，但他最终没有受到强盗伏脱冷（Vautrin）的煽动，而是立下誓言在不谋杀任何人的情况下在社会上留下自己的印记，这便是他人性中尚存的良知。

当德·拉斯蒂涅正准备晚上外出时，巴尔扎克运用情感标签描述了这名年轻人在欣赏自己迷人气质时所展现出来的自恋之情："欧也纳体味着那些小小的乐趣，不少青年因怕人取笑都不敢提及这份得意，可他们的虚荣心却得到了满足。"后来，在舞会上，他感到扬扬自得，因为他让大家

---

[1]　巴尔扎克，1834年，第123页。

以为自己追到了纽沁根男爵夫人，巴尔扎克十分直接地告诉我们"他初次体味到踌躇满志的快感"。[1] 此时，你可能已经意识到了巴尔扎克的写作模式。即便在对情感标签的运用上，巴尔扎克也略显粗糙。事实上，他用了同一个词去描述近半数人物的心理活动，那就是"pleasure"（意为乐趣、快感）。当你看到"pleasure"这个词时，你就知道巴尔扎克又在玩同一个套路了。就像士兵踩着鼓点行军一样，巴尔扎克用他心里的节拍器去记录人物的情绪或情感，有时当这个单一的节拍被人发现时，你反而会觉得有点诙谐。但读者们很难发现这个套路，因为这些"节拍"就像我列举的这两个例子一样分散在不同页数中，只有评论家（和初露头角的小说家）看穿了其手法简单的本质。没错，简单！但这个手法绝对有效，并能很好地运用于上下文的语境中。可以说，这一手法让巴尔扎克获得了巨大的成功，让一代又一代的评论家对他生气勃勃的作品（尽管他文笔不好）及生动逼真的人物大加赞赏——特别是这些人物是如此现实、真实、自然！然而，就凭这种像钟表机械一样简单重复的情感标签，这种不起眼的小手法就真的能达到如此效果吗？不，光凭情感标签自身是难以达到的，但正是通过这个小把戏，巴尔扎克将人物身上大量的生气、活力乃至人性突显了出来，这让巴尔扎克的作品有了决定性的优势。

---

[1]　巴尔扎克，1834 年，第 154 页。

使用情感标签的方法在我们这个时代的文学作品中也得到了广泛的运用，甚至当你心累到无法想出一个优雅贴切或富有创意的词语时，你可以通过查阅并引用一些"标签手册"（譬如字典或辞典）里的例子来激发写作灵感。[1]如果这些书在巴尔扎克的时代也销售的话，也许他也会从中获益匪浅。幸运的是，你可以直接从巴尔扎克本人身上学习到如何制作这一"情感标签"。

首先，你需要知道的是，这些标签是用来描述情感的，情感越强烈，标签就越有力，也越管用。例如，当强盗伏脱冷被人揭发谋杀了阻碍拉斯蒂涅往上爬的泰伊番小姐的哥哥时，这位年轻主角的内心感到一阵愧疚，对此巴尔扎克用了一个巧妙的情感标签，以最为强烈的措辞描绘了拉斯蒂涅当下的感受："欧也纳本想出去走走，换换气，他感到一阵窒息。"当他继续穿过卢森堡公园的走道时，"好似有一群猎犬在背后追他"[2]。通过这个情感标签，巴尔扎克触及了人物情感的最底层以及负面情绪的核心，对人物的刻画十分深刻，就像在勾勒人物的内心活动时一把抓准了其心脏脉动的节奏及强弱。接着，我们看到这个人物的情绪转而高涨随后转悲为喜，情感标签再次发挥作用。"欧也纳将但斐纳（Delphine）紧紧抱在怀里，喜极而泣。这一

---

[1] 其中最好的一本"标签手册"是吉恩·肯特（Jean Kent）和坎迪斯·谢尔顿（Candace Shelton）写的《浪漫作家的短语手册》（*The Romance Writer's Phrase Book*）。

[2] 巴尔扎克，1834年，第198页。

天，他身心俱疲，加上此前发生的事和眼前的场面，他彻底失声痛哭。"[1]这位大师在这里熟练地运用情感标签这一技巧标记出了感情的高潮和低谷。

当一种强烈的情感深深触动了人物时，用标签生动地传递出这一情感的强度可以让文本从平铺直叙的叙事中脱颖而出。巴尔扎克在挖掘情感深度和表达情绪高峰上的方法，应该对你有所启发，每当你想去探索任何一个情感峡谷或攀登任何一个情绪高峰时，你可以尝试使用类似的情感标签。可能你笔下的故事正平淡无奇地展开着，并不需要什么情感标签来展现人物起伏的心境，但当故事的节奏加快，主角们开始带有愤怒、傲慢、狂妄、渴望、爱欲、嫉妒、仇恨等强烈情感时，你就会想要给故事增色，贴上标记这些情感的标签。储备一打情感标签，总比空空如也的好；如果你的标签富有创意，那就再好不过了；即便你想不出任何能触动你心灵的美妙又独特的标签，也无须灰心，因为巴尔扎克也和你一样！看看巴尔扎克，尽管他思如泉涌、挥洒自如，他也只不过常常是想到什么就写下什么，从不会反过头去为了语言的恰当得体、丰富多彩而再做修改。所以，在灵感来临之时，你也应该趁热打铁，不要让机会白白溜走。不过与巴尔扎克相反的是，你应该调过头来对文章进行润色，添加一两组漂亮的短语，优化情感标签，并帮助读者走进人物角色的内心。

---

[1]　巴尔扎克，1834年，第213页。

巴尔扎克的写作秘诀

巴尔扎克有着巨大的创造力和无穷的想象力，但他依然严格保持着自己的写作习惯。事实上，他的成功很大程度上归功于规律的日常生活。他把自己与外界隔离开来，集中所有注意力在写作上。为此，他做了两件事：一是把家中的窗帘拉上，二是在别人都睡着了的深夜里写作。[1]这里反映了一个道理，除非你像大多数成功作家一样把自己与无时无刻不扰乱你的日常生活隔离开来，让自己远离喧嚣的人群，你就不可避免地会受到外界的干扰，打断笔下的工作。（譬如，康拉德[2]把自己关进房间里，塞林格蜗居在一个混凝土的掩体里写作，弗莱明隐居在牙买加完成了所有《詹姆斯·邦德》系列小说）有些时候，你甚至需要比独处时更为集中的注意力，而巴尔扎克的秘诀就是喝咖啡。[3]他在深夜保持清醒的方法，就是在这几个小时里喝进大量浓郁的黑咖啡。通常，他会用一口大咖啡壶来烹煮咖啡，在写作时不时呷上几口。巴尔扎克对咖啡的狂热在《论现代兴奋剂》这本书中展现得淋漓尽致，他专门用了一

---

[1]　巴尔扎克在 Rue des Batailles（巴塔伊勒街）13 号的住所一层并不住人，访客必须用特定的密码才能进入。他自己住在二楼，这样既能躲债，又保证了隐私。（莫鲁瓦，1965 年，第 273 页）

[2]　约瑟夫·康拉德（Joseph Conrad，1857—1924），英国作家，有二十余年的海上航行生涯。最擅长写海洋冒险小说，有"海洋小说大师"之称。——译者注

[3]　格尔森，1972 年，第 162 页；布恩，2002 年，第 174 页。

整章的篇幅热情洋溢地歌颂了咖啡的优点。[1]"咖啡就是我生命中的力量",他如此坦白道,"我已经饮用了大量的咖啡来观察并证实它的功效。"[2]咖啡让巴尔扎克能够在夜里保持清醒的头脑,整理思绪,持续写作。同时,咖啡激发了他的想象力,给了他源源不断的点子,让他一挥而就。[3]

　　需要强调的是,我并非在建议你像巴尔扎克一样沉溺于一杯又一杯"浓黑强效"的咖啡,尽管咖啡因确实激发了他的灵感,但巴尔扎克也承认,它"烧灼着你的内脏"。事实上,他晚年的胃病就是因为喝咖啡过度造成的,医生也建议他戒掉咖啡。[4]我想要指明的是,独处和专注可能是成为一名成功作家的两个先决条件。对大多数作家而言,不论是通过意志力、冥想还是偶尔服用增忆药[5]等方式,都必须达到这两个条件。

巴尔扎克的灵感来源

　　巴尔扎克的灵感源自生活,并在他的笔下摇身一变,

---

[1]　巴尔扎克,1838 年 a。

[2]　巴尔扎克,1838 年 b,第 273 页。

[3]　例如,20 世纪著名的哲学家、小说家和公共知识分子安·兰德(Ayn Rand,1905—1982)通过服用安非他命(一种兴奋剂)达到了同样的效果。(布兰登,1989 年,第 384 页)

[4]　巴尔扎克的英年早逝部分归因于他嗜浓咖啡如命。(布恩,2002 年,第 175 页)

[5]　增忆药也被称为"聪明药",指辅助认知和大脑运行的添加剂。在克兹维尔的《奇妙航行:活到永远》中,这种添加剂包括咖啡、茶、长春西丁、石杉碱甲、孕烯醇酮和其他物质。其中有些物质比咖啡更有效,副作用更少。

成为小说中充满欲望的主人公们的逾越之举：包括那些即将成熟蜕变的年轻人，那些与贵族女子勾搭以期凭借自身的努力赢得尊重与权力的年轻人，那些渴望受人瞩目、为了热切渴求的声望几乎可以做任何事的年轻人。尽管《高老头》里的拉斯蒂涅阻止了一场谋杀，但并非说明他就完全无罪；相反，在今天的法国，称呼某人为"拉斯蒂涅"是在嘲讽他是一个虚荣、残忍、贪婪、不择手段往上爬的小人，这既体现了巴尔扎克笔下人物形象的影响深远，也从侧面反映出了巴尔扎克内心所期望的自我。

　　克里斯托弗·布克（Christopher Booker）在《七种基本情节：我们为何讲述故事》（*The Seven Basic Plots: Why We Tell Stories*，2004 年）一书中写道，拉斯蒂涅的故事背离了 17 世纪文学的价值观，更背离了从莎士比亚到但丁并一直可以追溯到古雅典及荷马时期以来的文学创作法则，即文学作品应带有某种道德观或意义，故事应见证主人公在经历不同阶段后作为人类的成长成熟，并且在故事最后主人公（除了悲剧式的主人公）最终战胜了他的对手，从中感悟到了何为人类的某种价值观。巴尔扎克则正好相反，他是现代小说发生巨大变化的重要推动力之一，是小说走向以自我为中心和注重情感描写的运动的重要组成部分，这一运动仍影响着现今的好莱坞。这位多产的法国作家描绘的不是逐渐走向成熟的人物（我们稍后会提到这些角色的发展变化），而是根据他脑海中独特的幻想而生活行事的人物。这些人物并未从自身经历中得到任何有意义的东西，也未努力变成"好人"；相反，他们只是作者幻想生活中自我的投射，其所作所为不过是作者所期望实现的。年轻时的拉斯蒂涅，就像年轻时的巴尔扎克一样，渴望征服女人，渴望财富，渴望进入上层社会，他所追求的这些目标明显都是以自我为中心的利己主义。[1]欧也纳·德·拉斯蒂涅的人际关系因为其自私自利而受损，说实话，除了他幻想着自己坠入爱河的那段短暂浪漫的插曲以及对高老头显露出的同情之外，他并未与其他人建立起真正的联系。即便是爱情，也被拉斯蒂涅用作往上爬的工具，这位主人公并未和任何一位女性真正地心意相通，也没有建立过幸福的婚姻，这种相当幼稚和愚蠢的做法让那些有着自我思考的读者感到震惊。

因此，获得灵感并写出像巴尔扎克的作品那样打动人心、充满活力的丰富情节，其秘诀就在于放飞你的想象。会不会用了这个秘诀，你笔下的人物就会像荷马英雄史诗、莎士比亚道德剧、古罗马诗人奥维德[2]长诗里的人物一样发生蜕变？不，你写出的将是一本现代小说，是关于一个一头扎进社会、为生计奔波、为实现自我价值和追求某种终极渴望而不断奋斗的灵魂。在这种类型的故事创作中，巴尔扎克将成为你优秀的引路人。

---

[1]　值得注意的是，巴尔扎克效仿了《红与黑》的作者司汤达的创作风格。司汤达的作品抛弃了人物道德的发展演变，转而专注于以人物自我为中心的故事情节，这也是现代小说的重要特征。（布克，2004年，第352页）

[2]　奥维德（Ovid，公元前43年—公元17年），古罗马诗人，是古罗马最具影响力的诗人之一，代表作有《变形记》《爱的艺术》《爱情三论》。——译者注

即便你想写出像《天路历程》[1]一样有着充满道德感并且不断自我成长的角色的书，巴尔扎克的方法也能帮到你。这个方法就是让想象在你的内心世界中驰骋，让它载着你去心之所愿之处，借着你生活中失败、胜利等点滴记忆的翅膀翱翔，这样你就能写出一系列与主人公自我目标实现相关的情景。接着，你需要运用逻辑思维能力、组织技巧，从这些自我驱动的混杂情景中梳理出情节、中心思想或价值观。为了做到这一点，我们必须去参考其他作家的作品。巴尔扎克教会我们如何保持写作的热忱和获取灵感的源泉，但如何在作品中注入价值观、如何让笔下的人物成长为一个真正意义上的人，却鲜有阐述。自我是当今时代的代名词，也意味着迅速变化的情节，这对于吸引现代读者来说是必要的。从巴尔扎克身上，你能学到一些从其他作家身上很少学到的基本技能。

现代角色的发展演变

写作老师最喜欢的莫过于反复强调描绘人物性格发展变化的必要性。在他们看来，这是作家们的神器，是所有小说的命门，没有它，成功就会变得名不副实。他们提醒道，"如果你笔下的人物没有潜在的变化，读者就会感到

---

[1]《天路历程》(*The Pilgrim's Progress*)为17世纪英国著名作家、布道家约翰·班扬（John Bunyan, 1628—1688）创作的长篇小说，讲述了基督徒前往天堂朝圣的过程。——译者注

他的所作所为可以被预测，很快便会丧失对这个人物的兴趣"。[1]然而，任何研究现代小说的人都会告诉你，人物的发展演变在过去一百多年间的作品里处于非常诡异的低迷状态。大卫·科波菲尔身上所经历的那些成长并不会出现在霍尔顿·考尔菲尔德身上。[2]大部分现代小说的人物特点里也找不到简·爱的那种成熟。人物的成长变成了短暂经历中的微小"转折"或顿悟，致使评论家们看到人物身上的任何变化就会小题大做。当然，拉斯蒂涅学会了如何将贵妇人追到手的技巧，但这很难被称为性格上的根本转变或成熟。

欧也纳·德·拉斯蒂涅刚开始是个在社会上想往上爬的青年，最后他如愿以偿。在整本书中，他时刻准备着利用他人，包括自己的亲戚，将他们视为往上爬的垫脚石。他从未与任何人建立过长久的关系，在故事的结尾，他的人际关系并不比开头更好：他仍然贪婪、势利、刻薄、饥渴。他既未结婚，也未恋爱，他在道德和伦理上并未比之前更为明智，他也未得到任何推动其性格走向成熟的教训。即便故事接近尾声，人物的改变也只不过是个假象。事实上，评论家对小说的最后一段推崇备至，它描述了拉斯蒂

---

[1] 雷森韦伯，2003 年，第 34 页。

[2] 这也是为何 J. D. 塞林格在《麦田里的守望者》的第一句中就用霍尔顿来批判大卫·科波菲尔。译者注：霍尔顿·考尔菲尔德（Holden Caulfield）是《麦田里的守望者》的主人公，性格叛逆，以其自身的堕落揭示和反抗着异化社会中道德的堕落。《麦田里的守望者》开篇第一句话为"你要是真的想听我的故事，你想要知道的第一件事大概就是我在哪儿出生，我倒霉的童年是怎么度过的，我爸妈在我出生前都干了些什么，还有一堆诸如此类的大卫·科波菲尔式的废话，可是说实话，我压根不想告诉你这一切"。

涅是如何进入上流社会并俯视整个巴黎的。

> 他那充满欲火的眼睛停留在旺多姆广场和巴黎荣军院的穹隆之间。那便是他不胜向往的上流社会所在之地。面对这个热闹的蜂房，他看了一眼，仿佛已吸入其中的甘蜜。他自命不凡地说了句："现在我们俩来拼一拼吧！"

换句话说，这个年轻人心中仍然有向上爬的欲望。他并未满足，内心依然不平，认为自己的人生并没有发生实质性的变化。如果把这称为人物的改变，那就误解了"改变"的本质。巴尔扎克的主人公依然是开篇那个"终于体会到社会各阶层是怎样重叠起来的，先是欣赏那些在香榭丽舍大道上成行的车马，接着就眼红着想要成为其中一员"的稚嫩青年。欧也纳·德·拉斯蒂涅未曾改变，他通篇就是一个渴望进入更高社会阶层、总想要得到更多的肤浅青年的缩影。他在结尾的形象正如开头一样，仍然是一个以自我为中心、野心勃勃的浪子。[1] 在本书中他唯一露出过

---

[1]　不出意外，人们常常把巴尔扎克笔下的拉斯蒂涅与司汤达小说《红与黑》里的主人公朱利安·索雷尔（Julien Sorel，又译"于连"）相提并论。索雷尔也是一名野心勃勃的青年，贯穿整本小说，他的道德和性格几乎没有发生任何变化。参见希格内特，2002年，第82页。或参见克里斯托弗·布克在《七种基本情节：我们为何讲述故事》中关于拉斯蒂涅与索雷尔相似之处的深入分析。"当拉斯蒂涅冷酷地攀登着通往上流社会的阶梯，他的内在没有任何变化的征兆，也没有变得成熟的迹象：他仅仅是在追求名利的征程中获得了更新、更为锋利的武器。"（布克，2004年，第353页）

的怜悯就是帮助高老头，即便他不会从中获得任何好处。然而，这其中也掺杂着他渴望利用高老头的女儿——纽沁根太太来实现他目的的心思。

我们讨论巴尔扎克的主人公在本性上没有发生任何改变，并不是对其进行完全的否定；相反，现代作家可以从他的小说中学到很多如何给人留下深刻印象的方式，其中最为重要的就是如何用人物身上不太大的改变让读者们眼前一亮。这就是巴尔扎克身上最值得现代作家学习的地方。克里斯托弗·布克对此提出了富有见地的评论——这种人物身上的细微差别往往就是当代作家展现人物变化的方式。我建议作家们从这一点入手研究巴尔扎克的作品，从他那里直接学习这一技巧。由于现代小说发展方向的转变，现代作家已经脱离了像《灰姑娘》《白雪公主》甚至《大卫·科波菲尔》那种夸张的童话故事，大多数作家都可以凭借巴尔扎克式的细微人物变化勉强过活。一两个人性上的闪光点，一两句顿悟，尤其是出现在结尾处，这就足够了。事实上，这么做反而会让大多数编辑觉得你富有洞察力。他们极有可能认为这种点到为止的技巧很有品位并且恰到好处，没有必要再给人物的性格来个过山车式的转变。正如巴尔扎克展现给我们的那样，现今小说中的一些细微变化对展现现代人物鲜活的一面大有帮助。

第 2 章

查尔斯·狄更斯的创作方法

弗拉基米尔·纳博科夫[1]在韦尔斯利学院和康奈尔大学当教授时，曾开设了一门关于狄更斯的讲座，他要求学生们像研究一位令人敬畏的圣人一样阅读狄更斯的作品，并"沐浴在狄更斯的圣光"[2]中。为何当代散文大师纳博科夫会如此敬佩狄更斯？[3]是什么驱使着与狄更斯同时代的美国读者们在大街上排着队，等着载着他的书籍的商船靠岸？最为重要的是，我们能从狄更斯身上学到什么写作技巧呢？

自莎士比亚以来，还没有哪位作家能创造出数量如此庞大、形象如此多样、举手投足都非常迷人的角色阵容。更重要的是，狄更斯和莎士比亚一样，不仅写出了引人入胜的故事，还给我们带来了语言美感上的盛宴，即便故事失去了吸引力，文字本身也能引领着我们读完整部作品。

查尔斯·狄更斯（Charles Dickens）1812 年出生于一个中产阶级家庭，但在他的父亲因负债被关进监狱后便家道中落。他们一家人随其父亲迁至牢房中居住后，小狄更

---

[1] 弗拉基米尔·纳博科夫（Vladimir Vladimirovich Nabokov，1899—1977），俄裔美籍作家，代表作《洛丽塔》。——译者注

[2] 纳博科夫，1980 年，第 63 页。

[3] 库兹马诺维奇，2005 年，第 13 页。

斯首次品尝到了底层社会生活的味道，这也影响了他之后的创作。在父亲获释后，狄更斯被送进一家工厂工作，在那里他经历了作为一个契约佣工的悲惨生活。后来他通过学习法律获得了律师资格，但最后转行当了报纸撰稿人。他的大部分作品都是以系列的形式出现的。

在今天，被拿来与狄更斯做比较是成为一名成功小说家的标志，几乎所有的主流小说家们（除了那些更愿意被称为极简抽象派的作家）都在争夺这一头衔。例如，汤姆·沃尔夫在不久前曾宣称，约翰·欧文[1]嫉妒他被拿来与狄更斯做比较，认为自己才是应该与狄更斯并肩的人。[2]那些了解狄更斯的作家都知道他的文字里暗藏玄机。这些玄机就是我们要学习的技巧。我们将要讨论狄更斯写作技巧中最有用的四个，你可以直接运用这四个技巧到自己的创作中。当然，为了运用这些技巧，你不必写一则关于穷苦孩子被迫在悲惨环境中工作的故事，因为狄更斯写作技巧的绝妙之处在于，它几乎适用于你想要创作的任何故事类型。这些技巧包括在冲突中塑造人物角色、使用幽默、运用令人悲悯的元素以及有意识地将悬念融入故事主线之中。

---

[1] 约翰·欧文（John Irving, 1942— ），当代美国最知名的小说家之一，被美国文坛泰斗冯内古特誉为"美国最重要的幽默作家"。——译者注

[2] 参见沃尔夫那篇有趣又犀利的文章《我的三个丑角》（*My Three Stooges*）。（沃尔夫，2000年，第153页）

在冲突中塑造人物角色

当人物是故事的灵魂时，人们就会期待你的作品。狄更斯的每部作品都是以人物为中心的，人们记住的也主要是他笔下的人物〔譬如《圣诞颂歌》（*A Christmas Carol*，1843 年）里的吝啬鬼史克鲁奇（Scrooge）、《远大前程》（*Great Expectations*，1861 年）里的孤儿皮普（Pip）和《大卫·科波菲尔》（*David Copperfield*，1850 年）里诡计多端的尤利亚·希普（Uriah Heep）〕。今天如果说某人是"史克鲁奇"，大家都会明白其中的含义。在小说出版前，狄更斯可能提前几个月就已经拟好了故事大纲，他有着良好的情节感，但他首先是一位"肖像大师"，总是在寻找完善人物形象的方法。[1] 他的人物画像源于他丰富奇妙的想象力，更扎根于现实以及那个时代的"真善美"与"假恶丑"。

那么，考虑到现代读者不会有耐心看完一大段关于人物的描写，你该如何像狄更斯那样对人物进行写实呢？这里，请让我改编一下世界一流国际象棋手伊曼纽尔·拉斯克（Emanuel Lasker）的话，"当你想到一个好的描述时，就接着想个更好的"[2]。不要满足于现状或常规，发挥你的想象力，最重要的是，要具备幽默感、荒诞感和讽刺感。奚落你

---

[1]　关于狄更斯如何提前构思章节的有趣讨论，可以参见福特和莫诺德《关于文稿的注释》（*A Note on the Text*）一文，文章讨论了狄更斯 1853 年 b（诺顿评论版的《荒凉山庄》）的第 777—799 页，并附上了他草拟的大纲。

[2]　拉斯克的原话为"当你想到一招好棋时，就接着想个更好的"。

笔下的人物，给他们起一些幽默讽刺的名字，用滑稽可笑的方式刻画他们，这样你的读者也会和你一起会心一笑。

"图金霍恩（Tulkinghorn）先生属于所谓老一派的人——老一派通常指的是那些从未有过青年时代的人。他穿着一条系了细带的及膝短裤，下面是绑腿套或者长筒袜，"在描述莱斯特爵士（Sir Leicester）的律师图金霍恩时，狄更斯如此写道，"他那身黑衣服和那双黑袜子（丝袜也好，线袜也好）的特色是从来都黯淡无光，任何光线投射在上面都没有反应，真是衣如其人。除非干他这一行的人向他请教，否则他从来不与人交谈。"[1]狄更斯首先给图金霍恩先生画了一幅沉闷的画像，但他并未就此停笔。他的下一个步骤是把精心雕琢的棋子布局在窘境和冲突之中，这就是他勾勒所有故事情节的关键所在，也是你在推动故事进展时必须解决的问题。不久，图金霍恩先生便与德洛克夫人（Lady Dedlock）发生了冲突，威胁着要向她的丈夫揭发她，故事情节就此迅速展开。[2]

另一个完美地在冲突中展现人物形象的例子出现在《董贝父子》（*Dombey and Son*，1848年）第四十章中董贝和他的妻子伊迪丝（Edith）身上。他们之间的冲突被描述得极其详细，其中揭示的人物心理表明董贝完全误解了他的妻子，认为她对他心存敬畏，实际上，她是为了保护

---

[1]　狄更斯，1853年a（班坦图书出版的《荒凉山庄》），第10页。
[2]　《荒凉山庄》第四十一章。

女儿弗洛伦斯（Florence）而保持了沉默。"她把目光转向他，紧闭着颤抖的嘴唇。他看到她的胸脯在起伏，脸色骤然发红又变白。这一切他都看在眼里，可他无法知道的是，在她内心深处正低声说着四个字使她保持冷静，那便是弗洛伦斯"。[1] 董贝妻子藏于心中的秘密让这段冲突变得更加引人入胜。

　　狄更斯的技巧并不难掌握。它由两个部分组成：第一步是通过讽刺、外形描写或其他描述来刻画人物。你笔下的人物可以热情四溢或冷酷无情，可以是黑人、白人，可以是青年或老人，前提是这些人物描写能尽量保持相对简短。也就是说，在向狄更斯学习的同时，需注意将人物描写缩短到适应现代读者阅读习惯的长度。制造冲突的第二步是效仿狄更斯，让主要人物在肢体、言语、精神上相互对抗。记住狄更斯是如何将一些冲突隐藏在表象之下的，比如伊迪丝与董贝之间的心理对抗，以及图金霍恩是如何在德洛克夫人身边徘徊、暗中行动以试图发现她秘密的。这些潜藏的冲突最终爆发成言语上的争端，也就是读者们所期待的"冲突显像化"。

使用幽默

　　"让他们笑，让他们哭，让他们等待"，这便是狄更斯

---

[1]　狄更斯，1848 年，第 651 页。

的座右铭和吸引读者的方法。这些技巧在使用的过程中经过了仔细的推敲，成了这位大师作品中不可或缺的部分。不幸的是，许多现代作家笔下都欠缺"幽默"，特别是那些希望写出严肃文学作品的作家，他们习惯性地避开了低俗的笑话，却也忽略了高雅的幽默。狄更斯在这方面极为老道，他擅长使用讽刺、双关语、文字游戏，并用奚落嘲讽的方式将他笔下有血有肉的人物刻画得入木三分。

狄更斯的幽默散见于人物一举一动中的点滴细节，譬如《董贝父子》中的信差珀奇（Perch）会"严严实实、小心翼翼地把门关好，仿佛他准备一星期不回到这里似的"。[1] 再如，《大卫·科波菲尔》中尤利亚·希普的形象就是典型的幽默描写："这时我才注意到他脸上并没有微笑这种表情，他只能咧着嘴，在两颊各皱起一道生硬的褶子。"[2]

狄更斯在《荒凉山庄》（*Bleak House*，1853 年）里对上层阶级不遗余力地讽刺经常让人开怀大笑。譬如，他在第十二章中对莱斯特爵士做了这样的描述："莱斯特爵士总是那样怡然自得，很少感到厌烦。要是没有遇到别的什么事，他就会开始想着自己是如何伟大。一个人有了这样一个取之不尽、用之不竭的主题来消磨时间，倒是有着莫大

---

[1]　狄更斯，1848 年，第 651 页。
[2]　狄更斯，1848 年，第 377 页。

的好处。这不，在看完信件后，他便靠着车厢的一角，回顾自己对于这个社会的重要价值。"

你可以运用狄更斯的技巧让作品变得幽默风趣。要将幽默感融入写作之中，首先需要培养的是语言的"不协调感"[1]，你可以试着用讽刺的口吻夸大人物。如果其他方法都不管用，那就去读读狄更斯的作品，并画下你觉得特别风趣的段落。然后，用类似的口吻或方法去刻画你特别想挖苦取笑的人物。需要强调的是，这种幽默并不会拉低作品的格调或品位。相反，它会为严肃的作品额外增添人性的色彩。

让读者落泪

狄更斯座右铭中的第三个要素便是他对悲悯之情及其他强烈情感的运用。亚里士多德在《诗学》（*Poetics*）一书中提到，情感诉求是演说家的利器之一——这同样适用于小说家。在亚里士多德的时代，戏剧当道，小说尚未流行，因此亚里士多德举了古希腊剧作家的例子来证明，无论是观众的怜悯之情还是愤怒之情都是剧作家事先计划好的。同样，小说家们也可以从狄更斯身上学习如何让读者们感

---

[1] 可参见认知心理学中的乖讹论（Incongruity Theory）（幽默不协调理论），康德对此的解释是"两个或更多不一致、不适合、不协调的部分或情况，在一个复杂的对象或集合中统一起来，或以一种头脑能注意到的方式获得某种相互关系，笑便源出于此"。——译者注

受到强烈情感的技巧。

在《荒凉山庄》中，当埃丝特（Esther）得知自己的母亲是德洛克夫人时，她感到十分惊讶。但狄更斯知道，光用"惊讶"一词是不够的，他需要从这一情节中挖掘出更多的价值。他知道此时此刻她们之间的母女关系将发生翻天覆地的变化，尤其在母亲离去很长一段时间后母女重逢，但在此之前女儿对彼此间的关系一无所知。德洛克夫人残酷地告诉埃丝特，她们不应再见面，她也不能给予埃丝特任何帮助，这一情节推动了整个故事情绪。通过这一幕的描写，即便读者有颗坚硬的心，也会潸然泪下。

现代疲惫的生活可能很难让我们感动哭泣，但狄更斯却能通过情景描写唤起读者的悲悯之心。当《老古玩店》（*The Old Curiosity Shop*，1841 年）中的小耐儿（Nell）不幸夭折后，狄更斯的美国读者们排队伫立在纽约的码头，等待着邮船将刊载《老古玩店》最后一部分的杂志运来。为了写下这一幕，狄更斯让自己陷入了近乎绝望的状态，并拒绝了朋友们的拜访。在创作这一幕时，他可能想起了几年前眼睁睁地看着 17 岁的小姨子玛丽·霍加斯（Mary Hogarth）在他怀里死去时的那种痛心疾首。[1]这里传递的讯息非常清楚：创作情景必须"笔下留情"——要创作出感动人心的作品，创作者首先得带有感情。不要犹豫唤起

---

[1] 普雷斯顿，引用自狄更斯，1841 年，第 xv 页。

你生命中刻骨铭心的记忆，事实上，你必须这样做才能在纸上写出真情。将自己的经历融入作品中，只有打动了自己，才能创作出打动读者的作品。

让读者等待

我必须承认，我对悬疑小说从来都不感兴趣。我的母亲和姐姐很喜欢这类小说，但我却觉得它们满是套路。老实说，我不在乎到底是谁杀了谁，我也对里面的角色不感兴趣，因为他们只不过是推动故事走向结局的螺丝钉罢了。我说这些并不是为了劝大家不要读悬疑小说，我想要表达的是即便是那些对悬疑小说漠不关心的作家，当听到狄更斯说一个悬疑元素对讲好一个故事而言必不可少时（注意他说的仅仅是"一个悬疑元素"），也应该高度关注。毕竟，比起我的话，你们更应该听狄更斯的啊！

在《系列小说家查尔斯·狄更斯》(*Charles Dickens as Serial Novelist*，1967 年) 这本精彩的小册子中，阿奇博尔德·C. 库利奇 (Archibald C. Coolidge) 提出了一个十分令人信服的主张，即以连载的形式创作给狄更斯带来了一定压力，迫使他以惊人大胆的方式解决小说家所面临的典型问题（譬如，如何保持读者的兴趣）。这意味着，小说家们应当将狄更斯在连载压力下采取的那些大胆、引人注目的夸张技巧奉为教科书，它们是狄更斯天赋的体现，也是小说创作中不可或缺的部分，小说家们应该研究狄更斯如何运用这些技巧创作故事并塑造出让人难忘和记挂的角色[1]。这将对你的写作大有裨益。其中，他最为重要的技巧之一——也是那些喜欢文学小说的作家们经常忽视的技巧之一，是运用悬念。如果你像我一样对悬念不是很上心，你可能会低估它在故事主线中的作用。这种倾向当然是错误的，我们理应向大师学习这个创作故事的技巧。"他通过制造包含隐藏故事线的悬念，解决了不断推动情节发展的问题。"[2]例如，贯穿《荒凉山庄》的悬念便是埃丝特母亲的身份。故事还揭示了德洛克夫人和其丈夫的律师图金霍恩在背地里交锋的情节。直到真相揭露的那一刻，读者们都激动得发狂。当德洛克夫人告诉埃丝特其母亲正是她本人时，悬念被揭开了。然而紧接着，德洛克夫人却警告埃丝特她们不应再见面，画面顿时令人感到心酸。埃丝特在一个巨大的悬念揭晓之时戏剧性地找到了她的母亲，却又在同一个情景中再次失去了她。通过悬念，狄更斯将故事松散的部分捏合到一起，并将谜底的揭晓与埃丝特的命运交织在一起。

为了在你的主线里插入悬念，你可以选择对读者隐藏故事里的某些要素。然后扮演起全知全能的作者角色，无所不知却不肯泄露天机，只提供给读者必要的线索。

---

[1]　库利奇，1967年，第4页。

[2]　库利奇，1967年，第10页。

在《远大前程》中，资助主角皮普的神秘人身份被融入故事的主线中。皮普原先以为是他爱慕的艾丝黛拉（Estella）的监护人郝薇香小姐（Havisham）资助了他。这笔钱帮助他从简陋的家搬到伦敦，成了一个"上等人"。狄更斯通过在故事推进中不断提及这笔钱以及它如何帮助皮普摆脱贫困让悬念得以维持。有时狄更斯甚至会直接用"谜团"一词来称呼这个悬念。在第四十章中，书中这样写道："这个可怕的神秘人物〔死刑犯马格维奇（Magwitch）〕，我（皮普）当时对他的感觉实在一言难尽。晚上他睡着了，一双青筋暴起的手抓着安乐椅的扶手，文着刺青的秃头皱纹密布，垂在胸前。我坐在一旁看着他，暗暗揣度他犯了什么罪。"此时，谜团终于揭晓，我们得知马格维奇才是皮普真正的恩人，这一真相让故事发生了巨大的转折，皮普被推回到郝薇香小姐的阴谋中，这促使他再次前去拜访郝薇香小姐以弄清楚她的真实意图。

你可以在自己的作品中运用狄更斯式的悬疑手法，故意隐去一些重要的讯息，譬如谁才是主角真正的朋友（或敌人）。你甚至可以故意将读者引入歧途，让其中一个角色合理地相信错误的讯息，就像皮普认为自己的恩人是郝薇香小姐那样。

有时，你说得越少，读者越是着迷。所以，请用悬念让他们等待。

第 3 章

赫尔曼·梅尔维尔的创作方法

如果你喜欢诗歌，那就去阅读梅尔维尔的作品吧。在这一过程中，你将会学到如何在创作中运用象征符号以及如何创作出令人难忘的角色。他被称为美国最伟大的小说家之一，绝非偶然。

赫尔曼·梅尔维尔（Herman Melville）出生于 1819 年，父母都出身名门望族，他在这个被兄弟姐妹包围的温暖家庭里长大。[1] 在高中时期他便擅长写作，喜欢写散文。[2] 他的父亲在他十二岁那年不幸去世，之后他的哥哥担起了家中的大部分责任。到了十九岁，赫尔曼经常在阁楼的书桌前写作。[3] 在临近二十岁生日时，他以侍者的身份出海，并喜欢上了这种经历。在接下来的几年，航行成了他的生活方式。在无数次航海旅行中，他到过波利尼西亚群岛，曾离船上岸同食人族一起生活，并在捕鲸船上当投叉手——这些都成了他的小说和故事的一部分。他于 1847 年结婚，不久搬到了马萨诸塞州的匹兹菲尔德，在那里，他的四个孩

---

[1] 梅尔维尔有个大他三岁半的哥哥，大他两岁的姐姐，小他两岁的妹妹，还有一个弟弟，以及两个更为年幼的妹妹，其中最小的小他八岁。

[2] 罗伯逊-洛伦特，1996 年，第 60 页。

[3] 罗伯逊-洛伦特，1996 年，第 67 页。另见米尔顿·梅尔泽关于梅尔维尔生平及作品的精彩自传。

子相继出生。搬家之后，赫尔曼把大部分的时间集中在写作上。在马萨诸塞州，他还与纳撒尼尔·霍桑[1]成为朋友，后者对其散文风格产生了深远的影响。

梅尔维尔初稿里的奥秘

梅尔维尔成功的秘诀之一在于他把他人对其作品可能存在的想法或批判抛诸脑后。[2]心无旁骛的独处和有规律的工作习惯帮助了他的创作。梅尔维尔的妻子也鼓励他践行固定的时间表，因为她发现，只要丈夫一熬夜便无法集中注意力。[3]在写《白鲸》（*Moby-Dick*，1851年）时，梅尔维尔为了专注于初稿的写作，将自己与家人和朋友隔离开来。

> 在一周左右的时间里，我把自己关在纽约一个三层楼的房间里，全身心地投入《白鲸》的创作……我容易被周围的环境所左右，因此这是我现在能完成它的唯一方式。一个人写作时必须始终保持着冷静平和

---

[1] 纳撒尼尔·霍桑（Nathaniel Hawthorne，1804—1864），美国心理分析小说的开创者，也是美国文学史上首位写短篇小说的作家，被称为"美国19世纪最伟大的浪漫主义小说家"。代表作有《红字》《七角楼房》等。——译者注

[2] "一旦赫尔曼·梅尔维尔笃定要成为一个专业的作家，他便决定不要让他人的想法破坏了他'写作的心情'。成为作家，是梅尔维尔倾诉自我的方式。"（罗伯逊-洛伦特，1996年，第132页）

[3] 罗伯逊-洛伦特，1996年，第176页。

的心情，但这对于我来说很是困难。[1]

他写作的另一个秘诀是先中断写作一段时间，之后再重拾创作的热情。在写《白鲸》的初稿时，他就中途暂停过好几个星期，之后再重新写——"过不久我就会重新牵起它的'牛鼻子'，并用某种方法完成它。"[2]

梅尔维尔并未不屑于向优秀的前辈们学习。实际上，他曾承认从纳撒尼尔·霍桑身上学会了如何叙述——[3]"我感受到霍桑在我的灵魂里播下了萌芽的种子。"[4]一位评论家指出，"在两人短暂的深交中，这些种子生长成了《白鲸》的叙事技巧"[5]。梅尔维尔从霍桑那里汲取到的部分经验是如何将信念和情感融入写作中，确保在表面文章之下暗含着深刻的意蕴。《白鲸》就是这样一部充满寓意、象征主义和强烈情感的作品。

如何写出诗一般的作品

梅尔维尔的写作风格像狂风骤雨一般，嘲笑着传统，

---

［1］　帕克，1996 年，第 841 页。许多作家在写作时也会习惯独处，其中最值得一提的是 J. D. 塞林格。他们中的大多数人都会住在酒店或是租用的房间，以便工作时能够保持安静。

［2］　帕克，1996 年，第 841 页。

［3］　霍华德，1994 年，第 71—72 页。

［4］　梅尔维尔，引用自霍华德，1994 年，第 72 页。

［5］　霍华德，1994 年，第 72 页。

反过来又重振了美国小说。《泰比》(*Typee*，1846 年）以"一种诗情画意的清新散文风格"与"当时流行的平淡纪实游记"区别开来。[1]《玛迪》(*Mardi*，1849 年）那段令人赞叹的开头成了这位革新者笔下最为抒情的段落之一：

> 我们出发了！大横帆和中桅帆随风扬起，挂着珊瑚的锚在船头如钟摆般摇荡；疾风吹动三支顶桅帆，像猎犬的吠声一路回响在耳旁。船桅上下的帆均已撑满，在两侧也铺开了许多翼帆，整艘船看起来就像只张开双翼的鹰前行着。帆影倒映在海面上，船轻轻摇晃，劈开海浪。

然而，这种写作风格却在当时饱受差评。事实上，梅尔维尔本人经常是文学评论家公开批评的对象，对此他采取了防御性的自我辩护。当《泰比》中的故事情节被谴责为天方夜谭、无稽之谈时，梅尔维尔恳求一位熟人发表了一份其实是由他自己撰写的文章进行反驳。[2]例如，一位评论家指责这部小说过于浮夸，"这些东拉西扯的推论、华而不实的辞藻，加上花里胡哨的风格，搭配成了奇特的文章特点，让人不禁想到某些大师的矫揉造作如同阿拉伯花

---

[1] 罗伯逊-洛伦特，1996 年，第 141 页。

[2] 罗伯逊-洛伦特，1996 年，第 144 页。

纹般令人无法理解的怪诞风格"[1]。但总的来说，对梅尔维尔积极的评价要多于负面的批评。[2]别的不说，单凭评论家对梅尔维尔如诗般的写作风格的赞美之词就应该鼓励你去冒险尝试自己的风格。

现代作家也能采用梅尔维尔的技巧，在写作中融入诗歌般轻快的节奏和韵律，在大量段落中运用格律和头韵（Alliteration）（头韵是英语语言学分支文体学的重要术语，是一种英语语音修辞手段。——编者按）。[3]在一封写给朋友的信中，梅尔维尔这样写道：

> 我担心这将成为一本怪书。你知道的，鲸脂尽管是鲸脂，但仍可以从中提炼出油，可创作诗歌就像从冬天的枫树里提炼出甘甜的汁液一般困难。为了创作这个故事，我必须在原本的事物上加点想象，从本质上来说，这么做可能会显得像鲸嬉戏般笨拙。尽管如此，我还是要说出事情的真相。[4]

---

[1]　查理斯，1849 年，第 171 页。

[2]　根据一位现代评论家的论述，"这种风格被评论家普遍称赞"（布兰奇，1997 年，第 4 页）。

[3]　我们也可以在一百年后纳博科夫的作品中看到类似的手法，值得注意的是，梅尔维尔那大胆华丽的风格与他对其他作家进行创造性的模仿高度相关，这些作家包括霍桑、维吉尔、莎士比亚以及玛丽·雪莱。（德尔班科，2005 年，第 126—131 页，第 138 页）

普布留斯·维吉留斯·马罗，通称维吉尔（Virgil，公元前 70 年—公元前 19 年），古罗马诗人，代表作《牧歌》。——译者注

玛丽·雪莱（Mary Shelley，1797—1851），英国著名小说家、英国著名浪漫主义诗人珀西·比希·雪莱的妻子，因其 1818 年创作了文学史上第一部科幻小说《弗兰肯斯坦》而被誉为"科幻小说之母"。——译者注

[4]　引用自布兰奇，1997 年，第 24 页。

　　梅尔维尔在这封信中坦言道，他在写《白鲸》时有意识地运用了诗歌的技巧，格律和头韵并非突然出现在他的脑海中，他像诗人一样为此绞尽脑汁。当然为了掌握这一技巧，你无须成为一名专业诗人，你要做的是增强对音节和韵律的敏感性。

　　下面这个段落读起来朗朗上口，充满韵律感。在《白鲸》的主要情节开始前，故事的叙述者在第十三章到达了捕鲸小镇新贝德福德（New Bedford），这一章的第五段充满了大量头韵：

> 　　在船的另一边是新贝德福德镇鳞次栉比的街道，街上那被冻得结了冰的树木在清新的冷风（clear, cold air）中闪耀着。层层的木桶（casks on casks）如高山般（huge hills）堆放在码头上，游历了世界的捕鲸船（world-wandering whale ships）并排着（side by side），安静平稳地（silent and safely）停靠在此地。在船的另一边，响起了木工做木桶（carpenters and coopers）的敲击声，还夹杂着烧融柏油的火声（noises of fires and forges）。这一切都预示着一个全新的旅程即将起航，预示着一个前途险恶又路途遥远的航行在迎来终点的瞬间又将开始。上一个航行的终点便是下一个航行的起点，如此周而复始、无穷无尽。这世间的所有努力（earthly effort）便是这般永无止境，让人难以忍受。

看了这段之后，一位传记作家把梅尔维尔的作品比作最棒的诗歌。"在第二句中，头韵的辅音听上去就像在码头上的男人们劳作时发出的'混合噪音'……七个两连音和一个三连音完美地呈现了码头单调重复的工作……他在这里展现出了人们所期望的最为美妙的诗歌应有的样子。"[1] 现代作家们可能会怀疑自己是否有胆量去做出这般大胆的事来。梅尔维尔已开辟了前路，却少有人能勇敢地"继往开来"。尽管 20 世纪的一些优秀作品中也出现了对头韵的谨慎使用，比如纳博科夫、雷·布雷德伯里和菲利普·罗斯[2]等人的作品[3]，只不过那些最妙的头韵通常是读者很难注意到的。

如何运用象征手法

些现代小说家没有办法有效地运用象征手法，他们似乎是在担心用了象征就可能会被贴上片面追求文学效果的标签。但事实是，如果运用得当，象征手法将为作品注

---

[1]　德尔班科，2005 年，第 128—129 页。德尔班科的这本书深入分析了梅尔维尔小说里的诗歌效果，值得一读。

[2]　菲利普·罗斯（Philip Roth，1933—2018），美国作家，多次提名诺贝尔文学奖，代表作《再见，哥伦布》《美国牧歌》等。——译者注

[3]　普洛菲尔出版于 1968 年的书分析了纳博科夫在《洛丽塔》一书中运用到的头韵及其他诗歌技巧。雷·布拉德伯里的《从魔界来的》可能是他最诗歌化的作品。菲利普·罗斯的《伟大的美国小说》中开篇第一句话就极具梅尔维尔的风格，第一段就用了 40 余次头韵。他的心理医生甚至让他少用点诗歌技巧。也可参见贝克，2004 年。

入更多的意义，并给读者带来更大的满足感。

　　梅尔维尔是精于象征手法的好手，他不仅在文中使用了许多象征，还将它们融入作品中来支撑中心思想。白鲸显然是一个自我的象征，是一个荣格[1]式综合人格的典型。[2]主人公亚哈船长（Captain Ahab）缺乏这种完整的人格而被偏执的疯狂所驱使，这种疯狂通常被称为执念，因为他活着只是为了向白鲸复仇。复仇使他无法接受作为一个残疾人的命运。一位评论家指出："亚哈船长是堕落的天使或半人半神的化身，这一化身在基督世界中被以不同的名字命名——路西法、魔鬼、恶魔、撒旦。"[3]这可能已接近这一象征的意义，但或许更为接近的解释是，这暗示着亚哈船长自我融合的失败，他陷入了过度神经质地要将所有人毁灭的仇恨之中。正是因为亚哈，除了故事叙述者之外的所有水手都葬身大海。

　　一旦你找到了作品中的核心象征，外围的象征就可以像众星拱月般去烘托出作品更深更高的内涵。如果白鲸象

---

[1]　卡尔·古斯塔夫·荣格（Carl Gustav Jung，1875—1961），瑞士心理学家。1907年开始与西格蒙德·弗洛伊德（Sigmund Freud）合作，发展及推广精神分析学说，后与弗洛伊德分道扬镳，创立了荣格人格分析心理学理论，把人格分为内倾和外倾两种，主张把人格分为意识、个人无意识和集体无意识三层。——译者注

[2]　布克，2004年，第358—364页。布克的解读让那些二十多年都未能破解出白鲸意义的评论家们蒙羞。例如，白鲸被某些评论家解读为象征着"另一个世界"（谢里尔，1986年，第89页）。当然，一千个读者有一千个哈姆雷特，当你对作品有了一个感想或解读时，最好坚持自己的看法。

[3]　默里，1956年，第10页。

征着人类所渴望的完整人格——自我[1]，我们就可以知道为什么亚哈船长并未达到这一层次：他没有让宽恕进入他的内心，也从未摆脱他那疯狂的复仇心。像这样的人，无法过上美好的生活。书中的另一人物魁魁格（Queequeg）则是更接近理想人格的象征，梅尔维尔在第三十四章中称其为"高尚的野蛮人"。一位评论家指出，魁魁格是梅尔维尔笔下"兄弟情谊、宗教宽容、本能之美"的象征。[2]而以实玛利（Ishmael）则象征着普通人。[3]他也在追寻着完整人格的象征——白鲸，但为何最后只有他一个人生还，答案就在于他与亚哈船长有着本质上的不同：以实玛利并未让自己被疯船长那极不理性的专横暴行所淹没。第一，他能保持克制，并知道自己能力的极限，而亚哈船长不能；第二，他能辨别是非，而亚哈船长则刚愎自用，对自己理念以外的东西充耳不闻；第三，他可以控制住自己的冲动，但亚哈船长却恰恰相反，被复仇冲昏了头脑。

　　现代作家应受到梅尔维尔作品的鼓舞，大胆地使用象征手法。不要因为梅尔维尔的作品出众就感到胆怯自卑，

---

[1]　我读过关于此书最具说服力的解释来自克里斯托弗·布克。他讲道："白鲸就像上帝一样：它是一个与生命和自然融为一体的强大生物；它与推动宇宙的伟大精神力量完美融合；它是一个超越自我的完整象征。而与之完全相反的是人类自我中黑暗、凶残部分的化身——如同恶魔般疯狂的船长，一心要完成他的毁灭之路。"（布克，2004 年，第 363 页）

[2]　文森特，1949 年，第 78 页。文森特关于梅尔维尔象征手法的分析颇为精彩。也可参考布克，2004 年，第 359 页。

[3]　文森特，1949 年，第 339 页。

尽管这是作家们看到一部出色作品时通常会有的反应。[1]
相反，你应该将梅尔维尔的技巧运用到自己的作品中，特
别是当你的作品里恰好也有那么一个执迷不悟、报复心重、
狂妄自大以及具备其他自私自利品质的"黑暗系"主人公
时。同时，你可以树立与之相反的"光明派"人物[2]，来衬
托主人公的黑暗。[3]通过这种方式，你可以在具体的人物
描述细节和抽象概念（象征）之间来回转换，安·兰德[4]
将这一过程称为作者在"抽象和具体"之间的快步舞。[5]
抽象是人物或事物所具有的象征意义，具体是对人物和事
物及其行为的描述。同时运行这两个"程序"，将释放你的
创造力，并避免创造力被其中一个所局限。象征的创造与
人物情节细节的创作并驾齐驱。当你进行象征的创造时，

---

[1] 例如，J. D. 塞林格就觉得自己不如卡夫卡。济慈担心自己无法超越莎士比亚，于是他
制订了一个十年计划，阅读莎士比亚的作品并研究如何超越他。海滩男孩的布赖恩·威尔逊
（Brian Wilson）听到披头士的《橡胶灵魂》（Rubber Soul）后，陷入深深的沮丧之中，担心
自己永远无法超越这张完美的专辑。

[2] 光明与黑暗人物的概念出自克里斯托弗·布克。和加拿大文学批评家诺斯罗普·弗莱
一样，布克擅长解释文学作品是如何体现故事创作原型的。他的《七种基本情节：我们为何
讲述故事》为正在创作的作家们提供了最为有效的故事解释方法之一。参见布克，2004年，
特别是第十三章和第十八章中关于黑暗和光明人物的讨论。

[3] 在此基础之上，梅尔维尔用象征手法达到了更为广泛的效果，包括反击超验主义（文
森特，1949年，第151页，第155页），在亚哈船长这一人物身上呈现出弗洛伊德的"死亡
本能"（施奈德曼，1986年，第553页），在巴金顿（Bulkington）这一人物身上将引领人
类的理性之光拟人化，否则这一人物就不会融入剧情中（格莱姆，1938年，第64—65页）。
所有这些都是服务于白鲸作为完整自我的中心象征的外围象征。

[4] 安·兰德（Ayn Rand，1905—1982），俄裔美国人，20世纪著名的哲学家、小说家和
公共知识分子。她的哲学理论和小说开创了客观主义哲学运动，她著有《源泉》等数本畅销
小说。——译者注

[5] 兰德，2000年，第52—55页。

你会发现自己的故事有了更深层次的含义，而这正是写作乐趣中的一部分。

人物塑造的奥秘

有时，梅尔维尔被指责对主要人物的刻画过于夸张。《白鲸》中的人物刻画也被认为夸大其词。特别是亚哈船长被贴上了夸张的标签，尽管许多评论家认为他的狂妄自大是对他疯狂行为的合理解释，同时也承认了在与白鲸的斗争中人物身上非同寻常的品质有存在的必要性。"[1] 对于学习人物塑造的作家而言，没有比梅尔维尔更好的样板了，这很大程度上是因为与那些笔法更为巧妙的大师相比，梅尔维尔在刻画人物的笔法上更加大胆，也就更容易观察、学习和模仿。

亚哈船长是最为著名，也是最富文学技巧的文学形象之一。梅尔维尔运用了四种文学手法去刻画这一形象。其一是复杂性，这意味着亚哈船长身上有着相互冲突的性格。例如，他被认为既是好人也是恶人，既理智又疯狂，既可以预知又无法预测。其二是不可靠性，因为读者是从其他人物〔包括皮莱格船长（Captain Peleg）和比尔达德船长（Captain Bildad），他们都对亚哈存在偏见〕的口中得知他

[1]　布兰奇，1997 年，第 27—28 页。

的形象。因此，这种表征就具备了模糊和不确定性。换言之，读者们想要了解亚哈船长，就得在读小说的过程中筛选事实、去伪存真。运用不可靠性将读者带入故事中，通常会引起他们极高的兴趣。其三是选择性，即关注人物的主要性格特点，将笔墨集中在对亚哈船长疯狂和狂妄自大形象的刻画上。其四是神秘性，提及亚哈船长身上还有某些未知或不可知的部分，从而引导读者更深入地了解这一人物。

在对亚哈船长形象的刻画上，梅尔维尔暗示了他那令人毛骨悚然的疯狂。故事叙述者以实玛利在和另一位船长的对话中，了解到了关于这位神秘船长的一些讯息。注意梅尔维尔在对亚哈船长最初的描述中是如何同时使用神秘性、不可靠性、选择性和复杂性的。（注意我在下文括号中做的标记）

> 我也不明白他究竟是怎么一回事（**神秘性**）……或许是一种病……实际上，他并没有病；但是，他也并不健康（**复杂性**）……亚哈船长是个古怪的人——有些人会这么认为，但他是个大好人（**复杂性**）……他是一位不信神明但却如同神明一般的杰出人物（**复杂性**）……亚哈既上过大学，也去过野蛮人的地盘（**复杂性**）……他那疯癫的寡妇母亲……在他才十二个月大的时候就去世了……我十分了解亚哈船长……我清楚他的为人（**不可靠性**）——他是个大好人，但

并非虔诚的大好人（**复杂性**）……而是一位喜欢咒骂
别人的大好人（**复杂性**）……在返航时，有段时间他
甚至有些精神错乱（**选择性**）；但这是他那条尚在淌
血的残肢引发的猛烈疼痛造成的，这一点众所周知。
我清楚地记得，打从上回航行中他那条腿被该死的白
鲸咬掉起，他就一直处于烦躁之中，非常绝望的烦
躁，有时甚至到了蛮横的地步（**选择性**）……但比起
一位成天嬉皮笑脸的坏船长，和一位郁郁寡欢的好船
长（**复杂性**）出航要好得多。

在学习了梅尔维尔的手法之后，你也完全有权用同样
的手法去进行创作。记住，一位拳击手从不会说"不，我
不会用这个刺拳，因为这是拳王阿里的拳技"，这么说的人
愚蠢至极。创作也是一样。当然，你可能想要拥有自己的
独创性，但你不能忽视基础技巧。一个忽视了有效文学手
法的作家，就像一个踏入了拳击圈内却不用刺拳的拳击手
一样愚昧。最重要的是，这些文学手法并未超越任何阅读
此书的读者的理解能力，它们也没有版权。的确，亚哈船
长是有史以来最为成功的人物角色之一，但这并不意味着
你不能用相同的手法来刻画人物的形象。

要无所畏惧地运用类似的技巧去丰富人物的层次，在
人物的形象塑造中包含复杂性以及反常的冲动。一个单纯
的坏人或单纯的好人远不如一个好坏兼具的人物更具魅力

（如亚哈船长、霍尔顿·考尔菲尔德）。不要让你的主角过于完美，允许他拥有不完美之处和缺点，这样读者们就会欢迎他走入自己的内心，并在他身上看到自己的影子。

同时，注意在你的人物塑造中包含神秘性，留下一些不明确和未曾解释的部分。让其中一些人物对另一个人物的动机、行动、目标产生好奇。这种悬念和神秘感将丰富人物性格的层次，塑造一个更真实的人物形象。

可能的话，请在人物塑造中再添加一些不可靠的元素，可以通过一个不可靠的叙述者或借其他角色之口以及回忆的方式引介出某一人物。通过这个手法，可以让你的读者参与到角色的创作之中，因为他们必须自己弄清楚这个角色到底是个什么样的人。读者会觉得这样很有趣，他们会感谢你让他们在阅读时获得乐趣。

最后但也同样重要的是运用选择性，将笔墨集中在人物的几个主要特点上。不要像自然主义者那样，为了创造出一个三维立体的人物罗列出所有的可能性。这样做的结果只会导致你所刻画的人物像安·兰德说的那样"过于详细却不真实"[1]。两到三个特征足以塑造出属于你自己的"亚哈船长"了。

---

[1] 兰德钦佩自然主义者作为作家的优秀，但她同时也注意到，他们过于详尽的人物肖像并不能比一个列满了人物特点的清单传递出更多的讯息，留给读者的仅仅是物极必反的细节。在她看来，最好选择一些明显的特征来定义角色，这样读者会得到一幅更为突出有力、更为生动形象的人物肖像画。（兰德，2000 年，第 81 页）

第 4 章

费奥多尔·陀思妥耶夫斯基的创作方法

在一件事上，陀思妥耶夫斯基比其他作家做得更好。他让读者沉浸在一个生动的虚构世界中：在这个世界里，羞愧和耻辱成了最为重要的情感，人物因自身的感情而变得混乱不堪、迷失方向。"他发明了一种叙事方式，让读者沉浸在耻辱的体验中。"[1] 在本章中，我们将看到陀思妥耶夫斯基如何运用这一高超的技巧以及这个技巧将如何帮助你写出包含羞愧、耻辱等情感在内的有力场景。

费奥多尔·陀思妥耶夫斯基（Fyodor Dostoevsky）生于 1821 年的俄罗斯，是全家七个孩子中的老二。他的父亲是一名医生，酗酒成性，并且脾气暴躁。陀思妥耶夫斯基在上学期间擅长外语，在 22 岁那年，他已经把巴尔扎克的《欧也妮·葛朗台》翻译成了俄语。后来，他因参加一个自由政治团体被捕，在行刑队处决前的最后一刻被赦免。在他之后的生命中，陀思妥耶夫斯基的癫痫病发作得愈发频繁，他也因此将病痛投射到《白痴》（*The Idiot*，1868 年）一书中的年轻公爵梅诗金身上。46 岁时，陀思妥耶夫斯基娶了年仅 20 岁的速记员，这段婚姻给他的生活带来了稳

---

[1] 马丁森，2003 年，第 12 页。

定。[1]

陀思妥耶夫斯基杰出的视角控制技巧

为了给故事叙述带来紧凑感，陀思妥耶夫斯基巧妙地在人物之间进行视角切换。他先通过情境设置的手法进入一个人物的内心，接着再跳转到另一个人物的内心，这让他能够迅速地抓住与特定的情境关系最为紧密的情感。你一旦掌握了这个技巧，将会发现你也可以像陀思妥耶夫斯基一样写出任何与故事情节密切呼应的情感。

例如，在《罪与罚》（ *Crime and Punishment* ，1866 年）第五部分的第四章中，陀思妥耶夫斯基首先设置了故事的情境。这是这本小说中最为精彩的一部分，讲述了拉斯柯尔尼科夫（Raskolnikov）是如何向女友索尼娅（Sonia）坦白自己是一个杀人犯的。拉斯柯尔尼科夫全然以为索尼娅在得知真相后就会永远地将他拒之门外。但让拉斯柯尔尼科夫震惊的是，索尼娅不仅重申了对他的爱意，还为他做了蠢事伤害了自己而感到怜悯和悲伤。这一幕被设置在拉斯柯尔尼科夫朋友的公寓里——"他很快打开房门，从门口望了望索尼娅。她支着胳膊坐在桌子旁，双手捂着脸，但当她看到拉斯柯尔尼科夫时，便赶快站起来，朝他走去，

---

[1]　西蒙斯，1940 年，第 180—181 页。

好像她一直在等着他似的。"即便是情境的设置也带着一种紧迫感，让读者们以上帝视角看清是谁在场以及他们彼此的位置，这样便可以让我们在身处情景之中的同时依次进入每个人物的内心之中。

他的下一步便是进入其中一个人物的内心，这个人物最好处于混乱和强烈的情感之中，正如此时的拉斯柯尔尼科夫。在拉斯柯尔尼科夫承认杀了利萨维塔（Lizaveta）之后，陀思妥耶夫斯基进入他的内心，写道："他刚一说出这句话，……便记起自己拿着斧头逼近利萨维塔时她脸上的表情。利萨维塔躲开他，退到了墙边，一只手举在面前，脸上全是孩子般的恐惧。"[1] 这段描写的技巧极为高超：它在一个绝妙的时间点进入了拉斯柯尔尼科夫的内心世界，并挖掘出他的最深层情感。它也体现出了陀思妥耶夫斯基经典的羞愧感主题——此时此刻的拉斯柯尔尼科夫正对他的所作所为心生羞愧，同时，他也为不得不向女友坦白自己是一个杀人犯而局促不安，并开始因为杀人的罪过而感到悔恨。让人物内心乱作一团正是陀思妥耶夫斯基的拿手好戏。

最后一步就是切换视角，进入下一个人物的内心。陀思妥耶夫斯基进行这一过程如跳舞般自如，仿佛这是世界上最简单的事。在我们听到拉斯柯尔尼科夫内心的想法后，便立马得知："索尼娅看了他一眼。在对这个不幸的人表示

---

[1]　陀思妥耶夫斯基，1866 年，第 391 页。

了强烈又痛心的最初同情后，杀人这一可怕的想法再次让她感到震惊。在他变化了的语调中，她突然听到了杀人凶手一词。她惊讶地看着他，她还什么都不知道，既不知道他为什么杀人，也不知道是怎么杀的，更不知道他的目的何在。"[1] 注意陀思妥耶夫斯基这一视角切换的巧妙之处：当索尼娅平静思考时，他并不急于切换视角；相反，当她的情绪达到顶峰即被谋杀案的真相所震惊并处于冲突和混乱的思绪及情感的漩涡中时，陀思妥耶夫斯基才切换了人物内心活动的视角。同时，对作家来说具有启发性的是陀思妥耶夫斯基并非简单地堆砌这些思绪并一股脑儿地将它们推向读者，取而代之的是他让索尼娅的思绪和行为相互交织在一起，她在思考的同时也"惊讶地看着他"，紧接着又陷入"还什么都不知道，既不知道他为什么杀人，也不知道是怎么杀的，更不知道他的目的何在"的思绪中。思绪和行为的相互交替让读者充分意识到"是谁在思考"以及"他在思考的同时做了什么"，这大大强化了读者身临其境的感觉。我们在看着角色一举一动的同时，也身处她的脑海之中……至此，这就是陀思妥耶夫斯基情景设置的全部过程！有了这一法宝，你可以在情景中对不同的思维模式进行无缝切换，更为重要的是，你可以打动读者。而这正是小说这种形式最为擅长的——演绎角色的内心活动、

---

[1]　陀思妥耶夫斯基，1866 年，第 393 页。

思考方式乃至"中枢神经系统"的运转！[1]

陀思妥耶夫斯基的场景切换技巧

　　场景切换是陀思妥耶夫斯基又一个擅长的手法，这也是小说家们必须掌握的技巧之一。但说实话，在他之后的百年里，对于这一技巧的使用并未取得任何进展。事实上，当代作家们对于这一手法的运用还不如这位已故的俄罗斯大师！陀思妥耶夫斯基从一个场景切换到另一个场景时就像在放电影一样快速、高效。同时，他所具备的另一项秘技也能帮助你顺利地完成场景切换，你定然会对它推崇备至。

　　让我们先从陀思妥耶夫斯基早期的作品中一窥这一技巧的奥秘。陀思妥耶夫斯基很早就开始运用场景切换的技巧，并将其贯穿自己的写作生涯，这表明他意识到这一技巧在创作中非常重要并且有效。在《死屋手记》（*Notes From Underground*，1864 年）的一章中，反英雄色彩的主人公正乘着马车去参加一个酒店聚会，下一章开头迅速勾勒出切换了的场景：

　　　　我早就知道我会是第一个到的。但现在问题不再

---

[1]　"真正的人物视角是让观众觉得自己身处在其中一个人物的脑海里，或者说是在其中枢神经里，而这一共情是电影所无法比拟的。"小说和纪实文学在这点上做得比其他形式都更好。（沃尔夫，引用自斯库拉，1990 年，第 51 页）

是谁是第一。

不仅他们不在那里，我还找不到我们的房间。[1]

这里的场景切换极为高效，没有废话就让我们站在了新的地点。更为重要的是，陀思妥耶夫斯基是通过讲述者的意识流将读者带入了新的场景之中，这一意识流包含了并非那么重要的地点描述以及更为重要的人物身在此地的情感意义。陀思妥耶夫斯基这种在场景切换时借助人物情感的技巧极为老练，大多数现代作家都不会这么使用，因为他们从不知道还有这种操作。

让我们再来看看另一个例子，在《卡拉马佐夫兄弟》（*The Brothers Karamazov*，1880年）中也同样运用了这种巧妙的场景切换技巧。在该书的第二卷第一章中，彼得·米乌索夫（Pyotr Miusov）和他的远亲彼得·卡尔干诺夫（Pyotr Kalganov）到了一个新地点。陀思妥耶夫斯基让他们中的一人陷入犹豫，思考着自己是否应该进入大学，同时又指出另一个人尚未到场。在对这两个人物的快速交代中，场景切换已经完成：已到场男人的犹豫不决和另一个男人的姗姗来迟将读者推入了新的场景中。注意，在这里读者不是单纯地被告知，到了一个新地点而是透过两个人物的内心活动融入进了新场景。

---

[1]　陀思妥耶夫斯基，1864年，第83页。

下面这个例子更能反映出陀思妥耶夫斯基在场景切换上的高超技巧。在《白痴》一书的结尾，梅诗金公爵（Prince Myshkin）赶往自己深爱女人所在的屋子，抵达后发现她已经惨遭杀害。陀思妥耶夫斯基写道：

> 在距离旅馆五十步左右的第一个十字路口，忽然人群中有人碰了一下他的胳膊肘儿，贴近他耳边轻声说："列夫·尼古拉耶维奇，跟我来，老弟，有个事儿找你。"
>
> 此人正是罗果仁。

随后，陀思妥耶夫斯基为场景切换做了铺垫，此时公爵尚处于愉悦的心情中，不知道自己的女人已经被谋杀。"稀奇的是，当公爵满怀欣喜，讷讷地准备告知，刚才他满以为会在旅馆的走廊里遇见罗果仁。"[1] 就在公爵短暂思考的瞬间，场景已经发生了变换，公爵因被罗果仁从人群里拉了出来而不再是孤单一人，他因此变得心情愉悦。伴随着公爵情绪高涨的场景变换将我们带入了一个新场景中，同时也为公爵在目睹死去的爱人时情绪逆转失去理智做了完美的铺垫。

要掌握陀思妥耶夫斯基的场景切换技巧，就得摒弃仅对地点进行简单切换的大多数当代作家的作品。尽管这些

---

[1] 陀思妥耶夫斯基，1868 年，第 630 页。

作家的做法尤为省事，但陀思妥耶夫斯基加入了情节和情绪的转折，能让读者们屏息凝视。要做到这一点，首先需要记住的是在进行场景切换时一定要迅速；其次，在地点变换的同时加入情感元素，最好是主人公或中心人物的内心活动。这种双管齐下的方法使场景切换更为高效，同时，在使用这个方法从一个地点切换到另一个地点时，你将获得比电影里那些令人钦佩的场景切换镜头更多的成就感，你的读者也会沉浸其中，因为比起简单的描述，他们更会对情感的变换产生共情。以上场景切换的两个步骤将使你获得现代小说中少有的能够弥合场景间缺口的力量。如果你能完全掌握在场景切换中实现情感逆转的大师级技巧，说不定你的作品就会出现在读者的下一本书中。

让读者喜欢上你的表达

表达是用来描述一个作家在用词、文风和其他语言风格上所展现出的独特、情感及个性的方式。陀思妥耶夫斯基用两个秘密武器让读者爱上他的表达。其一，在用第一人称阐述时，陀思妥耶夫斯基常常让他们承认自身的疾病、缺点和软弱。同样的手法也可见于 J. D. 塞林格的《麦田里的守望者》（*The Catcher in the Rye*，1951 年），赫尔曼·黑塞[1]的《荒原狼》(*Steppenwolf*，1972 年)，马克·吐温的《哈克贝利·费恩历险记》(*Adventures of Huckleberry Finn*，1884 年)，以及亨特·S. 汤普森[2]的《恐惧拉斯维加斯》(*Fear and Loathing in Las Vegas*，1971 年)。其二，以艾伯特叔叔讲故事的风格拉近与读者的距离。这两种方法在现今也和当年陀思妥耶夫斯基使用它们时一样有效。换句话说，用这两种方法并不会让你的作品读上去感觉老掉牙，相反，它们会吸引读者去关注故事里的每个字眼。

举个例子，J. D. 塞林格让《麦田里的守望者》中的主人公霍顿告诉读者他所有的弱点和缺点。塞林格所运用的这一技巧就是从陀思妥耶夫斯基这位好老师身上学到的。在让读者喜欢其作品的文字表达方面，陀思妥耶夫斯基可是当时的佼佼者。在《死屋手记》中，主角说出了这段著名的开场白：

> 我是个有病的人……我是个凶狠的人。我是个不招人喜欢的人。我觉得我肝脏有病。可是我丝毫没有了解过我的病，而且也不确定是否有病。我不去看病，也不曾看过病，虽然我尊重医学和医生。况且我还极端迷信；噢，迷信是迷信，但我还是尊重医

---

[1]　赫尔曼·黑塞(Hermann Hesse，1877—1962)，德国作家、诗人，1946 年获诺贝尔文学奖。——译者注

[2]　亨特·斯托克顿·汤普森(Hunter Stockton Thompson，1937—2005)，美国传奇作家，"刚左新闻(*Gonzo Journalism*)"开创者，《滚石》头牌作家。——译者注

学……不对，先生，我只是在故意赌气而不去看病。

　　这位主角的叙述极不讨人喜欢，也暴露出他的许多缺点，他在很多方面都让人难以理解。但正因为他有问题并坦率地承认了这一点，才让我们放下厌恶并产生好奇。我们会开始想，这事也太奇怪了，并笃定地认为这会是个阴暗的故事。陀思妥耶夫斯基正是抓住了这一心理反应，让读者接着往下读。读者也希望把所有的片段拼凑到一起，找出令主人公疯狂的原因。这正是陀思妥耶夫斯基运用第一人称叙述所呈现出的魔法。

　　陀思妥耶夫斯基的第二种方法是用一种颠来倒去、拐弯抹角的叙述口吻让故事听上去更像一场自然的演讲而非编辑过的生硬的文章，以此与读者"套近乎"。正如一位评论家指出的：

　　　　《卡拉马佐夫兄弟》中的复调手法[1]包括了故事本身的叙述口吻。陀思妥耶夫斯基选择了人物个性化的叙述表达，让叙述者用"与读者交谈"的方式讲述故事，其词汇和句法往往就像即兴的口头表达：句子和段落并不规范完整，更像是抓住了中心思想的"句子链"……而作者正是通过这一链条，一步步逐渐让

　　[1]　"复调小说"是苏联学者巴赫金创设的概念。巴赫金借用这一术语来概括陀思妥耶夫斯基小说的诗学特征，他认为"有着众多各自独立而不相融合的声音和意识，由具有充分价值的不同声音组成的真正的复调，这确是陀思妥耶夫斯基长篇小说的特点"。——译者注

其想法浮现出清晰的样貌。[1]

这种通俗化、口语化的语言风格可能让读者难以看清故事的全貌，但却勾起了读者的兴趣，让读者好奇接下来的故事走向，从而抵消了这一缺点。运用这一手法的基本原则是用叙述者亲切、个性的表达激起读者的反应。

为何陀思妥耶夫斯基笔下的角色让人过目难忘

陀思妥耶夫斯基笔下的人物之所以令人难忘有很多原因，其中最重要的一点是他对人物的刻画充分展现了他们的个性。例如，"德米特里·费奥多罗维奇[2]（Dmitry Fyodorovich），一个 28 岁、中等身材、相貌讨人喜欢的年轻人，看起来却比他的实际年龄老得多"[3]，陀思妥耶夫斯基用一句话就一下子激发了读者的兴趣——德米特里为何看起来显老？这是什么意思？它是不是暗示着什么？因为，在一本精心设计的小说里的一切都应该有深层含义。"他肌肉发达，从外表看，身强体壮；尽管如此，他的脸上却透露出一丝病态。他那双突出的又大又黑的眼睛虽然看起来坚定，却带着迟疑不决的神色。"对德米特里的描述变得越

---

[1] 特拉斯，1981 年，第 87 页，引用自博朗，1976 年，第 271 页，第 272—273 页。

[2] 德米特里是《卡拉马佐夫兄弟》里的长子。——译者注

[3] 陀思妥耶夫斯基，1880 年 a，第 85 页。

来越离奇时，我们对他的了解也越来越多。陀思妥耶夫斯基深刻认识到在一本小说中——外表即内在。说得更简单点，对人物的外形描述揭示了他／她的内在性格。知道这一点的作家就可以通过修改对人物的描述去展现微妙的人物特性。

陀思妥耶夫斯基的人物之所以引人注目还因为他们有着极其强烈的情感及思想。在《死屋手记》中，叙述者结识了一个名叫丽莎（Liza）的妓女并为她的拜访感到难堪。他之所以羞愧是因为自己一贫如洗，并住在一个简陋的小木屋里。"我站在她面前，垂头丧气，受到了奇耻大辱一般，充满羞愧，神情令人厌恶。我强作笑颜，裹紧那件像被子一样、破烂的棉睡衣。"[1] 热烈和窘迫的情绪交织在一起，让这一人物形象凸显出来。同样强烈的情感和混乱的思绪在拉斯柯尔尼科夫、德米特里、梅诗金公爵身上也有体现；事实上，陀思妥耶夫斯基的所有主要人物都经历了类似的精神错乱，通过这一过程把读者吸进他们支离破碎的生活漩涡中。

任何关于陀思妥耶夫斯基的讨论，如果不触及他笔下人物的怪异行为及其所走的令人瞠目结舌的大胆路线，都是不完整的。拉斯柯尔尼科夫"为了谋杀而谋杀"的行为只是为了证明自己是一个不平凡的超人，还有什么比这更

---

[1]　陀思妥耶夫斯基，1864年，第138页。

大胆、更惊人、更戏剧化的？！那个住在地下室的男人决定和妓女上床是为了通过施舍来羞辱她，结果发现他才是那个被妓女及妓女对他的爱所羞辱的人！梅诗金公爵主动向纳斯塔霞·菲里波芙娜（Nastasya Filippovna）求婚，但却发现她被自己的情敌杀害，这导致他丧失了理智！德米特里则差点杀了自己的父亲，因为他们成了追求格露莘卡（Grushenka）的竞争者！异于常人行为的人物、大胆曲折的情节、暴烈性格的主角——这些都标志着陀思妥耶夫斯基塑造的角色的与众不同。

　　如果你要在自己的作品中运用这一手法就要超越常规，一旦你想出了人物的下一个行为就停下来想一想，是否可以再往上加注，让它变得更加大胆、更加惊人、更加离谱。同时，将说明性的描述和如旋风般混乱的思绪混合在一起。只有这样，你才能掌握陀思妥耶夫斯基的创作手法，让你的角色也同样令人难忘。

用陀思妥耶夫斯基的技巧让读者心惊胆战

　　19 世纪是现实主义小说的熔炉，巴尔扎克、狄更斯、左拉[1]和托尔斯泰[2]等作家都对社会细节进行了大量的描

---

[1]　爱弥尔·左拉（法语：Émile Zola，1840—1902），法国自然主义小说家和理论家，自然主义文学流派创始人与领袖，代表作有《小酒店》《萌芽》《娜娜》《金钱》等。——译者注

[2]　列夫·尼古拉耶维奇·托尔斯泰（Лев Николаевич Толстой，1828—1910），19 世纪中期俄国批判现实主义作家、思想家、哲学家，代表作有《战争与和平》《安娜·卡列尼娜》《复活》等。——译者注

写，创造了当时读者们所熟悉的世界。正如汤姆·沃尔夫所主张的：现实主义是一项最重要的发现，它使小说走上了正确的道路，是保证小说经久不衰的唯一途径。[1] 陀思妥耶夫斯基秉持这一伟大传统，像所有 19 世纪的小说家一样，他对细节的描写比典型的现代作家要详细得多。例如，在《罪与罚》第六部分第三章的中段，拉斯柯尔尼科夫把"下巴靠在右手的手指上"，"专注地盯着斯维德里加伊洛夫（Svidrigailov）"。在他们俩的对话开始前是一段关于地主斯维德里加伊洛夫长达 116 个字的外形描述。[2] 这种详尽的细节描写可能不符合当今读者的阅读习惯，但描写本身可以精简，例如，下面这一段对外形描写就能很容易引起读者的兴趣："这是一张奇怪的脸，就像戴着张面具……这张英俊的、保养得异常精致的脸让人感到极度不适。"注意这些描述中夹带着情感的暗示，提醒读者这张像面具一样奇怪的脸上有着令人不愉快的地方。

将情感融入描写是陀思妥耶夫斯基用来保证人物肖像描写生动形象的技巧之一。正如我们在前文提到的，他也把人物的外形描写与其内在有机结合。"关于人物外形的细节描写很少仅仅是为了塑造其外在特征……相反，外在细

---

[1] 沃尔夫抱怨道："（今天）有些有才华的人写小说时，没有写明笔下主人公所处的社会背景或社会环境。他就只是个主角，人们说话的内容也反映不出其社会背景。"沃尔夫毫不含糊地说道："这种写法会毁掉他们的写作生涯。"（沃尔夫，载于斯库拉，1990 年，第 34 页）

[2] 陀思妥耶夫斯基，1866 年，第 445 页。

节在反映内在的精神世界上起到了象征性的作用。"[1]《卡拉马佐夫兄弟》中对阿辽沙（Alyosha）的形象刻画反映出他内心的善良和高尚——"在那时，阿辽沙还是一位目光清澈、身体健康、仪表堂堂、有着红脸蛋的 19 岁青年。在那些日子里，他长得很英俊，有着匀称的身材和中等身高，顶着一头深褐色的头发，长着端正而略长的椭圆脸，两只发亮的暗灰色眼睛离得很开。他为人深沉，显得很平静。"[2]陀思妥耶夫斯基用了一段相当长的描述来概括阿辽沙的体貌特征，并以一种检视般的视角对其评头论足，这种方式在现代小说中可能不太合适，但这些描写的要点可以很容易地融入当代作家的作品中。如果你想向读者展现人物阳光积极的一面，就着重在这方面进行着墨，反之亦然。

但或许，陀思妥耶夫斯基技巧中最令人震撼的地方在于对书中暴力行为的恐怖渲染和冲击性的描写。例如，《罪与罚》中的谋杀案在文中被反复揭及；先是读者们被暗示谋杀即将到来，而后谋杀如约而至，之后又伴随不同的心理状态反复出现，比如拉斯柯尔尼科夫对谋杀案的回忆，害怕其罪行被揭发的担忧，以及他开始为杀害两名妇女的残忍行径忏悔。《白痴》中纳斯塔霞的死也展现出了这种既华丽又现实的描写所带来的震撼，书中用几个不祥的字眼

［1］　莱瑟巴罗，1992 年，第 85 页。
［2］　陀思妥耶夫斯基，1880 年 b，第 38—39 页。

预示了她死亡的事实："公爵又跨近了一步，接着又上前靠近了一些，然后就一动不动地定在那儿。"陀思妥耶夫斯基巧妙地将情感融入描写中来拓展它们的内涵，充分利用场景和细节描写。正如谋杀在《罪与罚》中反复出现一样，《白痴》中纳斯塔霞的死也贯穿在接下来公爵和凶手罗果仁与尸体共处一室的交谈中，直到公爵开始失去理智。

当代作家应当学习陀思妥耶夫斯基从简单的描写中提取意义的技巧，模仿他将情感和象征意义融入对外形或行为的描述中。当你有一个值得注意或充满暴力的场景时，在主要人物脑海中反复复现它，可以增强这一场景的震撼效果。将人物置于恐怖或暴力事件的发生地，就要毫不犹豫地挖掘、利用细节描写的所有价值。这样，你的描述才能让读者记住。

陀思妥耶夫斯基是作家中的翘楚。他的作品尽管对于现代人来说有些冗长，却对写小说的人有着永恒的价值。任何小说都离不开对人物内心和灵魂的深入挖掘，陀思妥耶夫斯基向我们展示了如何做到这一点——如何巧妙地切换场景，如何写出让读者欣然接受的文字表述，如何描写出受强烈情感影响的人物的身心状态。这就是陀思妥耶夫斯基的遗产，也是他送给当代作家的礼物。

第 5 章

克努特·汉姆生的创作方法

如果你向往文学上的新事物，寻找一个在文学上大胆无畏的创新者，那你可能会喜欢上克努特·汉姆生和他的作品。汉姆生不仅创造出了描绘多维逼真人物的独特技巧，还开创了故事时间线描写的全新风格。但他并非为了改变而寻求改变，他还发展出一种文学理论来支撑他的作品。[1]

克努特·汉姆生（Knut Hamsun）出生于 1859 年的挪威，在兄弟姐妹里排行中间。他多次到过美国，干过电车售票员等工作。但他在美国干过的最有成就的事是举办了一系列小说讲座。他认为，传统的小说围绕一个具有主导人格的静态人物展开，这有着严重的缺陷，与真实生活并不相符。和汤姆·沃尔夫一样，他对小说写作有着清晰的理论认识（尽管他没有像沃尔夫那样把现实主义放在首位），并希望这套理论在自己的小说里得到实践。回到挪威后，他继续就当代小说这一主题发表演讲。汉姆生为自己颇具争议的新想法感到兴奋（也有人认为那是令人困惑的想法），并准备用新方法写一种新型小说。这种小说将打破

---

[1] 参见斯韦勒·林斯塔在 2001 年翻译的《神秘的人》的导言，其中讨论了汉姆生的演讲及其文章《心灵中的无意识生活》（"From the Unconscious Life of the Mind"）。（汉姆生，1892 年，第 XV—XVI 页）

线性叙述的传统，囊括了陀思妥耶夫斯基情感描写、在两个或多个时间段之间快速切换的人物内心独白以及梦境片段，而梦境片段的写作方式可以刻画出人物在意识恍惚闪现下的内心状态。

突破写作的瓶颈

与他在小说上的创新之举形成鲜明对比的是，汉姆生对女性的看法十分保守——不论是在生活还是在小说中。"在他的作品里，女性在成为母亲时才是最为幸福的，教育、文明、旅行都会摧毁她们。"[1]他的第一段婚姻以失败告终，部分原因是他固执地要求妻子放弃独立。他的第二段婚姻比之前的"要成功许多，但他的妻子付出了巨大的代价来维持这段婚姻。她放弃了自己作为女演员的生涯，并同意和汉姆生一起搬到一个偏远地方去体验他所向往的未遭破坏的神奇自然"[2]。同赫尔曼·梅尔维尔、J. D. 塞林格及许多作家一样，汉姆生每次都离开妻子"好几个月"，这样他就可以"在旅馆或公寓里而不是家中"[3]写作。事实上，他认为心血来潮地离家出走到一个新的地点重新提笔可以帮助他克服时不时遇到的写作瓶颈。这种方法在

---

[1]　扎加尔，1998 年。

[2]　同上。

[3]　同上。

大多数情况下发挥了功效，他最优秀的一些作品就是在离开了熟悉的环境之后创作出来的。[1]

令海明威和卡夫卡虚心请教的人

尽管汉姆生作为一名作家在早期取得了成功，但在第二次世界大战期间，他遇到了重大的政治麻烦。他是个顽固的反英派，以致他转而支持希特勒，甚至在德国人把坦克开进挪威并占领这个国家时，他仍执迷不悟。战后，他因支持德国而被判处巨额罚款，其作品也受到轻视和冷落，尤其是在英美两国。这种被冷落是他偏激的政治立场所造成的不幸后果。实际上，汉姆生并非那么亲德，当挪威人要被处决时，他曾同德国人会面并试图阻止杀戮。反而是他的反英情绪让他失去了洞察力，不加批判并无条件地支持纳粹入侵。这一具有争议性的立场让他的作品在战后遭到了抵制。在当今的美国，他依然鲜为人知。

1920 年，汉姆生因《大地的生长》（*Growth of the Soil*，1917 年）获得了诺贝尔奖；讽刺的是，那是他最缺乏想象力的作品之一。[2] 从技巧上看，他的小说《神秘的人》

---

[1] 汉姆生发现，一个新的地点能刺激他的创造力。不幸的是，这种方法并不总是奏效——尽管它在通常情况下很有用。（弗格森，1987 年，第 282 页）

[2] 埃德蒙·怀特在一篇极为严肃的文章中评论道，汉姆生最好的作品出现在他职业生涯的早期，包括《神秘的人》《牧羊神》和《维多利亚》。在其后半生中，只有两本精彩、颇具启发性的作品达到了他年轻时的高度：《在秋夜的星空之下》（*Under the Autumn Star*）和《在蔓草丛生中的小径》（*On Overgrown Paths*）。在怀特看来，《大地的生长》反而"单调乏味"。（怀特，1996 年，第 25 页）

（*Mysteries*，1892 年）和《维多利亚》（*Victoria*，1898 年）
更为有趣，其特点也更符合我们讨论其作品的目的。这两本
书在人物塑造和语言创新上都进行了十分有意义的尝试和挑
战。汉姆生被誉为"不折不扣的散文诗人、心理小说的先
驱"[1]。他经常用两个人物来代表一个人性格的两面，这种技
巧在文学中被称为"二重身（doppelgänger）"。赫尔曼·黑
塞（汉姆生的崇拜者）在他的大部分作品中也运用这一手法
打造出绝佳的效果。[2]

　　尽管汉姆生在挪威面临政治问题，但他的作品仍然被
包括 D. H. 劳伦斯、海明威以及卡夫卡在内的英美作家仔
细阅读。[3] 他们试图从中窥探其风格的奥秘，并将他极具
技巧的情感刻画运用到自己的作品中。他们从汉姆生身上
学到的是，人物的情感世界可以通过一连串梦境或诗一般

---

[1] 巴特里，1982 年，第 1 页。

[2] 例如，在汉姆生的小说《神秘的人》中，纳格尔和侏儒就是同一个人的两面。在他的
短篇小说 "Hemmelig Ve"〔英文名 "Secret Suffering（秘密苦难）"〕中，"这两人都是单一
人格的两个方面"。（巴特里，1982 年，第 3 页）黑塞在《纳尔齐斯与歌尔德蒙》（*Narcissus
and Goldmund*，1930 年）、《荒原狼》和《德米安》（*Demian*，1919 年）中也使用了二重身
的手法。

[3] 尽管他在我们这个时代不为人知，但受他影响的作家数量却相当惊人。D. H. 劳伦斯
的《查泰莱夫人的情人》深受汉姆生《牧羊神》（*Pan*，1894 年）一书的影响。（费格松德，
1991 年，第 421 页）查尔斯·布可夫斯基承认他在很大程度上模仿了汉姆生的风格，汉姆生
甚至可以称为他创作的"精神寄托"。（哈里森，1994 年，第 217 页）汉姆生的传记作者指
出，年轻时期的海明威曾向汉姆生"拜师学艺"，从汉姆生的早期作品中学习写出简明句子的
技巧。（弗格森，1987 年，第 24 页）汉姆生的其他崇拜者还包括舍伍德·安德森（Sherwood
Anderson）、约翰·高尔斯华绥（John Galsworthy）、H. G. 威尔斯（H. G. Wells）、托马斯·曼
（Thomas Mann）、贝尔托特·布莱希特（Bertolt Brecht）、赫尔曼·黑塞、亨利·米勒和马
克西姆·高尔基（Maxim Gorky）。海明威甚至建议斯科特·菲茨杰拉德(Scott Fitzgerald)
阅读汉姆生的作品来汲取一些写作上的点子。（弗格森，1987 年，第 228 页，第 301 页）

的文字和对线性故事的摒弃来呈现，而这更贴近人类变化莫测的内心。从汉姆生身上，当代作家可以学到进入人类意识多变本质核心的最为精致深奥的技巧。如果你注重笔下人物的多面性，汉姆生将告诉你如何打破传统技巧中用一两个主要特征来刻画人物的常规，转而采用一种更能反映人类思想和内心频繁快速变化的技巧来进行刻画。

汉姆生对现代小说的批判毫无疑问是正确的。大多数小说都是以线性的方式讲述故事，从某一时间点开始，通过一系列相互关联、相互影响的事件或场景向前推进，就像一排多米诺骨牌一样，一旦关键骨牌被推倒，整个故事情节就会依次发生连锁反应，层层铺展开来。诚然，现代作家也经常会用倒叙的方式，不过这充其量只是作为故事的背景罢了。它到底与现实人物真实的心理活动有多贴合？谁真的会经常在自己的回忆中审视这个世界？谁又真的会在一个时空难辨的模糊印象中历经沧海桑田、感受人间冷暖呢？相比之下，克努特·汉姆生倾向于用一种梦境般内省的方式去探寻人物的内心，而非传统线性和理性的方式。这也是海明威和卡夫卡崇拜并研究他作品的原因，他们希望从中学习到一些能让自身作品更具张力的技巧。

超越“主导特征”的方法

挪威人正“固执地阅读着汉姆生的小说，甚至爱上了其中最不完美的部分"[1]。在第二次世界大战已经过去了几十年的今天，他的作品正被大众逐渐接受。例如，评论家埃德蒙·怀特（Edmund White）就对汉姆生的作品推崇备至："克努特·汉姆生是我最喜欢的作家之一……对我来说，他仍是检验抒情是否优美、对非理性模式的描写是否到位的标准。在我知道的人当中，没有人比他更擅长描写强烈的情感了——包括因肉体欲望产生的痛苦、被拒绝的恐惧以及爱情的悲喜剧。"[2]怀特最钦佩这位挪威籍诺贝尔奖得主的其中一点是，他的作品在人物内心刻画上打破了常规模式，开辟了一个全新的方向。汉姆生的手法被称为表现主义，这种风格将表达人类个性的多层次和多样化的复杂性置于首位。另一种说法则认为表现主义者通过扭曲现实来展现其主题的情感内容。[3]

汉姆生主要的文学贡献之一是摒弃了左拉的人物性格描绘方法，事实上，汉姆生曾公开嘲笑自然主义流派用一个主导特征去描绘人物。他认为，在一个人身上强加主导的性格特征是矫揉造作。汉姆生的作品深受陀思妥耶夫斯基的影响，后者笔下的人物性格易变且不可预测。同样，汉姆生也认为他书中的角色中没有谁可以被限定在一个

---

[1] 里斯，2008年，第110页。

[2] 怀特，1996年，第21页。

[3] 毫不奇怪的是，表现主义艺术家爱德华·蒙克的油画被用来作为汉姆生小说《维多利亚》与《神秘的人》（企鹅版）的封面。

爱德华·蒙克（1863—1944），挪威表现主义画家，代表作《呐喊》。——译者注

"显性的特征"之中；相反，他们像水银一样易受到外界的影响，在一连串快速并常常令人眼花缭乱的反应中一会儿闪现出这样的特征，一会儿又闪现出那样的特质。[1] 在许多方面，汉姆生都是一位令人惊奇的、风格独特的现代作家，他所展现出的是人类意识的禅宗般的写照。

例如，在《神秘的人》这本书中，主角纳格尔（Nagel）就是个谜一样的人物。他穿着黄色西装出现在镇上，没有向任何人透露他的背景。他很有钱，却住在一个下等酒吧；尽管声称自己并不是个天才，但拉小提琴的技巧却是大师级别；他试图将所有的事都藏在心底，却又疯狂地爱上了这个村庄的一位美人（碰巧她还和另一个男人订了婚），并像个恶魔一样追求她。他变化无常的性格与村里的侏儒米尼南（Miniman）形成了鲜明的对比，后者性格阴暗却被纳格尔视作朋友。在小说接近尾声时，纳格尔试图服用毒药自杀但失败了。读者以为此时他已经死了，但他的脑海中却浮现出一段幻觉。在故事的结尾，纳格尔怀着对爱情的失望跳湖自杀了。

汉姆生这部小说的写法不仅背离了传统故事的线性发展，还背离了主流文学中一个人物仅能代表一种心理类型的传统。纳格尔既是个喜欢自吹自擂的人，也是一个害羞的人，还是一个冲动的追求者；他既是个傻瓜，也是个天

---

[1]　怀特，1996 年，第 22 页。

才。对法官来说他是个恶霸，对被欺凌的侏儒来说是个朋友，对他的邻居来说是个神秘人。简而言之，他是个有秘密的人，时而抑郁，时而狂躁……最后自杀身亡。当代翻译汉姆生小说的人强调了这本书的部分魅力："从整体上看，《神秘的人》成功创造了一个濒临毁灭的中心人物日复一日、每时每刻意识流动的强烈既视感……在《神秘的人》一书中，汉姆生对传统小说中连贯的情节，因果关系，人物塑造的完整性、一致性、合理性，及文章主旨等最基本的元素统统不屑一顾。"[1]对于那些想要更为直接地描绘出中心人物思想的作家们来说，《神秘的人》这本书值得研究借鉴。

多时段并行的技巧

汉姆生的小说通常遵循着某种模式。正如埃德蒙·怀特观察到的："孤独的主人公来到一个村庄后，爱上了当地的一位年轻姑娘……她经常被主人公的怪癖吓坏，但从不对他的魅力无动于衷。（汉姆生自己就是一个英俊的高个男人，他的主角也在外形上富有魅力。）"[2]但为了使用汉姆生的技巧而照搬这种情节模式既没有必要，也没有什么特别的帮助。他高超的技巧在任何试图呈现人类心灵变幻莫测的故事类型中都能适用，而且现代作家可以在自己的作品

---

[1]　林斯塔，2005 年，第 34—35 页。

[2]　怀特，1996 年，第 23 页。

中运用他的革命性技巧大展身手。

怀特称，汉姆生的书是"一篇篇令人惊叹的有感而发，就像从一个浪漫的自我主义者的心中撕下来了几页"[1]。这一定程度上是因为相比大多数小说家，哪怕是像乔伊斯、伍尔夫这样以意识流闻名的作家，他更容易把过去和现在同时混进角色的思绪中。事实上，在汉姆生人物的脑海中，过去与现在并不是简单地纠缠在一起，而是受到混乱的心理活动影响融为一体。当人物的思考变得混乱时，读者也会感到困惑，这种精神上的混乱正是汉姆生使用的一个技巧。例如，在《维多利亚》一书中，生性浪漫的主人公约翰内斯（Johannes）无意之中听到他的情敌——与他喜欢的维多利亚（Victoria）订婚的中尉——对他的一句侮辱。而在几年前，维多利亚曾亲吻过约翰内斯。此时此刻，在约翰内斯的脑海中混杂着三个时间段：过去维多利亚的吻、不久前中尉的侮辱，以及现在他俩正在他不在场的公园里散步。

　　在一个很久以前的夏天，她吻了他。那真的是很久以前的事了，天知道这是不是真的。它是怎么发生的，他们当时是坐在长凳上的吗？他记得他们在一起聊了很久，正要离开时，他靠近她，触碰了她的手臂。然后在入口处，她吻了他，并说道，我爱

---

[1]　怀特，1996 年，第 25 页。

你！……但现在，他俩已经走了过去，也许正坐在亭子里。他听到中尉说会给他一个耳光。是的，他听得很清楚，他并没有睡着；但他也没有起身向前迈出过一步。一个军官的巴掌，他说。哦，好吧，这没关系……[1]

原文这段文字都是正常的排版，为了展示这段文字如何融合了三个时间段，我用正体表示过去（维多利亚亲吻约翰内斯的时段），用黑体表示最近（约翰内斯无意中听到中尉要侮辱他的时段），用下画线表示现在（中尉和维多利亚在公园里散步的时段）。这样就方便大家看到汉姆生是如何在一个段落中跨越了不同的时间段。这种将过去发生的事、最近发生的事和现在发生的事糅合在一起的手法，提供了一个直观的视角，让读者可以直接看到处在压力、深情、屈辱和回忆之中的主人公思维活动的实际过程。

汉姆生的《维多利亚》由影片《今生今世》（*Elvira Madigan*）的导演波·维德伯格（Bo Widerberg）拍成了电影。《今生今世》是一部精美的浪漫爱情电影，与汉姆生的这部小说有着许多相似之处，都讲述了无法实现的恋爱故事。在《维多利亚》中，主人公恋情的最大阻碍来自维多利亚，她未忠于内心深处的情感。为了嫁给一个富有的中尉以保全她父亲的城堡，她压抑着对约翰内斯的强烈爱

---

[1] 汉姆生，1898年，第54—55页。

意。如果存在主义大师让-保罗・萨特[1]听到了这件事，他一定会指责维多利亚的不诚实。她没有坚定自己的内心，失去了对爱的信念，她和约翰内斯注定难成正果。他们之间的鸿沟不断扩大，但他们在情感上又不可避免地相互纠缠、藕断丝连。这种情感冲突得以让汉姆生拿着文学的显微镜对主人公约翰内斯的内心世界进行细致入微的观察。在运用多时段并行的技巧时，汉姆生让主人公经历了巨大的情感煎熬，这说明要运用好汉姆生风格中这一最为成功的技巧，让处于冲突中的人物承受精神痛楚将会是个有效的手段。看到这里，你可能会自然而然地联想到陀思妥耶夫斯基，他的作品也聚焦于对耻辱、羞愧和恐惧等情感的描写。

诚然，模仿汉姆生的风格可能会让你的读者感到困惑。但当这种困惑与中心人物所感受到的困惑产生共情时，就值得你去冒这个风险。你可以通过谨慎把握进入角色内心世界的时机达到这一效果，特别是当你能像汉姆生一样在人物处于不安之中时一窥其内心，这个方法将更有可能奏效。你可以在人物高度紧张和冲突即将爆发的时刻，展现人物的内心世界，在过去与现在的时空间自由切换。如果那些过去的插曲（比如约翰内斯被维多利亚亲吻的时候，或者他被中尉侮辱的时候）本身饱含情感就再好不过了。

---

[1]　让-保罗・萨特（Jean-Paul Sartre，1905—1980），法国20世纪最重要的哲学家之一，法国无神论存在主义的主要代表人物，同时也是一位优秀的文学家、戏剧家、评论家和社会活动家。代表作《存在与虚无》。——译者注

你在人物脑海中的徜徉将产生双重效果，既呈现出人物的思想，也会把读者推入该人物混乱的精神世界中。

同时呈现多个时间段的手法非常复杂，这取决于一个复杂人物的情感动荡历程。需要强调的是，尽管汉姆生使用这一手法的技巧十分高超，但现代作家也可以自由地进行模仿和改编。像汉姆生一样将人物塑造得生动形象、活灵活现、让人眼前一亮的方法分为三步：第一步，作家需要想象发生在人物身上的一系列事件，并且这些事件要带有情感价值；第二步，确保人物的情感并非琐碎平庸的，而是带有强烈、深刻、感人的色彩的，像耻辱、羞愧、恐惧、渴望这些情感都被汉姆生不断地呈现（包括他在这方面的前辈陀思妥耶夫斯基）；最后一步，作者需要切准进入人物内心的时机，确保人物内心焦躁、压抑等情感爆发的时机已经成熟。

希望采用多时段并行手法的作家可以在《神秘的人》和《维多利亚》两本书中查阅使用了这一手法的段落。注意汉姆生是如何从现在无缝切换到最近，再延展到遥远的过去，最后又切回现在的。观察他是如何夸大现实，在梦境中脱离现实，最后又回到正常的时间之中。同时，注意他的标点符号、段落长短、对引号的使用，以及其他格式上的细节——这些格式及布局都在告诉你如何写出类似的效果。尽管汉姆生对内心世界的复杂演绎并不适用于每个人，但对于那些处于小说写作前沿以及想要达到强大表现主义效果的作家们而言，汉姆生的作品是一门独一无二的课程。你不会在小说课上学到这些东西。也没有书本会教你这一技巧。[1]这一技巧必须通过向大师学习来获得。通过学习、模仿汉姆生，你将写出最棒的作品。

梦境

为了更为深入地观察处于混乱中的人物思想，汉姆生借用了陀思妥耶夫斯基的方法，将一系列梦境融入故事之中。《神秘的人》的最后几页就用了这一手法，读者直到最后一刻才发现这是一个梦境。在此之前，汉姆生用了类似的技巧，诱导读者相信主人公纳格尔喝了挂在他脖子上的一小瓶毒液自杀身亡。主人公并不知道（读者们也不知道），毒液已经被他的朋友米尼南换掉。汉姆生让我们经历了一场惊险的情感体验，让我们相信主角正变得虚弱并行将就木。在读者看来，纳格尔命不久矣，他自己也是这样认为的。汉姆生写道："他的眼睛已经变得模糊！"[2]此外，汉姆生还在这一场景中用了许多的精彩细节，让读者坚定不移地相信主人公即将消亡。而在几页之后真相被揭开之时，主人公醒了，就像从梦境中醒了过来，读者也是如此。

---

[1]　不过，有一本书是个例外，它在批判性地分析作家们如何描绘小说人物的精神世界这一方面极为出彩。这本书是多瑞特·科恩（Dorrit Cohn）的《透明大脑：小说中呈现意识的叙述模式》（*Transparent Minds: Narrative Modes for Presenting Consciousness in Fiction*，1978 年）。

[2]　汉姆生，1892 年，第 245—248 页。

这种用梦境或幻觉脱离现实的表现主义技巧，使得汉姆生能够深入到主人公的中枢神经系统之中，并以陀思妥耶夫斯基的方式呈现出主人公的疯狂和绝望。汉姆生说，重要的不是现实，而是一个人在压力下的感受。这一技巧让他能以惊人的速度推进故事的进展。例如，当纳格尔从自杀未遂中醒来时，读者们立刻对他下一步会做什么感到好奇：他会失望吗？他会吸取教训并希望活下去吗？他会接着再来一次（自杀）吗？很少有作家能以这样的表现力呈现人物的思维和梦境。即便是乔伊斯延伸的意识流和伍尔夫复杂的内心独白也没有这般对故事情节的推进力。

汉姆生的遗产

在临近他生命的结尾时，汉姆生在法庭上受到审判并被认定为叛国贼。他被送往一家精神病院，那里的医生认为他存在心理问题，并试图对这一问题进行分类记录。而事实上，他的神志一直很正常，"比那些观察者们聪明敏锐得多"[1]。他将这段经历写成了人生中的最后一本书《在蔓草丛生中的小径》，这部敏锐的作品揭露了律师们和医生们在试图解析像他这样的艺术家时可能会犯下的错误。作家、精神病学家罗伯特·科尔斯（Robert Coles）评论道："他

---

[1]　科尔斯，1967 年，第 23 页。

再次指出，人类竟然可以如此侮辱和羞辱其他人。没有人能像一群精神病学家一样向他们的病人提出并强加一些头脑简单、带有侮辱性且极度傲慢的问题，同时还要把这些问题分类记录。"[1]正是这种敏锐贯穿了汉姆生的所有佳作，这也是他给现代作家的礼物。在他的小说中，这种观察入微的敏锐就像意识之光一样迸发出来，而描写只不过是对他这种创作能力的呈现。

通过研究汉姆生的作品，现代作家可以深刻体会到培养这种敏感性和敏锐度的意义。当你选择去培养这种能力时，你可能会找到一种方式打破常规，深入到人类内心和思想的核心。与此同时，汉姆生的遗产无疑颇具挑战性，因为他告诉作家们不要被庸俗的"主导特征"文学流派所束缚。"他不像传统流派那样去表现人物的性格。"[2]打破常规伴有风险，但所有伟大的作家都会冒这个风险，设定超出常规的目标。像海明威、卡夫卡、黑塞一样大胆运用汉姆生的技巧，你将站在现代小说的前沿。这并不意味着你必须完全摒弃现实主义或对情景结构的设置，甚至拒绝具有主导特征的主要人物，但这确实意味着你需要开始将注意力放到表面之下的心理活动，寻求一种更符合人类真实情况的方式来塑造人物。

---

[1]　科尔斯，1967 年，第 23—24 页。

[2]　怀特，1996 年，第 23 页。

第 6 章

伊迪丝·华顿的创作方法

很少有小说家能像华顿夫人那样以慎重的态度和不唐突的诗歌技巧打磨句子。她的小说不如其朋友兼"导师"的亨利·詹姆斯[1]来得复杂，加之她没有真实地描写出新英格兰地区[2]，华顿夫人因此受到了不公平的评价。事实上，她在人物塑造上比詹姆斯更为鲜活，行文也更为自然，她那带有表现主义风格的故事也比批评者所说的更为出色。

伊迪丝·华顿（Edith Wharton）出生于 1862 年的曼哈顿，有两个分别比她大 11 岁和 17 岁的哥哥。[3]6 岁的时候她住在巴黎，在那里她发现了写作的乐趣，并展现出了丰富的想象力，让她的父母大为惊讶。[4]她和爱德华·华顿（Edward Wharton）多年的婚姻并不幸福，最终她与双性恋记者莫顿·富勒敦（Morton Fullerton）发生了婚外

---

[1] 亨利·詹姆斯（Henry James，1843—1916），继霍桑、麦尔维尔之后 19 世纪美国最伟大的小说家，也是世界文学史上的大文豪，被一致认为是心理分析小说的开创者之一，是 20 世纪小说的意识流写作技巧的先驱。代表作有长篇小说《一个美国人》《一位女士的画像》《鸽翼》《使节》《金碗》等。华顿夫人在移居法国后，与他成为挚友。——译者注

[2] 新英格兰地区是指美国东北的一个地区，由缅因、佛蒙特、新罕布什尔、马萨诸塞、康涅狄格和罗得岛六个州组成，是英国殖民主义者最早开发的美洲地区。——译者注

[3] 本斯托克，1994 年，第 3 页。

[4] 本斯托克，1994 年，第 21 页。据信，华顿夫人从小由保姆和家庭教师抚养长大，被剥夺了正常的母女关系，才导致了她之后在艺术之路上的发展以及在婚姻生活中的外遇。（埃里奇，1992 年，第 6 页）

情。[1]在与丈夫离婚后，她和许多优秀的男性艺术家都建立了深厚的友谊，包括沃尔特·贝里（Walter Berry）及亨利·詹姆斯。

就连上面这段简介也在暗示，华顿夫人在创作映射她真实社会关系的虚构小说上倾注了灵魂。她的角色所感受到的所有浪漫的焦虑都是她自身心灵的一部分。这是作家们可以从华顿夫人身上学到的第一课：在我们关注她的文学造诣之前，请记住，一个作家需要通过书本之外的真实生活为艺术创作积累原生素材。[2]

简洁

在简明写作上，华顿夫人用了所有专业的喜剧演员都掌握得炉火纯青的一种技巧。这个技巧对于作家而言十分有用。当然，并不是所有作家都注重简洁。人们在福克纳或乔伊斯身上，就能看到相反的趋势；但伊迪丝·华顿对此有着明确的文学理由。在中篇小说《伊坦·弗洛美》（*Ethan Frome*，1911 年）中就能找到有力的例子。

一位评论家称"华顿夫人堪称典范的简洁"[3]并非风格上的偶然，而是精心设计的效果。"华顿夫人在她的自传中

---

[1] 埃尔利赫，1992 年，第 xii 页，以及第三章。

[2] 华兹华斯这样描述作家对生活素材的积累：这是一种在宁静中品味情感的过程，一切好诗都是强烈感情的自然流露，来源于在宁静中积累起来的情感。

[3] 韦格纳，1995 年。

写道，她对自己早期散文中的形容词进行了'狩猎'，以达到'简约朴实'的效果。同时，她以乔治·艾略特的《罗慕拉》(*Romola*)[1]为例，指出这本书是如何被浓墨重彩的描写弄得毫无生气的，她写道：'尽管这本书细节丰富，但只是个虚张声势的表演罢了。'"[2]华顿夫人的第一本成名之作《欢乐之家》(*The House of Mirth*，1905 年)最初是以连载形式出版，然后才出版成册，她为此进行了反复修改以让图书版本更为简洁——"成书后的小说，往往在表达或描写上更为简明扼要。"[3]

中篇小说《伊坦·弗洛美》讲述的是一个不善言辞的男人伊坦 (Ethan) 与他妻子的表妹马蒂 (Mattie) 之间悲惨的恋爱故事。本来这个女孩是到他家照料他生病的妻子泽娜 (Zeena) 的，但很快，伊坦就爱上了马蒂。在小说末尾，他俩漫步在新英格兰冰雪覆盖的森林中，试图解决处于绝望之中的热恋所面临的种种困难，但最终他们得出的唯一解决办法是殉情自杀。他们本想乘坐雪橇从陡峭的山坡上滑下来故意撞上高大的榆树，讽刺的是，这棵树并没有夺去他们的生命，反而让他们身受重伤，不得不痛苦地度过下半生。荒凉阴郁的结尾正是华顿夫人小说的特点。

---

[1] 乔治·艾略特 (George Eliot，1819—1880) 是英国维多利亚时代的著名作家，她的小说清新优美，极富田园生活和大自然的气息，并首次展示了现实主义小说的新特征。但部分读者觉得她的小说冗长乏味，有太多的道德说教，尤其是《罗慕拉》。——译者注

[2] 休斯，2005 年，第 387 页 (未写明引用)。

[3] 刘易斯，1986 年，第 1322 页。

话题切回来，让我们来看看华顿夫人在《伊坦·弗洛美》中是怎么进行简约写作的。在马蒂住进伊坦家后，他很快就坠入了爱河。"他活在了马蒂·西尔弗的一颦一笑之中。(All his life was lived in the sight and sound of Mattie Silver.)"这句话简短又甜蜜，同时用了 L 和 S 开头（单词）的头韵而充满诗韵。在伊坦和马蒂马上要和树致命相撞时，华顿夫人并未在此用废话拖慢故事的节奏，她直截了当地写道："在最后那一刹那，空气像千万根炙热的金属丝划过他的身体，接踵而至的便是那棵榆树……"这个句子直接有力，没有复杂的点缀，凸显了雪橇急速下滑并正要撞上榆树时的紧迫感。英国浪漫主义诗人罗伯特·骚塞（Robert Southey）下面这句话或许最为贴切地说明了简洁的作用："言语如阳光——压缩得越紧，燃烧得越旺。"

一见钟情以及一往情深的浪漫

今天，我们依然能感受到华顿夫人的魅力，特别是她对浪漫爱情小说的影响。[1]她运用的一个传统手法是让男女主人公"一见钟情"。伊坦在见到他妻子表妹的第一眼就立马神魂颠倒——"他第一天就喜欢上了这个女孩。当他开车去平原地区接她时，她微笑着在火车上向他挥手，喊道

---

[1] 根据埃丝特·隆巴迪（Esther Lombardi）的说法，华顿不仅影响了她那个时代的许多小说家，也影响了许多当代作家。另见科尔德，1985 年。

'你一定是伊坦吧！'边说边拿着行李从火车上跳下来。"[1]
在类似《洛丽塔》的小说《孩子》（*The Children*，1928
年）一书中——尽管不像纳博科夫的原作那么明显[2]——
一位中年工程师爱上了一个 15 岁的少女。他第一次看到
这个女孩时，她正抱着其中一个弟弟妹妹登上一艘游轮的
台阶：

> 46 岁的男人并不像他们 20 多岁时那样，看到一
> 张漂亮迷人的脸蛋就怦然心动；但当一个场景吸引住
> 他们时，对他们的刺激反而更大。此时的博伊恩并不
> 是在搜寻漂亮的脸蛋，而是在看有没有有趣的面孔，
> 他的搜寻被稚嫩的年纪和楚楚可怜的优雅这种与他的
> 现实生活毫不相关的东西所打断，这令他心神不安。[3]

华顿夫人展现浪漫的另一个方法是深入一个角色的
思绪中，揭示其对他人隐藏的渴望和欲望。《纯真年代》
（*The Age of Innocence*，1920 年）中的一对恋人纽兰·阿
彻尔（Newland Archer）和奥兰斯卡伯爵夫人（Countess
Olenska）都与其他人结了婚。伯爵夫人是阿彻尔妻子的表

---

[1]　华顿，1911 年，第 23 页。

[2]　纳博科夫的《洛丽塔》（*Lolita*）叙述了一个中年男子与一个未成年少女的恋爱故事。
该书曾被禁售，后来再度风靡，衍生出了"萝莉（loli）"一词，在日本引申发展成一种次文
化。——译者注

[3]　华顿，1928 年，第 11 页。

姐，在阿彻尔前往火车站接她时，华顿夫人深入到阿彻尔的内心世界，为这个场景奠定了浪漫的序曲：

> 他怀着学生般稀里糊涂的幸福感想象着奥兰斯卡夫人从车上下来的情形：他站在很远的地方，从人群里那一张张毫无意义的脸中认出了她。随后，她挽着他的胳臂随他走到马车跟前，他们就这样在穿梭的马匹、拉货的马车、大喊大叫的车夫中间缓缓地朝码头驶去。然后又登上异常安静的渡船，在雪下肩并肩地坐着，再坐进平稳的马车，大地仿佛在脚下悄然滑行，延伸至太阳的另一侧。真是难以置信，他有很多事情要对她讲，它们将以怎样的顺序被他流畅地说出来呢……[1]

多瑞特·科恩指出，表达人物思想最为便捷的一个方法是在进行"心理叙述"（描述人物心理）时，加入诸如"他想到"或"他突然想起一件事……问自己是否会……"这样明显的标志。[2] 对于作家而言，这种方法很容易笔锋一转，直接切进人物的思考过程。在上面这段描写中，华顿夫人在第一句便以"他想象着"作为切入口，毫不费力

---

[1] 华顿，1920年，第242页。

[2] 科恩在一项颇为有趣的研究中观察到，这些对人物思想的明显标注可能看上去单调无趣。出于这个原因以及为了更为深入地挖掘人物内心，作家们开始从心理叙述（作者从旁观者角度对人物内心的间接阐述）转向直接引用人物的内心独白（人物内心的直接独白）。（科恩，1978年，第38页）

地接入人物的内心活动，一说完这句开场白，她便可以自由地在主人公的脑海里徜徉，说出他那些极其浪漫的想法。[1]

浪漫也可以体现在对话中，比如阿彻尔对伯爵夫人说道："我想要——我想要与你逃到一个不存在这种词汇或不存在这类词汇[2]的地方。在那儿我们仅仅是彼此相爱的两人，对方就是生活的全部，其他的事都无关紧要。"[3]像这样的对话永远都不会过时，一见钟情的浪漫剧情也并不老套。你可以在华顿夫人身上学习呈现人物思考过程的技巧，并在最为现代的小说中用来呈现爱情和浪漫。

如何重复重要的信息

话多和话少之间存在着边界。研究成功作家如何重复关键信息对于把握这其中的分寸很有帮助。

例如，在《伊坦·弗洛美》中，华顿夫人在小说开头提到主人公仅接受过短暂教育的细节："他曾在伍斯特的一所技术学院上过一年的课程。"几页后的内容是伊坦爱上了马蒂，华顿夫人再次强调他的受教育程度并不完整："未完成的学业让他容易感性，即便是在他最不快乐的时候，大

---

[1]　我们很容易由华顿夫人的这些心理描述片段联想到《包法利夫人》中爱玛幻想她可以和她的情人们一起享受浪漫生活的片段。

[2]　这里指的是前文伯爵夫人提到的"情妇"一词。——译者注

[3]　华顿，1920 年，第 247 页。

地和天空仿佛也在用低沉有力的口吻劝说着他。"[1]这个技巧说白了就是用不同的表述重复部分信息，并将这一重复融入上下文中以揭示其含义。伊坦的受教育问题充分说明了他为人感性的一面，这与之后他和马蒂发生婚外情密切相关。而马蒂喜欢他的其中一点就是他的感性。

另一个重要的信息是伊坦妻子体弱多病。读者们必须意识到泽娜在某种程度上是一个病人。书中第一章写道："泽娜一直处于斯塔克菲尔德所说的'虚弱'状态。"然后在第八章中，因为泽娜的疾病，伊坦第二次想将她抛弃："他是可怜的男人，是一个虚弱多病的女人的丈夫，而抛弃她将让她无依无靠、穷困潦倒。"[2]在这个例子中，重要的信息用同样的关键字进行了重复，但因为两组重复之间隔了许多章节，这么做无伤大雅。

书中还反复提到了另外一些要点，包括马蒂·西尔弗的美貌和善良、雪地的荒凉等等，后者在故事高潮中扮演了关键的角色。总而言之，关键信息的重复对小说而言十分有必要。改变措辞、在暗含深意的语境中嵌入重复的信息并用章节将这些重复分离，可以为这些重复赋予意义，并让它们起到支撑小说发展、凸显中心主题的效果。

---

[1] 华顿，1911 年，第 19 页、第 23 页。
[2] 华顿，1911 年，第 23 页、第 103 页。

何时描述背景环境

伊迪丝·华顿除了是一位小说家，还是一位园丁和室内装潢师。事实上，她的第一本书是一部非文学类的作品：《房屋装潢》（ *The Decoration of Houses* ，1897 年）。当然，你不需要为了写出关于漂亮衣服、大豪宅、浪漫环境的文章而成为一个室内设计师。你只需三个步骤，即挑选、浓缩和融合，就能掌握将外在感知融入故事的能力。

挑选指的是选择对什么样的背景元素进行描述的过程。我们的眼睛能看到纷繁复杂的事物，耳朵能听到千奇百怪的声音，其他的感官也同样遭受着外界信息的狂轰滥炸。从这一片嘈杂的背景中，作家需挑选重要的信息。当翻开《伊坦·弗洛美》时，我们看见伊坦正走在雪地里，准备去见马蒂——"村子里的雪有两尺深，寒风使雪在角落堆积起来。铁灰色的空中挂着像冰花一样的北斗七星，猎户座也在闪烁着冰冷的火焰。"在这一段描写中，华顿夫人并未花费笔墨去勾勒雪地里的树木，也没有提及漫漫雪地一望无际的地平线。即便环境中还有其他细节，华顿夫人也像画家一样只挑选出其中重要的部分进行刻画。紧接着，她用光线来渲染背景环境，描述了透过教堂窗户的光如何延展着洒向雪地："教堂地下室的窗户将暖黄色的光远远投在了无尽起伏的雪堆上。"当这些精心挑选出的细节呈现在读者面前时，书中的世界就开始变得鲜活起来，人物也能在富有生气的环境背景中被读者感知。

　　浓缩是让文字"不言自明"的技巧。如果几句话能概括意思，就没必要在描述事物上长篇大论了。在《纯真年代》的第三十三章中，伯爵夫人正准备前往欧洲，这将是她和阿彻尔最后的离别，华顿夫人将文字浓缩到足够留下一个生动画面的程度。伯爵夫人坐在一辆昏暗的马车里，阿彻尔却在她永远离开自己的生命之前，都没有机会单独和她说上话。在一句节奏极快的句子里，华顿夫人将两个恋人（精神上的恋人，而非肉体上）间的关系一刀两断——"一瞬之间，在马车内一片翻涌的黑暗中，他瞥见了那个朦胧的椭圆脸蛋，那双眼睛炯炯有神——她走了。"浓缩即精华！你可以通过去掉不必要的词、删减描述以及锐化焦点，让文章也像这般精练。如果一切背景的刻画都是为了铺垫某些事（如人物的别离或登场）的发生，那么当这些重要的时刻发生时，用浓缩的文字而非铺陈的细节，短小精练地突显出情节所蕴含的情感强度，必定会让你的写作事半功倍。

　　融合也许是华顿夫人在环境设置中运用到的最为复杂的技巧。它是对多个环境进行同时描述的方法。这其中最富诗意的例子恐怕就是《伊坦·弗洛美》了，书中将荒凉的雪景融入叙事之中，产生了一种奇妙的超现实效果。再例如，在书中的第二章，伊坦去舞会接马蒂回家，当她从舞会走出来时，伊坦抽出被她搭住的手臂。"云杉下面实在是太黑了，他甚至看不清肩旁她的头的形状。"背景里的树营造出了昏暗的感觉，暗示着一种浪漫的、与外界相对隔绝的状态。随后，"他们默默地走在云杉树荫下黑漆漆的小路上，远处伊坦家的锯木厂也是漆黑一片"。再一次，背景无缝地融入两人与外界隔离的情节中，凸显出此时他们之间的紧密关系。在第九章灾难性的雪橇之旅前，他们听到了教堂的钟声，这个细节为故事情节增添了一种终结感："透过寂静，他们听到教堂的钟敲了五下。"像这样把细节置于恰当的位置并将其融入故事之中，不仅赋予了背景生气，还突出了这些细节所蕴含的意义，远远超出单纯描写所呈现的效果。

埋下伏笔

《伊坦·弗洛美》是一部阴郁的悲剧爱情小说。为了让我们对结局做好准备，华顿夫人埋下了伏笔。在故事的中段，伊坦偶然出现在父母的墓碑前。华顿夫人写道："他想知道，当轮到他和泽娜躺在这里时，是否会有同样的墓志铭出现在他俩的墓碑上。"这里伊坦的死亡预告实际上超出了小说的时间范畴，尽管伊坦在小说的最后并未死去，但他和马蒂在撞上树后遭到了毁灭性的打击，他的结局实质上形同死亡。

《纯真年代》中，刚和梅（May）结婚不久的阿彻尔"忽然发觉自己正像陌生人似的吃惊地看着梅"。在同一个段落中，作者这样描述了梅让他感到惊讶的画面："紧贴着她那白皙皮肤流淌的血液就像是某种防腐液体。"这些细节并不随意，相反它们都在暗示着，梅对她的丈夫而言是个陌生人，是一个试图操纵人们阻止阿彻尔离开自己的冷酷无情、精于算计的破坏者。

讽刺性的预兆是华顿夫人的强项。例如，阿彻尔结婚一章以梅的这段话结束，她说道："啊，这只是我们幸运的开端——好运将永远相伴！"而事实上，他们将面临与之相反的命运。阿彻尔将发现他娶了一个除了社会地位之外，几乎与他没有什么共同之处的女人，而他已经无法再和真爱伯爵夫人在一起。

华顿夫人使用伏笔的诀窍是不让伏笔过于明显，她将伏笔隐藏在小说的十几处地方，暗示接下来将要发生的事。同时，这个暗示也不需要故意给读者留下深刻的印象，但是不论它的语气还是含义，都需传达出一种未来将要发生什么好事或什么坏事的感觉，这样读者才会在一个前后呼应的故事中享受到乐趣。

顿悟

正如克里斯托弗·里克斯（Christopher Ricks）指出的，唯一不能去鲍勃·迪伦[1]音乐会的人就是鲍勃·迪伦

---

[1] 鲍勃·迪伦（Bob Dylan，1941—　），美国著名摇滚、民谣艺术家。2016年，鲍勃·迪伦获得诺贝尔文学奖，成为第一位获得该奖项的作曲家。——译者注

自己，因为如果他待在观众席上，就没人进行演出了！同样（也有些悲哀的是），可能只有作家是唯一无法享受单纯阅读乐趣的人。套用评论家哈罗德·布鲁姆（Harold Bloom）的话来说，所有优秀的作家只能读读自己的作品。[1]这意味着，每当你阅读一部作品时，你就会以一个作者的视角去分析、拆解、审视，并找出那些在你所欣赏的作品中被其他作家藏起来的秘密。也许这就是戏剧大师塞缪尔·贝克特[2]沉迷于悬疑小说的原因之一。他不得不逃到与他自己的作品不同的领域中去。但作家的这个诅咒也是其最大的财富。其他人只会简单地阅读《欢乐之家》（*The House of Mirth*），而你会边阅读边分析劳伦斯·塞尔登（Lawrence Selden）这个人物的演变曲线；其他人只会单纯地享受这个故事，而你会拆解研究这部小说，看看华顿夫人是如何通过一系列的顿悟来推动人物性格演进的。然后，你可能开始试着在你自己的作品中使用顿悟这个技巧。突然之间，你已经在向一个悠久的文学传统看齐，它将帮助你的作品获得令读者着迷的力量。

大多数人把顿悟的文学手法和詹姆斯·乔伊斯[3]联系

---

[1]　布鲁姆，1997 年，第 19 页。

[2]　塞缪尔·贝克特（Samuel Beckett，1906—1989），爱尔兰作家，诺贝尔文学奖得主，创作的领域主要有戏剧、小说和诗歌。他是荒诞派戏剧的重要代表人物，代表作为《等待戈多》。——译者注

[3]　詹姆斯·乔伊斯（James Joyce，1882—1941），爱尔兰作家、诗人，20 世纪最伟大的作家之一，后现代文学的奠基者之一，其作品及"意识流"思想对世界文坛影响巨大。主要作品是短篇小说集《都柏林人》、长篇小说《尤利西斯》。——译者注

在一起。顿悟是一个人物在某个时刻重新认识世界，它是一种精神上的启蒙或觉醒，也是一个如梦初醒、幡然醒悟的瞬间。乔伊斯在《都柏林人》（*Dubliners*，1914 年）的许多故事里使用了顿悟，比如当伊芙琳（Eveline）突然意识到自己无法跟男友上船一同前往一个新世界开始新生活时，那令人心碎的恍然大悟就是一种顿悟，是她看清事态的时刻。华顿夫人从乔伊斯那里学到了运用顿悟的技巧，尽管她并不喜欢他作品里的很多东西并将其视作以自我为中心的孤芳自赏、哗众取宠的噱头，但是她清楚地知道即便是她不喜欢的东西也存在着些许价值。她像渔夫从牡蛎里取出珍珠般从乔伊斯的书里学到了这一文学手法，并在自己的作品中以一种更为传统的方式使用顿悟推动情节的发展和人物的演进。乔伊斯作品中的顿悟更多是灵光一闪，特别是在其后来的作品《尤利西斯》（*Ulysses*，1922 年）和《芬尼根的守灵夜》（*Finnegans Wake*，1939 年）中，人物一瞬间的领悟并未促使他们在人性上有任何的发展。而华顿夫人总是利用其角色茅塞顿开的时刻，去推进情节发展、促进人物性格演变。[1]

就像斯坦利·库布里克[2]所说的"我们需要六七个重要的时刻"来策划电影情节，华顿夫人也安排了人物的

---

[1] 参见金，2006 年。

[2] 斯坦利·库布里克（Stanley Kubrick，1928—1999），美国电影导演、编剧、制作人，代表作《闪灵》。——译者注

六七个顿悟时刻，并围绕人物的觉醒构建了小说。这就是所谓的"人物曲线"（或称为"角色演进"）。人物曲线是个更为综合全面的术语，它包括了曲线的开端、演进、结尾以及其间所有零碎的过程，相比之下，顿悟的概念更容易理解和把握，也更容易运用到你的作品里，因为它就是构成人物曲线的最小单位，是人物演进的直线上发生弯曲的部分。换句话说，将人物曲线想象成由一系列间断的直线构成的带有弧度的曲线，可能更好理解。（请见下页图）这条"曲线"上每段的节点即顿悟，或者用乔伊斯的话来说——"灵光一现"[1]。

　　例如，《纯真年代》讲述了纽兰·阿彻尔背叛其贵族妻子的故事。阿彻尔是一位纽约的贵族律师，被他所属阶层的规则和信条所束缚。当奥兰斯卡伯爵夫人走进他的生活时，他大大偏离了自己的人生轨道，有了许许多多顿悟的时刻，仿佛她在他的脑海中点燃了一连串的烟花。华顿夫人多次让阿彻尔出现这些一闪而过的觉醒。他最早也是最为重要的一次顿悟，出现在有人批评伯爵夫人在与丈夫分居后和另一个男人生活在一起时他站出来为她辩护。"他停住，气愤地转过身去点着雪茄。'女人应当是自由的——和我们一样的自由。'他表态说。他仿佛有了一种新的发现，

［1］　乔伊斯，1916 年，第 205 页。

人物曲线

下面这张图展示了一个故事中人物性格的演变。

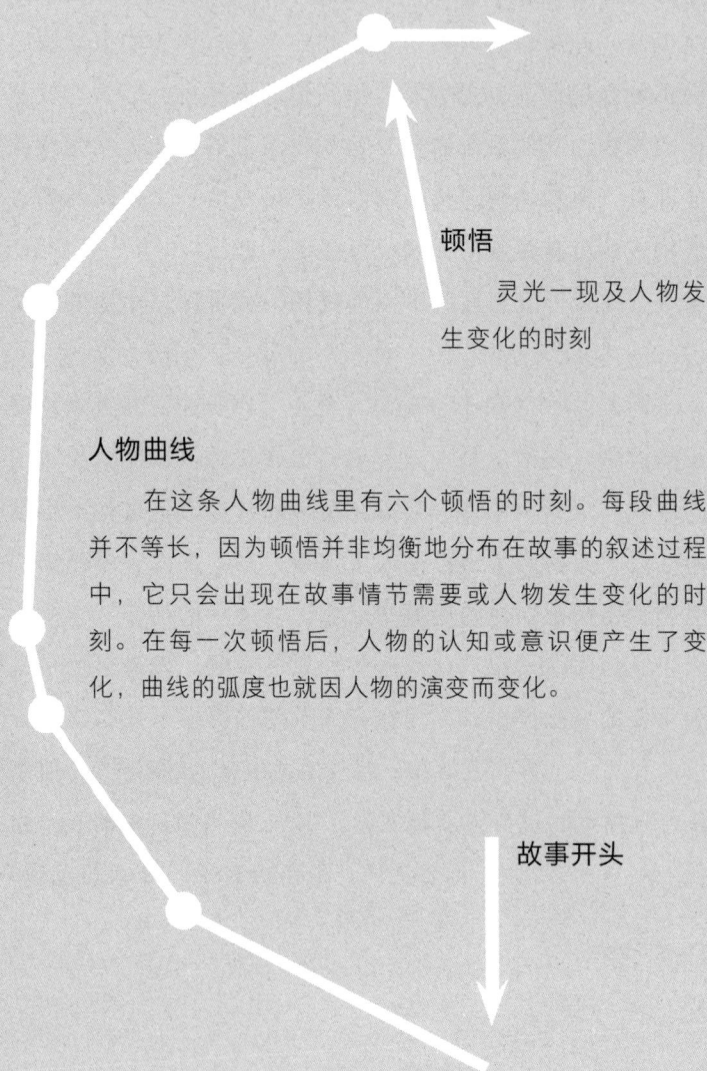

顿悟

灵光一现及人物发生变化的时刻

人物曲线

在这条人物曲线里有六个顿悟的时刻。每段曲线并不等长，因为顿悟并非均衡地分布在故事的叙述过程中，它只会出现在故事情节需要或人物发生变化的时刻。在每一次顿悟后，人物的认知或意识便产生了变化，曲线的弧度也就因人物的演变而变化。

故事开头

而由于过分激动还无法估量其可怕的后果。"[1]华顿夫人以这一顿悟结束了第五章的内容，并在第六章的开头进一步揭示阿彻尔这一认知的意义："带着不祥的冷颤，他发现自己的婚姻正变得跟周围大部分人完全相同，那是一种将一方的愚昧与另一方的虚伪结合在一起的、由物质利益与社会利益构成的乏味联盟。"[2]很明显，这一顿悟对故事来说至关重要，它开启了人物演进的曲线，成为这段曲线第一个重要转折点。

　　为了将顿悟融入自己的故事中，你可以放慢作品的节奏，打磨人物觉醒瞬间的描写。顿悟这一手法可以被有意识地运用，就像运动员可以集中精力加强某一方面的运动能力，比如通过举重来强化投掷标枪的二头肌，作家也可以通过练习撰写顿悟的片段来锻炼运用顿悟的能力。华顿夫人"将顿悟作为她小说理论的中心"，研究她对这一手法的使用可能是学习如何运用顿悟最有效的方法之一。[3]

---

［1］　华顿，1920 年，第 38 页。

［2］　华顿，1920 年，第 40 页。

［3］　金，2006 年，第 150 页。

第 7 章

萨默塞特·毛姆的创作方法

每当你发现你的写作变得华而不实时，你可以试着读读毛姆的作品。乔治·奥威尔曾说道："我认为对我影响最大的现代作家是萨默塞特·毛姆，我非常佩服他能直截了当、毫不夸张地讲述一个故事。"毛姆的作品在风格上从来都不矫揉造作、复杂浮夸，因此他被誉为"早期朴素风格大师"[1]。

萨默塞特·毛姆（Somerset Maugham）于 1874 年出生在巴黎，双亲在他 11 岁之前就去世了。随后，毛姆被送回英国，与他冷酷苛刻的伯父一起生活。[2] 尽管为了迎合伯父的要求，毛姆上了医学院，但他总是对写作展现出更多的兴趣。他在 23 岁那年便已经出版了第一部长篇小说《兰贝斯的丽莎》[3]（Liza of Lambeth，1897 年）。

毛姆在德国海德堡学习时曾与一位年轻男子结成伴侣，后来他遇到了另一位男性情人弗雷德里克·哈克斯顿（Frederick Haxton），这段关系一直维持到毛姆 70 岁时哈克斯顿去世。毛姆还与茜瑞·威尔科姆（Syrie Wellcome）

---

[1] 柯蒂斯，1974 年，第 245 页。

[2] 摩根，1980 年，第 8—11 页。

[3] 他的这部作品曾被指控剽窃。（摩根，1980 年，第 57 页）

育有一女。茜瑞当时是个有夫之妇，这桩丑闻直接导致她在 1917 年和前夫离婚，随后便与毛姆结婚了。这段婚姻于 1927 年终结。

在第一次世界大战期间，毛姆进入英国情报部门，成为一名间谍。之后，他又搬到了美国，在好莱坞工作。他的文学作品类型非常丰富，包括戏剧、短篇故事、散文和小说。

像毛姆一样选择人物

作者不应随意挑选笔下的人物。选择人物最为重要的原则是他们的类型要均衡，以形成鲜明的对照。伍迪·艾伦[1]最喜欢的关于情节创作方面的书籍是拉约什·埃格里（Laios[2] Egri）的《编剧的艺术》（*The Art of Dramatic Writing*，1960 年）。这本书提到，作品中的人物都必须经过精心的编排，"如果所有人物都是同一类型，例如他们都是恶霸，那么整个故事就会像一支只有打击鼓的管弦乐队一样单调怪异"[3]。当然，"为了多样而多样"也非挑选人物的目的，你的目标是让这些人物因为不同而产生冲突。在这一方面，毛姆显然是位大师。

---

[1]　伍迪·艾伦（Woody Allen，1935—　），美国导演、编剧、演员，美国艺术文学院荣誉成员。——译者注

[2]　原书中出现两种"拉约什"拼法，分别是 Laios 和 Lajos。——编者注

[3]　埃格里，1860 年，第 114 页。

《人生的枷锁》（*Of Human Bondage*，1915 年）里的主人公菲利普·凯里（Philip Carey）是一位医生，也是一个敏感的年轻人。毛姆以自身为蓝本创造了这个角色。而另一位主要角色米尔德丽德·罗杰斯（Mildred Rogers）是菲利普的反面：她傲慢、挥霍、残酷，总是与菲利普发生冲突。事实上，随着他们关系的发展，她变成了一个虐待狂，而菲利普以近乎受虐的快感对她做出回应。"他们似乎总是处于争吵的边缘。事实上，他恨自己爱上了她，因为她总是在羞辱自己。"[1] 这两个角色从来没有完美地融合在一起，因为他们总是惹恼对方。

在《月亮和六便士》（*The Moon and Sixpence*，1919年）中也能看到相同的手法，毛姆以法国后期印象派大师保罗·高更（Paul Gauguin）为原型塑造了主人公。小说中的这名画家名叫查尔斯·斯特里克兰（Charles Strickland），他被描绘成一个冷血无情、只关心艺术的人，对他来说，人类无关紧要。他一点也不尊重他的妻子，甚至为了自己的艺术事业抛下她去巴黎旅行。这部小说的另一个主要角色是二流画家德克·施特略夫（Dirk Stroeve），他是斯特里克兰的朋友。尽管他们都是画家，但两人在性格上刚好相反，在人物的配置上形成了很好的编排。斯特里克兰无情冷漠，施特略夫善良且富有同情心。然而，斯

---

[1] 毛姆，1915 年，第 309 页。

特里克兰恩将仇报，占有了施特略夫的妻子，并因为厌倦而始乱终弃，最后导致他的妻子绝望地自杀——尽管此时施特略夫仍在等待着妻子回到他的身边。还有比这两个人之间的分歧更严重的吗？注意毛姆是如何让这两位画家相互对照，并将其与你作品中的两个主要人物进行比较。扪心自问，你能笃定自己已经创造出了类似的对比吗？只有当答案是肯定的时候，你才会心安理得，无须再对人物的性格进行修正。

组织小说的章节

最容易被忽视的小说创作要点之一是在快慢章节之间进行转换。显然，把所有人物行动的章节放在前面，把所有分析的章节放在后面，会导致整个小说的不平衡。[1] 将戏剧性的紧张情节与深思熟虑的慢节奏部分相互交替，才会更引起读者的兴趣。

毛姆在他的所有作品中都穿插了快慢节奏。如《刀锋》（*The Razor's Edge*，1944 年）一书讲述了年轻人拉里·达雷尔（Larry Darrell）追求精神启蒙的故事。在小说开头

---

[1] 在切换快慢章节上，诺曼·梅勒（Norman Mailer）《夜幕下的大军》（*The Armies of the Night*，1968 年）就是一个著名的失败例子。书的前半部分抓人眼球，充满戏剧性，主人公梅勒在五角大楼被逮捕时剧情达到了高潮。然而，下半部分却是对组织（反战、反征兵）游行（并向五角大楼进军这一历史）事件慢条斯理的分析。尽管这本书最后获得了普利策奖和国家图书奖，但相比于第一部分，第二部分的明显不同和枯燥无味，使得出版了该书第一部分"五角大楼的台阶"的哈珀公司拒绝出版第二部分。（迪尔伯恩，1999 年，第 235 页）

的一个戏剧性场景里，拉里告诉了自己的未婚妻，他想去求学而非经商，这让她大吃一惊。这一章的戏剧性效果因其未婚妻不愿流露内心的失望而增强了。"她的心脏在疯狂地跳动，陷入了极度的忧虑。"[1] 她假装平静地接受了这一消息，但最终决定还是不嫁给他，并主动归还他的订婚戒指。在这戏剧性的一幕之后跟着一个节奏缓慢的章节，女孩平静地向家人和朋友解释婚约已经解除。同样的变换发生在小说结尾。在一个节奏缓慢的长章节里，小说的讲述者听着拉里倾诉他的精神追求。紧接着是两个简短的章节，描述了拉里的其中一个女友索菲·麦克唐纳（Sophie MacDonald）的横死。平静与暴力毗邻，这无疑是作者精心安排的结果。

同样的穿插手法也出现在《人生的枷锁》中。菲利普带着米尔德丽德去剧院，接着送她回家。此时，他正强烈渴求着她。"他不知道该如何度过他的目光能再次在她身上栖息前的时光。"[2] 然而，米尔德丽德却冷落了他，他俩分开了，菲利普很绝望。在这些戏剧性的场景之后是一个延展的章节，菲利普反复思考了整件事情并为此感到孤独。然后，在第五十九章的结尾我们再次被推进一个戏剧性的场景——米尔德丽德又一次羞辱了菲利普。显然，快慢节奏

---

[1]　毛姆，1944 年，第 76—77 页。

[2]　毛姆，1915 年，第 297 页。

之间的交替可以发生在章节内部，也可以发生在章节之间。

　　这种交替的效果也可以通过章节之间不同的段落长短来实现。[1] 段落越长通常意味着节奏越慢。一章全由短段落构成的章节后面可以接着一个全由长段落构成的章节。毛姆在《月亮与六便士》的第五十一章和第五十二章中就运用了这种技巧。第五十一章充满了戏剧性，当中都是简短的段落和对话。它讲述了斯特里克兰如何到达南太平洋的塔西提岛，如何遇到了一位 17 岁的少女，并扬言要施加暴力，强迫她成为他的女人。在这个快节奏的章节后面是由臃肿的段落构成的缓慢章节，总结了斯特里克兰在之后的三年里与这个女孩的和谐相处。紧接着，又是一个快节奏的章节。在这章中，读者将看到斯特里克兰生活在土著人中间，并被作为他的模特的年轻男女包围着进行他的艺术创作。

推动故事的发展

　　推动故事发展的其中一个办法是将人物置于必须做出艰难抉择的情境之中。读者自然会想知道接下来将发生什么。

　　毛姆在《刀锋》的故事中段用到了这一技巧。此时的拉里身处农场，他曾遇到两个女人——艾莉（Ellie）和贝

---

[1]　布朗和金，2004 年，第 164—165 页。

克尔夫人（Frau Becker）。其中，贝克尔夫人明显很喜欢他。一天夜里，一个女人爬上了他的床……拉里随后和她发生了关系，他猜想这个人一定就是贝克尔夫人。但他却懊恼地发现，那个人其实是艾莉。这一转折迫使拉里做出决定。读者自然想知道他将如何处理这一情况。

在《人生的枷锁》的第三十章中，毛姆将另一个角色置于被迫做出决定的困境中。16 岁的凯西莉（Cacilie）被房东发现和一个亚洲人有染。房东对两人的关系表示反对，并威胁要让这个女孩搬走。凯西莉必须决定接下来要怎么办。在经过多次冲突后，她决定和她的爱人私奔。这场冲突推动了故事的发展，让读者渴望接着往下读，看看女孩究竟会如何面对施加给她的、让她停止与爱人见面的压力。

这本书的中段还有一个更具说服力的例子。菲利普终于受够了米尔德丽德对他的不断羞辱，决定离开她到更为体贴、富有母性的诺拉（Norah）身边。他认为自己是爱诺拉的，因为他们间的关系友好和谐，让他感受到心灵的慰藉。就在当读者们以为菲利普已经忘了米尔德丽德时，她却再次出现了。她向菲利普承认她现在过得很悲惨，因为新情人抛弃了她。刹那间，菲利普对她的所有渴求又重新燃起。他该怎么办？他会选择谁？读者们翻着小说往下读，渴望知道他将如何解决这场矛盾。[1]

---

[1]《人生的枷锁》，第六十六至六十九章。

除把角色置于他们必须做出决定的情景中外，叙述者还可以通过激发人们对未来事件的好奇心，通过为之后的故事"打广告"的方式让读者抱有期待，以此加快故事的节奏。[1]在《月亮和六便士》小说的开头，叙述者称他非常了解查尔斯·斯特里克兰这个人，并在战争期间登上塔西提岛发现了关于斯特里克兰的秘密——"我发现了他悲剧性的职业生涯中最晦涩模糊的部分，我可以将其揭露出来。"不论是那些对人性有短暂兴趣的人，还是对这位艺术家备感兴趣的人，在看到这里时都被吊起了好奇的胃口，渴望知道更多的故事。什么是叙述者口中最晦涩模糊的部分？这在之后的故事中起到了什么作用？这些野史秘闻什么时候才会在我们的面前揭晓呢？还有比这更能让读者希望从作家身上获取更多讯息的技巧吗？叙述者对于公布小道消息的承诺，推动读者不停地往下阅读。

在小说的第八章中，毛姆再次使用了这一技巧。他告诉我们，斯特里克兰抛弃了他的妻子和另一个女人去了巴黎。这让读者产生了好奇，并开始想象他的妻子会怎么做。她会跟他离婚吗？现在在巴黎的斯特里克兰的生活又是什么样的呢？我们会接着往下阅读，因为毛姆许诺我们在查尔斯·斯特里克兰悲惨的人生中还有更多的事将要发生。

---

[1]　给未来事件"打广告"这一概念来源于编剧领域。（霍华德和马布里，1993年，第74—76页）广告与预兆相似，都与未来发生的某个事件有关，但预兆只是一种暗示，而广告则是一种期许。

在斯特里克兰逝世 9 年后，叙事者在小说第四十五章告诉我们，战争危机迫使他流亡到了塔西提岛。这明显是在暗示读者们之前"广告"过的某件事即将揭晓，还有比这更为明确的讯息吗？随后，叙述者顺理成章地在塔西提岛展开调查，很快他发现了那些认识斯特里克兰的人，包括一位诊断出斯特里克兰患有麻风病的医生。医生告诉了叙述者斯特里克兰死亡时发生的事，声称在他生命最后几天里完成的《美丽与污秽》这部作品是在他失明的状态下创作出来的！

你可以使用毛姆的这两种技巧来确保读者的兴趣，并在自己的写作中推进故事的发展。第一种技巧是让你的角色面临二选一的抉择。其中，要记住的关键一点是这个人物必须是在面对某个影响其人生的重大选项时做出抉择，并且这一抉择在某种程度上存在困难和挑战。当拉里发现他和一个他不爱的女人发生了关系时，他必须选择做些什么，这事关他作为一个男人的尊严；当凯西莉的情事被发现时，她必须选择做些什么，因为整个世界都在与她作对，而她做出私奔的决定影响了她的一生；当米尔德丽德回到菲利普身边时，他不得不在她和诺拉之间做出选择，他的决定将改变他的人生轨迹。不要给你的人物过于简单的选项，在他们身上施加困难的抉择才能驱使他们到达人生的岔路口。对读者而言，跟着角色的决定走上故事发展的新方向令人激动兴奋，他们会不断翻阅小说，希望知道故事的后续。

当你使用第二种技巧——向读者宣告将来会发生的事时，记住毛姆总是要确保这件事在小说中具有某种关键的意义，是情节中不可或缺的部分，并会对人物产生重大影响。当叙述者称他本人认识斯特里克兰，并探访了塔西提岛以便进一步了解这个男人时，读者实际上就得到了一个承诺。毛姆告诉我们，"即将发生的事是关于主人公的令人兴奋的细节，这个揭露对理解他至关重要"。当你告诉读者他们应该期待什么，并承诺这一期待的事情有趣并让人兴奋时，他们会带着极大的热情进行阅读。

制造惊喜

惊喜是讲故事的关键要素。写作本身就是一个仅揭示必要的部分并将其他部分隐藏起来，最终让读者大吃一惊的游戏。

正当我们以为拉里和伊莎贝尔（Isabel）会幸福时，毛姆却透露道，拉里更感兴趣的事是寻找真理、启蒙和智慧。正当我们以为菲利普·凯里已经满足于与诺拉的关系时，米尔德丽德又再次出现。正当我们以为斯特里克兰在占有了施特略夫的妻子后，似乎找到了一个他真正爱着的女人时，他却抛弃了她，最终导致了后者的自杀。

每次惊喜都会让读者感到震惊，并由此产生更高的阅读兴致。在上述案例中，惊喜都给故事带来了重大转折并揭示了主要人物的形象。当拉里告诉伊莎贝尔，他希望跟世上的智者学习时，她取消了他们的婚约，给予了他自由。读者会好奇拉里接下来的打算。他的人物形象对我们来说也越来越清晰——这的确是一个不同寻常的男人！他拒绝了一个爱他的年轻漂亮的女人到底是为了什么？是为了有机会学习古典文学，学习古人的智慧吗？他到底是一个怎样的人呢？

当米尔德丽德再次出现时，我们和菲利普一样感到震惊。之后，我们更清楚地看清了菲利普的为人：他在渴求着那个对他最为苛刻的女人。也许，他就是这样一个受虐狂。这个惊喜向我们进一步揭示了主人公的人物形象，并让我们兴趣大增。

当斯特里克兰致使施特略夫妻子自杀时，读者不仅感到惊讶，而且急切地想知道在他伤害了施特略夫的当下，他会怎么做，以及施特略夫会怎么做。施特略夫会报复吗？斯特里克兰这个人又是个怎样的怪物呢？一个像这般残忍无情的人是怎么成为伟大的画家的？

只要你的惊喜与故事密切相关，它就会为你的故事增添光彩。注意，毛姆为了达到令人惊喜的效果，并不是简单地让惊喜骤然发生，他总是先确保这些事发生的可能性。你必须确保情节上那些令人吃惊的峰回路转有着充分发生的缘由，并且这些转折是故事不可或缺的部分。例如，米尔德丽德的回归尽管让人感到意外，但在情节上说得通。我们知道此时的米尔德丽德身无分文，并且她也喜欢菲利普，所以在这个节骨眼上，她的出现令人惊讶但也合情合理。我们都知道斯特里克兰是一个畜生，他抛弃自己妻子便证实了这一点，所以尽管我们对他抛弃了施特略夫的妻子感到意外，但其实作者对此早有铺垫。同样，当得知拉里比起婚姻更喜欢学习时，我们感到震惊，但也心里有底，因为在此之前我们已被告知他是一个有智慧、有理想的青年。不论在何种情况下，你都必须确保惊喜已经被提前准备好。

除出人意料的事需具备合理性外，还要让这意料之外的事放大人物的特性。拉里的声明当然体现了他追求知识、寻求精神启迪的性格；米尔德丽德的归来以及菲利普将诺拉抛之脑后并拥抱了米尔德丽德，这再次告诉了我们菲利普是一个怎样的男人；斯特里克兰对施特略夫妻子的遗弃让他残忍无情的畜生形象更为鲜明，也让我们更加看清了这个人的秉性，即便我们（和叙述者一样）不能完全理解他那复杂行为背后的动机。当你记住这些要点时，你准备的意外将会让读者大吃一惊并为之着迷，同时也会让你的情节和人物引发更为强烈的共鸣。

将自己代入到作品之中

　　毛姆喜欢把自己代入到作品之中。他承认"我把我的一生都写进了我的书里"。在某些方面，他是最具自传性的作家之一。他本人就是《刀锋》的讲述者。在这部小说中，他甚至取笑自己，让苏菲（Sophie）称呼他为"道貌岸然的人"。[1]而且众所周知的是，《人生的枷锁》几乎就是一部自传小说，作为医学生的主人公的性格及发生在他身上的闹剧都取材自毛姆自己的人生经历。毛姆幼时的口吃在菲利普身上变成了天生跛脚。阅读这部作品的其中一个乐趣是它提供了一个直接洞察毛姆敏感心灵的近距离窗口。此外，《月亮与六便士》《寻欢作乐》（Cakes and Ale，1930年）也源自毛姆的生活。[2]

　　在《总结》（The Summing Up，1938年）一书中，毛姆承认，事实和虚构在他的作品中混杂在一起，以致没有办法将它们区分开来。"在我的一生中无论发生了什么事，我都会以这样或那样的方式用在写作里……事实和虚构在我的作品中混杂在一起，现在回想起来，我竟难以将它们区分开来。即便我能记起这些事，我也对记录事实不感兴趣，因为我已经更好地运用了这些细节。"[3]在这里，他承认了作品就是他内心世界的真实写照。

　　所有作家笔下的故事都是基于他们自身故事的不同方

［1］　毛姆，1944 年，第 192 页。

［2］　梅耶尔斯，2004 年，第 9 页。另见，科德尔，1961 年，第 37 页。

［3］　毛姆，1938 年，第 1 页。

面创作出来的，但有些作家相比于其他人，在写作中更倚重自身的经历。从毛姆将亲身经历代入到作品中，我们可以学到什么呢？有一点需要注意的是，毛姆并没有像寻求轰动效应的新闻记者那样从根本上歪曲或夸大他的经历；相反，他相当忠实地将它们展现出来并写成了小说。[1]当然，当你用这种朴实的方式进行创作时，要避免其中的故事被熟悉的人认出来，他们可能以此起诉你诽谤。你可以通过将两个角色融合为一个角色，或是给他们和人物原型不同的职业或地址进行伪装。

像毛姆那样遵循一个严格的时间表

毛姆是一名医生，他的身体状况很好也就不足为奇。由于遵守了严格的时间表（包括早起、定期用温泉疗养身体），他活到了 91 岁。[2]可能关于毛姆写作生涯最具说服力的事实来自加森·卡宁（Garson Kanin）的观察："毛姆仔细解释道，不论他身处何方，每天早上都八点钟起床，吃过早餐后便在九点钟坐下写上四个小时。"[3]在这段时间里，他充分挖掘自己丰富的人生经历。同时，他固定的写

---

[1] 要了解其中的不同之处，只需对比与毛姆的生平极为相似的《人生的枷锁》以及亨特·S.汤普森的《恐惧拉斯维加斯》这两本书。后者以汤普森现实生活中的冒险经历为原型，但显然为了达到戏剧性的效果，过分夸大和歪曲了现实。

[2] 摩根，1980 年，第 287—288 页。

[3] 卡宁，1966 年，第 33 页。

作时间丝毫不影响他拥有完整的个人生活。在这一点上，他像极了巴尔扎克，后者生活充实，人际关系丰富，但也每天留有固定的时间用来写作。事实上，在给一位年轻作家提建议时，毛姆说道："如果你想成为一名作家，就必须接触世事变迁，等待阅历自己增长是不够的，你必须出去走走。即便你会时不时磨破你的双脚，但它最终也会成为你的经历，成为磨坊里等待被磨成粉的稻谷。"[1]丰富的人生经历加上有规律的写作习惯，为毛姆创作的包括 30 多部戏剧在内的作品积累了大量的素材。

毛姆对冥想也很感兴趣。他的诀窍之一是在做日常活动时进行冥想。毛姆可能把这种冥想技巧用在了自己的写作之中，他曾说过，"作家不仅仅是在办公桌前创作，他一整天都在进行着创作。当他在思考的时候，当他在阅读的时候，当他在历经世事的时候，他的所见所闻、所思所感都对其写作有意义，而且他也在有意无意地存储并改造着这些脑海中的影像"[2]。这种对写作持续的全神贯注是一个可以培养起来的习惯。

从毛姆的职业生涯中我们可以学习到两条经验：首先，如果能有规律地进行写作，你将更有可能创造出更多的作品并获得成功；其次，你需要将个人经历融入作品之中，

---

[1]　毛姆，引用自摩根，1980 年，第 509 页。
[2]　毛姆，引用自西尔弗曼，1999 年，第 65 页。

这意味着你要深入生活本身并欣然接受错综复杂的人际关系。当你有这些经验时，你也可以像毛姆一样，对它们进行反复斟酌，并以某种方式将它们融入你的作品之中。对写作的持续关注和投入肯定是有益的，因为它就是一位真正的作家该做的事。

第 8 章

埃德加·赖斯·巴勒斯的创作方法

　　这个创造了人猿泰山这一经典角色的男人认为自己的书只不过是取悦大众的消遣读物，但埃德加·赖斯·巴勒斯的影响远不止如此。他是一位能工巧匠，其作品凭借高超的叙事技巧风靡全世界。他对节奏、冲突和浪漫元素的独到运用仍能为想在文学创作中注入活力和激情的当代作家提供宝贵的经验。

　　埃德加·赖斯·巴勒斯（Edgar Rice Burroughs）出生于 1875 年的芝加哥，是四个兄弟里的老幺。显然，他拥有家中最小的孩子通常所具有的创造力，创作出了一些冒险小说中最令人难忘的角色。他是众多科幻小说系列的作者，他的作品仍影响着当今的一些顶尖作家。然而，巴勒斯在一开始并未找到自己的谋生之道，他尝试了各种各样的工作，包括经营农场、给他的兄长们打工。有一天，他在一本低俗杂志上读到了一篇文章并对一位朋友说道："即便是我也能写得比它更好。"他的朋友便怂恿他别光说不练，结果接下来发生的事就成了可载入历史的事。他的第一部小说《火星公主》（*A Princess of Mars*，1912 年）成为有史以来最为成功的科幻系列小说之一。这个系列以虚构世界巴索姆（Barsoom，火星人对火星的称呼）为中心。巴勒斯创作了诸多情节紧凑的故事，其中的大多数都发生在火星、金星等遥远的地方。在那里，复杂先进的文明繁荣兴盛，不同种族相互间争权夺利。在这些故事中，巴勒斯总是设定了一位来自地球的英雄，他了解外星文明和习俗并为自由而战，赢得了属于自己的生存权利。同时，故事中都毫无例外地有一位衣着暴露的美丽公主成为他的爱人。这种套路一次又一次地在巴勒斯的作品中上演，但却很奏效，这让巴勒斯可以放飞想象去创造更多让读者连连拍案称奇的人物、怪物和背景环境。同样的幻想模式也出现在泰山系列小说中，这个系列还被拍成了大受欢迎的电影。

尽管巴勒斯是一位科幻作家，但他的创作技巧可以让所有作家受益。我们将研究他是如何开启一段故事，给人物命名，把握叙述的节奏，充分利用人物间冲突，并营造浪漫的氛围来吸引读者的兴趣。

你能从《泰山》中学到什么

在一件事上，埃德加·赖斯·巴勒斯比今天大多数作家做得都要更好——他知道如何正确地开启一个故事。他不会用稀奇古怪、令人反感的人物名字，或是完全陌生的异域世界来作为故事的开篇。即便是主流的文学小说家们也常常陷入这一误区，认为创作了最为华丽、最与众不同的奇幻世界，或是用了最富创意的名字，似乎就能立马吸引读者的注意。然而事实上，他们这么做反而疏远了读者，让读者很难进入故事之中。巴勒斯恰恰反其道而行之，他通常以人们熟知的场景开场，就像一个老朋友搂着你的肩膀，发自内心地和你交谈。在提及一个完全不同的世界之前，他会先用一个熟悉的世界抛砖引玉。也就是说，在介绍陌生事物之前，先用熟悉的事物打底。他用这种方式让你感受到难得的愉悦，允许你先从一个已知世界出发，再逐步过渡到一个未知世界。他为那些见所未见的新奇事物做好铺垫，并让读者做好心理准备，通过渐进式的过渡让异世界的设定更为可信。

　　例如，《泰山》系列的第一本书《人猿泰山》(*Tarzan of the Apes*，1912 年）并非以一个会和动物说话的野人开篇。相反，故事的开头讲述了英国的格雷斯托克勋爵（Lord Greystoke）约翰·克莱顿（John Clayton）如何远赴非洲，并与他的妻子一起被困丛林的故事。他们之后有了一个孩子，但被一只母猿猴抱走并抚养长大。这个孩子就是泰山。这部小说阐释了"高贵的野蛮人"这一经典主题，暗示社会的牢笼让人们从善良的本质中堕落。泰山并未接触过西方社会，他强大并且善良，代表着人类原始应有的模样。巴勒斯以泰山亲生父母的冒险经历作为小说的开头，让我们更容易进入到这个奇妙的故事中。当我们看到小婴儿被一只母猿猴抓走时，便停止了对故事合理性的怀疑，随着故事自然而然地读了下去，接受了"人猿"这一设定。

巴勒斯的作品中还有许多运用这一技巧的例子。例如，约翰·卡特（John Carter）系列的第一本小说《火星公主》就从我们所熟知的地球开始讲起。小说的序言由巴勒斯亲自撰写并署名，讲述了他随和的叔叔杰克的故事。这个故事对于读者来说很容易理解，但之后发生的事暗示了接下来约翰·卡特的故事：当杰克叔叔去世时，他要求自己的侄子巴勒斯将他的遗体放入一个"只能从里面打开"的带铰链的棺材里。接着，我们跟随约翰·卡特（以杰克叔叔为原型）的手稿进入了整个故事，并得知他在亚利桑那州勘探金矿时被印第安人追赶并逃进了一个洞穴，之后便在那里昏了过去。到此为止的一切都容易理解，因为约翰·卡特所处的世界对我们来说并不陌生。但紧接着，故事迎来了戏剧性的转变，我们发现卡特转眼之间来到了火星。当然，我们并未因这一突发状况感到手足无措，因为我们仍和在小说一开始就已经十分熟悉的人物约翰·卡特在一起。

除了刚才举的这些例子之外，我最喜欢的使用了这一技巧的例子来自《金星上的海盗》（又译为《金星海盗》，*Pirates of Venus*，1934 年）中的开头。"如果在这个月十三日的午夜，一位穿着白色裹尸布的女性出现在你的卧房，就马上给我回信；否则无须回复此信。"对信中所言内容嗤之以鼻的收件人把它扔到了一边，并将这事忘得一干二净。但到了指定的那一天，那个女人真的出现了！故事就这样把我们从一个普通的现实场景（一个人收到信件）带到一个超现实的星球上，那里习俗诡异，有着相互交战的金星军队以及迷人的外星女人。通过这种方式，巴勒斯像一个老手一样引导读者走进与熟知的现实社会完全不同的异世界中。遗憾的是，他这些精心出版的书籍，现在不能那么容易读到了。如果现在的作家能读到它们，那我们现在的小说可能会以更容易让读者理解的方式开头吧。

为什么人物的名字很重要

读埃德加·赖斯·巴勒斯写的书，其中吸引读者的一点是人物的姓名：女性的姓名悦耳动听，男主人公的姓名雄武有力，坏人们的姓名阴险卑鄙。具体而言，主人公总是有一个充满男子汉气概的名字：火星系列的主人公约翰·卡特（John Carter），泰山系列的泰山（Tarzan），金星系列的卡森·内皮尔（Carson Napier），《隐藏之地》（又译为《隐匿人的世界》，*The Land of Hidden Men*）的戈登·金（Gordon King），卡斯帕克系列（the Caspak series）的鲍文·泰勒（Bowen Tyler）和佩卢西达尔系列（the Pellucidar series）的大卫·英尼斯（David Innes）、阿布纳·佩里（Abner Perry）、杰森·格里德利（Jason Gridley）。女性的名字则和她们的美貌一样动人:《火星公主》中巴索姆的公主德娅·索利斯 (Dejah Thoris)、《月亮女仆》(*The Moon Maid*) 的诺埃拉 (Nah-ee-lah)、《火星大师》(*The Master Mind of Mars*) 的瓦拉·迪亚 (Valla Dia)、《金星上的海盗》的杜瓦雷 (Duare) 以及其他充满异域风格的女性人名。请记住,人物的姓名贯穿了整本书,因此如果你笔下人物的名字不吸引人,这甚至会有损小说的销量,因为许多人在买书之前通常会随手一翻,粗略地看看是否对其中的内容感兴趣。幸运的是,对名字的这种鉴赏力是可以培养的。这里强烈推荐克里斯托弗·P.安德森 (Christopher P. Andersen) 的《名字游戏》(*The Name Game*,1977 年),它揭示了名字中存在着潜意识及无意识的心理关联。尽管这本书是为了帮助人们给婴儿起名而创作的,但它对姓名的心理分析对作家而言也有着独特的价值。

如何像巴勒斯一样把握故事的节奏

埃德加·赖斯·巴勒斯是位把控小说节奏的大师,但他并不是一开始就知道所有的窍门。事实上,他在获得让读者欲罢不能的技巧前,已经写了好几本书。尽管他的故事情节总是激动人心,但他是在完成了《火星公主》之后才真正掌握节奏上的诀窍。[1] 在其后的小说中,巴勒斯学

---

[1] 卢波夫,1968 年,第 48 页。

到了两个用节奏给故事带来强烈刺激感的技巧。任何一个作家都可以将这两个技巧用于故事结构之中来增强故事的节奏感。

第一种技巧我们已经在威廉·萨默塞特·毛姆那里见识一二。毛姆在一个情节紧凑的情景后紧跟着一个戏剧性的停顿，使得"戏剧性的停顿或对比"产生了明显的节奏感。[1]然而，与毛姆不同的是，巴勒斯并没有放慢故事的节奏，而是从一条叙事线跳入另一条同样扣人心弦的叙事线中，让读者被迫焦急地等待第一条叙事线重新开始。为此，他在主线里加入了其他章节。例如，他在卡斯帕克和佩卢西达尔两个系列中就多次用到这个方法。通过章节的隔断，将其中一个人物留在上一个章节的危险之中，让读者不得不为人物所处的危险境地感到忧心忡忡，直到这个人物的叙事线再次开启。这种方式并未将故事的节奏放慢，但却增强了悬念，并控制了整个故事的节奏。

另一种在文学中极为常见的技巧是在加快某一特定部分的情节后突然暂停，放缓整个故事的进度。通过这种方式，巴勒斯控制了故事发展的速度，让读者沉浸其中并不知疲倦。部分作家故事里的所有要素都沿着一条叙事线开足马力向前狂奔，导致他们没能控制好作品的节奏。要知道，一位在整场比赛中都全速奔跑的田径运动员是不可能

---

[1] 威廉姆斯，1998 年，第 84 页。

赢得胜利的，作家也必须通过变换写作的节奏来达到作品的最大效果。例如，在《火星战士》(*A Fighting Man of Mars*，1931 年）中穿插着一些来自哈斯多城的哈德罗在红色星球上搜寻一位失踪公主的场景。这些节奏缓慢的场景为故事中的紧张气氛做了铺垫，同时也给故事强度带来了层次感，与那些尔虞我诈的斗争、你死我活的战斗及死里逃生的逃亡形成了鲜明的对比。萨默塞特·毛姆也运用这一方法来控制故事节奏，但相比之下，巴勒斯这种节奏上的变化更容易被感知，因为他的作品更多是以人物外在行动作为驱动的。当巴勒斯的故事节奏发生变化时，人物的肢体动作通常也变得明显缓和；而毛姆的作品更多是以人物内心的情感波动作为驱动的，故事节奏的放缓是通过设置让心境发生变化的情景来完成的。比较这两种变换节奏的方法着实有趣，它们对于控制故事的发展都很管用，也都能被运用到各种各样的故事类型中，当然，巴勒斯的方法更适用于动作片。

为什么冲突是必要的

巴勒斯是位多产的作家，他的写作速度相当快。约翰·塔利亚费罗（John Taliaferro）在其撰写的通俗易懂的巴勒斯传记中指出，巴勒斯凭借一些久经检验的技巧快速地写作：

- 故事通常发生在一个奇特的地方，在那里有一名奇男子——例如丛林中的泰山、火星上的约翰·卡特、身处内心世界的大卫·英尼斯、金星上的卡森·内皮尔。

- 主人公通常是"一位既有教养又训练有素的勇士"。

- "他总是被一大批野蛮人追赶，并被扔进了一个'阴森'牢房。"

- "乐观是巴勒斯所有主人公的特点。"

- "通过斗智斗勇斗力，他最终战胜了对手，走上了回家的路，或找到了一个更好的新家。"

- "通常，男主角也会被拜托去拯救一个陷入困境的少女，并不可避免地与她坠入爱河……大多数情况下，主人公喜欢的对象出身高贵、天生丽质，而且经常穿着挑逗性的衣服。"

- 故事中有许多战争、斗争和死里逃生的场景。

- 不会出现性爱场景，但女主角有被强暴的危险："在巴勒斯的几乎所有故事中，女主角总是要面对'比死亡更悲惨的命运'。"[1]

这份巴勒斯所依赖的情节设置技巧清单突显了冲突在

---

[1] 这些写作套路摘自塔利亚费罗，1999 年，第 18—20 页，第 65 页。

故事创作中的重要性。例如，在巴勒斯 17 天内写完的《飞越远星》（*Beyond the Farthest Star*，1964 年）这本书中，读者每翻两页就能看到一场冲突。这本书讲述了一名战斗飞行员被运往距离地球 45 万光年的地方，发现自己赤身裸体地出现在波洛达（Poloda）星球上。他被一群身穿红色亮片和黑色靴子的外星人抓住了，并因间谍罪受到审判。随着小说的展开，更多的冲突不断涌现出来并层层升级，主人公发现他所在的整个星球都在打仗，卡帕人（Kapar）和乌尼斯人（Unis）在过去的 101 年里一直处于战争状态。

在《隐藏之地》（*The Land of Hidden Men*，1932 年）里，戈登·金冒险进入了丛林，冲突就在第一页以人与人相互对立的形式展开了。他的柬埔寨向导因恐惧而拒绝继续带领他向丛林深处前进，于是戈登决定独自前行。看到这里，读者们当然都清楚这将是个错误的决定。随后，在我们面前呈现的是人与自我相互对立的冲突，戈登开始觉得自己冒险进入未知的荒野是个错误的决定。不久，戈登遇到了一头野猪，冲突以人与野兽相互对立的方式再次出现。最后，当戈登与麻风国王（the Leper King）战斗时，又回到了人与人之间的冲突。

拿起巴勒斯的任何一本小说，你都会发现它充满了冲突。主人公被四条胳膊的巨人们追赶，被飞在空中的人追捕，被交战中的部落捕获，被未开化的原始人威胁，被野兽和恐龙袭击，这些一点也不稀奇。他所爱的女人通常会被一个邪恶集团俘获，这个集团的领袖往往是一个贪婪好色的邪恶之徒，威胁着要羞辱她。冲突持续演化，经常会爆发，成为部落、国家甚至不同世界之间的战争。

下面这个例子将说明巴勒斯是如何让主人公不得不与巨大的威胁做斗争而令他身处危险之中的。在《图维娅，火星女仆》（*Thuvia, Maid of Mars*，1920 年）中，主人公卡索里斯（Carthoris）是一位高贵的贵族和优秀的战士，他前去营救被杜萨尔（Dusar）士兵抓走的图维娅。在找到她时，他被迫同时和三个士兵进行战斗。与此同时，另一个士兵将女孩从现场带走了。卡索里斯在杀死了两个敌人后，不得不再次踏上寻找心爱女人的旅途。在经过了一系列冒险后，他借助托尔卡斯国王（Jeddak of Torquas）霍尔坦·古尔（Hortan Gur）的力量找到了她。此时，他不仅要面对抓走图维娅的敌人，还要受到图维娅对他的怀疑，因为她误认为是卡索里斯策划了这起绑架。种种困难接踵而至，直到最后一页，两人才最终走到了一起。

严格来说，这种高密度的冲突在主流小说中并非必要的，但巴勒斯让主人公身处危险境地的方法值得借鉴。从他的小说中，作家可以学习到构建有力情节布局的基本技巧。冲突是推动一个故事向前发展的引擎，如果你发现一个故事的情节正逐渐失去吸引力，那么将主人公置于与某人的冲突中来加大主人公面临的风险并增强其挑战性，会让你的故事重获生机。如果你的故事中的冲突密度能达到巴勒斯的十分之一，并在最后一章（更别提在最后一页了！）解开那些浪漫的纠葛——你将会成为一个叙述故事的高手，并且会对巴勒斯教给你的秘诀感激不尽。

如何为你的故事增添浪漫

正如我们在前面提到的，浪漫是巴勒斯大部分故事的核心。例如在《隐藏之地》的第五章中，戈登·金迷上了丛林女孩芙覃（Fou-tan）。"她轻盈身体的一举一动，纤纤玉手的一姿一势，美丽的脸蛋和眼睛里的一颦一笑都充满挑逗。她散发着魅力，而戈登的每一寸肌肤、每一只眼睛、每一个鼻孔都感受到了。"巴勒斯对其他小说中女主角的描写也同样迷人并通常充满诗意。"巴勒斯所用到的'男女一见钟情'的主题并不稀罕，不过他是第一个把这个主题带入科幻小说里的人。"[1]在一场场星际冒险中，浪漫元素的出现让故事在超现实的背景下有了现实感。例如，男女主角可能正一同畅游火星浩瀚的死海底部——"希利姆族的塔拉驾驶着飞行器疾驰在希利姆双子城外的赭色海底。"（《火星棋士》，*The Chessmen of Mars*，1922 年）浪漫元素在所有文学作品中一贯的魅力让科幻故事超越了单纯的幻想，使得人们在巴勒斯的故事中品味到了爱情熟悉又新奇

---

[1]　塔利亚费罗，1999 年，第 19 页。这个主题后来也被其他星际科幻小说作家成功采用，如 E. E. 史密斯（E. E. Smith）和罗伯特·海因莱因（Robert Heinlein）。

的味道，增添了故事的现实感和可信度。

当然，在往故事中添加浪漫情节时，相爱的男女往往不会简单地在一起，他们之间将充满阻碍。[1] 例如，在《月亮女仆》中，一位名叫朱利安（Julian）的地球人来到了月球的内部，并遇到了一位迷人的漂亮姑娘，很快他便坠入爱河。然而，他和那位叫诺埃拉（Nah-ee-lah）的姑娘被一种半人半马的残暴生物抓住了，在这一过程中，他竭力保护女孩不受到伤害。随着故事的发展，巴勒斯暗示女孩可能会回应他的感情，尽管如此，这对潜在的恋人在接下来的故事里并未心意相通：起初是因为他俩变成了囚犯，后来是因为女主角对男主角产生了误解（这是爱情中常见的阻碍之一，可参考简·奥斯汀《傲慢与偏见》中伊丽莎白和达西因类似的误会不欢而散）。朱利安告诉我们，"我感到有些不对劲，她似乎在生我的气，但我想象不到是出于什么原因"[2]。在过了大约十页之后，误会终于澄清，但他俩仍不能互诉真情，因为他们正身处险境，被一群试图杀死他们的士兵追赶着。和往常一样，巴勒斯保持了他一贯的作风，直到故事的结尾在所有问题都明朗后，男女主人公才互表爱意，走到了一起。

毫无疑问，在科幻小说中加入浪漫的爱情故事让巴勒

---

[1] 参见福尔克，1983 年，第 65—67 页中《爱情的阻碍》（"Obstacles to Love"）一文。"无论情节多么强烈，除非相爱的阻碍严重到足以把恋人分开，否则这本书就不会吸引人。"

[2] 巴勒斯，1923 年，第 144 页。

斯的小说更具魅力。他的例子强有力地证明了浪漫可以适用于任何故事类型并可以提升故事的吸引力，不论这个故事是多么天马行空。所以你不必在强化男女主人公的性格塑造上迟疑，也不必拒绝在故事中运用浪漫。即便是卡夫卡这样缺乏热情的作家也会在他寓言般的故事中引入浪漫，更别提那些幻想和科幻小说大师也在这么干。因此，可以断言几乎没有哪个故事是无法通过挑起人们对爱情的兴致来增添魅力的。

第 9 章

弗兰兹·卡夫卡的创作方法

卡夫卡令许多人感到困惑。人们读他的书，欣赏他的作品，但却从来没有想到过或许能从他身上学到任何关于写作的知识。我承认这是可以理解的，因为他的风格过于独特。事实上，当我向学生们提出在卡夫卡的作品中是否有可以学习和模仿的地方时，学生们总是抱怨"我可不想写关于人类变成了甲虫或无名氏在官僚机构中挣扎的故事！"正因为卡夫卡是如此与众不同，许多人便断定无法从他身上学到任何东西。但他的奇特之处可能就是他最大的魅力所在，因为这些东西只有从他身上才能学到。正因为卡夫卡独特的风格，本章可能是这本书中最为重要的章节。

诚然，卡夫卡经常被看作一位阴郁沉闷的作家，但我首先建议写作者们带着一种黑色幽默感去读卡夫卡的作品，这样会从中获益。在卡夫卡的小说中，主人公们总是竭尽全力去完成某些看似简单的任务却以失败告终，比如前去和一位官员赴约或去往附近的某个地方。在《审判》（The Trial，1925 年）一书中，主人公无缘无故被捕，他竭力冲破黑幕以求免除自己的罪责，但这一切努力均是徒劳。在《城堡》（The Castle，1926 年）整本书中，主人公一直在试图进入一座城堡，但最终连一个脚趾头都没踏进去！在《变形记》（*The Metamorphosis*，1915 年）中，主人公突然变成了一只甲虫，却始终不知道为何自己会变成这般模样。普利策奖得主、《波特诺的抱怨》（*Portnoy's Complaint*）的作者菲利普·罗斯并不是唯一一个觉得《变形记》十分有趣的人；卡夫卡本人当然也这么觉得。罗斯直言道："我深受一位名叫弗兰兹·卡夫卡的喜剧家以及他那部诙谐喜剧《变形记》的影响……我曾读到过，他在工作时会时不时发出咯咯的笑声。因为这种对惩罚和有罪的病态专注就是这么有趣！这个故事虽然耸人听闻，但却让人忍俊不禁。"[1]罗斯的评论提供了一个非常有价值的见解。如果我们从一开始就知道在卡夫卡阴郁的作品背后有这么多的诙谐幽默，我想我们看到的将不仅仅是呈现在眼前的文字，作家们也会发现从他身上可以学到很多东西，包括如何让小说变得幽默有趣，以及如何以寓言的方式描述故事。

　　弗兰兹·卡夫卡（Franz Kafka）1883 年出生于布拉格，与三个妹妹一起长大；然而，他身上却带有"年长的幼子"[2]气质，与他的父亲之间产生了严重的冲突[3]。卡夫卡在大学学习法律，毕业后就职于保险公司，经常白天上

---

[1] 罗斯，1992 年，第 39—40 页。

[2] "Honorary Laterborn"这个词由弗兰克·苏洛威（Frank Sulloway）发明，用来描述那些由于与父母之间巨大的冲突，而具备了幼子特征（包括创造力和亲和力）的长子。（苏洛威，1996 年，第 123 页）

[3] 关于卡夫卡与其父的冲突可以参见卡夫卡的作品《判决》和《致父亲的信》。——译者注

班，晚上写作。[1]他最为著名的代表作包括《审判》《城堡》以及短篇小说《变形记》。他的大部分作品都描述了陷入前途黯淡、无可救药的官僚体制中的主人公。"卡夫卡式风格（Kafkaesque）"专指"如梦魇般的感受"或过度的官僚主义。在卡夫卡死后，他的三个妹妹都被送到了纳粹集中营并因此殒命。虽然他无法预见这场灾难，但他的作品向人们预示了现代人心中最邪恶的部分，这无疑令许多人震撼。

在我们进一步了解卡夫卡之前，我们必须承认卡夫卡是一位特立独行的作家，他在内容、形式和风格上都是一位开拓者。他的作品前无古人，后无来者。话虽如此，我们也不要忘记，即便是像卡夫卡这样的创新者，也并非与世隔绝地进行创作。事实上，他深受狄更斯等作家的影响。"他模仿过的对象包括俄罗斯、德国、法国、捷克、美国的作家。"[2]为了将卡夫卡恰当地置于影响了所有作家（及读者）的互文性[3]文本网络中来考量，以及为了展示把一种文本理念作为分析工具对另一种文本产生的影响是多么深刻，这里值得一提的是 J. D. 塞林格本人是卡夫卡的超级粉丝。在定居新罕布什尔州科尼什镇后，塞林格如饥似渴地

[1]　西塔提，1990年，第100页。

[2]　斯皮尔卡，1963年，第39页。

[3]　"互文性（intertextuality）"，这一概念首先由法国符号学家、女权主义批评家朱丽娅·克里斯蒂娃在其《符号学》一书中提出。其基本内涵是，每一个文本都是其他文本的镜子，每一个文本都是对其他文本的吸收与转化，它们相互参照，彼此牵连，形成一个潜力无限的开放网络，以此构成文本过去、现在、将来的巨大开放体系和文学符号学的演变过程。——译者注

读完了卡夫卡的日记，他的《麦田里的守望者》（1951 年）一书可能就受到了卡夫卡的影响。[1]

卡夫卡成功的秘诀

卡夫卡在文学和艺术上的成就激励了无数的作家。例如，塞缪尔·贝克特在创作《莫洛伊》（*Molloy*，1951 年）、《马龙之死》（*Malone Dies*，1951 年）和《无名氏》（*The Unnamable*，1953 年）三部曲时受到了卡夫卡的影响。达格·索尔斯塔[2]在《羞怯与高贵》（*Shyness and Dignity*，1944 年）一书中模仿了卡夫卡的风格。菲利普·罗斯也被卡夫卡的风格所感染。首先值得注意的是，卡夫卡有时会像律师一样用撰写合同的口吻创作句子和情节。在叙述《审判》里主人公 K 的思想或他正在遭遇的麻烦时，卡夫卡也确实倾向于用一种沉闷单调的方式进行写作，但这种表达在这本书中很有趣。更吸引读者的是卡夫卡的语言清晰且准确，特别是小说的开篇尤为突出。这些著名的开场白无疑成为他成功的原因之一。

---

[1] "霍尔顿的冒险历程和（《审判》里的）约瑟夫·K 的世界之间出现了平行，这种平行表现为霍尔顿从未与他遇到过的任何一个人有过真正的接触……就像一个精神病患一样，他总是在两种情形间来回转换：将世界上几乎所有人都视为令人恼火的伪善者并蔑视他们……然后，好像在努力弥补一样，又夸张地表达出即便如此他还是非常喜欢或想念他们。"（布克，2004 年，第 394 页）

[2] 达格·索尔斯塔（Dag Solstad，1941—　），挪威作家。——译者注

如果你能像卡夫卡一样着手创作一篇故事，故事的开篇必将充满戏剧性！如果你能像卡夫卡一样在故事开头抛出一个精彩的引子，那么你的读者必然会翘首以盼，从一开始就被牢牢吸引。这就全看你有没有勇气像卡夫卡那样简明扼要地开门见山了。例如在《审判》中，卡夫卡开篇第一句就概述了整个剧情和主要冲突："肯定有人中伤了约瑟夫·K，因为在一个早上，他无缘无故地被逮捕了。"[1]这段开场白既没有（像巴尔扎克那样）无休止的场景设置，也没有（像狄更斯那样）长篇的人物分析，更没有（像哈代那样）复杂的背景交代。就像"嘭"的一声打开了一道门，剧情立马出现在了眼前。

任何打开《变形记》的人都会被书中的第一句话所震惊，而这句奇特又惊人的开场白正是整本书的前提："格雷戈尔·萨姆萨（Gregor Samsa）在一天早上从令人不安的梦中醒来，发现自己在床上变成了一只巨大的甲虫。"这是所有文学作品中最为著名的句子之一。如果你在任何一所大学的文学专业课上提到这个句子，大多数人都会告诉你"这是卡夫卡写的！"他们可能喜欢，也可能不喜欢（很少有例外不喜欢）卡夫卡的作品，但他们都知道这就是卡夫卡的风格。

在这两个开场中，卡夫卡做了一件了不起的事。他归

---

[1]　卡夫卡，1925 年 a 版《审判》，第 3 页。

纳了故事的核心并总结了整个剧情中的主要冲突。然而，许多作家都害怕这么做，他们更喜欢藏着掖着，等待揭示主要矛盾和故事前提的时机出现。但在某些特定的情况下，比如在恐怖小说、科幻小说，甚至在神秘小说中，开篇第一句其实就可以直击故事的核心。如果它为故事确定了基调，就不必认为它透露了过多内情。

卡夫卡的杰出之处体现在他对情节的处理上

卡夫卡是荒诞派的先驱。在研究奇闻轶事的专家叶列阿扎尔·梅莱廷斯基（Eleazar Meletinsky）看来，荒诞是卡夫卡创作的指导原则。

> 卡夫卡小说中的情节和主角都……超越了历史时间。它们有着普遍的历史意义。卡夫卡式的"凡人"代表了全人类，这些"凡人"身上的故事情节描写解释了这个世界。他给主人公的日常生活赋予了一种梦境般的特质：昏暗中的亮光、难以稳定的注意力、变幻无常的本性、与场所不相称的行为，以及突如其来的情爱片段。[1]

汤姆·沃尔夫也认为卡夫卡是荒诞派的创造者，但他

---

[1] 梅莱廷斯基，2000年，第317页。

是在一次集体研讨中谈论到美国小说最糟糕的特点时做出了这一评论，并且他将现代荒诞作品视为文学中不应该出现的错误。但是在某种程度上，荒诞可以推动故事的发展，作家也可以通过剥离事实中的现实元素来创造普遍性的事物，故事有时也能在这种表现形式下更为有力，因此，卡夫卡的方法在现今仍然奏效。成功运用卡夫卡方法的例子就包括了贝克特、玛格丽特·杜拉斯[1]、达格·索尔斯塔和阿兰·罗布-格里耶[2]的小说。

卡夫卡小说中的主人公总是被困在情节里，并且他们很难让事态有所好转，反而被所处的社会困境和规则反复摧残。从这个意义上来说，不论他多么努力地想要完成某件事，他仍无法摆脱相对被动的状态。他可能会像《地洞》（The Burrow，1928 年）里动物化了的主人公那样尝试主动出击，但这么做也仅仅只是加固了他所隐蔽的洞穴罢了。在《审判》中，不论 K 多么努力，他也"从没有见过安排了他命运的高等法院法官"。[3]这种被动与大多数作家得到的让主人公成为一个"行动者"、一个真正的"推动者和撼动者"的所有建议相反。只要 K 能顺利完成任何一件事，他就会是一个行动者，但他的首要任务是在《审判》中活

---

[1]　玛格丽特·杜拉斯（Marguerite Duras，1914—1996），法国作家、电影编导，代表作有《广岛之恋》《情人》等。——译者注

[2]　阿兰·罗布-格里耶（Alain Robbe-Grillet，1922—　），法国作家，"新小说"流派的创始人，代表作《去年在马里昂巴德》《窥视者》等。——译者注

[3]　梅莱廷斯基，2000 年，第 322 页。

下来和进入《城堡》里的城堡。然而在这两本书中，他始终都无法像《地洞》的主人公一样，哪怕仅仅只是前进一步。在《变形记》中，主人公几乎无法移动他那笨重的身体。同样，在卡夫卡的第一部小说《美国》（*Amerika*，1927 年）中，主人公被其他人物"不断地诱惑和虐待"。[1]

所有这些都呈现出了一股梦魇般的气息。的确，卡夫卡作品中的所有情节都"具备一种梦境般的特质，卡夫卡也承认这与他梦境式的内心世界相对应"。[2] 但他利用梦境的灵活性（如在走廊上打开一扇门，却进入了一个法庭；或是来到了一个无法摆脱追赶者的地方；或是永远无法找到一个问题的答案）呈现了他自身的创作状态，并以这种表现主义的方式展现了人类的状态。在弗洛伊德看来，人类的思维是以一种非线性、像做梦一样的方式进行思考。而卡夫卡的作品如实地反映了这种思维方式。这就是为何他的作品具有普遍性意义并具有广泛吸引力的原因。

卡夫卡用这种表现主义方式撰写情节。但他并未全盘接受德国表现主义运动中"正宗"的表达方式，反而认为它们过于浮华。尽管如此，他的作品仍具有梦幻般的特质，这使它们同汉姆生的作品、童话寓言、神话有诸多相似之

---

[1] 基尔希，2009 年，BR，第 23 页。马克·哈曼（Mark Harman）翻译的新版《美国》颇受欢迎，对于对卡夫卡散文风格及其对标点符号的运用感兴趣的作家来说，这是本必读物。这版译本也是除阅读德文原文外的最佳读物。

[2] 赖斯，1978 年，第 134 页。

处。在许多方面，它和约翰·班扬的宗教寓言小说《天路历程》也很类似，后者讲述的是一个男人通往天堂的朝圣之旅。但卡夫卡的小说在表明一物象征另一物上，并不具有像《天路历程》中主人公所走的路即是通往天国的路那样明确的寓言意义。相反，卡夫卡寓言中的寓意是灵活可变的，对于读者的个人理解也更为开放。在卡夫卡的故事中，主人公们生活在一个充满威胁的、怪诞陌生的世界里，他们往往在这个怪诞的世界里越陷越深，最后不得不接受它就是真实。读者在间接经历中被拽入这个梦境，透过主人公的眼睛感受它。卡夫卡通过这种方式，让故事情节带有一股强烈的寓言色彩，并带领读者领略现代人的荒诞处境。

如何像卡夫卡一样搭建故事的结构

所有人都知道卡夫卡的作品将读者带到一个陌生的荒诞世界。但很少有作家意识到，当你有着类似的故事情节，特别是当你的故事线单一并与主流格格不入时，可以尝试研究卡夫卡的文学手法，看看其中是否有任何能帮助你改善自身作品的技巧。例如，贝克特就意识到，要构建像卡夫卡那样的故事，就必须让主人公陷入窘境：他必须进入一个陌生的新领域，并为此感到困惑，同时每每在寻求理解和完成某件事的过程中因遭到挫折而感到沮丧失落。弗兰纳里·奥康纳的作品就被认为极具卡夫卡风格[1]，因为她的主人公〔例如，处女作《智血》（*Wise Blood*，1952年）里的主人公黑兹尔·莫茨（Hazel Motes），以及《暴力夺取》（*The Violent Bear It Away*，1960年）里的主人公塔沃特（Tarwater）〕无法接受自己住在一个他们所认为的陌生世界里。[2]

乔治·奥威尔的《1984》在很多方面也与卡夫卡的风格类似，因为它将主人公置于无法取胜的逆境之中。为了便于你更好地理解掌握卡夫卡建构小说的方法，这里将对比奥威尔和卡夫卡风格的异同。相同的是，两者作品中的主人公都与其所生活的世界和社会格格不入。不同的是，"奥威尔式"的风格"描写的是语言因服务于权力变得扭曲和腐化……也可用来描绘政府压制和国家暴力下噩梦般的世界"[3]，而"'卡夫卡式'一词则被用来描述荒诞、冷漠、怪异的都市景观，也可用于指代无名小卒对官僚主义的抗争"[4]。从这一区别可以看出，尽管主人公都与其所处的世界发生了冲突，卡夫卡的故事结构更强调主人公与摧残他的噩梦般的灰色地带对抗，或者与由官僚体系和社会规则构成的复杂系统进行的对抗。

---

[1] 戴维斯，1953年，第24页。

[2] 另一部现代"卡夫卡式"小说是本·马库斯（Ben Marcus）写的《著名美国女性》（*Notable American Women*）。

[3] 古登，2008年，第141页。

[4] 古登，2008年，第101页。

　　对作家而言，理解卡夫卡风格的一个有效方法是按照克里斯托弗·布克的《七种基本情节》里所建议的思路去分析他的作品。例如，《审判》是自我"探索与归来"[1]情节的黑暗版。刘易斯·卡罗尔（Lewis Carroll）的《爱丽丝梦游仙境》（*Alice's Adventures in Wonderland*，1865年）则是此类故事的另一种版本。在这类故事中，主人公进入了一个陌生的世界，这里发生的一切都变得越来越奇特诡异，故事中的其他人物或发生在主人公身上的事件开始对他／她露出獠牙。换句话说，随着情节的推进，怪异感和危险也随之增加。在"光明"的版本中，主人公（例如爱丽丝）最后历经险阻成功回家。而在"黑暗"的版本中（例如《审判》），主人公"依然被困，永无归途"。[2]布克的分析与诺思罗普·弗莱（Northrop Frye）的观点类似，他认为卡夫卡较少关注线性的故事情节，而更多关注"精神上的事件"，弗莱认为《城堡》描述的就是一场"焦虑的噩梦"。[3]

　　现代作家能从这种情节建构中学到什么吗？答案就在20世纪一些最受尊敬的作家作品中。正如我们前面提到

---

[1]　"探索与归来（Voyage and Return）"是《七种基本情节：我们为何讲述故事》里荣格学说研究者克里斯托弗·布克在对各类传说模式及其心理学含义进行总结后，归纳出的小说中存在的七种基本情节的其中一个。它意指主人公前往陌生的领域，在克服重重困难后最终归来，并且除了其神奇的经历之外没有带回任何东西。该情节的人物代表为《奥德赛》里的奥德修斯、《爱丽丝梦游仙境》里的爱丽丝、《格列佛游记》里的格列佛。——译者注

[2]　布克，2004年，第393页。

[3]　弗莱，2003年，第40—41页。

的，弗兰纳里·奥康纳用"卡夫卡体"进行创作，她的主人公都是所处世界的局外人，他们对世界的看法异于常人。索尔·贝娄[1]的《受害者》（*The Victim*，1947 年）也是一部"卡夫卡式小说"，小说中的主人公觉得自己被困在了纽约，被其他人物以及对他生病侄子的责任所束缚。[2]菲利普·罗斯的《波特诺的抱怨》（1969 年）也包含了类似的主题，并且"把对被害感和负罪感的卡夫卡式思考推向夸张的极限"。[3]尼尔·盖曼[4]的《乌有乡》（*Neverwhere*，1996 年）将主人公推入位于伦敦地下的奇特世界。成功运用了卡夫卡情节创作方法的当代作家名单远远比上述的要长，其关键因素在于黑暗版本的"探索与归来"情节在现代已经有了良好的读者基础。如果你正在写此类小说，或者你的小说中带有卡夫卡的元素，那么没有比卡夫卡流派的创建者卡夫卡本人更好的老师了。

例如，你可以直接清楚地从卡夫卡身上学到如何将主人公推入一个像《审判》中那样奇怪荒诞世界的技巧。卡夫卡让主人公为身处怪诞的世界而辗转反侧，就像卡罗尔让爱丽丝为自己掉入了奇境而百般苦恼一样。如果你的主

---

[1] 索尔·贝娄（Saul Bellow, 1915—2005），美国作家，被称为美国当代文学发言人，代表作《奥吉·马奇历险记》《洪堡的礼物》。——译者注

[2] 贝尔科维奇和帕特尔，1994 年，第 144 页。

[3] 琼斯和南斯，1981 年，第 81 页。

[4] 尼尔·盖曼（Neil Gaiman, 1960—　），英国作家，被视为新一代幻想文学的代表，代表作《美国众神》。——译者注

人公也进入一个陌生的环境中，你可以用同样的方法让他对奇特的新环境感到困惑烦恼，以及苦苦思索自己为何陷入其中，自己曾经做过什么。你还必须论证你的主人公是否能够脱离这个怪诞的世界。如果不能，那么你的小说就会像卡夫卡的一样是个"黑暗版"的故事，你的主人公将被永远地困在陌生世界里。卡夫卡给了你结束这种黑暗故事的方式——在《审判》的结尾，K 被处决了。如果你也敢给予你的主人公同样悲惨的命运，卡夫卡将启发你的灵感。塞林格对《麦田里的守望者》结尾的处理与卡夫卡如出一辙，霍尔顿最后发疯了。同样，奥威尔《1984》的结局也是一样的阴郁，因为主人公史密斯失去了他的自由思想和之前的所有信念。

如何将卡夫卡作为作家最大的缺点变成你最大的优势

卡夫卡作为作家的一个缺点是他没有为他的人物提供背景信息。例如，我们对《审判》中的约瑟夫·K 知之甚少。在卡夫卡的小说中，"所有物体的存在只与中心人物有关联……对人物过去的经历、所处的环境，甚至一组特定心理压力的充分描写，在卡夫卡的小说里是不存在的"[1]。

---

[1]　罗尔斯顿，1986 年，第 28 页。

这种贫乏的背景信息与作家们在现代小说及相关课程中所学到的背道而驰。这些小说或课程鼓励作家去丰富人物的形象，甚至鼓励他们就此进行练习。

卡夫卡的另一个缺点是未能描绘出人物间完善的浪漫关系。他的小说中没有 D. H. 劳伦斯和乔治·艾略特笔下相爱的情侣。这里没有激情四射的情爱，即便这样的桥段出现在了他崇拜的作家陀思妥耶夫斯基的作品中（如《罪与罚》中的拉斯柯尔尼科夫和索尼娅，《白痴》里的梅诗金公爵和纳斯塔霞），以及狄更斯的笔下（如《远大前程》里的皮普和艾丝黛拉，《大卫·科波菲尔》里的大卫和朵拉）。"但是，"你可能会说，"卡夫卡本来就不打算在作品里涵盖这种浪漫啊！"尽管如此，人际关系，特别是浪漫的人际关系以及维持它们的能力，构成了文学作品中的大部分内容。它们在卡夫卡作品里的缺席，或以极其微不足道的形式出现，无疑是让他的作品显得如此沉闷的原因之一。在他的作品里，情色的片段永远不会持续，人际关系充其量也只是昙花一现。

然而，卡夫卡作为作家最大的缺点不是其作品中浪漫关系的缺失，而是中心人物与其他人物之间联系的缺失。例如，《审判》里的约瑟夫·K 没有朋友。他和莱妮（Leni）间的短暂调情空洞且没有结果，因为"他后来被告知她能爱上任何一个受到指控的男人"[1]。没有任何人会在

---

[1] 布克，2004 年，第 393 页。

任何重要的事上帮助他。在《城堡》里，K 也是一个孤独的人。他的两个助手对他十分敷衍，旅店老板的作用微乎其微，出现在他身边的女人们不愿帮忙，所以 K 可以被认为是孤独一人活在这个世界里。他不仅没有任何对他而言有意义的关系，甚至都没有主动去寻求这种关系。当他试图与一个女人搭上关系时，也只是为了别有用心地达成进入城堡的目的。即便如此，他所遇到的女人们甚至都没有帮助他实现这个小小的目标。同样在《变形记》中，变成巨大昆虫的格雷戈尔遭到了全家人的抵触和嫌弃，他们觉得他令人恶心、反感。就连曾与他关系最为亲密的妹妹到最后也开始感到厌恶。格雷戈尔就像卡夫卡作品里的大多数主人公一样，没有亲近的人，甚至没有任何有意义的关系。

克里斯托弗·布克甚至暗示道，卡夫卡小说中的主人公由于缺乏人际关系，与精神错乱者相似。[1]那么，卡夫卡的这些"缺点"对你会有什么帮助呢？如果你希望写一个虚构的寓言故事，那么你可以通过减少人物的背景信息、剔除浪漫的元素、删减人物的人际关系，以此突显主人公的格格不入来达到同卡夫卡小说一样的效果。塞缪尔·贝克特在《莫洛伊》《马龙之死》《无名氏》中成功地运用了这一方法。达格·索尔斯塔也在《羞怯和尊严》中取得了类似的成功。

---

[1] 布克，2004 年，第 394 页。

　　如果你要讲述一个关于在某种意义上异化了的主人公进入怪异荒诞的世界并且随着情节发展承受了莫大威胁的故事，那么你完全可以向卡夫卡请教。你甚至还可能以某种方式调整卡夫卡的风格。比如，让主人公有一段强烈又浪漫的感情；比如，试着充实主人公的身份背景；再比如，让主人公拥有一个可以帮助他的盟友或朋友，至少这位朋友能够理解他的困境并给予同情。这样，卡夫卡作为作家最大的缺点——人物之间缺乏直接的联系——也许能成为你最大的优势。实际上，你甚至还可以试着重写卡夫卡的寓言故事。

　　例如，《城堡》里的约瑟夫·K在酒吧的地板上与一个女孩发生了关系。不久，他又与另一个女孩发生了关系，导致了前者的嫉妒。这使得他不得不花费大量的时间来安抚这两人。这些事件通常不会受到关注，因为评论家更关注的是卡夫卡作品中所呈现出来的官僚主义。但对于一个想要效仿他风格的作家来说，可以从他停下的地方开始，在这些梦魇般的作品里加入些许卡夫卡式的浪漫。当然，贝克特和达格·索尔斯塔并不是为了这个目的去模仿卡夫卡风格的，但仍存在一些作家重拾卡夫卡所落下的部分并用一种新方式去完善这些故事的可能性。这就是效仿的含义，你可以比你效仿的对象更往前走一步。D. H. 劳伦斯就比他的仿照对象乔治·艾略特往前走了一步，对诸如夫妻的眼睛等细节进行刻画。[1]你也可以效仿卡夫卡，增加浪漫等其他相关元素。通过这种方式，效仿就成为你和效仿对象之间的一场竞赛，在这场竞赛中，你正在追赶甚至试图超越对方。

总之，我所说的这一切并不是在敦促你放下手中的写作去重写卡夫卡的作品，或是盲目地仿照他，而是为了向你展示学习其他作家写作风格的可行性。达成这一步的关键在于模仿，它可以让你从任何一位作家身上汲取其中的优点，化为己有，并改进其余部分。这就是为何古罗马著名教育家昆体良认为我们应该同最好的作品进行赛跑，换句话说，我们要试着改进这些作品然后超越它，而非盲目地仿照、复制甚至是剽窃。所有提倡模仿的人都认为，我们应该完善模仿对象的写作风格，"模仿是我们追赶模仿对象的方法；一旦我们赶上了目标对象，之后我们应竭尽全力超越这个目标……但需要强调的是，这种改进和超越的态度应始终融入模仿的过程中"[2]。如果你不开始模仿，你就无法达到追赶甚至超越的目的，而超越应该成为你永恒的目标。

---

[1]　乔治·艾略特擅长对人物外貌和内心的描写，她的书中有成段的对人物细致入微的刻画。——译者注

[2]　加尔布雷斯，2000 年，第 77 页。

第 10 章

D. H. 劳伦斯的创作方法

在谈论劳伦斯这位 20 世纪最具争议的作家之一时，需提醒各位注意的是，熟悉他的作品内容可能会怂恿一些人去冒极端的风险并走入危险的领域，甚至犯类似的文体错误。劳伦斯是一位具有魔力的作家，他的小说结构常常极度不平衡，但他那份冒险进入新领域的叛逆可能正是激发和唤醒一个沉睡中的天才所必需的。事先告知各位，慎重的判断力和良好的品位是在模仿劳伦斯的每一步上必不可少的品质，因为那些追随劳伦斯的人将走上一条狭窄的道路，这路上四处潜伏着结构不平衡、文体冗余及其他陷阱。然而，对于那些敢于冒险的人来说，这次跋涉可能会令人感到振奋和鼓舞。

D. H. 劳伦斯（D. H. Lawrence）出生于 1885 年，是一个煤矿工人和一位小学教师的孩子，在兄弟姐妹中排行中间。他的家庭对他早期的作品有着深刻的影响。在这些作品中，男人常常未受到过教育，而女人则是智慧、教养和美丽的典范。他的第三本小说《儿子与情人》（*Sons and Lovers*，1913 年）着重讲述了他与母亲间的亲密关系。煤矿在这个故事中起到了重要的作用，主人公保罗·莫雷尔

（Paul Morel）的父亲就在那里工作。而米丽安（Miriam，保罗的女友）的形象则以劳伦斯年轻时的女友杰西·钱伯斯（Jessie Chambers）为原型。这部小说提供了劳伦斯在青少年时期的生动画像。《努恩先生》（Mr. Noon，1920年）也同样地描绘了劳伦斯与其妻弗里达·威克利（Frieda Weekley）的关系。[1] 弗里达为了劳伦斯，离开了她的丈夫和三个年幼的孩子。她与劳伦斯的私奔体现了劳伦斯对女性的某种独特魅力。劳伦斯将他所知晓的所有人际关系都写进了书里，而这些关系和现代文学里的相当不同。

《查泰莱夫人的情人》（*Lady Chatterley's Lover*，1928年）在美、英及多个国家和地区被封禁多年。在劳伦斯看来，性应该被公开讨论。在那本书中，他的用词对于那个时代的人来说过于直白和令人震撼。在政府的不断侵扰下，劳伦斯和他的妻子为了寻求政治上的自由，以及为了找到更为温暖的地方来治疗他的肺病而被迫经常搬家。在此期间，他们在新墨西哥州的陶斯农庄待的时间最长。

为什么没有人能写出像劳伦斯那样的对话

除了理解正确的对话形式之外，劳伦斯还具备将对人物的直观理解落在纸上的独特能力。这两个要素对构成精

---

[1] 马多克斯，1994年，第117—120页。另见梅耶尔斯，1990年，第92页。除了将他和弗里达的关系写进本书以外，《努恩先生》里还有着英语文学史上最漫长的接吻场景。

彩对话必不可少，学习劳伦斯的技巧甚至可以帮助初学者
们创作出生动、富有智慧的对话。

当然，首要的是掌握正确的对话形式。一般这需要
写出几句对话内容，并指出发言者是谁。劳伦斯在撰写人
物对话时运用了很好的对话形式，但他也超出常规，在
进行人物对话时插入了对人物的描写。《恋爱中的女人》
（*Women in Love*，1920 年）是一本关于杰拉尔德（Gerald）
和葛珍（Gudrun）、鲁珀特（Rupert）和厄休拉（Ursula）
两对男女之间的浪漫爱情故事。小说的大部分魅力源于劳
伦斯对人物对话的把控。例如，第六章的其中一个场景
便展现了劳伦斯将生动的细节加入主要人物对话间的精湛
技巧。杰拉尔德和鲁珀特正在一家咖啡馆里和达林顿小姐
（Miss Darrington）聊天，杰拉尔德觉得这位小姐很有魅
力。对话的关键在于劳伦斯对对话者的描述：

> "你能在这里停留多久呢？"她问道。
> "一两天吧，"他回答，"没什么急事。"
> 但她仍然用温柔的双眸望着他的脸，这眼神是多
> 么的奇特，令他激动难耐。他的自我意识非常强烈，
> 立马为自己的魅力深感喜悦。他感到浑身血液沸腾，
> 仿佛能释放出惊人的能量。他觉察到这个姑娘那双蓝
> 色的眼睛正盯着自己。她的眼睛很美，如鲜花般的眼
> 睛睁得大大的，赤裸裸地看着他。瞳孔上似乎飘浮着

　　一层如梦幻般易碎的彩虹，就像有薄薄的一层浮油七
彩斑斓地附在了水面上。[1]

　　这段关于杰拉尔德对女孩的反应以及他注意到女孩那
双充满爱意的眼神的细节描写，在一般的人物对话中并不
常见。劳伦斯的独特之处就在于他能找到正确的情感语言
去描绘人物的眼睛、外貌和表情等细节。并且他知道这其
中哪些要素是相互关联的，比如杰拉尔德的情欲、女孩对
他长时间的凝视以及他们对彼此的想法。同时，他还知道
用什么样的词去恰到好处地表达他们现在的所思所想。可
以看到，他有着极好的语感去恰如其分和点到为止地展现
人物，用词充满了情感和言外之意。那么，他是从哪儿学
到这样的技巧呢？很显然他并非从其他小说家身上学到这
一点的，尽管他崇拜并模仿过的哈代和乔治·艾略特的作
品中有关于恋人的描述。[2]

　　劳伦斯曾告诉过他的女友杰西·钱伯斯，他打算如何
创作《白孔雀》（*The White Peacock*，1911 年）这本小说。

　　　　"通常这类书以两对恋人为主体，并聚焦于他们的
情感发展，"他说，"乔治·艾略特的大部分作品都是

---

[1] 劳伦斯，1920 年 b，第 57 页。
[2] "劳伦斯在写《白孔雀》时，模仿了乔治·艾略特的风格。"（克罗克尔，2007 年，第 20 页）

基于这个构思创作的。即便我不想要情节并会对此感
到厌倦，也可以先试试从两对恋人入手进行创作。"[1]

他在《恋爱中的女人》中采用了同样的构思，其中，
姐妹花厄休拉和葛珍与鲁珀特和杰拉尔德分别相爱。但劳
伦斯更关注的是人物间的关系而非故事情节，这使得他的
小说有一种零散的感觉。不过，他通过对人物内心和思想
的深入探索弥补了这一不足。阅读这部小说的一个乐趣在
于发现每一个章节中都充满了对人物情感关系进行深入刻
画的场景。劳伦斯显然从他的前辈那里学到了一些结构技
巧，但他又自行发明了构建精彩的人物对话的方法。

构思和写草稿

和大多数成功的职业作家一样，劳伦斯的小说并非一
挥而就，而是经过了反复的修改。但与人部分作家不同的
是，劳伦斯对修改的过程更加挑剔，他的作品往往是以一
种非常规的方式完成的。他会快速地写出一个初稿。接着，
他再写第二稿，但这并非初稿的修订版，既不像福克纳一
样对结构进行重新布局，也不像海明威一样对文本进行提
炼，而是从里到外对小说进行重写。"劳伦斯并非仅仅在修

---

[1] 劳伦斯，引用自克罗克尔，2007年，第20页。

改草稿，他经常从头到尾重新写了一遍。"[1]这听起来很不可思议，他会从第一页开始，在空白页重写整个故事！有时，他这样做是为了修正人物间的关系和动机。例如，《查泰莱夫人的情人》就有三个发行版本，"在每个版本中，林园看守人和查泰莱夫人幽会的动机都不同"[2]。

　　《恋爱中的女人》有着更为复杂的版本演变。事实上，"三十年来，学者们一直都在研究这本书里的文本变化！"这在某一方面看上去很好笑，但这个研究对作家来说具有很好的启发价值。这本书最初写于1913年，名为《姐妹们》(The Sisters)。而在那年，劳伦斯重新翻写了这本书，但当他写到第380页时，他对第二个版本感到不满意，便停笔了。随后在1914年年初，他又写了第三个版本，题为《结婚戒指》(The Wedding Ring)。实际上，他曾把这个版本寄给了他的出版商，但由于战争的爆发，该书并未立即出版。于是，他又开始重写，在1914年到1915年期间，用同样的材料写了一份名为《虹》(The Rainbow，1915年)的浩繁手稿。到了1916年，他重新写了另一份手稿，并将它打印了出来。之后，在这份手稿上进行修改。"小说的百分之十是完全重写的……剩下的百分之九十也被狠狠地修

---

[1]　波普瓦夫斯基，2001年，第31页。
[2]　马登，1988年，第106页。

改过。"[1]换句话说，劳伦斯对这本书至少重写了五遍。为什么劳伦斯要不厌其烦地进行修订和重写呢？评论家认为，部分原因是他手头上浩如烟海的素材已经够他写两本书了。另一部分原因在于，他想要改变一些既定的人物关系。"关键性的人物关系——尤其是鲁珀特·伯金与杰拉尔德、伯金与厄休拉之间的关系——都发生了巨大的变化。"[2]

从劳伦斯创作小说的方法中你可以学到的最为重要的一课是，当你完成了第一稿后，或正在写第二、第三稿时，你可能会对已经写出来的内容感到十分诧异。尤其在你回顾文稿时，可能对此感到并不十分满意。你也许会因此决定重新调整人物之间的关系，或进行其他重大的修改。你可能会觉得像劳伦斯那样重新开始创作这本小说可能更为容易；你也可能会觉得在原稿上进行大规模改造更为简单，因为电脑上的办公文档让这一过程变得便捷。但不应排除在必要或合适的时候采用劳伦斯的方法重新开始写作。

正如评论家指出的，"在劳伦斯的故事中，情节从来都非首要"[3]。事实上，劳伦斯曾直言不讳地对杰西·钱伯斯说，他不想要什么情节。但他的小说的确采用了一些经典的情节方法（包括冲突及冲突的解决），这些方法在你进行

---

[1] 这里需要感谢彼得·普雷斯顿和彼得·霍尔总结了这份《恋爱中的女人》的修订年代表，我在引用时做了些简化。（普雷斯顿和霍尔，1989 年，第 11—12 页）

[2] 沃森和瓦齐，劳伦斯，1998 年，第 liii 页，"序言"。

[3] 桑顿，1993 年，第 5 页。

创作时会很有帮助，特别是在创作聚焦人物关系的小说时。当然，劳伦斯大部分时间都在进行自由创作，利用人物和成对的人物关系来开启一本小说，并在整本书里放飞他的想象。他最喜欢的方法是，在没有过多提纲限制的情况下根据自己的喜好写出一些场景和章节，然后再回顾这些素材进行修改。许多作家也用这种方法进行写作，你也可以进行尝试，前提是你不会因为无法把握故事的走向感到焦虑。当然，也有很多作家并不知道在他们下笔后，故事的高潮或矛盾的解决方案会是什么。对此，劳伦斯采用了一个名为"角色自我意识"的技巧，"在作者让人物变得鲜活的过程中，他们开始有了自我，能说一些、做一些作者在一开始写小说时都不知道他们会说的话、会做的事"[1]。如果你也能放手，像劳伦斯一样让角色活出自我，你就会发现他随心所欲和零碎松散的结构在描绘人物情感上十分到位。在此，故事情节退居第二位，撰写初稿也变得更为容易。

劳伦斯是如何在最简单的场景中创造刺激的

即便劳伦斯着重描绘的是人物间的关系而非动作场景或枪战画面，他还是给读者带来了极强的感官刺激。在

---

[1] 梅雷迪思和菲茨杰拉德，1972 年，第 35—36 页。威廉·福克纳是另一位用此技巧的作家。事实上，他曾表态他并不知道自己笔下的角色会做出什么。参见本书第 11 章。

《儿子与情人》中，他加入了一些意想不到的男女调情场景。例如，在第七章中，保罗近乎是强迫他的精神伴侣米丽安学代数，他们坐在桌旁开始上课。不过，没过多久，情况就变成了像爱洛漪丝和阿贝拉尔[1]一样的局面，这位年轻男子感受到了女孩的魅力。"看见她任凭他的摆布坐在那儿，嘴巴张着，眼睛圆睁着，浅笑中露出一丝害怕、抱歉和害羞，他顿时血液沸腾。"在第十二章中，保罗开始了与已婚妇女克拉拉·道斯（Clara Dawes）的婚外情。婚外情始于单纯的约会，之后他便渴望着她。劳伦斯驾轻就熟顺着主人公保罗的思维，呈现出他情感的激情一面。"他有些神志不清。他觉得假如星期一不很快来临的话，自己就会发疯。到了星期一，他就可以再看见她了……但他简直无法忍受这期间漫长的等待。"在这章的结尾，两人走过泥地后，保罗为克拉拉擦靴子，然后克拉拉吻了他。"他跪在她的脚边，用一根树枝和一把杂草擦着靴子上的泥巴。她把手埋进他的头发里，把他的头扳过来亲吻着。"即便是最简单的行为也因劳伦斯对爱意萌发的男孩的感受和行为细致入微的观察和刻画变得强烈。这种对男女关系细致入微的观察是劳伦斯后续的所有作品的特征。

---

[1]　阿贝拉尔（Abélard，1079—1142），法国中世纪僧侣、哲学家，巴黎大学的创始人之一，他和爱洛漪丝（Heloise）的爱情故事是那个时代的宗教和文学史中最为迷人的一部分。之后，法国思想家、哲学家卢梭著名的书信体小说《新爱洛漪丝》以此为蓝本，描写了平民出身的家庭教师圣普乐和贵族学生尤丽小姐的不幸爱情故事。——译者注

在《虹》中，他以同样的方式对 16 岁的厄休拉和她 21 岁的情人斯克里宾斯基（Skrebensky）之间的关系进行了刻画，创造出了情感极为强烈的场景。在这本书中，我们可以看到劳伦斯在深入展现人物间的亲密感情上更为自信，人物的内心独白也变得更为强烈。例如，在第十一章中："她一动不动、束手无策地站在那儿。然后他的嘴靠近了，紧贴着撑开了她的唇，一股炽热的、令人浸透的情感从她的体内涌起。她向他张开了嘴唇，在酸楚的漩涡中将他拉得更近，让他更为深入地亲吻着，口水不断涌上来沾湿自己，沾湿自己，但又十分柔软，哦，柔软得似巨浪一样无法抗拒，直到她带着有点失控的哭声挣脱开了。"这段文字反映出劳伦斯在文字上的过度重复，但感叹词"哦"的使用、句子的长短、标点停顿，给这一情景增加了令人窒息的效果。

《查泰莱夫人的情人》通过对主角及其情人林园看守人之间情爱关系的描写创造了激情场景。当查泰莱夫人想到那个令她神魂颠倒的男人时，劳伦斯用尽浑身解数来展现她的激情。例如，在第十章中："她已经沉醉在她温柔的美梦里……在她的身上，在她的所有血脉里，她都能感受到他和他的孩子。他的孩子就在她的血脉之中，像曙光一样温暖着她。"这种情感描写，通过劳伦斯在重复重要词语上的天赋（也有人说是累赘），在略微重复之余显得极富创造性。这些华丽的片段贯穿了整本书，使它们拥有了力量和强度去超越情节可以创造出的简单事实。正如许多评论家注意到的，劳伦斯关心的始终不是情节而是人物，以及通过激情展现出来的他们之间的关系、感受和欲望。

在《恋爱中的女人》中，情侣间的强烈情感达到了顶峰。其中一对情侣葛珍和杰拉尔德陷入了争执，这场争执已经超越了他们间的浪漫关系，涉及男女之间的根本竞争。而厄休拉与鲁珀特之间的关系尽管也如此强烈并充满激情，但显得更为平静。"鲁珀特和厄休拉的关系是在相互探索之下增进的，而杰拉尔德和葛珍的关系却持续出现强烈的对立，仿佛一个人就必须支配另一个人似的。"[1]从第八章开始，像下面这样的描述就贯穿了整个故事，让人物鲜活了起来："伯金就像一只寄居蟹，从壳里看到了厄休拉在遇到挫折和孤立后仍然有着炫彩夺目的光芒。她身上藏着一股危险又迷人的力量，像一朵生命力极强的花蕾，奇特但毫无意识地绽放。冥冥之中他被她吸引着，察觉到她就是他的未来。"这样的描述并非绚丽矫饰的散文，相反，它在最为简单的场景中加入了某种浪漫刺激的元素，成为阅读劳伦斯作品主要的乐趣之一。在读了他的作品一段时间后，你会发现其中的所有人物关系都变得更有意义，而你也会觉得自己有了去观察周围人内心和情感的神奇能力。他们的眼神突然之间变得富有内涵和意义。"一颦一笑一回眸"

---

[1] 米勒，2006 年，第 91 页。

皆是"亦诗亦韵亦端庄"。

你也可以通过聚焦于人物的内心感受和相互间的挑逗，在最为简单的场景中创造出同样的激情效果。尤其是那些关于人物间关系的故事，可以采用劳伦斯的方法去探究人物的思想，揭示他们内心最深处的渴望和隐约可见的欲望。强烈建议在阅读劳伦斯的作品时用荧光笔做标注，这样你就会看到男女间的情长意绵占据了多大的篇幅。然后，试着用同样比例的篇幅去创作场景，这样你的作品就会高于平均水准，并拥有除了劳伦斯之外极少作家能做到的感性。

象征手法

《查泰莱夫人的情人》一书中既有大量的现实描写，特别是关于奥利弗·梅勒斯（Oliver Mellors）和查泰莱夫人之间的情事，也用到了大量的表象。[1] 我们用表象一词来表示出现在故事背景里或贯穿于整部作品中的象征，这种象征反复出现，一直围绕在人物所生活的世界周围。《查泰莱夫人的情人》中的表象包括了林园看守人的林子、查泰莱夫人的丈夫的工业区以及查泰莱夫人居住的庄园。《纽约时报》指出，这本小说成功描述了"第一次世界大战后英

---

[1] 可参见汉姆马，1983 年，第 77—86 页。书中讨论了充满整个小说的田园意象和象征主义。

国的强烈诉求，既展现了一个被工业化和阶级观念侵蚀的贫穷社会那冷酷无情、令人不安的形象，又呼吁通过激情和回归自然的方式实现英国的复兴"[1]。其中的大部分诉求是通过对表象的运用来完成的，这表明了象征手法在艺术作品中的强大作用。

　　研究劳伦斯如何运用象征主义可以让任何一位作家对这个文学手法有更多的认识。当然，你不一定会用到劳伦斯使用过的象征，因为你肯定会找到属于自己的象征。但仔细观察劳伦斯将象征手法融入作品，特别是融入整部小说以及故事高潮的方式，应该会具有特别的启发和帮助。著名的劳伦斯学者和传记作家马克·肖勒（Mark Schorer）注意到《查泰莱夫人的情人》中充满了象征。

　　　　这部小说里的所有一切都具有象征意义，"一草一木总关情"，甚至小说本身就构成了一个庞大的意象，让人们像记住画一样轻易地印在脑海里。在这幅画的背景中，黑色的机器在昏暗的天空下无情地隐现；在前景中是一片既相互交织又有所分离的葱绿树丛，在那里两个赤裸的人儿正在尽情地舞蹈。[2]

　　相比在使用象征手法上更为隐晦的作家，劳伦斯运用

---

[1]　角谷美智子，1992 年。
[2]　肖勒，"序言"，劳伦斯，1928 年 b，第 24—25 页。

象征手法的方式更容易掌握。这并非因为他的象征过于直白或异常夸张，而是他所选择的象征相对清晰并容易理解。在《查泰莱夫人的情人》中所使用的"结构性的方法"包含了两种象征的"简单并列"：一种是"抽象的、理性的、死气沉沉的"象征，另一种则是"具体的、感性的和充满自然活力的"象征。[1]前一个象征与查泰莱夫人下半身瘫痪的丈夫有关，代表着劳伦斯在现代人身上发现的令人反感的品质，后者则以康妮（查泰莱夫人）和她的情人林园看守人梅勒斯为代表。丽贝卡·韦斯特（Rebecca West）指出在《查泰莱夫人的情人》中，"准男爵和他的阳痿象征着那个时代文化的萎靡不振，而康妮与林园看守人的情事则是对激情生活的回归"[2]。这些主题对劳伦斯来说尤为重要，因此他用大量的象征去支撑这些主题也就顺理成章。

根据定义，象征可以是人、场所，也可以是事物，它们所具有的含义远远超出了其字面意思，指向了更为宏大的主题和价值。它们能为艺术作品增色，给其增添一种厚重、充实的特质。读者们常常认为象征是传递某个重要讯息或体现作品主题的事物。当一个作品运用到了象征手法并很好地将象征与故事相融合时，它就更显得富有文学色彩。很难想象，如果没有林园看守人的林子象征着自然生

---

[1] 莫伊纳汉，1959年，第66页。
[2] 韦斯特，引用自莱文，2003年，第121—122页。

活、没有庄园象征着死气沉沉的生活，劳伦斯将如何写出像《查泰莱夫人的情人》这样精彩的小说。工业世界的背景也在书中发挥着象征作用，如果有读者不清楚这一象征是什么，劳伦斯就会通过查泰莱夫人之口指责她丈夫用那"丑陋的工业化"煤矿毁掉了许多人的生活，直接将这个象征甩在读者面前。[1]"是谁从人们身上夺走了自然生活和男子气概，并给他们套上了工业社会的恐惧？"[2]不要害怕像劳伦斯一样，通过让角色激动地抒发自身的感受并将象征带入这份激情之中来时不时推着你的读者去思考象征的含义。在这样激烈的争论或强烈的感情中，象征就会变得清晰易懂，并且不会被认为过于直白。像劳伦斯一样将表象时不时带入故事焦点会让你的小说更为严肃，也更富有文学基调。

　　某些特定象征，如生命力、自然的价值和性的繁殖能力，在劳伦斯的作品中反复出现。动物在他的作品中也具有象征意义。例如，他在散文《启示录》（*Apocalypse*，1931 年）里呐喊道："马，马！强劲的性交能力、有力的动作和力量的象征。"在短篇小说《狐狸》（*The Fox*，1923年）中，他用狐狸象征亨利在与两个女主人公关系中的掠夺本性。在《恋爱中的女人》中，牛象征着性和生命。葛

---

[1]　卡维奇，1969 年，第 198 页。
[2]　劳伦斯，1928 年 a，第 170 页。

珍奚落一群牛，就像她在性与权力的竞争中奚落杰拉尔德。和其他艺术家一样，劳伦斯经常用月亮作为女性的象征。[1]例如，在《恋爱中的女人》中，当鲁珀特朝湖中投石破坏了月亮的倒影时，他也在象征性地破坏他与潜在的另一半厄休拉的关系。这也许是厄休拉看到他时感到如此震惊的原因："厄休拉感到茫然，丧失了思考的能力。"月亮象征着女人，象征着围绕在鲁珀特身边的这一朦胧存在，象征着用潮水牵引着他的心并让他失去自我的存在。

　　向劳伦斯学习象征手法，可以帮助作家们更为自信地运用这一技巧。如果你认为运用象征手法超出了你的能力范畴那就大错特错。记住，你可能在甚至没有意识到的情况下就已经在故事中加入了象征元素。作家们也经常如此。因为故事的画面通常是多维度的，既指向了叙述中的字面意思，也蕴含着更大的含义。通常意识到象征所指向的含义是自我挖掘作品内涵的过程，是一个真正的自我探索过程。当你意识到你的作品已经拥有了象征并参透了其中的内涵时，你也将对其他人作品中的象征有着更为深刻的认识。你越了解象征在文学中的作用，你就能越有效地将它们恰当地融入小说。最后，不论是新手还是老手，都可以通过查阅象征主义的词典或阅读约瑟夫·坎贝尔[2]、

---

[1]　扬，1999年，第113页。

[2]　约瑟夫·坎贝尔（Joseph Campbell，1904—1987），美国研究比较神话学的作家，主要著作有《神话的力量》等。——译者注

卡尔·荣格等人的作品，从中汲取关于这一手法的基本知识。对于门外汉而言，推荐阅读荣格的《人类及其象征》(*Man and His Symbols*，1964 年)以及莫里斯·毕比(Maurice Beebe)的《文学中的象征主义：文学解读导论》(*Literary Symbolism: An Introduction to the Interpretation of Literature*，1960 年)，这两本书特别有用并且容易理解。

第 11 章

威廉·福克纳的创作方法

事实上，有些读者畏于读福克纳的书，因为他的作品以复杂著称，但坚持这一观点的人肯定小瞧了福克纳和他们自己的能力，他们失去的将是与 20 世纪最富有诗意的一位作家相遇相识的所有乐趣。在我的脑海中，理想的福克纳入门书毫无疑问是他的小说《圣殿》(*Sanctuary*，1931 年)。这部小说是这位诺贝尔奖得主最为通俗易懂的作品，它展示了福克纳最完美的一面，而且不像其之后的作品那样繁复。

1897 年出生的威廉·福克纳 (William Faulkner) 是家中四兄弟中的老大。年轻时的他曾写过诗，后来为了加入加拿大空军，他谎称自己是英国人。可以看出，他很早就显露出了创造的本领！1929 年，他与埃丝特尔·奥尔德姆 (Estelle Oldham) 结婚，并搬到了位于密西西比州牛津城的"山楸橡树"别墅。[1] 福克纳酗酒严重，曾在

---

[1] 我曾参观过福克纳 1925 年在新奥尔良住过的一套狭小公寓。在那里居住期间，他遇到了舍伍德·安德森。他提到，安德森的生活看上去很简单：每天工作几小时，剩下的时间可以自由地做任何他想做的事。"我决定，如果那就是一个作家应有的生活，我就要成为一名作家。于是，我开始写起了第一本小说。"(福克纳，1956 年，第 18 页) 他的第一本小说《士兵的报酬》于 1926 年出版。

舍伍德·安德森 (Sherwood Anderson，1876—1941)，美国作家，代表作《小城畸人》。——译者注

好莱坞工作过一段时间，并与传奇电影导演兼制片人霍华德·霍克斯（Howard Hawks）的秘书梅塔·卡彭特[1]（Meta Carpenter）发生了婚外情。福克纳小说的大部分故事都发生在位于密西西比州的虚构的约克纳帕塔法县（Yoknapatawpha County）。从风格上看，他最为显著的成就之一是他作品所呈现出的诗意。"语言就是我的音乐"，他说道。[2] 作为一位文学小说的创新者，他声称自己是在意识到写作是为了取悦自己而非取悦他人之后才开始取得成功。就其最好的一面看，他的文体充满了典故和抑扬顿挫的声韵之美；而从最坏的一面看，它极具哥特风格和洛可可风格，繁复晦涩并充斥着大量华丽的辞藻。福克纳对语言的热爱众所周知：他的弟弟曾称，比尔（威廉的昵称）把词典翻得卷起了角；并且，福克纳还曾批评海明威在用词上不敢冒险。作为同时代最受欢迎的小说家，福克纳与海明威在风格上完全相反，海明威的文字简洁利落，而福克纳的文字常常复杂冗长。

他的第一本小说《士兵的报酬》（*Soldier's Pay*，1926年）讲述的是一战后一位英国退役士兵回乡后的遭遇。他的成名之作《圣殿》讲述了一名女大学生被一个叫金鱼眼（Popeye）的恶棍强奸的故事。"写这本书就是为了

---

[1] 梅塔·卡彭特在其回忆录《亲爱的绅士》（*A Loving Gentleman*）中揭示了这位作家罕见的浪漫一面。参见王尔德和波兹登，1976年。

[2] 福克纳，引用自里奥-杰里夫，2001年，第44页。

赚钱。"福克纳在序言中故意"误导"读者说道。但实际上，这是一部精心设计并且精彩绝伦的作品，绝对不是纯粹为了钱而创作的。[1] 他最为著名的小说《喧哗与骚动》（*The Sound and the Fury*，1929 年）由四个部分组成，其中一个部分是从一位智力发育不良的人物视角出发的。这部小说在时间线上来回切换，并用斜体表示时间的变化。福克纳甚至说道："我想把它印成不同的颜色，每种颜色都表示不同的时间。"他的创造力永无止境，他学会了在创作中进行各种各样的冒险。同时，他小说中的其中一个主题是关于种族关系。例如，《八月之光》（*Light in August*，1932 年）讲述的是一位被控谋杀了一名白人妇女的黑人男子的故事。在 1949 年，福克纳获得了诺贝尔文学奖。

尽管福克纳的风格纷繁复杂，但没有哪个故事比福克纳的小说在语言上更为优美，作家可以从他身上了解到语言运用和散文写作的知识。我们将集中讨论他如何进行创作，为何他的方法对你会起到帮助作用，他如何开始和结束一个故事，如何塑造人物，以及如何在主流派小说中运用悬疑元素。有关福克纳最具权威的传记出自约瑟夫·布洛特纳（Joseph Blotner）之手，这本传记虽然只有一卷，但包含了关于福克纳的几乎所有信息。如果你的作品过于简单或缺乏深度，如果你想给你的故事增添意义，如果你

---

[1] 约瑟夫·布洛特纳在《圣殿》修订版上的注释表明，福克纳并不想在 1932 年现代图书馆重印版中收入这个"误导性"的介绍。（布洛特纳，1987 年，第 337 页）

渴望写出富有抒情诗调的华丽散文，那福克纳的作品就刚好能"对症下药"，推动你的作品达到新的高度。实际上，他的作品影响了一代作家，他们将福克纳的一些风格元素融入自身的作品来深化作品的意义并增强共鸣，尤其是美国南方的一些作家，如弗兰纳里·奥康纳、杜鲁门·卡波特[1]、罗伯特·佩恩·沃伦[2]、科马克·麦卡锡[3]。但他的影响远远超出了美国南部地区，扩散到了美国以外的国家，乔伊斯·卡罗尔·欧茨[4]、托尼·莫里森[5]、萨特和阿尔贝·加缪[6]等人也受到他的作品的启发。[7]所以，如果你承认你也受到福克纳的影响，那你和这些作家就是追求文学美感的同伴了。

---

[1]　杜鲁门·贾西亚·卡波特（Truman Garcia Capote，1924—1984），美国作家，代表作《蒂凡尼的早餐》《冷血》。——译者注

[2]　罗伯特·佩恩·沃伦（Robert Penn Warren，1905—1989），美国第一任桂冠诗人，代表作《国王的人马》《许诺》。——译者注

[3]　科马克·麦卡锡（Cormac McCarthy，1933—　）出生于美国罗得岛州，小说家和剧作家，代表作《血色子午线》。——译者注

[4]　乔伊斯·卡罗尔·欧茨（Joyce Carol Oates，1938—　），美国小说家、诗人、评论家、剧作家，代表作《人间乐园》等。——译者注

[5]　托尼·莫里森（Toni Morrison，1931—2019），美国黑人女作家，其作品情感炽热，简短而富有诗意，主要作品有《最蓝的眼睛》《苏拉》《所罗门之歌》等。1993年获诺贝尔文学奖。——译者注

[6]　阿尔贝·加缪（Albert Camus，1913—1960），法国作家、哲学家，存在主义文学、"荒诞哲学"的代表人物。主要作品有《局外人》《鼠疫》等。——译者注

[7]　帕里尼，2004年，第432页。

为何他的方法对小说及非小说作品都能起到帮助

福克纳曾在一家邮局工作过一段时间，但他对自己的工作职责几乎毫不上心，他总是"坐在邮局后面的一张摇椅上，不停地写作……他并不在意顾客，反而是顾客会用硬币敲打柜台引起他的注意，之后他才勉强站起来为他们服务"[1]。这则轶事对任何想要成功的作家来说都是一个小小的经验：专注是完成任何工作的关键。在你写作时，你必须忽略其他的杂事。当你忘掉那些烦恼并专注于你的故事时，你会发现比起还要完成日常琐碎工作的那段时间，你的写作将以更快的速度向前推进。当然，你可能需要其他的收入来源，但专注的作家总是会全身心投入自己的作品，并且无论何时何地都将之置于首位。

同时，福克纳也从未不屑于通过模仿其他作家的作品去学习其中的创作技巧和风格特征来提升自己的写作。在创作诗歌的过程中，他主动模仿了 A. E. 豪斯曼[2]、阿尔杰农·查尔斯·斯温伯恩[3]、丁尼生[4]和 T. S. 艾略特的作品，并将学到的诗歌风格融入自己的小说写作之中，使得其语

---

[1] 布洛特纳，1984 年，第 110 页。

[2] A. E. 豪斯曼（A. E. Housman，1859—1936），英国著名悲观主义诗人。——译者注

[3] 阿尔杰农·查尔斯·斯温伯恩（Algernon Charles Swinburne，1837—1909）是英国维多利亚时代最后一位重要的诗人。——译者注

[4] 阿尔弗雷德·丁尼生（Alfred Lord Tennyson，1809—1892）是英国维多利亚时代最受欢迎及最具特色的诗人。——译者注

言风格在词语的选择、短语的节奏和句子的韵律上充满了美感。他的散文则受到了吉卜林[1]、康拉德、乔伊斯和赫胥黎[2]等人的影响。[3] 作为一名伟大的创新者，他在晚年声称作家去模仿别人的作品是错误的，但其自身的实践却自证其谬。

此外，福克纳还会将自己的作品打成文字稿，然后对稿子进行手写修改。他从不满足于自己的写作，会经常删改内容，甚至会把大量材料挪到故事的其他部分。[4] 福克纳专注于小说创作使他显得有些冷漠，尽管他看上去彬彬有礼、颇有教养。朋友和老师都只记得他是个成天做梦、对运动或功课都不感兴趣的男孩，他所关心的则是自我的表达。

如何开启一个故事

《圣殿》的开篇以金鱼眼和贺拉斯（Horace）在一条溪流两旁的对视拉开序幕。他们彼此凝视着对方，用充满威胁恐吓的词语激烈对峙着。《我弥留之际》（*As I Lay Dying*，

---

[1]　约瑟夫·鲁德亚德·吉卜林（Joseph Rudyard Kipling，1865—1936），英国小说家、诗人。主要作品有诗集《营房谣》《七海》。——译者注

[2]　阿道司·赫胥黎（Aldous Leonard Huxley，1894—1963），英国作家，代表作《美丽新世界》。——译者注

[3]　布洛特纳，1984年，第49—50页，第137—138页，第144页，第159页。

[4]　布洛特纳，1984年，第137页。

1930 年）这部小说开篇讲述的是为艾迪·本德伦（Addie Bundren）定制的一口棺材。《喧哗与骚动》则以康普生家的白痴三儿子班吉（Benjy）混乱的自述开头。在《八月之光》的第一页，莱娜·格鲁夫（Lena Grove）从阿拉巴马到了密西西比，这一旅行在这部以暴力和死亡为中心的小说中象征着生命和重生。

这些例子表明福克纳并非简单地从故事的中段入手开启一个新故事。[1] 在其他作家看来，从故事矛盾最为集中的部分切入故事极富戏剧性，而福克纳的技巧比他们的要更为复杂且更值得关注，特别是那些想要创作出富有文学色彩的作品的作家们应该好好研究福克纳这一独特的技巧。通常，福克纳并不是直接进入主题，而是从故事的边缘切入主线。在《圣殿》的主线谭波尔·德雷克（Temple Drake）被绑架和强奸开始之前，福克纳以金鱼眼与贺拉斯隔溪对视的场面揭开故事的序幕。对于读者来说，两人之间对峙的原因是一个悬念，引发了他们的好奇，加上金鱼眼和贺拉斯复杂的过去，他们之间的故事更值得期待。[2] 从故事的边缘或偏离主线的场所拉开故事的序幕，使得福克

---

[1]　这里用到了"in medias res"一词，意为直接交代事件发展过程，而非从头开始叙述。——译者注

[2]　《圣殿》经常被误认为是个简单的黑帮故事，实际上，它是一部复杂的文学作品。福克纳对此进行了大量的修改，大幅度调整段落和章节，直到他满意为止。"在小说前 11 页的顺序最终敲定前，它可能被插入了额外的 17 页。除了 139 页手稿中的 34 页外，许多部分都不止挪动过一次。"（布洛特纳，1984 年，第 236 页）

纳在将女主角推入险恶的漩涡前，首先创造了一个满是恶棍的黑暗世界。

在《我弥留之际》中，艾迪·本德伦的孩子们想将他们母亲的尸体带回密西西比的杰弗生安葬。和福克纳的大多数作品一样，这本书有着"多重交错的观点和错综复杂的时间线"。[1]小说从艾迪·本德伦撒手归西开始，时不时跳到其他时间线上，然后又反复回到运输棺材和前往杰弗生之旅的主线上。这种写法和玛格丽特·杜拉斯的《情人》（*The Lover*，1984年）如出一辙，后者在几条时间线上来回切换，不断偏离又返回到渡轮上的女孩这个主画面。福克纳则从一口棺材的建造入手，穿插诸多人物的叙述，创造出了一个复杂的故事背景并勾起了读者的好奇。

《喧哗与骚动》是福克纳最为著名也是最为复杂的意识流小说。该书给人的感受就像福克纳将一个原本严格按照时间线发展的故事拆开并重新整理编号，迫使读者陷入一系列无序的事件。对于这种疯狂的开篇，其应对之策是顺着主要人物的意识流而非时间线去理解故事的发展。这本书的第一部分围绕着康普生家的白痴儿子班吉的自由联想铺展开来，一个模糊的印象或词语都会让只有3岁智力的班吉想起以前的某件事。通常一页之内就会出现多次时间线上的变换，有时这些场景的变化会用正体字、斜体字

---

[1]　安德森，2007年，第62页。

加以区分，有时并未做任何标注。对此，福克纳曾坦言道："我曾想过用不同的颜色将这本书的第一部分打印出来，但那样做实在是太贵了。"[1] 即便今天有数不胜数的文章整理出了这部小说正序的时间线，还是有许多读者希望能以标注不同颜色等方式对原文中的时间线加以区分。尽管以班吉的视角切入故事增加了开篇的阅读难度，但这也渲染并加深了作为故事背景的康普生家的颓败氛围。

《八月之光》也在错置的时间中包含了许多回忆的片段，讲述了乔·克里斯默斯（Joe Christmas）的悲剧。故事发生在名为杰弗生的小镇，作为主人公的乔有着一半的黑人血统和一半的白人血统，他因杀死了自己的白人情人而遭到白人们的私刑处决。故事的大部分内容沉闷黑暗，揭露了主要人物悲惨的过去：乔·克里斯默斯小时候遭受过许多种族歧视，成年后对那些歧视他的人有着强烈的报复冲动，在告诉了情人乔安娜·伯登（Joanna Burden）自己有黑人血统后，他因双方日益激化的冲突而认为自己遭到歧视便亲手杀死了乔安娜；书中另一人物牧师海托华（Reverend Hightower）则活在了妻子的自杀和祖父被谋杀的阴影里；乔·布朗（Joe Brown）逃避作为一名父亲的责任，成了一名罪犯。福克纳在这本书的开篇保持了他一贯偏离中心主题的作风，从一位从没见过乔·克里斯默斯的

---

[1] 福克纳，引用自考恩，1968 年，第 15 页。

次要角色莱娜·格鲁夫入手，以一个意想不到的角度开启了这个故事，并用莱娜的善良来暗示乔·克里斯默斯也依然存有善良之心。

许多写作辅导书、技巧手册都提倡作者采用常规做法，从故事中段进入整个故事。这种方法在某些情况下很奏效，毫无疑问也能为小说的开篇添加戏剧性，不过福克纳另辟蹊径——从边缘带入，这种方法也值得一试。通过这一方式，福克纳以巨大的深度和复杂度创造出了一个令人信服的三维世界。对读者而言，在发展完整的虚构世界中去努力解开一个错综复杂的谜题也是一种妙不可言的乐趣。福克纳以外围次要的人物或事件作为开篇，赋予了作品更多的文学色彩。尽管这种方法也伴有风险，可能会让读者感到困惑并让故事的进展变得缓慢；但它的优势不可忽视，老练的读者反而会享受并欣赏这种文学性的开头所带来的不确定性和复杂性。

如何结束场景、章节和小说

除以独特的方式展开故事外，福克纳还让故事的结尾具有了同样令人惊叹的艺术性。约翰·加德纳（John Gardner）称福克纳小说的结尾"前后呼应"，其中"打动我们的不仅仅是人物、画面和事件以某种形式在结尾重述或重现——我们是被事物间愈加紧密的联系以及最终连接起来的价值观所感动。柯勒律治[1]指出……正是这种愈加复杂的联系赋予了文学作品魅力"[2]。《八月之光》以珀西·格雷姆（Percy Grimm）阉割了乔·克里斯默斯结束，看到这一场景的杰弗生镇人不会忘记这一刻，而任何一个读了这个场景的人也会对它印象深刻，部分原因是乔·克里斯默斯在濒死之时的意识流复现了故事中的主题和画面，比如呼应了种族主义中心思想，并凸显出乔·克里斯默斯的生死被暴力贯穿起来。

《喧哗与骚动》中杰森（Jason）部分的结尾也同样令人难忘，这两部小说都是以阉割为主题。在结尾处，杰森把他被阉割的弟弟称为"美国大太监"，并补充道："我知道至少还有两个人也需要像这样挨上一刀。"他的冷酷无情在福克纳的所有作品中都是绝无仅有的。这一富有深意的结尾表明了康普生家族是如何从这位最应该受到谴责的次子开始一步步走向败落的。

《圣殿》的结尾既富有诗意又充满寓意。谭波尔·德雷克做伪证指控古德温（Goodwin）杀死汤米（Tommy）。而真正的犯人金鱼眼因一桩他并未参与的谋杀案而被判死刑，蒙冤的古德温则被私刑处死。小说在最后一页总结道："这一天天色阴暗，这个夏天都是这般阴沉，甚至这一年的

---

[1]　塞缪尔·泰勒·柯勒律治（Samuel Taylor Coleridge，1772—1834），英国诗人和评论家。——译者注

[2]　加德纳，1983 年，第 192 页。

日子都是如此昏暗不明。"在倒数第二段，福克纳这样描述受害者兼施害者的谭波尔·德雷克："谭波尔掩着嘴打了个哈欠，掏出了一个小粉盒，粉盒的镜子上映衬着的是一张郁郁寡欢的悲伤脸蛋。"接着在最后一句，她抬起头看了看这"雨与死亡的季节"。生与死不断累积的影响，对堕落又愧疚的谭波尔·德雷克令人回味的描写，以及结尾再次强调的"死亡"——所有这些细节都给这部作品带来了强大的冲击力，使得这本小说成为福克纳最了不起的成就之一。

福克纳结束一个场景、一个章节及一本书的方式突显了他风格中鲜明的复杂性。他经常用结尾呼应之前的事件，将它们联系在一起来增强整部作品的意义和魅力。同时，福克纳还在结尾处增加了一丝诗意，这么做也许在作品的前半部分并不合适，但结尾处的点睛之笔让福克纳的故事充满了艺术性。

你可以将福克纳重复或呼应小说主题的方法运用到小说的结尾，通过回顾前文千丝万缕的故事，将其编织并浓缩成最后几页的精华。你也可以尝试在结尾处进行修辞或短语上的创新，甚至加入几丝诗意，在这里追求语言上的文学色彩并不会像在前文那样突兀。相反，对于读者而言，他们更容易接受小说在结尾处的升华。此外，小说结尾还是检验作家语言美感的地方，你可以像诗人一样让结尾充满韵律之美。信不信由你，许多读者都会记得他们最喜欢的小说结尾。如果你无法想象出人们把你小说的最后一段记在心里的情景，那不妨试着在其中融入诗歌般的韵律。当然，这并不意味着结尾一定要写得如名曲般优美动听，只需避免结尾在结构上的过度繁杂，让它尽量听上去流畅悦耳即可。这里有个小技巧，那就是避免在结尾的句子中用到"但是（but）"，相反，用"然后（and）"这个词更能留下一个令人印象深刻的意境。

人物创作与主题

威廉·福克纳塑造了现代小说中最为全面、立体的几个角色。有时，他甚至会花整个章节告诉我们角色是谁、从哪里来、曾经做过什么，以及为什么他们会在将来做出奇怪且令人意想不到的事，而不是说明他们现在在做些什么，例如在《八月之光》中就是如此。从他的这一方法中，你能学到什么吗？事实上，福克纳有三条任何作家都能受益的成功原则。

首先，你必须把角色塑造当成一种技巧，这样才会激励你在这方面下功夫，塑造符合故事需要的角色。你一旦构想出了这一角色，就可以放任其自行发展。"只要这些角色业已成型，他们就会……放飞自我，反而是作家们在他们背后竭力追赶，着急地记下他们的所言所语、所作所为……他们已经控制了这个故事……作家们只需紧跟他们的步伐，把他们的故事化为笔下的文字。"[1]

其次，你需要学会观察。福克纳说："一个好的创作能塑造出一个真正的立体人物，他能自行站稳脚跟并对故事产生影响。"为了塑造出强有力的角色，你必须观察人类，关注他们与他人的互动。福克纳说道："有且仅有的学习对话写作的方法就是'当别人说话的时候，仔细聆听'。"[2]

再次，你需要想象力以及追随灵感的勇气。就想象力而言，福克纳对这一创造力构成要素的看法与现代右脑思维理论中关于大脑的图像能力以及图像对无意识的重要性相差无几。"对我来说，一个故事通常是从一个简单的想法、一段回忆、一个心里的画面开始的，"福克纳说道，"故事的创作仅仅是为了逐渐呈现那一刻罢了，以解释它为什么发生或者它会产生怎样的后果。"在写《喧哗与骚动》《八月之光》等小说时，福克纳往往将读者可能会喜欢的想法搁在一旁，只顾朝着自己定下的目标前进。同样，作家在跟随灵感、激发自身的创造潜力上也需要同样的自信帮助自己达到目标。在福克纳将《圣殿》的大部分情节读给好友菲尔·斯通（Phil Stone）听后，斯通告诉他："比尔……我看这本书卖不出去。这种骇人听闻的小说已经过时了。"而约瑟夫·布洛特纳告诉我们，"尽管福克纳有充

---

[1]　福克纳，引用自格温和布洛特纳，1995年，第120页。
[2]　福克纳，引用自英奇，1999年，第77页。

分的理由感到灰心丧气，但他一贯相信自己的判断，仍坚持写完这本小说"[1]。一个人如果没有清楚地意识到自我价值是无法创作出像《喧哗与骚动》《八月之光》这样的作品的，显然，福克纳具备了这种自信。"优秀的艺术家往往认为，没有人能给他提供建议。他有着强烈的虚荣心。不管他多么钦佩这位提建议的作家，他都想证明其想法是错误的。"[2]

除人物的塑造发展外，福克纳还把故事主题视为作家工具箱里的又一利器。在作为弗吉尼亚大学驻校作家的两个学期里，福克纳在一节课堂讨论上回答了学生们关于创作方法的问题。有人问福克纳是如何运用小说主题的，他回答道："主题就像修辞和标点符号一样，是作家的工具之一。"[3]同时，他经常谦虚地将自己的创作比喻成搭建鸡舍，把自己比作一个工匠。[4]他认为，一个人需要像工匠一样对待自己的"手工艺品"，这暗示了写作需要经历一段"学徒期"，也暗示了在经过学习和实践后可以掌握这些搭建鸡舍的方法。这个观点十分鼓舞人心，尤其是它出自如此伟大、极富创新性和创造力的作家之口。

---

[1] 布洛特纳，1984 年，第 237 页。

[2] 福克纳，1956 年，第 11 页。

[3] 福克纳，引用自格温和布洛特纳，1995 年，第 239 页。

[4] 埃文斯，2008 年，235 页。

添加悬疑的技巧

福克纳最不为人知的写作技巧之一是他对悬疑的运用。他像狄更斯一样在几乎所有的作品中都运用了悬疑元素；但和狄更斯不同的是，他的悬疑元素并非逻辑推理型的，而是在另一层面上带着一股颇具文学色彩的神秘。作为乔伊斯《尤利西斯》的崇拜者，福克纳认为复杂本身就是优点，他的小说也以复杂的人物、情节、风格印证了这一信念。读者翻开福克纳小说遇到的第一个悬疑便是此时此刻发生了什么以及是在谁身上发生的。这些人又是谁？他们从哪儿来？他们之间有什么关系？《圣殿》的开头也许是解释这一手法如何吸引读者最好的例子，《八月之光》《喧哗与骚动》中也同样运用了这个手法。福克纳的全部作品中很少有简单的情节或故事。即便是看似简单的《我弥留之际》也很复杂，充满了悬念。在这本书中，福克纳创造出了"部分读者难以理解的复杂风格"。[1]对福克纳而言，复杂的相对价值在于它能够编织出充满他独特想象的画面，而不必担心读者对此的反应。

现代作家被告知他们必须进行清晰的表述，因为读者不会给他们超过五页、五段，甚至五句的机会来等待他们激发阅读的兴趣。超市书架上充斥着自称畅销书的大众书籍，它们都是以一种极简式的短句断裂文体讲述故事，例

---

[1] 布鲁克斯，1963年，第141页。

如：故事开篇就是一起谋杀案，紧接着便是汽车追逐，而后枪击战和刺杀事件接踵而至准备抓住读者的眼球。当然，即便是福克纳也没有不屑于运用暴力，在他的书中就充斥着谋杀、强奸和阉割等暴力行为，事实上，他本人认为暴力是作家的基本工具之一。但现代风格中开门见山的开场和清晰的人物关系显然并非创作的唯一方式。小说背后所蕴含的深意，三维立体的人物角色，以及相信读者会对复杂的人物故事买账的自信——这些纯文学小说中的优点皆是威廉·福克纳留给作家们的遗产。在解决写作中一些最为普遍的问题上，现代作家没有比这更好的指导原则了。但这并不意味着你需要设计一些让读者理解起来犯难的情节，或每当你引入人物时都要像福克纳一样把他塑造得极为复杂。关键在于他的风格将有力地帮助作家们写出比普通小说更深刻的作品，这对现代美国小说而言无疑是件好事。

第 12 章

欧内斯特·海明威的创作方法

尽管海明威是我们这个时代被人模仿最多的作家，但并不是每个人都希望像他那样创作。例如，J. D. 塞林格就觉得海明威的风格像电报一样过于干瘪。[1] 相比之下，塞林格更注重故事的要点和情感，他不会排斥使用形容词、副词以及复杂的标点符号。但大部分当代作家对海明威充满钦佩之情，也许在对美国散文风格的广泛影响上，无出其右。[2]

海明威的风格到底是什么？如何将其用来提高你的写作水平？

大多数评论家认为，海明威的写作以简短的句子、缺少从句、注重对名词和动词而非形容词和副词的使用，以及对"and"一词的大量使用（也有人会说是过度使用）而知名。不为人所知的是，海明威还在作品中，尤其是在他后期的小说中，运用了传统的结构元素以及人物演进的技巧。[3]

---

[1] 根据塞林格和海明威共同的朋友 A. E. 霍奇纳（A. E. Hotchner）的说法，塞林格"会傲慢地谴责所有著名作家，从德莱塞到海明威"（A. E. 霍奇纳，1984 年，第 65—66 页）。塞林格在战争期间至少与海明威见过两次面，并以友好的方式与海明威保持了联系。但塞林格华丽的风格加上精心设计的长句子，与海明威简约精练风格正好相反，形成了鲜明的对照。

[2] 拉尼亚，1961 年，第 5 页。

[3] 扬，1966 年，第 205—206 页。

海明威的写作生涯

　　欧内斯特·海明威（Ernest Hemingway）生于 1899
年，他在伊利诺伊州的奥克帕克镇长大，有一个比他大 18
个月的姐姐、一个妹妹和一个最年幼的弟弟。高中毕业
后，他不想上大学便当起了新闻记者，正是早期当记者的
这段经历给他的作品风格留下了不可磨灭的印记。[1]在他
所就职的《堪萨斯城星报》（*The Kansas City Star*）的手册
上就有"使用简短的句子"写作的要求。手册里写着"第
一段要简短；用词要有力；要用肯定句，不用否定句"。

　　几个月后，海明威辞去了这份记者工作，应征入伍。
第一次世界大战期间，他在意大利的红十字会救护车队服
役。他在 19 岁生日的前三天不幸被一枚奥地利迫击炮炸
伤[2]，之后几个星期他在一家意大利医院疗伤，遇到了比他
大 6 岁的美国护士阿格尼丝·冯·库罗夫斯基（Agnes von
Kurowsky）。没过多久，海明威就爱上了阿格尼丝并向她
求婚，但战争结束后阿格尼丝并未随海明威一同返回美国，
这件事大大挫伤了他的自尊心，也成为《永别了，武器》
（*A Farewell to Arms*，1929 年）一书的创作来源。[3]

---

[1]　海明威是第一个承认新闻写作影响了其风格的人。（拉尼亚，1961 年，第 27 页）

[2]　英国当代著名作家安东尼·伯吉斯（Anthony Burgess）在《欧内斯特·海明威及其世界》中美化了海明威所经历的战争创伤。（伯吉斯，1978 年，第 22 页）

[3]　海明威告诉 A. E. 霍奇纳，这部小说"大部分都源自我的亲身经历，但也有很多并不是"。（A. E. 霍奇纳，1966 年，第 51 页）

　　回到家乡后的海明威开始为另一家报纸撰稿，即便在1921 年搬到巴黎后也继续供稿。在巴黎，海明威遇到了对他的风格产生了重大影响的格特鲁德·斯坦[1][2]。斯坦教会了他如何用"and"连接句子来代替传统的从句。[3]你将在本章后半部分学到为何要这么做以及如何运用这一技巧。

　　像任何一个职业作家一样，海明威在他的整个写作生涯中都在不断学习新的技巧、尝试新的风格。他后期作品里的句子结构比早期的更为华丽，对人物的挖掘也更为深入。尽管海明威在写作风格上进行了额外的探索和尝试，但简洁凝练仍是他大部分作品最为核心的特质，这种风格全世界读者都能认出来。1954 年，"因为他精通叙事艺术，其近著《老人与海》突出地展现了这一点；同时也因为他对当代文体风格之影响"，他被授予诺贝尔文学奖。

句子的长短

　　没错，海明威擅长写短句，他也以简洁明了的文风著

---

[1]　格特鲁德·斯坦（Gertrude Stein，1874—1946），犹太人，美国小说家、诗人、剧作家、理论家和收藏家。斯坦致力于语言文字的创新，对语言文字进行了变革。——译者注

[2]　根据安东尼·伯吉斯的说法，斯坦正在寻求"语言……的极度简化……她反对过多的描述，过多的修饰；追求语言的精简压缩"。（伯吉斯，1978 年，第 31 页）斯坦建议海明威停止为报纸写作，因为这样会削弱他的风格。（拉尼亚，1961 年，第 47 页）另见，林恩，1987 年，第 197 页。

[3]　斯坦告诉海明威的另一个写作观念是"活在作品之中，让每一天都形成自己的故事"，让故事"自发地发展"。（雷诺兹，1988 年，第 33 页）

称。[1]但大多数作家没有意识到的是海明威笔下的简洁句子并非信手拈来，而是斟字酌句、反复修改的成果。他有着明确的理由执着于简洁，其中最为主要的是简洁的句子可以让文章变得清晰。"清晰明白"是他在报社写作时的目标。即便是在今天，报纸新闻也以简洁明快的风格为大众所知。海明威所写的句子直截了当，即便读者一目十行也能够理解他所要表达的要点。[2]你也可以通过写更为简短直接的句子达到类似的效果。在你改写作品时，牢牢记住这一点，为了增强文章的可读性，要毫不犹豫地将冗长复杂的想法进行拆解和删减。不过，"清晰明白"并非海明威致力于简洁的唯一理由。

短句的另一个效果在于它的戏剧性。在《乞力马扎罗的雪》(*The Snows of Kilimanjaro*，1936 年)中，主人公因染上坏疽病濒临死亡，海明威写道："好吧。现在他不在意死。因为他一直害怕的是疼痛。"这里的短句起到了累积效应，反复告诉读者，主角濒临死亡。当你想要强调某个点或者给文章增加戏剧性的冲击时，你可以在写作中通过把一系列短句串在一起达到类似的效果。

此外，短句的另一个作用是增强写作的多样性和韵律感。海明威经常将长短句搭配在一起形成一种和谐的效果。

---

[1]　乔伊斯·卡罗尔·欧茨将海明威的作品称为"减法散文"，强调了其简约的文风。(欧茨，1988 年，第 49 页)海明威为简约效果付出了心血，经常修改初稿，删减掉的文字多达三分之二。(斯沃博达，1991 年，第 46 页)

[2]　众所周知的是，在之后几年中，海明威为自己设定了写出"一句真正的句子"的目标。(斯克里布纳，1996 年，第 15 页)

例如，在《老人与海》（*The Old Man and the Sea*，1952年）中，他这样描绘老渔夫的想法：“于是他为这条没吃东西的大鱼难过起来，然而要杀死它的决心从没有因为为它难过而削减。这条鱼够多少人吃呢？他想。”第一句中包含了两个相互矛盾的想法：老人对这条大鱼的惋惜，以及与之形成鲜明对比的继续杀了它的决心。下一句暗示了这位老人捕鱼的动机是获取食物。句子的长短变化给文章增添了一种韵律感和变化感。

句子的快慢

海明威风格中最为明显的特征之一是飞快的句速。句速指的是作家写出的句子能够以多快的速度被人阅读，这种阅读既可以是大声朗读，也可以是在心里默读。与其他慢条斯理的文章比起来，读海明威的文章就像看一部节奏极快的电影。如果你想写出海明威的风格，叮以模仿他这个标志性的特征，让你的句子开上快车道。

那么，海明威是如何给句子加速的呢？他用了两种方法，第一种是选择较短的单词来简化措辞。这点我们一会儿再解释。第二种方法是运用省略逗号。[1]

---

[1] 斯坦的影响在这里显然起到了作用。她的一些作品中用到的标点符号非常少，同时她还会尝试各种实验性的文风以致文章“常常难以理解”。（林恩，1987年，第171页）海明威未受到他导师的过度影响，他明智地只采纳了斯坦的部分建议，所以他的作品总是那么清晰明了，容易理解。

约瑟夫·康拉德经常将自己关在房间里写作，并让他的妻子将门锁上，以便于他集中注意力。一天，他从房间里出来吃午饭，妻子问他上午都做了些什么。"我拿掉了一个逗号。"康拉德说道。午饭后，妻子再次将他锁进房间。当他出来吃晚饭时，妻子又问了他同样的问题。他回答道："我又把那个逗号放回去了。"[1]如果约瑟夫·康拉德都能为了一个逗号挣扎一天，那么你花几分钟的时间来思考如何使用这个符号难道就不值得吗？毫无疑问，考虑标点符号值得你这么做。海明威发起了一场反对逗号的运动，虽然他的作品里还是会使用逗号，但他经常用高超的创新性技巧，将并列句中的逗号省略。并列句包含了两个或两个以上的独立句子，分句经常用逗号或并列连词（如 and 或 but）进行连接。其中，最常见的连词是"and"。

看看下面这句话："Often Miss Stein would have no guests, and she was always very friendly, and for a long time she was affectionate.（斯坦小姐通常不邀请人来做客，但她总是很友好，并且有很长一段时间显得很热情。）"这个句子由三个独立句子组成，"Often Miss Stein would have no guests""she was always very friendly""for a long time she was affectionate"，句子中的两个逗号让整句话的节奏慢了下来，并且有了一种不连贯的停顿感。下面是海明威在《流动的

盛宴》（*A Moveable Feast*，1964年）第三章中写出的句子：
"Often Miss Stein would have no guests and she was always very friendly and for a long time she was affectionate." 这样的句子就像拉拉链一样一气呵成。

让我们再来看看《太阳照常升起》（*The Sun Also Rises*，1926年）中的例子。故事的叙述者想去潘普洛纳（Pamplona）看斗牛。他和一群观众一起奔向斗牛场。这时海明威用下面这个句子明显加快了文章的节奏："I heard the rocket and I knew I could not get into the ring in time to see the bulls come in, so I shoved through the crowd to the fence.（我听见信号弹的声音便知道自己没法及时进入斗牛场看牛群入场了，所以在人群中连推带挤地走到了栅栏边。）"海明威用"and"代替逗号加快了句子的节奏，传达出了人群的拥挤感。

省略逗号对一些作家而言可能是件棘手的事，刻意去省略逗号有时甚至会造成句子的混乱，所以这并不是一项能过度使用的技巧。但当你的小说发展到了一个需要加快节奏的部分时，你可以用海明威的方法来给句子加快速度，将其他作家甩在身后。

措辞

措辞指的是对词语的选择。海明威通常会选择简单的盎格鲁-撒克逊词汇，但他也并不反对为了确保词语的精准性而采用一些生僻词。对此，福克纳给予了批评。在一门大学文学课上，福克纳非正式地批评海明威"缺乏勇气，从来不往前迈进一步"，"从来不会用一个会让读者去查字典的单词"。[1]

当然，福克纳的繁复风格与海明威形成鲜明对比。尽管受到福克纳的批评，海明威凭借自然朴实的措辞风格仍然取得了巨大的成功。例如，《有钱人与没钱人》（*To Have and Have Not*，1937 年）第十二章的第一句写道："When he came in the house he did not turn on the light but took off his shoes in the hall and went up the bare stairs in his stocking feet.（他进屋时没有开灯便直接在大厅脱掉了鞋并穿着袜子径直走上了裸露的楼梯。）"整句话除了"stocking"一词，其他都是简单的单音节单词。随便打开海明威的任何一本小说，你都会发现相似的段落。

用简单的词汇可以提高文章的易读性。鲁道夫·弗莱什（Rudolph Flesch）在《通俗写作的艺术》（*The Art of Readable Writing*，1949 年）中为通俗化写作开出了药方。他建议作家使用简短常见的词汇，并准备一个同义词词典以便用更为简单的词去替换必然会在第一稿里出现的复杂

---

[1] 布洛特纳，1984 年，第 483 页。

词汇。[1]弗莱什还告诫作家们要多使用动词而非名词和形容词。他称"当前大多数写作存在的主要问题是文章里只包含了用介词或者'is'、'was'、'are'、'were'连接起来的名词和形容词"[2]。显然，海明威的风格正对他的口味。

如果你的写作听起来技巧性过强或是过于沉闷，那么可以试试海明威的方法。慎用形容词和副词、多用动词进行写作会让你的文章听上去更像一份亲切易懂的演讲稿，大大提高了可读性。如果有人说你的文章读上去过于像海明威的文章，那很可能是他们嫉妒了。

细节和色彩

海明威风格的另一个标志就是用细节和色彩在读者们的脑中直接作画。在短篇小说《大双心河》（*Big Two-Hearted River*，1925 年）中，海明威用到了一个不常见的单词："那条河就在那里。它抵着桥的木头桩子（spiles）打转。""Spiles"一词准确表达了海明威希望传达的画面。许多读者不得不翻翻字典，确保自己正确理解了这个词的含义。通常海明威会慎重地避免过度使用生僻词，但为了准确地勾勒特定的细节并传递出逼真的画面，他还是会偶尔使用一些不常见的单词或者外来语。

---

[1]　弗莱什，1949 年，第 142 页。

[2]　弗莱什，1949 年，第 147 页。

　　即便海明威真的用到了一个外来语，他也会很快地下定义进行解释，甚至直接就在小说行文中给出定义。如在《太阳照常升起》的第十三章中，当其中一个角色用到了"aficionado"这个词后，海明威告诉我们："'aficion'的意思是激情和热爱。'aficionado'指的是酷爱看斗牛的人。"给词下定义并不会分散人们对故事的注意力，叙事者只不过小小地停顿了一下，接着马上从之前停下的地方回到正题继续讲故事。

　　除为感官上的细节挑选最为精确的词汇外，海明威还像画家一样充分运用色彩的效果。他知道只要一提到某个颜色，读者们的眼前就会相应地显现出这个颜色，即便那只是零星几次轻抹而过的色彩。海明威用重复的颜色词为场景染上色彩，在读者的脑海中描绘出了鲜艳多彩的画面。例如在《老人与海》中，海明威写道："没过多久，他就睡着了，还梦见了小时候见到的非洲，在那里有长长的金色海滩和白得晃眼的白色海滩。"这里对"白"的重复使用，将海滩的光芒直观地投射到了读者的眼前。

　　在《流动的盛宴》中，海明威用黑与白的强烈对比描绘了他在20世纪20年代居住过的巴黎。"当你走在路上时已经看不到有着顶棚的白色（white）高楼，只剩下阴暗（blackness）潮湿的街道。"阴暗的黑色衬托出了白色的突兀醒目。海明威可能是从法国第一代的印象派画家那里学到了这一技巧，这些画家通常会将白色的颜料涂抹在暗色的区域来产生高光或以暗衬明的效果。

需要强调的是，在运用细节或色彩时，人的大脑一次通常只能同时关注几件事。因此，为了让场景鲜活起来，你只需点缀几个具体的细节即可，剩下的就交由读者的想象力来完成。不要犹豫偶尔使用一些读者并不熟悉的复杂词汇来精准地传达出你想要表达的细节。同时，可以重复同一种颜色，或用两种截然相反的色调为场景染上色彩来描绘出生动的画面。

妙用连词 "and"

海明威最喜欢在写作中用的词是 "and"。[1] 格特鲁德·斯坦的影响在这里显而易见，像 "Sentiment is awhile and weighed as a weight and romance is made to be authentic.（情感是用来衡量内心分量的短暂瞬间而浪漫是被制造出来的真实。）" 这样的句子在她的教学手册《如何写作》（*How to Write*，1931 年）中随处可见，尽管这本书的内容可能会阻碍最为聪颖的学生在写作上的成长。海明威对格鲁的实验性风格进行了去粗取精，从中提取出有价值的建议。

斯坦对语言的革新启发了海明威用 "and" 一词将独立

---

[1]　即便是在小说的修订版中，海明威增添了更多的 "and"。可参见唐纳森，1990 年，第 235 页，其中讨论了短篇小说《美国太太的金丝雀》（"A Canary for One"）的各种修订版本。

的分句联系在一起，避免句子中存在过多的从属关系。从属关系指的是一个或多个句子依赖于一个独立句，例如在"When it rained, he went inside.（下雨时，他走了进去。）"中，这里的独立句为"he went inside（他走了进去）"，从句为"When it rained（下雨时）"。用海明威的风格改写上面的句子就会变成"It rained and he went inside.（他在下雨时走了进去。）"。这个句子听上去更为通俗，因为逗号的省略，读起来也更为顺畅。

从属关系本身并不是件坏事，但确实会让文章听上去有些呆板沉闷，特别是当它在文章中被过度使用时。海明威可不想让他的句子听上去过于呆板。

如果你想像海明威一样创作，就得避免过多地使用复杂的从句，减少句子里的从属关系。

例如，《永别了，武器》的结尾就告诉了你如何做到这一点。假设，你初稿中的结尾是这么写的："When I went out after a while, I left the hospital and walked back to the hotel in the rain.（当我走出去了一会儿，我便离开医院，在雨中走回旅馆。）"这句话用到了从属关系，其中的独立句是"I left the hospital（我便离开医院）"和"walked back to the hotel in the rain（在雨中走回旅馆）"，从句是"When I went out after a while（当我走出去了一会儿）"。注意，从句中其实也包含了独立的句子（我走出去了一会儿），只不过用"when（当……时）"这一从属连词使其附属于后面的两个独立句。删掉从属关系的方法是先去掉从属连词，这句话就变成："I went out after a while, I left the hospital and walked back to the hotel in the rain.（我走出去了一会儿，离开了医院并在雨中走回旅馆。）"接下来，我们再拿掉逗号用"and"来代替："I went out after a while and left the hospital and walked back to the hotel in the rain."这样，这个句子听上去就有点海明威的风格了。现在，再调整一下句子的顺序："After a while I went out and left the hospital and walked back to the hotel in the rain.（不一会儿我走出去离开了医院并在雨中走回旅馆。）"这正是这本小说的结尾。

就像我们所说的，从属关系本身并不是件坏事，但过多地使用会让你的文章听起来古板沉闷、学术气息过重。减少从属关系的第一步是删掉从属连词，你可以列一张表记下这些从属连词，以方便进行查找删减。连接独立句的主要从属连词有：

after　（在……以后）	although　（尽管）
as　（像……一样）	because　（因为）
before　（在……之前）	if　（如果）
since　（由于）	so that　（以便）
though　（尽管）	unless　（除非）
until　（直到）	when　（当……时）

where （在……地方）   while （正当……的时候）

没有任何规定说你不应该用这些词，但意识到它们会产生从属关系可以帮助你发现写作中存在的拖沓、沉闷等问题，而这些问题很容易通过海明威式的重写来解决。

页面的外观

你会后退一步从远处看你的成稿吗？你可能会问："这有什么用呢？我都看不清字了！"这就是重点所在。当你在远处观看时，你并不能看清文字，你能看到的只有页面整体的外观，而这实际上比你想象的更为重要。

海明威一项鲜为人知的技巧是他注重页面的整体外观。海明威并不喜欢臃肿的段落，他更看重两个角色之间的简短对话。这项被称为"轮流对白"的技巧早在两千多年前就由古希腊的剧作家发明出来，其字面意思指简短的诗句或对话。你会在欧里庇得斯、索福克勒斯、阿里斯托芬及其他古希腊剧作家的作品中发现大量的轮流对白。[1] 例如，下面埃斯库罗斯《奠酒人》（*The Choephori*）中的选段就是轮流对白的典范：

---

[1] 欧里庇得斯、埃斯库罗斯、索福克勒斯被并称为希腊三大悲剧大师；阿里斯托芬是古希腊早期喜剧代表作家。——译者注

克吕泰墨斯特拉：那么，你是打算杀了自己的亲生母亲吗？

俄瑞斯忒斯：你是罪有应得。

克吕泰墨斯特拉：当心我对你愤怒的诅咒。

俄瑞斯忒斯：若我不为父报仇，父亲的愤怒又该向何处释放？

克吕泰墨斯特拉：我生的不是儿子，而是条毒蛇。

注意这里的一问一答都非常简短。这种对话是希腊剧作家的标准创作模式，他们以此来控制故事的节奏和强度。很少有人意识到海明威在创作对话时也用到了类似的技巧。但他用这一技巧的目的与古希腊人并不相同：古代剧作家用简短的轮流对话构成你一言我一语的平行结构，并以此来表达强烈的情感；海明威的目的则是让读者们得到视觉上的愉悦。诚然，这种对话形式加快了故事的节奏，但海明威的主要目的还是为了让页面看上去整洁大方。这听上去可能有些不可思议，他所追求的是与内容上的吸引力毫不相关的视觉吸引力。

例如，海明威的短篇小说《杀手》（*The Killers*，1927年）里就有典型的现代版轮流对话。同样，《永别了，武器》中用了大量简短的对话在页面上留下空白以达到视觉上的美感。詹姆斯·M.凯恩[1]在他的作品中也用到了

---

[1]　詹姆斯·M.凯恩（James M. Cain，1982—1977），美国小说家、电影剧作家。有过记者经历，其作品多为通俗小说。——译者注

这项技巧，其中最为著名的是《邮差总按两遍铃》(*The Postman Always Rings Twice*，1934 年)。这项技巧也被科马克·麦卡锡用到了他所有的作品中。

那么，你能在创作中使用同样的技巧吗？答案是肯定的。[1] 页面外观的整洁大方会让读者读起来更为容易也更为顺畅。通常读者们进行阅读是因为被书中的内容所吸引，但他们也可能有意无意地在意整个页面的视觉美感。如果你不信，看看书店里正在看书的人就知道了。通常他们在买书前可能只读了开头或结尾的几个字，但他们会翻阅手中的书，看看这本书如果不去细读，大体会是什么样子。

有意识地规整页面的外观是个相对容易运用的技巧。其中一个方法是在改写时删掉不必要的单词，避免对话过于冗长。可以考虑去掉对话主体的标识，一旦对话开始就没有必要再加上"他 / 她说"这样的前后缀了。修剪对话内容会让对话听上去更为流畅，看上去也更为整洁。

避免使用过多过长的段落，为此你可以试着在这些长段落之间插入短段落将它们绵长的节奏打断。查尔斯·狄更斯是使用这一技巧的大师，他经常用由一两句话构成的段落将一串长段落分开。他很清楚，这么做会让他的页面看上去不那么密密麻麻。许多作家也用这种方法拆分长段

---

[1]　正如菲利普·扬所指出的，你不必同意海明威的价值观或沿用他的主题（包括大量的暴力场景和诸多异国背景），但你可以模仿他的风格，让你的小说有一种现代感。（扬，1966 年，第 211 页）

落，你会发现这些例子在古代散文、现代散文中比比皆是。不论你如何进行创作，请记住一点，当读者快速浏览你的作品时，他们首先注意到的就是页面的外观，而太多的长段落会让人敬而远之。[1]（"把这点也告诉给卡夫卡，好吗？"你可能会这么说，但是每个规则都有它的例外！）现代读者喜欢页面上的空白。留白将使你的小说更富吸引力，读上去不会显得那么枯燥沉闷。这就是海明威鲜为人知的其中一个秘技，但你能很容易地在写作中运用它并达到类似的效果。

基于真实人物的角色

我们前面提到了海明威是如何在意大利爱上了阿格尼丝·冯·库罗夫斯基，以及他如何将对两人浪漫关系的失望之情写进《永别了，武器》这本书中。[2] 在有关尼克·亚当斯（Nick Adams）的诸多短篇故事中，尼克这一人物的原型就是海明威本人。而《有钱人与没钱人》中的大部分角色是以海明威在生活和工作过的小镇基韦斯特（Key West）上认识的居民为原型。《太阳照常升起》则是一部反映真人真事的半纪实小说，影射了许多海明威在欧洲生活时认识的

---

[1]　当然，这条规则存在例外。诸如贝克特（特别是《莫洛瓦》《马龙之死》《无名氏》三部曲）、卡夫卡、斯堪的纳维亚的天才达格·索尔斯塔（《羞怯与高贵》）等现代作家用了与之相反的方法，他们往往用的都是长段落。

[2]　海明威对阿格尼丝的回应感到"吃惊、伤心、生气"。（科特，1983年，第70页）

人。实际上，小说第一稿中的人物用了这些真实人物的真名。杰克·巴恩斯（Jake Barnes）的原型是海明威本人，勃莱特·阿什利（Brett Ashley）的原型是杜夫·特怀斯登女士（Lady Duff Twysden），罗伯特·科恩（Robert Cohn）的原型是小说家哈罗德·勒布（Harold Loeb），等等。

海明威将现实中的真人作为小说人物的原型，算是在欺骗大众吗？或者他只是做了所有伟大的艺术家都会做的事，像约翰·辛格·萨金特[1]、N. C. 魏斯[2]、诺曼·洛克威尔[3]等肖像画家做的一样？你如何回答这个问题，很大程度上展现了你作为一名作家的成熟程度。如果你觉得海明威以真实人物为原型是欺骗读者的话，那么你可能更适合读一些文学传记类作品。从托尔斯泰到福楼拜，从海明威到当今的重量级大师，每一位伟大的作家都会把真实的人作为虚构人物的模型。[4]

一些初出茅庐的作家害怕把虚构的人物建立在真实的

---

[1] 约翰·辛格·萨金特（John Singer Sargent，1856—1925），美国画家，多为上层人士作肖像画，曾为西奥多·罗斯福、约翰·洛克菲勒画过像。——译者注

[2] N. C. 魏斯（Newell Convers Wyeth，1882—1945），美国画家、插画家。——译者注

[3] 诺曼·洛克威尔（Norman Rockwell，1894—1978）是 20 世纪早期美国重要画家及插画家。——译者注

[4] 许多作家声称他们的人物不是以真实人物为基础，但这往往是一种防止朋友、亲戚和熟人去干涉和反对这些影射的说辞。例如，安·兰德（Ayn Rand）声称她没有把主要角色建立在真实人物的基础上，但她承认《源泉》（The Fountainhead，1943 年）里的人物埃斯沃思·图希的角色原型是哈罗德·拉斯基。（兰德，2000 年，第 86—87 页）

拉斯基（Harold Joseph Laski，1893—1950），英国工党领导人之一、政治学家、费边主义者、西方"民主社会主义"重要理论家。——译者注

人物身上，担心他们会被指责诽谤而受到起诉。他们只不过不知道如何通过细节上的修改不让这类事情发生。一些作家不清楚如何基于真实人物塑造角色，实际上这一技巧与肖像画家所用的方法颇为相似。你可以选择原型身上与故事密切相关的几个人物特征并用语言进行描述，比如说话的声音、皱眉头的表情或者一屁股坐在椅子上和朋友交谈的奇怪方式。在脑海中想象那个真实的人物，然后在你的故事里将其描绘出来。当你需要描绘虚构人物的一个动作或反应时，想一想现实中的参照对象是如何做的，这样你的角色就会拥有一个完全虚构的角色所无法比拟的生动形象的特点。

　　我建议你不要写由完全虚构的人物构成的故事。[1] 将人物的原型基于你所认识的人，会让你的故事从现实生活的潜流里喷涌而出，而现实不可能不打动读者。你甚至可以将一个角色建立在不同的人物基础上。海明威就曾多次使用"综合人物"这一技巧。综合人物是文学小说的支柱之一。运用这一技巧，你需要两个及以上的参照对象，并把他们的性格特点和行为融合为一个单一的虚构角色。如果你将他们融合得很好，读者们永远不会知道这一人物是建立在两个不同的原型基础上的；相反，读者们会在你的

---

[1]　在《永别了，武器》和《丧钟为谁而鸣》中，主要角色的故事都是基于海明威的亲身经历，而次要角色的原型来自他所认识的人。这两本小说中的爱情故事都尤为突出，尽管基林格认为后一本书在描绘"成熟的恋爱关系"上做得更好。（基林格，1960 年，第 91 页）

故事里看到一位有血有肉的人物。综合人物相比来自单一
原型的人物，内涵往往更为丰富饱满，也更为立体。

结构

　　海明威小说中的结局通常比故事开头更令人难忘。这
一点值得作家关注，因为如何漂亮地收尾对所有讲故事的
人和作家而言都是一项重大挑战。海明威的结尾往往简洁
有力并让人流连忘返，体现了他对故事结构的强有力把控。

　　艾萨克·阿西莫夫[1]一提笔就已知晓故事的结局，其
他作家则更喜欢在写作过程中抓到结局的走向。不管你用
什么方法进行创作，一旦你完成了第一稿，你就可以回过
头来去做海明威做过的事，也就是对小说进行重写。在位
于波士顿市的约翰·F.肯尼迪图书馆里，我有幸于欧内斯
特·海明威收藏品中查阅到了他的一些原稿，他几乎在每
一页上都有更正和修改，有时这些修改甚至多到你无法看清
原文。显然，海明威在修改措辞和情节结构上下足了功夫。

　　故事或小说的成功很大程度上取决于结尾。海明威
小说的结局几乎都充满了意义。在《永别了，武器》的
最后，其中一位主人公护士凯瑟琳·巴克利（Catherine

---

[1]　艾萨克·阿西莫夫（Isaac Asimov，1920—1992），美国科幻小说作家、科普作家、文
学评论家，美国科幻小说黄金时代的代表人物之一。其作品《基地系列》《银河帝国三部曲》
和《机器人系列》三大系列被誉为"科幻圣经"，他提出的"机器人学三定律"更被称为
"现代机器人学的基石"。——译者注

Barkley）因难产死了，这发生在全书的倒数第二页。[1]前文的预兆以及叙述者对凯瑟琳之死的反应揭示了战争对人的精神和情感的毁灭。海明威对叙述者，也就是主人公亨利（Henry）的反应进行了冷处理，让结局听上去更为逼真。在《老人与海》的结尾，老渔夫圣地亚哥（Santiago）历经千辛万苦归来，却只带回了那条大鱼的脑袋，其余部分被鲨鱼吃个精光。这一失败的象征在老人与自己和他所处的世界达成和解后被冲淡了。他和鲨鱼打了一场漂亮战，这才是最为重要的。《乞力马扎罗的雪》的结尾已经由叙述者贯穿整部小说的认知所预示，即他行将死亡。其中，鬣狗作为死亡的象征在故事中多次出现。在主人公去世前的那一刻，他做了一场梦，梦见自己在乞力马扎罗山上重生，而鬣狗的最后一次嚎叫呼应了死亡的主题，也揭示着主人公的重生之梦只不过是一场幻觉。

　　你可以从海明威身上学会如何强化结局，赋予它们更多的意义。首先，你可以在小说进行的过程中抛出一些微妙的暗示来预示结局。其次，让其他角色对结局发生的事件做出反应，或让主角在最后一刻产生顿悟来强化结局。最后，用一个普遍道理或精神赋予结局更多的意义。你也可以再次用前文已经多次提及的象征来强化结局，如《乞力马扎罗的雪》里的鬣狗。这些技巧将让结尾更富意义和

---

[1]　再如，罗伯特·乔丹（Robert Jordan）在《丧钟为谁而鸣》的最后一页死去。精心策划的情节、栩栩如生的人物以及直到最后一刻才揭晓的悬念，体现了海明威高超的创作技巧。

影响力，并且让整个作品的结构带给读者更大的满足感。

　　海明威是近百年来被模仿最多的作家，这是有充分理由的。他采用的是一种非常适合现代主题、观点和故事的风格。他的风格源自其新闻写作的经历，又在短文和小说创作中不断改进，吸引并影响了一代作家和读者。对于那些希望写好现代散文的作家而言，学习海明威的风格将大有裨益。

第 13 章

玛格丽特·米切尔的创作方法

　　当提及西方的经典文学作品时，你可能不会立马想到玛格丽特·米切尔（Margaret Mitchell）的作品，但她确实写了一部流传后世的经典小说。事实上，这是有史以来最受欢迎也是最为畅销的小说之一。仅凭这一项成就，她就值得我们认真探讨。不得不说，玛格丽特和她的女主角斯嘉丽·奥哈拉（Scarlett O'Hara）很相似：两人都十分漂亮、叛逆，并且有很多崇拜者。我们可能无法根据一个作者的一生来评判她的书，但当这位作者的经历与其作品中女主人公的经历高度相似时，去翻阅她的自传肯定对了解其作品会有所帮助。如果我们不能通过收集一些逸闻趣事来一窥玛格丽特的一生并从中有所收获，那才叫令人费解。

　　"天生狂野"这个词用在玛格丽特·米切尔身上恰如其分。出生于 1900 年的玛格丽特·米切尔和她的女主人公斯嘉丽·奥哈拉一样，是个爱惹是生非的大小姐，并且从小就喜欢讲故事。她的第一本书是在她六七岁的时候写的，之后她创作了更多的作品。[1] 玛格丽特有个比她大 4

---

[1]　拜隆，1991 年，第 49 页。

　　原文作者笔误，将拜隆的英文 "Pyron" 写成了 "Pryon"。——译者注岁的哥哥，作为家里的小妹，她极富创造力并且非常叛逆，后来这种性格延伸到了她的职业生涯和社会关系中。成年后的她成为一名报社记者，在当时这是鲜有女性能够就职的工作。她还和家里并不看好的男性恋爱，并且像斯嘉丽·奥哈拉一样被两个男人同时追求。[1] 她的第一任丈夫（伯里恩·"雷德"·厄普肖，Berrien "Red" Upshaw）是个私酒贩子，他和玛格丽特之间发生过同样发生在瑞德和斯嘉丽身上的冲突，这几乎让这位年轻作家精神崩溃。[2] 他们的婚姻痛苦且短暂，但"雷德"却成为玛格丽特笔下举世闻名的文学人物的灵感来源。虽然玛格丽特再婚后的婚姻更为美满，然而瑞德·巴特勒（Rhett Butler）这一人物却是前夫给她留下的不可磨灭的印迹。

米切尔对内心独白的驾驭以及你应该如何借鉴

读者喜欢《飘》（*Gone With the Wind*，1936 年）的其中一个原因在于女主人公丰富的内心独白。米切尔是运用内心独白的大师，她在《飘》中运用的大量独白引起了读者的兴趣。这本小说的绝大部分内容都是以女主人公斯嘉丽的第三人称有限视角完成的，其他人的想法仅会偶尔被提及。这意味着故事中的大部分内容都是从女主人公的视

[1]　拜隆，1991 年，第 134—135 页。
[2]　拜隆，1991 年，第 139—141 页。

角或对其有利的角度出发，我们对她的了解程度也超过了书中的任何一个人物。因此从本质上讲，这本小说就是在为女主人公的观点做辩护，为这位身处人类历史上其中一个混乱可怕时期的感性、无知、贪婪的迷人女性做辩护。

值得注意的是，视角转变的方法（全知的第三人称视角）通常在像《飘》这样宏大的故事中能获得良好的效果，但米切尔却很少采用这种视角切换技巧。相比于其他人物，大多数读者更关心斯嘉丽的所思所想和一举一动，作者自然会将注意力更多地集中在表达主人公斯嘉丽的想法上。事实上，米切尔在故事的每一环节都会潜入女主人公的脑海中，展现她对正在发生的事态的感受和想法。稍后我们会讨论她是如何自然地由远及近深入到人物的内心情感中，而在这里我们要强调的是，女主人公斯嘉丽的视角是观察《飘》所处的社会历史背景最为主要的窗口。随机翻开这本小说的任何一页几乎都会看到斯嘉丽的想法。它们并不单单是冷静的思考，通常会带着不安、感性、激动的情绪。例如，在她感到难过时："'我真是个傻瓜'她强烈地这么认为。"[1] 当她看到南方邦联的士兵感到自豪时："多么英俊的男人们，斯嘉丽想，内心膨胀起一股自豪感。"[2] 在她对瑞德感到强烈的愤怒时："愤怒和憎恨在她心头涌起，她挺

---

[1]　米切尔，1936年，第569页。

[2]　米切尔，1936年，第168页。

起腰板，用力一扭从他的怀抱里挣脱开。"[1]这只是《飘》中斯嘉丽在历经人情冷暖后所有喜怒哀乐的其中一部分情感。

米切尔内心独白的技巧要点在于透过女主人公的心思来描述正在发生的事，这一过程确保了读者在整个故事中与女主人公的密切联系。乔治·奥威尔在《1984》中也用到了同样的手法，通过主人公温斯顿·史密斯的眼睛呈现当下发生的事。雷·布雷德伯里在《华氏451》里用盖伊·蒙塔格（Guy Montag）的眼睛观察世界。毛姆则在《人生的枷锁》中透过菲利普·凯里的视角讲述故事。所有这些作家都采用了这种行之有效的方法将读者引导至故事中的世界及主要角色的意识中。在《飘》中，女主人公的情绪每变化一次，读者与斯嘉丽这一人物的关系就更近一些。《飘》中主人公所处的世界是一个被爱情、人际关系以及她对这些人际关系的感受所主宰的世界，当她获得或失去了一个情人时，当她失去了家族财产时，读者们也会感受到她强烈的情感，正是这些和情感相关的内容驱动着小说的发展。米切尔对内心独白的运用将故事捏合到一起，为读者进入主要人物的世界提供了一个直接的渠道。

如果你使用有限的第三人称视角来讲述故事，便可以尝试在写作中运用同样的技巧。这意味着你将把小说的视

---

[1] 米切尔，1936年，第384页。

角限制在单一中心人物的思维之中。有时，你会直接说出那个角色的想法，有时你只会告诉大家他/她在做什么或说什么。你花在人物内心活动上的篇幅应该占到故事的十分之一——这是米切尔花在斯嘉丽心理描写上的篇幅。其他篇幅可以用来讲述主要人物以及其他角色的言行。但这仅仅十分之一的主人公心理描写已经足以引起读者的兴致了。如果你创作的小说能刻画出人物深刻的情感，并且能突出角色对发生在眼前的事的强烈反应，那么你肯定会博得与米切尔所享有的一样的读者认同。

像米切尔一样让情节跌宕起伏

《飘》中一波三折的故事情节不断引起读者的阅读兴致。这些曲折的情节很大程度上缘于主要角色的不可捉摸、难以预料的性格特征和行事风格。例如，斯嘉丽爱的是瑞德，却和另一个男人结了婚。瑞德也爱着斯嘉丽，却好几次离开她，甚至在小说的结尾弃她而去。他们有一个深爱的孩子，但这个孩子死于一场离奇的事故，间接导致了他们之间裂痕扩大并最终让他们分离。米切尔让斯嘉丽的生活千回百转、波折不断，增强了故事对读者的吸引力。

当然，情节上的各种曲折必须为整本书的冲突和矛盾服务才能实现有机的统一。在《飘》中，从战争的到来到佐治亚州受到战火的侵袭，再到斯嘉丽与瑞德结婚生子以及他们的孩子不幸身亡，直到最后瑞德抛弃了斯嘉丽，冲突和矛盾都在不断累积增强。这些矛盾构成了整部小说的基石，而曲折的情节则像嵌进这些基础结构内的框架，吸引着读者的兴趣。一旦你有了故事的框架，就可以增添情节上的变动：例如，《飘》中充满了新生、战斗、结婚及分手的场景。所有这些跌宕曲折的情节都烘托了不断累积的矛盾，将故事向前层层推进，让读者不断好奇并忍不住渴望继续往下阅读。

米切尔让情节变得曲折的其中一个办法是让灾难不期而至：一个角色的死亡让事态发生了改变；婚姻的破裂让人物发生了改变，角色必须追求新的恋情；一场战争的发生让社会发生了变化，人们被迫逃离家乡；佐治亚州被烧成废墟，塔拉庄园昔日的风采荡然无存，迫使斯嘉丽必须做出改变，采取办法逃往其他地方，找到新的庇护所。米切尔用意想不到的挫折和灾难将主要角色频频推向极限，创作出了让读者百读不厌的故事。同样的方法也可以用到你的故事中。

向读者散发魅力

这可能听起来天真并有些不切实际，但吸引读者应被视为一种创作技巧，一种有时能让你的写作焕发光彩的技巧。因为在努力吸引读者的过程中，你肯定会开始意识到一些有效的写作手段，以及它们如何对故事叙述的节奏和表达产生影响。所以向读者散发魅力并不像听起来那么蠢。米切尔本人不仅在她的个人生活中，而且在她的小说中也是一位魅力大师。研究她的魅力可以为你打开新的大门，引导你更为有效地写作。但在讨论这一技巧前，先让我们来比较一下与之相反的另一种技巧，后者我们在这本书的其他部分（例如福克纳和塞林格的章节）介绍过，它鼓励作家忘记观众，去写自己想写的东西。这两种技巧似乎正好相反、相互对立，但它们并不相互排斥。"魅力派技巧"强调关注作品对他人产生的影响，而对读者毫不在意的"福克纳派技巧"强调摆脱读者造成的寒蝉效应。但这两种思维方式对作家来说都是必要的，因为作家必须通过灵感才能写出喜欢的东西，与此同时又必须考虑这些东西在别人眼里呈现出的样子。即便是"忘了观众"的福克纳和塞林格也强烈感受到了读者对他们小说的看法，尽管他们厌恶刻意去取悦观众。

据说，米切尔本人是一位魅力非凡的女人。但读者在读她的作品时又无法感受到她近在身旁的愉悦，那她是如何将魅力散发到作品之中的呢？她主要采取了两种技巧：第一，在切换人物心理距离、接近女主人公时运用情感充沛的语言，让读者产生共鸣；第二，注重作品给读者带来的感受，构建能在心理上吸引他们的场景。

当然，使用情感充沛的语言并非米切尔的独创，许多优秀的作家也能毫不费力地使用这种叙事模式，透过一个角色的情感自然而然进入到一个场景中。在《飘》中，故事的大部分内容都与斯嘉丽密切相关，米切尔几乎把主人公的情感当作呈现事件发生发展的镜头。但是充满情感的语言并不等同于叙述角度（这点在前面讨论过），因为它所呈现并引起读者关注的是表达了情感的语言，而非情感由谁表达。这种方法的好处在于它能拉近读者与故事的距离，让读者感觉与斯嘉丽同在，并在故事中一次又一次地感受到她的喜怒哀乐。如下面这段话：

> 斯嘉丽倒在凳子上，呼吸变得如此急促，她担心胸衣上的结纽带快要绷开了。噢，多么可怕的事！她从没想过会再见到这个男人。[1]

这里值得注意的是米切尔深入斯嘉丽心理活动的方式并非唐突地破门而入，而是缓缓地踏进其情感的"闺房"。这是一种由远及近、由疏至亲的控制心理距离变化技巧。心理距离指的是"读者感觉到的自己与故事中的事件之间的距离"[2]。在这一章的前半部分斯嘉丽正在舞会上跳舞，此时读者与斯嘉丽之间的心理距离较远："她坐在摊位柜台后面的小凳子上，前后打量这个长长的大厅。"这里的场景

---

[1] 米切尔，1936年，第180页。

[2] 加德纳，1983年，第111页。

就好像电影里的远景一样，读者从远处观察着事件的发展。但到了前面引用的那一小段，米切尔就逐步拉近了心理距离。这里的"近"针对的是女主角的感受。"斯嘉丽倒在凳子上，呼吸变得如此急促"，这比起她简单地坐在椅子上，在感觉上与我们之间的距离更为接近了。当看到她呼吸加速时，读者们感受到了她此时的情绪变化。语言成为这一心理距离变化的关键。下一句话"噢，多么可怕的事！"让心理距离变得近在耳边。从这里开始，我们不再是从一个客观的旁观者那里得到一些描述性的信息，话语直接来自角色的心里。这个"噢"就是斯嘉丽最为直接的感受，感叹号则表明我们现在听到的是她内心深处的呐喊。缓慢而非突兀地拉近镜头十分重要。[1] 在电影里，你可以快速地切换远近镜头，但在小说中你应该像米切尔那样逐步引领读者感受强烈深刻的情感。

　　让我们来看看最后一章中的例子。在这一章中，斯嘉丽开始意识到瑞德将要永远地离开自己。米切尔在接下来的段落中向我们展示了斯嘉丽对此难过纠结的心理，但请注意米切尔并未直接抛出主人公发自内心深处的感慨或想法，而是从他们见面的情景开始描述，由远及近地走入人

---

[1]　拉约什·埃格里对剧本中的"跳跃"进行了非常有启发性的讨论，剧本中的"跳跃"类似于小说中心灵距离的瞬间切换。他建议剧本应避免让角色所处的位置或感受发生快速的跳跃，而应以渐进的方式进行过渡，如果角色身上发生了从受人敬重到遭到屈辱的重大转变，最好能让角色经历其中的所有阶段和环节。（埃格里，1960年，第146—152页）同样，在小说中心理距离的拉近也需要一个渐进的过程。

物的内心。下面段落中括号内的部分是我的点评和解释。

> 他那疲倦的目光和她的相遇，这使她像见到初恋般难为情，便窘迫地打住了。（**第一句以一个中等距离的镜头开始入手，描述了场景中的人物位置，但在句子的末尾将女主角比作一个害羞的女孩，使得距离稍微拉近了一点。**）要是他能让她感到轻松一些就好了！（**这句话透露了斯嘉丽内心深处最为真实的想法，感叹号表示我们正沉浸在她的个人思想和感情之中。**）如果他能伸出双臂，她会感激地扑进他的怀里，将头靠在他的胸脯上。（**这句话的距离仍然很近，但因为没有感叹号，我们开始一点点往后退了。**）她的嘴唇只要能贴在他的嘴唇上，就用不着支支吾吾和他开口。（**同前一句一样没有感叹号，距离正缓缓地拉开。**）但当她看向他时才明白他不是刻意保持距离，而是情绪低落。（**此时斯嘉丽正看着瑞德，我们又回到了中等距离。**）他的精力和感情好像都已枯竭，仿佛她所说的话对他没有任何意义。[1]（**在描述瑞德的身心状态的同时，我们又往后移了一步。**）

通过逐渐向前推进镜头，并以感叹号进入人物的内心，米切尔巧妙地拉近着心理距离，既不显笨拙也不显唐突。在用"要是他让她感到轻松一些就好了！"这句话展现人

---

[1] 米切尔，1936年，第1015页。

物内心深处想法之后，她再次将读者逐步拉回到原先的场景及距离中。米切尔巧妙运用语言把控着心理距离的变化，不会让读者感到突兀不适。这种方法确保了读者能够跟着她的思路。读者喜欢这种被引导着接近正处于强烈情感中的人物的方式，同时，这种娴熟的渐进式引导也增强了人物情感活动的真实性。

　　除巧妙地控制心理距离外，米切尔还思考并设置了读者喜欢的场景来提升小说的魅力。她知道大多数女性读者都会喜欢上这本小说，因此她小心翼翼地往书里增添了对这个群体有吸引力的情节。坦尼亚·莫德莱斯基（Tanya Modleski）对女性小说的分析指出，很多女性在心理上很难理解异性，因此喜欢读到那些与自己有着相似烦恼的人物的故事。基于此，为了吸引女性读者，小说中应设置"男主角的行为令人感到困惑"的场景：他为什么不停地嘲笑女主角？他为什么会经常生她的气？[1]毫无疑问，米切尔满足了女性读者的期待。在《飘》中，瑞德时而亲切待人，时而嘲讽耍人，大多数时候斯嘉丽都搞不懂他的想法。当他离开她时，她不停地在想为什么，为什么，为什么？

　　　　为什么他会离开呢，怎么会踏入黑暗，走进战争，参与一项已经失败的事业，进入一个疯狂的世

---

[1]　莫德莱斯基，1982 年，第 38—39 页。

界？瑞德，这个沉迷酒色、追求美食软卧、讲究穿衣用料，并且对南方无好感，嘲笑那些为南方而战的人，为什么就离开了？

不论是通过调查研究，或是凭借某种内在的艺术直觉，还是通过审视自己的内心去了解女性喜欢什么样的故事情节，米切尔在掌握读者喜好的基础之上，满足了读者们希望通过阅读小说来间接体验幻想生活的愿望。

当然，吸引读者的方式有很多。其中，米切尔所掌握的这两种方法包括拉近心理距离、深入主人公内心时运用情感充沛的语言，以及向读者展示女人是如何为她们生活中的男人所困扰的。你也可以在故事中加入一些令人脸红心跳的情节，讨论公众普遍感兴趣的话题（如浪漫、爱情、性、死亡），运用诗意的语言（像弗拉基米尔·纳博科夫、约瑟夫·康拉德和威廉·福克纳一样），写出激情四射的对话，引入矛盾和冲突，通过这些方式来吸引读者。当然，取悦读者的方式还有很多，而取悦读者本身并没有错，这并不能简单地被看作为了迎合市场、增加销量，这么做也并非毫无艺术性可言，我们应该将它视为作家用来创作故事的工具之一。

当然，作家也没有必要老是想着如何吸引读者。有时作家更应该像福克纳和塞林格一样将读者的看法置于脑后，关注故事情节本身。但读者的感受应纳入作家在创作时考虑的范畴，至少有些时候必须如此。米切尔就向我们展示了如何做到这一点。学习从读者的角度客观地看待自己的作品对作家而言是项有效的技能，值得作家好好地磨炼并以此来提升作品的魅力。

建构可信的故事背景

《飘》是一部以美国南北战争为故事背景的长篇小说，但就传统意义而言，它并非像《从这里到永恒》[1]（*From Here to Eternity*，1951 年），《裸者与死者》[2]（*The Naked and the Dead*，1948 年）、甚至《第二十二条军规》[3]（*Catch-22*，1961 年）那样是一部战争小说。尽管米切尔将故事设置在了饱受战争蹂躏的佐治亚州，但她几乎将全部的重点都放在了爱情主题上，包括暧昧的恋情、夫妻间的相处以及最为重要的斯嘉丽对幸福的幻想。即便如此，米切尔的小说依然以故事背景的逼真可信著称。在她因腿伤卧病在床期间，她仍然对美国内战做了大量的历史研究，也正是因为海量的阅读使她能够传神地描绘出战乱下的佐

---

[1] 美国小说家詹姆斯·R. 琼斯（James Ramon Jones，1921—1977)的成名作，主要描写了第二次世界大战中珍珠港事件爆发前美国军队在夏威夷训练时的生活。——译者注

[2] 美国作家诺曼·梅勒的作品，根据他在第二次世界大战中的亲身经历所写成。故事讲述了发生在太平洋一个虚构的热带小岛安诺波佩岛上的战斗。——译者注

[3] 美国作家约瑟夫·海勒（Joseph Heller，1923—1999）创作的长篇小说，该小说以第二次世界大战为背景，描写了驻扎在地中海一个名叫皮亚诺扎岛的虚构岛屿上的美国空军飞行大队发生的一系列事件。——译者注

治亚州。在此基础之上，她将与大量的战争场面形成鲜明对比的恋爱、婚姻、生儿育女等环节上升到了和战争同等重要的地位。

　　米切尔建构可信故事背景的方法是像画家一样搭建画面的前景和背景，她先是根据史实设置了作为背景的战争场面，然后在故事的前景中描绘人物。例如，下面一幕描绘了瑞德和斯嘉丽的再次相遇，其背景是正在遭受战火摧残的佐治亚州。在第二十三章中，斯嘉丽注意到整座城市正在燃烧，米切尔正是根据历史事实设置了这一场景：

　　　　北方佬已经来了！她知道他们来了，并且正在市区纵火。那些火焰好像在距市中心不远的东边。它们越烧越旺，她惊恐地看着火焰迅速延展成一片红光。[1]

　　在熊熊战火的背景下，米切尔引入了瑞德的形象，他是来带斯嘉丽走的。"她隐约看见他从一辆马车的座位上爬下来。"注意米切尔在这里先是用了一个远镜头，接着她把镜头拉近，就好像瑞德从已经画好的火焰背景中出现一样。"他像个野人似的轻快地大步走来。"终于当他近到触手可及时，米切尔用"glare（火光）"一词提醒我们背景中仍在燃烧的火焰："他眉飞色舞，仿佛觉得眼前的场景很好笑，

_____

[1]　米切尔，1936年，第368页。

仿佛这震耳欲聋的响声和令人害怕的火光只是吓唬小孩的玩意儿。"在之后的场景中，米切尔直接把背景里的火情带入了对话之中，斯嘉丽尖锐地问瑞德："我们——我们非得通过大火区吗？"将背景插入对话之中是一个被许多初学者忽视的巧妙技巧。正如米切尔在此展示的一样，将背景中的细节插入人物的对话中能够适当推动故事情节的发展。

图像化思考是大多数成功的作家创作小说的方式。例如，福克纳和布雷德伯里就曾承认，他们仅仅因为一个画面带来的灵感便提笔创作，写小说其实是为了找出这个画面前后发生了什么样的故事。说得更简单点，画面启发了创作。遗憾的是，图形想象经常被那些把自己作品当作纯粹的线性故事和文字创作的作家所低估。然而，图形想象的作用远非他们所想。正如米切尔所呈现的那样，小说中很大一部分创作实际上是具象化的创作，类似于绘画构图。人类的右脑借助图像进行思考，所以图像思考可以帮助作家将心灵之眼所看到的场景转化成语言描述，从而将场景逼真地呈现出来。图像思维也能激发其他想法，并为时不时困扰小说家的情节、人物和文字等问题提供惊人的创造性解决方案。[1]换句话说，你甚至可以用图像来想象故事线的发展、情节的转折和人物的具体形象。最为重要的是，你可以借鉴米切尔的技巧去勾勒背景，然后将人物置于这

---

[1]　你可以通过贝蒂·爱德华兹《右脑新绘图》（*The New Drawing on the Right Side of the Brain*，1999 年）开启你右脑图像和创造能力的学习。

一"文字图像"之中，甚至还可以在对话中不时提及这个背景。这样，场景就会变得逼真起来，情节也会像在你的脑海里一样在读者的脑海中变得生动。

第 14 章

乔治·奥威尔的创作方法

世间已不再会有像乔治·奥威尔的《1984》这样的小说……这不仅是因为奥威尔"简洁、质朴、精练"的语言风格鲜有人能企及，更是因为这本小说在题材上独树一帜、自成一家。[1]简而言之，它就是个稀世之物。正如克里斯托弗·布克所言，这是一个聚焦于"反抗'个人极权'的故事……故事的基本情节向我们展示了一位孤独的英雄对全面控制社会的某种巨大权力的抵抗和愤恨"[2]。

那么，是怎样的人创作出如此黑暗恐怖又奇特非凡的杰作？它的作者乔治·奥威尔（George Orwell），原名埃里克·布莱尔（Eric Blair），1903 年出生于伦敦附近的一个中产阶级家庭。他的父亲在其童年大部分的时间里都不在家，他由母亲抚养长大，并有一个姐姐和一个妹妹。孩童时期的埃里克和邻居家的姑娘贾辛莎·布迪科姆（Jacintha Buddicom）亲密无间，因为他俩都爱好写作。[3]埃里克对她说，他打算成为一名著名的作家，而且不久便

---

[1] 古德，1988 年，第 168 页。

[2] 布克，2004 年，第 495—496 页。

[3] 布迪科姆后来成了一名诗人，并出版了一本关于与年轻时的埃里克·布莱尔多年友谊的回忆录。在书中，她讲述了他们是如何一起玩文学游戏并一起写诗的。（布迪科姆，1974年，第 35 页）

会改名。他在走上从文之路后，随即采用了"乔治·奥威尔"这个笔名。

在伊顿公学上学期间，著名英国作家阿道司·赫胥黎曾教过奥威尔，其书《美丽新世界》（*Brave New World*，1932 年）对奥威尔之后的作品产生了深远的影响。"这本反乌托邦的幻想小说毫无疑问触动了他的心弦。然而，随着 20 世纪 30 年代世界局势的发展，他开始把赫胥黎的愿景看作一个'完全以享乐主义为基础的唯物主义庸俗文明'，代表了'危险的过去'。在他看来，随着极权主义的兴起，一个更加可怕的未来即将出现。"[1]个人反抗极权主义，或反对其他由社会和政治主导的压迫体制充斥了他的作品，这一主题也体现在了《动物农场》（*Animal Farm*，1945 年）一书中。

奥威尔曾在缅甸做了五年的殖民地警察，随后回到英国当老师，但他私底下讨厌这两份工作，渴望成为一名作家。在《我为什么写作》（*Why I Write*，1946 年）中他解释道，他是通过模仿其他作家（如古希腊戏剧作家阿里斯托芬）的作品来学习一些创作技巧，他"想要写的是自然主义的长篇巨作，有着并非皆大欢喜的结尾，里面尽是细致入微的详尽描写和引人入胜的明喻，而且还满眼是华丽的辞藻，所用的字眼部分是为了凑足音节"。他的确

---

[1]　鲍克，2003 年，第 133 页。

在《缅甸岁月》[1]（*Burmese Days*，1934 年）中写出了辞藻华丽的段落。幸运的是，萨默塞特·毛姆朴素的风格使他最终摆脱了这种过度放纵的文风，并教会了他简明直接的写作方式。他还从杰克·伦敦[2]、左拉和梅尔维尔身上学到了风格和情节构思的技巧。实际上他仿照了"斯威夫特和毛姆的文章，并试图创作一篇没有任何形容词的散文"。[3]

尽管奥威尔之后参加了西班牙内战并因喉部中弹受伤，但他很快重新提笔写作。奥威尔的小说，特别是《动物农场》和《1984》，常常被认为弥漫着一股荒凉绝望的气息。有证据表明，奥威尔在写这些书的时候，在与内心中奇特的恶魔斗争。D. J. 泰勒（D. J. Taylor）在对奥威尔的一生进行了深入分析后总结道，尽管奥威尔表面上坚决反对极权主义——这也是当今人们对他的主要看法——但他内心深处仍对"是信奉公平竞争、自由主义的原则还是潜在的极权主义充满矛盾"。[4]毫无疑问，奥威尔的作品十分独特，它的题材不同寻常，极少有书能写出类似的情节并达到同样的境界。但奥威尔的技巧却可以很容易为创作主流小说和文学作品的现代作家所采用。

---

[1]　这本书受到了萨默塞特·毛姆所说的"用最为奇幻华丽的比喻做装饰"的影响。（泰勒，2003 年，第 80 页）

[2]　杰克·伦敦（Jack London，1876—1916），美国现实主义作家，代表作《野性的呼唤》等。——译者注

[3]　鲍克，2003 年，第 126 页，第 144 页，第 240 页（标题 1）。

[4]　泰勒，2003 年，第 83 页。

为何《1984》的影响力如此巨大

　　《1984》的魅力很大程度上是因为它有一位富有反叛精神的主人公，并且小说的大部分笔墨都集中展现主人公的叛逆精神。与毛姆相比，奥威尔在人物塑造上的投入并不多[1]，尽管如此他还是塑造了一个带有激情的温斯顿·史密斯的人物形象，令书富有吸引力。奥威尔运用有限的第三人称视角，通过多疑的温斯顿·史密斯来看待一切，使读者对这个怪诞的世界有了切身的感受。小说在开篇第一段就深入主人公的思想，并且从未停止过从这一有利视角出发对故事进行无情的描绘。温斯顿·史密斯所感觉到的危险早在他打开秘密日记之时就显露了出来，开篇提到日记"如果被发现……就会被处以死刑，或至少强迫在劳改营服刑二十五年"。读者怎么可能不同情生活在如此严苛统治下的主人公！然而，这只是奥威尔让故事引人入胜的前戏。

　　温斯顿和茱莉娅之间的爱情对温斯顿来说是意想不到的快乐，也是在反乌托邦的社会中减轻压力的一种方式。在他收到她写的只有"我爱你"三个字的便条后，他们便开始秘密地幽会，这一恋情让两人在恐怖的极权统治下得以获取片刻的喘息。但讽刺的是，正是他们之间的相爱最终导致他们悲剧性地遭到了国家的毁灭。这一与主线的压抑氛围相对立的副线增强了主人公所受压迫的恐怖程度。

---

[1] 豪沃思，1973 年，第 163 页。

小说的第三部分重点讲述了温斯顿·史密斯从遭受酷刑到最后的供认不讳，许多人都觉得其中的情节过于恐怖而不敢阅读。在这一部分中，奥威尔用很长的篇幅向我们展示了温斯顿的抵抗是徒劳的，以此揭示了极权国家是多么无情地镇压异议。读它就像给大脑打了一剂亢奋剂，刺激着业已麻痹的神经，它传递出了这样一个冷酷无情的事实——我们都容易受到某种洗脑的影响，并且被迫接受违背我们意志的某种信仰和世界观。正如赫胥黎在《重返美丽新世界》（*Brave New World Revisited*，1958 年）中写到的，今天"政治宣传者已经能够……将他的信息传达给每个文明国家中的几乎每一位成年人"。[1]《1984》中国家对个人的影响同样暴虐无情，这也是这本书具有巨大影响力的另一个重要原因：它让我们意识到我们正处于极大的极权威胁之中。当读者接受了这一讯息并理解了其中的警告时，故事就会具有更多价值，读者也更加满意。

奥威尔如何塑造角色

温斯顿的人物形象在《1984》中是最为完整的，几乎整部小说都是从他的视角出发。在写这本书时，奥威尔患了严重的肺结核，主人公温斯顿·史密斯在整部小说中忍受的"右脚踝上的静脉曲张溃疡"也并非巧合，那正是奥

---

[1]　赫胥黎，1932 年，第 44 页。

威尔的病情在主人公身上的投射。即便是在温斯顿受到拷问时，右脚的溃疡也在折磨着他……直到最后他被彻底洗脑，国家才治疗了他的溃疡，包扎了他的脚。奥威尔将病痛加在温斯顿身上，说明了塑造良好人物形象的其中一个基本原则是将主人公的特征建立在现实人物的真实特征之上——哪怕这个人物是作者自己，并对这些特征进行调整以适应故事情节。在《1984》中，奥威尔将肺病改成了溃疡，让病症更为明显也更有助于推动情节的发展，特别是国家在最后帮助温斯顿包扎治疗了溃疡，这段讽刺并暗示着温斯顿已经被极权政府同化。

除让角色因病痛变得虚弱和富有人情味外，奥威尔还用梦境和闪回手法补充了主人公早期生活的细节。奥威尔运用这一技巧的方式很像福克纳与陀思妥耶夫斯基，但不同的是比起后两者，他的方式更为清晰也更容易模仿。温斯顿有时会梦见自己的早年生活，比如梦见自己的母亲和妹妹。奥威尔在引入这些梦境时非常直接。例如，小说第一部分的第三章以一句简单的句子"温斯顿梦见了他的母亲"引出下文。梦境侧面塑造了《1984》里温斯顿的人物形象，并详细描述了他的精神状态，阐述了他与亲戚间的关系、母亲的去世以及最终他产生的与他人和所处世界的隔离感。[1]奥威尔对这一手法的运用比其他作家都更为明

---

[1] 勒福特，2000年，第8—14页。

显清晰，像用开关切换着梦境和现实：啪的一下，梦境开始；啪的一下，梦境结束。是梦还是回想，二者之间并不像汉姆生和福克纳小说中的那么模糊、让人迷惑，而是近乎泾渭分明。

此外，奥威尔还用了一种独特但十分有效的手法来塑造人物，这一手法称为半影手法。半影就是颜色较淡的影子（明暗交界部分）；在人物塑造上，相较于直接明确的人物刻画，它指的是更为间接和模糊的人物特征描述。这一手法的模糊性正是它的魅力所在，它激发了读者的好奇心，促使读者去填补空白、完成人物的拼图。类似于马歇尔·麦克卢汉[1]所说的"冷"媒介，半影手法的低清晰度要求读者更多的参与度。[2]换句话说，半影手法增添了人物的神秘感，让读者对人物的真实形象产生好奇，他们会想：事实真是如此吗？于是，他们在脑海中便编造出了各种各样的可能性。

当一个角色正在讨论或想象有关另一个角色的事时可以运用半影手法。例如，温斯顿收到茱莉娅的情书后，他便开始对她产生幻想并对其动机感到好奇，他自相矛盾的想法描绘了茱莉娅的形象——但是用麦克卢汉的话来说，

---

[1]　马歇尔·麦克卢汉（Marshall McLuhan，1911—1980），20 世纪加拿大原创媒介理论家。在《理解媒介》中提到"冷媒介"和"热媒介"的概念。他认为，低清晰度的媒介（如电话、电视、口语）叫"冷媒介"，因为它们的清晰度低，要求人深度参与，为补充其中缺少的、模糊的信息提供了机会，调动了人们再创造的能动性。——译者注

[2]　麦克卢汉，1964 年，第 24—25 页。

"清晰度较低"。"他甚至有这样的念头：她可能是思想警察的特务。当然这不太可能。不过，每当她在他身边时，他仍感到一股奇怪的不安，其中既掺杂着敌意，也掺杂着恐惧。"温斯顿的想法就像是散弹枪，击中的不是一个主要目标，而是多种可能性（她可能是坏人，也可能是好人）——所有这些带着讽刺意味、似是而非的不确定性比起简单直接地描述茱莉亚的内在品质能让人物形象变得更为丰满。在现实生活中，人们总是对他们无法了解的人感到好奇。奥威尔正是让读者产生好奇并让读者在好奇中主动参与进故事的建构，从而设想出逼真的人物形象。比如，温斯顿一直对奥勃良感到好奇，"因为他暗自认为——也许甚至还谈不上认为，仅仅是一种希望——奥勃良的政治正统性并非完美"。温斯顿并不知道事实到底如何，我们也不清楚，但这一模糊性勾起了我们的好奇心并将我们带入故事之中，使得奥勃良的角色比起简单声称"他蔑视大洋国政党"来得更为真实。当温斯顿被邀请去拜访奥勃良时，他对奥勃良感到更加好奇，这进一步塑造了奥勃良的形象。当然我们最后都知道温斯顿和茱莉亚错看了奥勃良，但温斯顿最初对奥勃良这个人物的看法刻画出了奥勃良伪善的一面。当真相被揭开时，我们和温斯顿、茱莉亚一样感到震惊。"他们猛地一跳。温斯顿的内脏似乎变成了冰块。他看到朱莉娅瞳孔四周的眼白，而她的脸色变得蜡黄。"他们的惊讶表明，有时半影手法所描绘的是一幅虚假的画像，就像生活中我们可能会对他人做出错误的设想一样。

虽然奥威尔的政治观点和作品主题比起他笔下的人物形象更加出名，但奥威尔高超的人物塑造技巧可以帮助任何一位作家进行人物刻画。有限的第三人称视角让中心人物的形象更为逼真，这在《1984》中至关重要，因为主人公温斯顿是在与全能的国家做斗争，从他的视角去看待故事的发展十分必要，哪怕他在这场艰巨绝望的斗争中只是短暂坚守了自己的观点。和半影手法一样，梦境和闪回也能够帮助塑造人物形象，并让读者对事物的真实性产生好奇。

如何像奥威尔一样构思情节

《1984》里的故事分成了三个部分，与亚里士多德对悲剧的开头、中间、结尾的三分法相对应。第一部分介绍了主人公及其所处的恐怖世界。第二部分介绍了主人公如何计划改变世界，将茱莉娅作为温斯顿的共谋者增加了故事的紧张感，在温斯顿阅读反叛老大哥的国家早期领导人果尔德施坦因的书时，冲突达到高潮。第三部分是故事的结尾，两位恋人被迫分离，温斯顿被拷问和彻底地洗脑，直到最后一句令人毛骨悚然的话出现："他热爱老大哥。"

但奥威尔所做的并非仅仅将故事分成三个部分。首先，必须承认的是，《1984》中的故事情节从任何意义上来说都不算复杂，它的崇拜者们甚至认为其故事结构"单薄"。[1]但这并不意味着它就不值得一提，相反简单的故事结构让奥威尔得以在其之上添加对主题至关重要的哲学和政治分析。换句话说，简单的情节有时更有助于作者进行文学上的处理。奥威尔的书既没有《喧哗与骚动》那样盘根错节的情节，也没有狄更斯小说那样的千回百转，但它有着清晰的故事线、深入的人物描写和深刻的政治分析。有时在处理情节时，少即是多。

任何为处理复杂情节所困扰的人都可以从奥威尔身上汲取灵感。与喜欢在故事中运用大量复杂曲折情节的作家不同，他的小说故事线条简单，更容易学习。如果你的故事素材正好适合这种处理方式，你会发现奥威尔式的故事结构将让你松一口气，并会让你的故事线像萨默塞特·毛姆的小说一样清晰：你会知道故事中正在发生什么，你的读者也是如此。如果你想在作品中加入政治观点、地理细节甚至哲学概念（就像安·兰德一样），清晰简明的故事架构将让你有足够的空间尽情发挥。人们不需要去归纳总结小说中发生了什么，而你往故事里编入精彩且富于启发性的论述的能力（就像奥威尔在书中大量论述了果尔德施坦因书中的内容）会让你的作品有朝一日也能成为经典。

---

[1] 勒福特，2000年，第4页。"《1984》的情节只是看似简单。"（布鲁姆，2007年，第83页）

奥威尔对重复的使用

不论小说的篇幅长短，重复都是其成功的关键。在这一方面，小说与短篇故事有着很大的不同，因为每一部小说都需要多次提及它的主题、中心思想以及象征。当角色被迫不止一次与他人发生对抗时，他们就会有所领悟。例如，在《1984》中有一个观念被反复提及——"老大哥在看着你"。这种重复让人们充分认识到，这是一个由极权主义统治的世界。温斯顿和奥勃良之间的关系也掺杂着重复和演进：起初，他并不认识奥勃良，接着他错把奥勃良当成盟友，最后将他视为敌人。温斯顿和茉莉娅的关系也有着类似的重复和演进：她最初只是个陌生人，然后他们成为恋人，在故事的最后又形同陌路。

同时情节转折，如主人公必然遭受的磨难，也在更细微的层面上被反复提及。例如，温斯顿写了许多篇秘密日记，每次他都担心会被国家特工发现，一旦被发现他就全完了。这种恐惧从他打开日记的第一秒就出现，甚至在他提笔之前就已经存在。"不管他是继续写日记，还是放弃，都没有什么区别，因为思想警察仍然会抓到他。"一次他打开日记本时也产生了类似的想法："没有人能逃过监视，也没有人不会认罪。一旦你被认定为思想犯，毫无疑问，你的死期就到了。"重复悲观观点使整部小说弥漫着绝望气息。

运用重复技巧的关键在于无论你重复的是故事中的主

要概念、角色间的互动还是某个特定情节，它都需要融入你的故事，帮助故事情节深化发展。反复提及的观念或描述被称为故事的主题（motif）。文学中的主题就像音乐中的赋格一样有助于建立故事的风格框架，并且这风格框架应与作品的中心思想相关联。例如，当奥威尔反复提及秘密日记时，他向读者传达了一个观念，即温斯顿只不过是反抗独裁国家的小人物。当他反复提及死亡无法避免时，他预示了温斯顿自我意识的破灭和最终的屈服认罪。当他重复"老大哥"这一概念时，他巩固了这样的观念：在这个社会里，自由无法实现，因为隐私是不被允许的。所有这些重复都增强了小说的意义，并为"反对个人极权"的中心思想服务。

如何创作反面人物

创作一个反面人物的诀窍并非把他塑造成一个无恶不作、坏到骨子里的恶魔，这么做反而会剥夺这一人物的真实性，削弱其带给读者的满足感。真正的诀窍在于要确保恶人身上也具有好的品质。奥威尔在《1984》的前三分之二部分掩饰了奥勃良的本性就是一个最佳的例子。温斯顿和茱莉娅在一开始被诱导相信奥勃良是个好人，错认为他是站在他们这边的地下革命者。书中微妙地暗示奥勃良为人深思熟虑、头脑聪明并且其思想有点异端。起初，温斯顿对这个人一无所知，只知道奥勃良在党中的地位"如此重要，高高在上，高到温斯顿对其职务的性质只有一个模糊的概念"。温斯顿"深深地受到他的吸引"，并开始幻想也许"奥勃良的政治正统性并非完美。他脸上的某种东西让人无法抗拒地得出这一结论"。但是，"温斯顿从来没有做过哪怕是最微小的努力来证实这种猜测；说真的，也根本没有这样做的可能性"。通过让温斯顿对奥勃良感到好奇，奥威尔也让读者保持同样的好奇；更为重要的是，读者被赋予了这个人是好人的希望。通过这种方式，反派被一种不确定的笔触勾勒了出来，人物形象变得立体丰富。而奥勃良身上的确有一些优秀的品质：他很聪明，也的确向温斯顿表达了某种好感（即便他无情折磨了温斯顿），他的口才很好，受教育程度高。毫无疑问，他是个恶魔，但不完全是个坏人。

　　有时，创造一个反派角色最为可靠的方法是在他们的本性中融入一些不自觉的善意。"最令人难忘、最令人着迷的角色，既有着明确的欲望，也有着无意识的欲望。这些复杂的人物并未意识到自己的潜意识需要。"[1] 然而，读者却能感受到他内心的矛盾。奥勃良的双面性格（时而对温斯顿显露出善意，又在他身上使用电刑）让他的形象更为立体。这个反派并不总是邪恶的，至少他本人充满智慧并

---

[1]　麦基，1997年，第138页。

在某些方面富有同理心。而这些特质反而让他的形象变得更为险恶，因为他试图用电击让温斯顿接受其政治观点的方式，就像充满了保护欲、声称为了孩子着想而严厉惩罚孩子的父母一样。

若你想要在创作反派时达到类似的效果，就尽量别塑造出一个彻头彻尾的反派角色。相反，他需要具备一些好的品质。就像你塑造一位有血有肉、富有人情味的主人公一样，反派身上也应该同时具备矛盾的特质，他的形象才会可信同时也更为可恶。

为何主题如此重要

有评论家认为，"奥威尔式的中心主题"是"个体的异化"。在奥威尔的小说中"中心人物寻求着自我解放，并在经历了新旧自我的更替后完成了蜕变"[1]。在《1984》中，温斯顿起初是不容于社会和周围人的异类，在经历了第三部分最为残酷的折磨后，令人痛心的改造摧毁了他的精神世界。在克里斯托弗·布克看来，奥威尔的中心主题是被黑暗势力所摧毁的自我，温斯顿"代表了自我，代表了人类个体永远无法被完全征服的核心"[2]。然而，在这本被认为是"史上最黑暗的小说之一"的书中，当温斯顿背叛茱

---

［1］　伍德考克，1966 年，第 84 页。
［2］　布克，2004 年，第 501—503 页。

莉娅时，他的自我就被碾压得粉碎了。"他最终犯下了背叛之罪，否定了他自己的灵魂。"[1] 就此我们看到了个人对抗黑暗势力的主题主导了整部作品。

主题（theme）之所以重要是因为它赋予了作品意义，而正是意义打动了我们："意义产生情感。"[2] 主题是作品的核心，因此人们可以用它来衡量一个作品是否成功。奥威尔小说的每一页都体现了其主题。老大哥无处不在的事实，证明了黑暗势力、极权政府和隐藏在暗处的敌人的强大力量。温斯顿暗中撰写秘密日记，表明他仍存生命之火，心向光明，就像一支在风中微弱燃烧的蜡烛在徒劳地抗争。他对茱莉娅的爱是他生命的一部分，也是他内心的美好之处。但小说的主题——个人对抗全能的黑暗势力——指向了故事最终的结局，他们的爱情也注定终将受到摧毁。

你可以把主题或中心思想作为一个写作工具和审视作品的强大透镜，以此对作品进行修改润色，让它更加深入人心。如果你有支撑并体现主题的事件，应物尽其用，挖掘其所有的价值；当你发现部分对话或情景离题时，要无情地修剪它们。正如保罗·米尔斯（Paul Mills）所指出的："主题的另一些说法就是态度、目标、动机、目的。如果在你看来你的写作缺乏这些要素，那么（你可以在修改

---

[1]　布克，2004 年，第 501 页。

[2]　麦基，1997 年，第 309 页。

中）找出原因，并找出它可能反映的主题是什么。"[1]我们
很容易就能看清奥威尔是如何将主题渗透进《1984》整部
小说中的，以及他如何用主题作为检验标准将整个故事捏
合在一起的。你也可以在你的作品中用到同样方法，但在
此之前你需要做好心理准备，因为在刚提笔写作时，作品
的主题或想要传达的讯息可能并不明显；大多数情况下，
它会随着故事的发展浮现出来，并在你对作品的反复推敲
与琢磨中变得更为清晰。尽管主题经常在写作的后半段才
出现，它仍是修缮故事结构性缺陷不可或缺的工具。它也
是打动读者的强大力量，虽然在整个故事中无须赘述，但
其累积的影响不可忽视。

---

[1] 米尔斯，1996年，第65页。

第 15 章

伊恩·弗莱明的创作方法

伊恩·弗莱明不仅创造了詹姆斯·邦德这一风靡全球的虚构人物，还刺激了电影产业、音乐产业以及席卷世界的间谍文化的发展。邦德系列故事俘获了一代人的想象力，并持续激发着读者和电影人的遐想。实际上，"007"仍是当今世界最为知名的数字符号之一。

伊恩·弗莱明（Ian Fleming）1908 年出生于英国，父母都是贵族，父亲在他 9 岁时就去世了。年幼的弗莱明和三个兄弟一起长大，一个大他 1 岁，另外两个分别小他 3 岁和 5 岁。他还有一个同母异父的妹妹[1]，比他小 17 岁。弗莱明精通外语，第二次世界大战期间曾在英国军情六处服役。他 1952 年结婚，有多次外遇，并在这些风流韵事中有施虐的倾向。奢侈的生活对他来说极为重要，即便在临终前，他仍不听医生劝告，烟酒不离。[2]

弗莱明的书之所以大获成功，一定程度上要归功于其作品中的悬念和刺激的剧情，但弗莱明另一大极容易被忽视的写作特征是他所钟情的奢华细节。弗莱明对细节的拿

---

[1] 她是画家奥古斯都·约翰（Augustus John）和伊恩·弗莱明母亲的私生女，在生下她之前，弗莱明的父亲早在几年前就去世了。（莱西特，1995 年，第 19—20 页）

[2] 莱西特，1995 年，第 441 页。

捏不仅精准，往往还能够刺激读者的感官，并折射出一种"为了享乐而享乐"的生活态度。而事实上，弗莱明本人就是纨绔子弟，是一位喜好奢侈、耽于享乐的作家。第二次世界大战后，他隐居在牙买加北海岸的别墅里，写下了成名之作詹姆斯·邦德系列。《皇家赌场》（*Casino Royale*，1953 年）是他的第一部小说，之后他又相继写了 11 部邦德系列小说。在牙买加时，弗莱明用的是镀金的皇家豪华打字机，一直抽"特制莫兰（Morland Special）"牌香烟，还经常酗酒。他对生活的享乐态度也反映在其文学风格上，他的作品里充满了奢华的细节描写、具有异国情调的地域背景和丰富多彩的人物角色。简而言之，弗莱明的风格包括了运用刺激读者感官的细节，给予读者奢侈的享受和愉快的体验。

倾心于弗莱明风格的现代作家试图复刻他的成功，但如果他们没有达到预期的目标，原因通常很简单：他们没有花时间去客观地分析弗莱明的写作为何如此吸引读者。只有花时间去研究，才能找到更为深层的答案。很多时候，一个想要成为作家的人由于过于喜欢另一位作家的作品，反而"不识庐山真面目"，不能客观地看待偶像的作品。遇到这种情况时可以试着读一些评论文章，这些文章经常从不同的角度分析作品并准确地点明作家文体中那些读者试图剥离出的亮点。例如，一位评论家认为弗莱明的风格"以近乎枯燥的条理和效率为特征。有时，人物和悬念让位于术语列表、定义、报道等专业知识的教科书式展示"[1]。另一位评论家则指出，弗莱明的书"完全是为了刺激读者的感官而写的，他怂恿读者一同享受邦德遇到的桃花和奢侈的生活"[2]。这些评论家为写作者揭露了一个重要的秘密：一旦你意识到弗莱明风格中的这些元素，你会突然发现它们无处不在。你甚至可能会问自己："我怎么错过了这些亮点呢？"答案很简单，当置身于所有的悬念和情节之中时，这些微妙的手法就不知不觉从你眼前溜走了。一旦你意识到这一点，你就会认同带有感官刺激的细节无疑是弗莱明的魅力的关键元素。否则，我们无法解释邦德系列的第二本小说《你死我活》（*Live and Let Die*，1954 年）中的这段开场白："作为特勤局特工的生活也有着穷奢极侈的时候。有些任务要求他去伪装成一个非常有钱的富人，这种奢侈的生活使得他在危险和死亡的阴影中获得慰藉。"[3]这本书开篇就探讨生命和奢侈关系的主题，将读者立马拉进一个雍容华贵的生活与死亡暴力、邪恶对手并存的间谍世界。

注意细节

为了让小说对读者散发出同样的魅力，可以尝试使用

---

[1]　科门塔莱，2005 年，第 20 页。

[2]　查普曼，2000 年，第 37 页。

[3]　弗莱明，1954 年，第 7 页。

一些弗莱明认为非常有效的小技巧：

- 描述美食的细节。
- 让美酒与人物常相伴。
- 涵盖衣服中的性感细节。
- 让角色花点时间放松并享受生活。
- 增添一些性感的暗示。
- 提及特定的品牌、昂贵的汽车和富有异国情调的场所。

　　这些技巧散见于弗莱明小说的几乎每一页。在《来自俄罗斯的爱情》（*From Russia With Love*，1957 年）中，邦德坐在达尔科·克里姆·贝（Darko Kerim Bey）在伊斯坦布尔的办公室里，此时"总管敲门进来，把一个**装在嵌着金丝的器皿里的瓷器蛋壳**放在每个人的面前，便离开了。邦德抿了一口咖啡，放下了杯子。**这咖啡虽然不错，但颗粒感还是强了点**[1]。黑体字部分展示了弗莱明著名的感官细节。这种小细节给每一幕都增添了一种真实感，但它不同于左拉或是辛克莱·刘易斯[2]那种把我们拖入生活泥潭中最糟糕一面的简单现实主义风格，弗莱明的感官细节挑逗着情绪，刺激着感官，让我们品尝了生活最美味的一面。

---

[1]　弗莱明，1957 年，第 96 页。

[2]　辛克莱·刘易斯（Sinclair Lewis，1885—1951），美国作家，1930 年作品《巴比特》获诺贝尔文学奖，成为美国第一位诺贝尔文学奖获得者。——译者注

你可以在小说和非小说文学中运用同样的技巧为作品增添活力。也许你的小说并非如詹姆斯·邦德般奢华，但你的人物当然也可以通过享受生活从感官上取悦读者。

从健康角度看詹姆斯·邦德在饮食上的癖好也许很有趣，但从作家角度进行审视将更具启发性。邦德经常饮酒、喝咖啡，他标志性的饮品是一杯"摇匀但不要搅拌"的马提尼。在《来自俄罗斯的爱情》里，他大口吃着鸡蛋并喝了大量的咖啡，两者对人体健康的作用大相径庭。在《金手指》(*Goldfinger*，1959 年)的第二章中，他吃着螃蟹，蘸着黄油，喝着香槟。在《诺博士》(*Doctor No*，1958 年)中，邦德一边思考着斯特兰韦斯中校(Strangways)的谋杀案，一边享受着"美味的早餐"。后来，当他终于见到了诺博士时，邦德和哈妮意识到他们可能将受到折磨，面临死亡威胁，但在此之前，他们仍和死对头坐下来一起享受着由三种浓汤、肉饼以及香槟组成的精致晚餐。所有这些美味佳肴都有着文学用意。弗莱明在第一本 007 系列小说中就让邦德享用着美味。在《皇家赌场》的第九章里，当邦德和维斯珀(Vesper)在餐馆讨论计划时，我们看到"鱼子酱堆在了他们的餐盘上"。弗莱明有意识地为他的主人公选择了高品质的奢侈生活是因为他知道如果邦德能享受自我，那么读者也会同样地感受到他豪华的生活方式。这种间接体验到的愉悦是畅游邦德世界的其中一大乐趣。当然，这种感官享受还包括了围绕在邦德身边的女人，包括《诺博士》里的哈妮齐勒·莱德（Honeychile Rider）、《来自俄罗斯的爱情》里的塔迪娜·罗曼诺娃（Tatiana Romanova）、《金手指》里的格劳尔（Pussy Galore）、《女王密使》里的特雷西（Tracy，和邦德结婚），以及《雷霆谷》中的薇琪·铃木（Kissy Suzuki）。

从弗莱明奢华的风格中学到的最显而易见的一课是让你的主角尽量吃好、喝好，并谈好恋爱。当然，你能学到的关于创作虚构小说的核心要素要远甚于此。正如约翰·加德纳[1]指出的那样，细节是创作虚构世界的生命力："物质细节的重要性在于它为我们在脑海中构造出了一个丰富生动的世界。"[2]当创造你的虚拟世界时，你可以将从弗莱明身上学到的技巧运用到自己的作品中，用细节把故事描绘成一个栩栩如生的梦想世界。邦德的女人都很漂亮，他的豪车开得很快，他经常前往异国他乡冒险。当然，你不用完全照搬这些细节，一旦你明白读者是如何将自己投射到主人公的世界，你就会知道如何用合适的相关细节去装点这个虚拟的世界了。

在弗莱明的书中可以找到无数个使用感官细节的例子，你可以从中学习他的创作技巧并高效地提高自身的写作水平。值得注意的是，这些才华横溢的段落并非直接在弗莱明的笔

---

[1] 约翰·加德纳是小说家和评论家，不要把他和惊悚片小说作家约翰·加德纳混为一谈，后者在弗莱明死后写了许多詹姆斯·邦德的小说。

[2] 加德纳，1985年，第30页。在《小说的艺术》（*The Art of Fiction*）这本书中，加德纳提出了这样的观点：小说通过生动的细节在读者的脑海中创造了一个梦境。

下一次成形。许多段落都经过了细致的修改以便让细节更为精致，这是我在印弟安纳大学莉莉图书馆看《雷霆谷》的原稿时偶然发现的。在细读了原稿后，我发现弗莱明经常会回头看他之前写的东西，并增加了一些更为生动、更富观感的细节。例如，当邦德和他的老师兼向导老虎田中登上船前往岛屿时，弗莱明补充了邦德之后将在贝洛福（Blofeld）的城堡里遭遇到的自杀漩涡的细节。[1] 有时，弗莱明增添的这些细节不是让人目瞪口呆就是让人感到性感非凡。例如，在第十一章中，老虎田中告诉邦德，日本武士可以通过训练他们的肌肉将睾丸收缩到腹部，这样他们就不怕被踢裆了。[2] 而在其他时候，这些细节的增加不仅创造了更为生动的画面，更让情节与主题紧密地结合在一起。例如，当邦德终于来到了贝洛福的城堡时，弗莱明在第一稿中写道："靠近后，那高耸入云的黑金城堡让人心生敬畏。"之后他在原句上的手写修改改变了这一平淡的描述："靠近后，那高耸入云的黑金城堡像个怪物似的睥睨着他。"[3] "怪物"一词不仅让这句描述更为生动，也与小说的主题完美地契合，表明了贝洛福就是个怪物，而击败他的邦德则是英勇的"怪物杀手"。[4]

---

［1］　弗莱明，原稿，第 80 页。

［2］　弗莱明，原稿，第 82 页。

［3］　弗莱明，原稿，第 119 页。

［4］　感谢克里斯托弗·布克提供的这一见解。"伊恩·弗莱明 007 系列的成功及电影的经久不衰，取决于他成功地用细节塑造了一位活在现代却像极了古代怪物杀手的主人公。"（布克，2004 年，第 380 页）

　　弗莱明的这一写作秘诀鼓舞作家们在描述性和叙述性段落中加入更为生动的细节。这些细节可以包括奢华、高品质的生活，也可以和身体的舒适度相关，这样，当读者沉浸于小说中的虚构世界时，也能间接体验到乐趣。当然，这些细节也可以包括令人震惊或充满性感的描述，你可以用弗莱明描写邦德女郎的技巧塑造人物性感的一面。后期添加的细节应更为明确、更加艺术性地与主题紧密联系，巩固故事中的基本概念，并强化你想要传递的主要象征元素。

　　但毫无疑问，从弗莱明的写作方法中获取的最为重要的启示是要增加细节，而且与主题密切相关的生动细节并不需要在写第一稿时就立即从脑海中蹦出来，甚至不需要在第二稿里就补充上。当你重读自己的作品并发现有些段落读起来平淡无味或毫无生气时，你也无须绝望地举起双手，哭喊道"我不配当作家，因为我没法写出像弗莱明那样生动出彩的段落！"请记住，和大多数经验丰富的作家一样，弗莱明是在后期重新回顾作品的过程中补充了这些细节，让文章风格更为有力、更富活力，也更加奢华。自从海明威凭借其简练的文字横空出世后，现代作家就被告诫要重新审视自己的作品，去除多余的脂肪，把它精简到只剩骨架。毋庸置疑，对于那些臃肿的段落而言，这种方法有它的优点，但弗莱明用他出色的作品告诉我们，有意识地加入适当的细节也应被提倡，出彩的细节最终会让读者报以赞美之词、忠实之心和增长的销量。

像弗莱明一样运用原型

弗莱明风格中的另一个秘诀是牢固的原型，在此基础上构建故事中的冲突，并最终指向一个令人满意的结局。弗莱明的故事情节所赖以建立的原型基础与让读者产生强烈共鸣的方式，同童话、神话如出一辙；事实上，几乎所有的故事都利用了这些原型。[1]你将会发现同样的原型也可以融入你自己的写作中来提高写作的效率并增强作品的影响力。现在就让我们仔细看看弗莱明如何运用这些原型结构，以及如何将其融合到自己的创作之中。007 系列主要依靠了四个原型。[2]首先最为重要的原型是超级英雄这一形象，即主人公詹姆斯·邦德。在 19 世纪以前，大多数小说中的主人公都经历了深刻的心理和情感变化，历经坎坷并逐渐走向成熟，但在现代小说中主人公往往是没有变化的。[3]例如，詹姆斯·邦德的内在从未产生过改变，他从未学到任何可以改变其自身命运的东西，也从未像正常男人或者人类那样成长成熟；尽管他经历了一系列刺激的

---

[1]　"每当我们中的任何一人试图靠自己的想象创造一个新故事时，我们就会发现这些都是业已成型的基本形象和情节。我们无法摆脱它们，因为它们是所有故事的原型。"（布克，2004 年，第 215—216 页）

[2]　可以参考对《雷霆谷》的讨论，这本小说中运用到了四个原型：超级英雄（邦德）、怪物（贝洛福）、女性意象（薇琪·铃木）、睿智的老人（神道教牧师）。（布克，2004 年，第 410—411 页）

[3]　主人公在心理层面基本没有发生变化的作品还包括《麦田里的守望者》《高老头》《白鲸》《红与黑》。

冒险，但在每一本小说中他从头到尾都保持了一贯的作风。邦德这一人物原型的关键是要具备强而有力的力量、善恶分明的正义感以及对物质世界的掌控，这些使他能够在强大的对手面前获胜。

第二种原型是怪物，它是主人公必须战胜的反派角色。不论是面对厄恩斯特·斯塔夫罗·贝洛福（Ernst Stavro Blofeld）、金手指、诺博士、"大人物（Mr. Big）"、勒奇弗里（Le Chiffre）还是其他的对手，邦德的胜算总是很小。这个邪恶的敌人从里到外都坏透了，他极度自负，试图将一切都占为己有。他象征着主人公的反面，代表着人类堕落的阴暗面和最终的邪恶。在荣格体系中，这一原型与"阴影"相对应。它是我们内心潜藏着的阴暗面的投射，以自我为中心的人会试图扩大自我的存在并视他人为草芥。

女性意象〔又称"阿尼玛（Anima）"〕是第三种原型，它以优秀的女性角色为代表，这些角色在弗莱明的书中被称为"邦德女郎"。她们是人格中女性元素的化身，这种女性身上独有的温柔体贴是邦德身上占主导的男性元素所没有的。女性意象不仅极富性感的魅力，而且她们所象征着的正是主人公为了达到真正的成熟而必须与之结合的人性的另一面。[1]

第四种原型是助手角色，通常也称为智者。M是邦德的上司，Q是他的搭档，钱班霓（Miss Moneypenny）是

[1] 布克，2004年，第298—299页。

对邦德抱有好感的军情六处秘书，菲利克斯·雷特（Felix Leiter）则是邦德在美国 CIA（中央情报局）的特工搭档。这些角色都是邦德的朋友，并在故事中发挥了双重作用：他们倾听主人公遇到的难题（并在这个过程中帮助我们了解主人公），帮助他实现目标。上述这些帮手不止一次出现在 007 系列小说中，当然，部分小说中也出现了一些特定的帮手。例如，在《雷霆谷》中，神道教牧师就是智者的化身；而在小说开头，邦德受到了来自日本特勤局的老虎田中的帮助。

这四种荣格原型出现在大部分的世界文学作品里。我们可以进一步将这一组合简化，将大多数故事视作围绕前两个原型——主人公和怪物所分别代表的正义和邪恶的力量——之间的冲突展开。通常，这两股力量会在不同的人物身上体现出来，超级英雄在其朋友和女性角色的帮助下战胜了怪物（或邪恶的天才），冲突得到解决，最后主角和女性角色相结合，例如《诺博士》中的剧情就是如此。

你可以在作品中运用这些原型，但最好的方法并不是坐在书桌前嘀咕"我需要一个超级英雄，一个怪物，一个智者和一个女性角色"。相反，你应该先专注于故事本身的情节和基本要素，当你有了初稿或情节大纲时，再回头看看其中是否包含了这几类角色。你往往会发现故事中至少已经有一位英雄人物和一位女性意象角色。接着，你可能注意到主人公还有一个帮手或朋友（他 / 她可能是位年迈的智者，也有可能是位年轻的圣人或善意的帮手）。除此之外，你几乎总是能指出某个人或某个团体就是邪恶势力或怪物的代表。事实上在你的大纲或初稿中就刚好以这样或那样的形式包含了这些原型。如果你能识别出主要角色的原型，那你就可以在重写的过程中强化这些人物身上所代表的品质。例如，你可能需要增强帮手这一角色的参与感，让他们完成引导主人公及倾听主人公烦恼的角色任务。你有时还不得不修改结局，安排虚构小说中常有的完美结局，让主人公与女性意象可喜地结合在一起。总而言之，相较于从头开始塑造人物形象，了解已有的原型并在此基础上修改将更有可能帮助你创作。

视角

《诺博士》的第一章讲述了斯特兰韦斯中校和他的秘书玛丽·特鲁布拉德（Mary Trueblood）被神秘杀害的故事。这一章从客观的第三人称视角拉开了故事的帷幕，但我们并不知道主要人物的想法。小说的其他部分则从第三人称的主观视角出发，多数是以詹姆斯·邦德的视角展现故事，偶尔也会呈现其他人物的思考。通过将视角集中在邦德身上，弗莱明增加了读者与主人公的亲密感，让他们通过邦德的视角间接体验故事中的世界。而这就是读者打开007小说时想要的：他们想要成为詹姆斯·邦德，哪怕就一天。

弗莱明给了读者这种间接的体验以及与之相伴的所有刺激。例如，邦德获得了开枪杀人的许可，他可以肆意飙车并和漂亮的女人调情。的确，有人想杀他，他也总是会遭遇一些困难，但这些经历都让邦德的故事变得更为刺激有趣，因为他最后总会获胜；事实上，他通常都能在最后一刻拯救世界。这也是成为詹姆斯·邦德的乐趣之一。

弗莱明在他大多数的小说中都采用了这一视角。但在《来自俄罗斯的爱情》中，他改变了这一叙述模式，在故事前半部分长时间脱离了邦德的视角。在小说的前十章我们置身于坏人的世界中，本书先是介绍了魔鬼党的头号杀手红·格兰特（Red Grant），接着通过进入他以及其他次要人物的思想中让读者得知他们正在策划一场谋害邦德的阴谋。到此为止，邦德还未在故事中出现。随后，故事转向俄罗斯美女塔迪娜·罗曼诺娃，她被人利用，负责去引诱并消灭邦德。弗莱明也让读者进入她的脑海中并同情她的遭遇：她年轻无辜，却被用作超级大国之间战争游戏的棋子。邦德到了小说的第十一章才姗姗来迟，此时的悬念已经累积到了高潮。在小说的后半部分，我们才从邦德的视角看到他和女主角一同与杀手红·格兰特搏斗的场景。

你不需要写惊悚片甚至是侦探小说来运用弗莱明把握视角的技巧。任何采用第三人称视角进行写作的作家都可以从弗莱明的技巧中获益。例如，弗莱明在《诺博士》和《来自俄罗斯的爱情》中并未在开篇直接跳进邦德的思维进行叙事，这种方式特别具有指导意义。这一点和《哈姆雷特》很类似。在莎士比亚的这一杰作中，主人公哈姆雷特并不是一开始就出现在舞台中央，他是在第一幕守夜卫兵看见老国王的幽魂出现后才登场的。当哈姆雷特出现时，焦点立即转移到他身上，这和邦德故事非常相似，最初设置的悬念让我们更想知道他接下来将会如何行动。

通过研究邦德登上舞台后弗莱明展现其想法的频率，你也会从中有所收获。当然，也有许多段落并未揭示邦德的想法，这些段落通常是解释性段落，例如在《雷霆谷》中邦德从老虎田中那儿了解日本。而在其他时候，读者通过邦德的视角获知发生的一切，这让读者能够密切感知主人公的行动并沉浸在虚构的世界中。比如在《诺博士》的结尾，这位超级间谍从被关押密室的通气孔逃出时，读者就透过邦德的视角和他同呼吸，感受故事的走向。

熟练掌握写作视角是成为职业作家的标志之一。弗莱明的作品甚至可以帮助小说家中的老手更好地运用这一重要技巧。尤其是你准备用当下流行的第三人称视角进行写作并将焦点集中于某个中心人物时，你将会受到弗莱明作品的启发。可以采用同样的平衡方法，时而驻留在主人公的思维中，时而为了更为客观的陈述而脱离。通过像这样改变心理距离（参见玛格丽特·米切尔那一章的论述），你也可以在"远距离的客观描述"和"近距离的个人视角"间来回切换，在远镜头中给予读者喘息机会，并在镜头拉

近时让他们感到悸动和兴奋。[1] 通过这种方式，你在运用
视角时就不仅仅是在讲述故事。这种对心理距离的艺术操
控，可以提升故事高潮来临时的兴奋感。

以弗莱明的风格进行写作要求作家们娴熟地掌握多种
行之有效的技巧，其中最为重要的是对细节以及生动奢华
描写的运用。原型的使用也同样重要，因为它为故事提供
了框架和圆满的结局。最后，通过对视角的操控来制造悬
念并激发读者对中心角色的兴趣是所有作家在成为故事叙
述高手的路上所必须掌握的。因此，也难怪弗莱明的作品
能享誉全球。无论你决定要写什么样的故事，一旦你使用
了他的一些创作技巧，你的作品肯定会拥有更多的影响力
和魅力。

---

[1]　约翰·加德纳在《小说的艺术》中对心理距离进行了富有意义的探讨。他告诫作家不
要过快地从远镜头切换到近镜头，而应慢慢地从一个长镜头逐渐拉近到人物的特写。(加德
纳，1985 年，第 111 页)

第 16 章

J．D．塞林格的创作方法

如果你没看过近些年出版的一些 J. D. 塞林格的骇人听闻的传记，你就无法全面地了解这个人，但这位《麦田里的守望者》的作者远比传记中提及的"美国最著名的隐士"这一称号要复杂得多……当然，人物传记只是理解他作品的一种方式，但一旦你发现了小说背后的故事，你可能会对这种令海明威都感叹"上帝啊，他有这般非凡的才能"的文风更感兴趣。

塞林格（J．D．Salinger）出生于 1919 年，在纽约市上西区长大，但他却对这个地方嗤之以鼻。年轻时的他与父亲产生了巨大的冲突，他的父亲把他送到欧洲去做家族的肉类和奶酪生意，但塞林格对他的"大旅行"[1]一点也不感兴趣，回国后坚决反对在工厂工作。在中学时，塞林格在学业上遇到了困难，后来被送到瓦莱弗格（福吉谷）军事学院学习，他在那里的表现要比之前好得多，也有人说他是如鱼得水。之后，他就读于哥伦比亚大学，在一门短篇小说的创作课上听《故事》杂志的著名编辑惠特·伯内

---

[1]　原文"grand tour"也指以前英国贵族子弟会被送往欧洲进行大陆观光，接受教育。——编者注

特（Whit Burnett）讲授写作技巧。不久，塞林格就将他的
第一个故事卖给了伯内特。在撰写其他故事时（部分故事
是关于一个名叫霍尔顿的角色的），塞林格被征召到欧洲并
参加了盟军的诺曼底登陆。在欧洲服役的四个月里，他看
到许多战友被杀，这导致他精神崩溃。[1] 在法国时他还娶
了一名德国间谍，但一回到美国便离婚了。回国后的塞林
格开始收集整理霍尔顿的故事，完成了《麦田里的守望者》
一书并大获成功。在小说出版后，他离开了纽约，搬到了
新罕布什尔州的科尼什镇。在 36 岁那年，他和年仅 19 岁
的克莱尔·道格拉斯（Claire Douglas）结婚了。尽管他们
有了两个孩子，最后还是不欢而散，因为塞林格在距离房
子约 400 米的地方建了个小小的水泥房，并会一次性地待
在那里好几个星期埋头写作。他的妻子对此非常不满，并
以"精神虐待"为由与他离婚。到了 1972 年，53 岁的塞
林格与 18 岁的乔伊斯·梅纳德（Joyce Maynard）发生了
恋情，但这段关系仅持续了 10 个月。之后大约在 1977 年，
塞林格遇到了小他近 40 岁的护士科琳·奥尼尔（Colleen
O'Neill），他和她通信了好几年，两人在 20 世纪 80 年代
末结婚。

众所周知，许多作家都很古怪。但正如劳伦斯·库比
（Lawrence Kubie）在《创作过程中的神经扭曲》（*Neurotic*

---

[1] 亚历山大，1999 年，第 107—108 页。

Distortion of the Creative Process，1958 年）中指出的，古怪并非创造力的必要条件。事实上他认为，怪癖最终会削弱和扭曲创造力。伟大的艺术家之所以伟大，不是因为他们古怪，而是尽管他们古怪，他们仍然伟大。库比认为，如果他们不那么古怪和神经质，可能会更富创造力，也更加多产。这一有趣的理论与认为艺术家就是有些天生疯狂的观点背道而驰，后者将艺术家的古怪视作他们创造性工作的先决条件。库比的理论似乎能从 J. D. 塞林格的身上得到印证，事实上，古怪可能不仅扭曲了他的作品，也限制并缩减了他的写作生涯。[1] 作为美国最有前途的年轻作家之一，塞林格被文坛称为"美国最孤僻的人"，他从 1965年开始就停止出版小说，躲到一个偏僻的新英格兰小镇里来逃避城市生活和粉丝。尽管他很古怪，我们仍能从塞林格身上学到如何创作现代小说的技巧。

来自文体大师的表达课

　　塞林格之所以能够在新罕布什尔州的科尼什镇过着舒适的退休生活——住在一个有着山丘、草地和小溪的百亩大庄园里，得益于他早年的写作成就。但这就是塞林格一

---

[1] 他的古怪在以下四本书中有详细的描述：伊恩·汉密尔顿的《寻找 J. D. 塞林格》（*In Search of J. D. Salinger*，1988 年，在这四本中最为保守），乔伊斯·梅纳德的《我曾是塞林格的情人》（*At Home in the World*，1998 年），玛格丽特·塞林格的《梦幻守望者》（*Dream Catcher*，2000 年），以及保罗·亚历山大有趣的《塞林格传》（*Salinger: A Biography*，1999 年）。

直想要的吗？或许就是如此。在《麦田里的守望者》中，霍尔顿恳求萨丽（Sally）与他一起逃到新英格兰，并信誓旦旦地说道他们将住在一个"附近有条小溪"的小屋里，他会在冬天砍柴烧火，他们可以与世隔绝地生活在一起。[1] 塞林格在对霍尔顿这个角色的塑造过程中注入了许多自身经历，包括他精神上的崩溃，并让读者在阅读时将他们自身的经历与霍尔顿的联系到一起，就好像他们在读自己的故事一样。

霍尔顿·考尔菲尔德（Holden Caulfield）这个角色和我们印象中的大多数青少年一样，与他们的父母很难打交道，并且疏远周围的一切，包括学校里的朋友和伙伴。这里我并不是在说年轻人没有朋友；相反，他们平均的朋友数量要比父辈来得多；但年轻人往往感到自己与所处的世界及老一辈相互疏远。他们在青春期时经常觉得没有人能理解自己，哪怕是最好的朋友。这可能是霍尔顿对年轻人有如此强烈吸引力的原因之一。我们可以很明显地发现，除了和他的妹妹菲比（Phoebe），霍尔顿没有建立起其他深厚的人际关系，他没有真正的朋友。克里斯托弗·布克指出，霍尔顿是一个在人际间徘徊却又不与任何一人建立深厚联系的懵懂叛逆的少年。对大多数年轻人而言，这就是青春期的感觉。

---

[1] 塞林格，1951年，第132页，第134页。霍尔顿与塞林格之间有许多相似之处，包括他们都经历了精神崩溃，都住在纽约，上过预科学校并都存在纪律问题。

　　霍尔顿·考尔菲尔德身上具备的另一个特点是他独特而又诙谐的言语表达，这使他的形象在几代读者们的心中都十分鲜活。在小说和非小说文学中，言语表达指的是文字所带来的感觉和语调，它是由措辞决定的特定的语言韵味，赋予了文本层次感并使之具有鲜明独特的人文气息。通常第一人称的叙述更为亲切独特，更容易传递出人物独有的表达，而第三人称叙述则常以旁观者的口吻进行客观陈述。翻开《麦田里的守望者》的任何一页，你都会直接听到霍尔顿响亮清晰的声音。塞林格充分利用了青少年身上的那股鲁莽劲儿，在霍尔顿身上添加了无数的口头禅，即一个角色反复提及展现其个性的单词或短语。斯科特·菲茨杰拉德在《了不起的盖茨比》(*The Great Gatsby*，1925 年，塞林格最喜欢的小说之一) 中就运用到了这一技巧，盖茨比最为著名的口头禅之一是称呼其他人为"老伙计 (old sport)"——这个词相较于描述他所提到的人，更多是用来塑造他假装自己上流出身的形象。同样，在《麦田里的守望者》中，我们经常能听到"该死的 (goddamn)""疯子 (madman)""伪君子 (phoney)"这样的口头禅。这些词相较于霍尔顿提到的人，更多地说明了霍尔顿本人的特点。塞林格让这些口头禅塑造出了主人公独有的言语表达，并通过频繁使用黑体字、谨慎的措辞以及重复展现了这些口头禅。例如，在第十七章的末尾，霍尔顿说道："最可怕的是，在我问她的时候**我是认真的**。

这才是最可怕的部分。我向上帝发誓，我就是个疯子。"其中的黑体字、措辞及重复都突显了霍尔顿独特的表达方式。没有人比塞林格更善于运用人物的言语表达了，他在《麦田里的守望者》中塑造主人公的言语表达的方式和马克·吐温《哈克贝利·费恩历险记》所具有的独特的口语化表达大同小异。如果你注意到了这一方式，你肯定会从这位大师身上有所收获。

为什么塞林格无视自己对作家的建议，以及他的建议会对你有什么帮助

许多作家都梦想从塞林格这样的大师身上得到写作指导或建议。想象一下，如果你能开车去新罕布什尔州的科尼什镇和他谈谈，让他看看你的作品，那该有多棒！如果你能问他"塞林格先生，你对于初出茅庐的作家有什么好建议呢？"那就更棒了！事实上还真有作家去拜访过他，但大多数情况下他们都无功而返，要么没见着他，要么就是找不到他的房子，因为当地人不愿透露这些信息。但有一位作家成功见到了他本人，还进入他的屋子和他生活了10个月。她就是乔伊斯·梅纳德。她关于这段经历的回忆录《我曾是塞林格的情人》（*At Home in the World*，1998 年，又译《红尘难舍》）让世人大开眼界。在书中，她透露了塞林格是如何建议她做一些他自己作为一名作家都从未做过

的事。

　　塞林格告诫她，你必须要有一个明确的写作目标，一个高尚的目标要远远好过一个纯粹受物质欲望驱动的目标。简单来说，你的作品最好能向人们传递出一条讯息，一条对他们有所启迪和帮助的讯息。[1]他说道："你迟早需要清醒地思考一下，你写的东西是不是存在其他目的，还是在为你的自我服务。"[2]他宣称，写作的目的越真诚，作品就会越精彩。这听起来有点像《弗兰妮和祖伊》[3]（*Franny and Zooey*，1961 年）中弗兰妮的哥哥祖伊的结论。祖伊告诉弗兰妮为了"胖女士"变得风趣一些，后来我们得知"胖女士"指代所有人——"他们中没有一个不是西摩的胖女士"。而这里的胖女士其实是耶稣的类比……祖伊的建议听上去带有强烈的利他主义，但它却能让事情有所好转……

　　接着，塞林格对年轻的乔伊斯·梅纳德说道："如果你创作的主题是你由衷喜爱、钦佩和珍重的内容，那么对于你来说成为作家将是项挑战。"然后他告诉梅纳德，他不喜欢她所写的与父母关系的文章，尽管他承认文章写得还算

---

[1]　这与乔治·奥威尔认为写作的其中一个普遍目的是"纯粹的利己主义"的观点形成鲜明对比。"渴望成为聪明的人，被人所谈论，死后被人记住……假装这些并非写作的动机，或这些动机并非那般强烈，都是虚伪的掩饰。"其他写作的动机还包括"审美的热情、对单词及其排列的美感追求""历史目的""政治目的"等。（奥威尔，2005 年，第 4—5 页）

[2]　梅纳德，1998 年，第 139 页。

[3]　《弗兰妮和祖伊》是塞林格继《麦田里的守望者》《九故事》之后出版的第三部作品，包含两个相互关联的中短篇小说《弗兰妮》和《祖伊》。——译者注

不错，但他认为它仅仅浮于表面，只是在粉饰太平。对此，他严厉批评了梅纳德在写这篇文章时避开了其生活中的严酷一面，尤其是她父亲的酗酒。最后他预言到，总有一天她会渴望写出一些对她来说至关重要的事情，并不再关心别人对其观点的看法。在这一点上，他还声称梅纳德"最终将完成只有你自己能完成的作品"。[1] 这便是塞林格给梅纳德以及所有作家的建议。塞林格声称他是在忘记观众、只为自己的目的写作后才创作出了最为杰出的作品，这听上去有点像福克纳，不是吗？讽刺的是，塞林格给出的这些建议，他自己从未遵循过：他从未将自己与父亲的糟糕关系写进书里，他从未把对第二次世界大战的恐惧写成文字，他从未讨论过自己与克莱尔、乔伊斯、科琳以及其他年轻女性的关系。他笔下人物尽是些年轻人，尽管他们的故事也相当真实，但这些并非关于他生命中最为重要的关系。他也从未提及战争期间在法国认识的第一任妻子西尔维娅（Sylvia）。可能这些话题过于戳中他的痛处。尽管塞林格从未践行过自己给出的建议，但是作家可否采纳这些建议，创作出更好的作品呢？

答案是肯定的。从本质上讲，这些对作家而言是很好的建议，并且这些建议很明显在塞林格的前辈福克纳身上得到了印证：福克纳并不在意他的观众而埋头创作，最终

[1] 梅纳德，1998年，第140—141页。

获得了诺贝尔文学奖。讽刺的是，这些建议在乔伊斯·梅纳德身上也得到应验：她的回忆录《我曾是塞林格的情人》揭露了塞林格在科尼什镇的生活，在 1998 年出版时曾受到许多抨击，但这可能是她最好的作品，而且这本书恰好遵循了塞林格的建议。在书中，她讲述了对她而言十分重要的事——她与塞林格的关系以及她是如何忘掉塞林格的。同时，她并不在意别人对这本书以及对她的看法，没有缩手缩脚。所以，塞林格的建议可能对大多数作家都会有所帮助，尤其是那些在内心深处有话想说的作家。将他的建议付诸实践的方法，其一是热衷地关注某事或某人，其次摆脱受观众影响的寒蝉效应。到了这一阶段，理论上按照塞林格的说法你已经可以发挥出才干并写出最好的作品。

如何关注角色而非情节

即便在塞林格的早期作品中，角色也尤为重要，并且随着时间的推移，他的小说越来越以角色本身而非情节为驱动。例如，《麦田里的守望者》讲述了霍尔顿从预科学校到纽约旅行，并在与女友、老师等其他人接触过程中发生的一些故事。在《弗兰妮和祖伊》中，情节的推进几乎停滞，故事保持着静止的模样。而《西摩小传》（*Seymour: An Introduction*，1963 年）整本书就是对人物的探索。这种转向以角色为重的故事令大多数人感到困惑并激怒了一些读者，但塞林格的忠实粉丝却依然喜欢他的作品，部分原因是他的作品语言风格鲜明独特，部分是他们从角色身上得到了乐趣。

如果你想像塞林格那样专注于角色的创作，有两件事必不可少。首先，你需要像塞林格一样拥有一些性格乖张的角色，并且他们的经历值得一读。其次，你需要对这些角色进行深入研究，在他们所处的虚构环境中思考并想象他们的一言一行。据乔伊斯·梅纳德说，塞林格有一个档案室，里面有很多资料是他对人物的笔记，他用这种方式让人物形象的发展不止步于已出版的作品。换句话说，他写了一卷书来扩充在他最后几部作品中具有重要地位的格拉斯家族的每一名成员的形象。根据玛格丽特·塞林格的说法，这些未发表的人物分析非常详尽，详尽到她父亲与这些虚构人物的关系比与自己家庭成员的关系还要亲密。严格来讲，他对虚构人物这种近乎偏执的妄想，并非作家在塑造人物过程中所必需的。但塞林格的方法对于作家而言确实是项有益的尝试：它会使人物的经历和复杂程度超越眼前故事所需的范畴，尤其当你坐下来写作时，你脑子里装的东西会比写在纸上的要多得多。即便是海明威也偏爱这种写作方式，他著名的冰山理论指出，"若作家对他想省略的东西心中有数，也知道省略这部分会强化故事，让读者产生一种文中之物超越他们理解的感觉，便可以省略任何一部分"[1]。稍后，我们将看到塞林格是如何在他的短篇小说《泰迪》（"Teddy"）的结尾运用冰山理论取得良好效果的。

如何塑造出令读者难忘的女性角色

塞林格的作品之所以受人瞩目，部分原因是其中包含了一些非常有趣的女性角色，首要的当属菲比·考尔菲尔德。她之所以引人注目，是因为她代表了男主人公霍尔顿身上的女性属性（Anima）或者说阴柔的一面。[2]尽管在书中霍尔顿很难与包括成年人在内的几乎所有人打交道，并认为他们都很虚伪（"我被一群伪君子包围了"），但他很珍惜他的妹妹。对他来说，她代表了人际关系中的一切美好。从本质上来看，菲比的性格影射了霍尔顿性格中明显缺失的部分：与他人的联系。菲比可以与她的父母、霍尔顿以及其他人建立正常联系，但这种能力并未融入霍尔顿的人格中。[3]

塞林格创造出的另一个女性角色弗兰妮·格拉斯（Franny Glass）则一定程度上代表了他自身精神的另一面。

---

[1] 海明威，引用自贝格尔，1992 年，第 61 页。

[2] 在荣格的心理学中，阿尼玛（Anima）是指所有男性具备的女性心理特征，阿尼姆斯（Animus）指的是女性心理中的男性部分。

[3] 甚至"菲比"这个名字也表明了她是主人公性格中的阴性一面。菲比是土星的卫星土卫九的名字。而在荣格心理学里，地球的卫星月亮正是女性阿尼玛的象征。

弗兰妮是出现在塞林格多个故事和中篇小说中的格拉斯家族的一员。在《弗兰妮和祖伊》和《西摩小传》里，这一虚构家族中的成员都扮演了十分重要的角色。弗兰妮是格拉斯家族七个孩子中最小的一个（在《祖伊》的脚注中有注释），她向往着精神上的启蒙和升华。保罗·亚历山大在《塞林格传》中揭示了弗兰妮的精神追求如何反映了塞林格自身的精神历程：亚历山大指出，塞林格自从战争归来起就一直在寻求着某种精神启蒙，而弗兰妮所追求的目标与其有异曲同工之处。在小说《弗兰妮》中，弗兰妮和她贪图享乐的男友赖恩·库特尔（Lane Coutell）发生了冲突，而在姊妹篇《祖伊》中，她的精神濒临崩溃，并被自己的哥哥祖伊说哭了。祖伊那句"他们中没有一个不是西摩的胖女士（代指耶稣）"暗示着弗兰妮想要努力达到精神启蒙就不能局限于读她的祷告书，她必须走出书本，通过行动与世界进行对话。祖伊在故事结尾处让弗兰妮顿悟（她在最后一句中"对着天花板微笑了"），这反映了禅宗的经典启示：禅宗既强调佛理中普遍倡导的"六根清净生净土，凡尘消尽见慈尊"，但又指出"佛法在世间，不离世间觉"，提倡从"青青翠竹，郁郁黄花"中发现并体会禅意。祖伊说："你可以从现在开始念耶稣祷告词直到末日审判来临的那一天，但是如果你不能意识到超然是宗教生活中唯一重要之物，那么我不知道你将如何前进，你现在唯一能做的事、唯一该做的事就是行动。"在书的最后一页，弗兰妮接受了这些建议，明白了她该从停下的地方继续前进，她在故事最后的冷静表明她已经达到了内在的平和并获得了精神上的启迪。

从塞林格的传记中我们得知了一些重要事实，包括他对东方哲学和禅宗的痴迷，由此我们可以将他笔下的一些女性角色解读为他人格的一部分，将其视作他的艺术思维在纸面上的投射。那么，写作者可以从中学到什么呢？其中最为重要的启发是在创造女性角色时，将她与你自己内心阴柔的一面相结合。你需要在自己身上挖掘可能与故事相关的人格元素，以避免故事落入千篇一律的俗套之中。你对自我的探索愈加深入，你的女性角色就会愈加鲜明。劳伦斯、福楼拜、塞林格等人的作品就很好地体现了这一点。你可以像他们一样，探寻内心深处的女性人格，让你的女性角色像现实中的人一样会生活、会呼吸。

何时何地写出最佳的作品

有一个不那么重要但大多数作家都会在意的点，那就是在哪个地方写作才能激发创作灵感并让灵感获得良好的发挥。这里的"良好发挥"指的不仅仅是创作的数量（当然这很重要），还包括创作的质量。如果你打算效仿你的目标作家进行创作，那么你可能会想知道他 / 她是在怎样的场所写出经典之作的，是图书馆、海滩、书房，还是海明威、萨特最青睐的咖啡厅。

对 J. D. 塞林格而言，至少他最终的答案是尽可能地远离文明世界。在创作他最成功的两部作品《麦田里的守望者》和《弗兰妮和祖伊》时，塞林格仍生活在最繁华的大都市中，所以这两本不是他水平最高的作品。[1]他热切渴望着内心的和平与宁静，而这种平和只能在远离尘嚣的地方寻得。众所周知，他搬到了新罕布什尔州的科尼什镇，一来为了从因《麦田里的守望者》大获成功而获得的烦人关注中逃离，二来是为了找到能让他身心宁静的禅宗式的与世隔绝。

如果隐居避世、不被外界打扰，作家就更能专注于创作本身。正如不同的传记作家告诉我们的那样，塞林格在距离他家 400 多米的地方建造了一个混凝土掩体，每天待在里面几小时进行创作。后来，他在掩体里写作的时间长达几天，甚至几个星期。掩体很小，他站起来就能顶到天花板，里面仅放了一张桌子、一台打字机和一张沙发，以便他能躺下来小睡一会儿。他还在屋顶装了绿色的玻璃，白天阳光照进来，他便可以工作。因为屋顶的绿玻璃，他和妻子克莱尔将这个掩体称为"绿房子"。这个掩体正是他几十年的隐蔽之所，职业作家听到这里无疑会颔首微笑，因为他们理解这么做的原因。这代表了作家们的某种共识，

---

[1]　塞林格在《纽约客》的办公室中完成了小说的一部分，剩下的大部分可能是在纽约的一间酒店房间里和康涅狄格州的韦斯特波特完成。（亚历山大，1999 年，第 145 页）

代表了一种隔绝外界干扰、允许艺术家集中注意力进行创作的状态。斯蒂芬·金将这种状态称为"关门写作",并认为这对于初稿写作来说非常重要。随便你怎么称呼这种创作状态,塞林格正是在他的混凝土掩体中找到了他的那座文学孤岛,并留下了一系列未出版的作品……他对包括乔伊斯·梅纳德在内的无数人说道,他仍每天坚持创作,但现在他只是为了享受纯粹的写作乐趣而写作,他明显表达出不愿再发表任何作品的倾向。但一旦这些手稿在某一天公之于众,它们必定会证明在一个不受干扰的地方进行创作的价值。[1]

为什么以及如何让读者吃惊

塞林格是位技艺高超的能工巧匠。他知道如何以及为何要隐藏一些关键性的信息直到最适当的时机再公开。你可能会对作家为什么要向读者隐瞒信息感到疑惑。因为隐藏关键信息可以让你的故事更富魅力、更具内涵。延迟和悬念是提高读者兴致的两种方法,它们的成功均取决于在合适的时刻揭晓关键的事件和信息。如何隐藏关键信息并让读者大吃一惊,最为典型的案例出现在塞林格颇具争议

---

[1]　弗吉尼亚·伍尔夫(Virginia Woolf)就曾在她的随笔《一间自己的房间》("A Room of One's Own",1929年)里写道,女性想要有丰富的创造力,尤其需要独处,而这种独处和与外界隔绝的状态在现代社会中很难找到。

的短篇故事《泰迪》中，争议的焦点在于对结局的解释。

在我们分析这项技巧以及塞林格如何使用它之前，了解他为何会使用这个技巧对读者而言更具启发性。作家试图让读者感到惊讶的首要原因是读者喜欢这种体验。如果你让他们吃惊，他们会更有可能记住并讨论你的作品。在《泰迪》中，悬念直到故事的最后一段才被揭晓，令人惊讶的收尾于 1953 年首次在《纽约客》发表时引发了争议，直到今天人们依然对此争议不断。故事发生在 10 岁神童泰迪和他 6 岁的妹妹波波（Boo Boo）之间。起初，泰迪一直在游艇上和一名叫鲍勃·尼克尔森（Bob Nicholson）的年轻男子聊天，并透露自己接下来可能"不幸身亡"（这个男孩能够预测他人可能面临的死亡）。随后泰迪说道，当他去上游泳课时，泳池可能是空的，而他的妹妹可能在背后推了他一把，导致他掉入泳池中头骨碎裂并当场死亡。但他提到这仅仅是个假设。在故事的最后一段，当尼克尔森走向泳池时他听到了声音："就在他走下楼梯时，他听到一阵刺耳的尖叫声，尖叫声显然来自一个小女孩。"这一尖叫暗示读者们泰迪的妹妹波波已经目睹她的哥哥死于一场"意外事故"。[1]

这一令人惊讶的结局自然令人难忘，但除此之外，作家将关键性信息隐瞒到故事的最后一刻揭晓还有另一个原因——作家可以通过设定故事的最终目标或特定结尾，激

---

[1]　亚戈达，2000 年，第 284 页。

发读者的想象力，让他们去猜想解释各式各样令人迷惑的中间细节。《泰迪》里充满了这样的细节，包括男孩父亲对他大吼大叫的奇怪方式，泰迪像父亲一样照顾妹妹的方式，以及书中对泰迪和鲍勃·尼克尔森穿着的描述。在这位神童最终离开并前往"游泳课"前，他与马修森少尉（Ensign Mathewson）的互动也十分有趣。

令读者吃惊的元素只有经过精心策划并很好地融入故事中才能达到最佳的效果。如果没有任何预兆就让类似于角色脚下的地面崩塌这种无关情节出现，毫无艺术性（inartful[1]）和有效性可言。对惊奇元素的有效运用取决于故事前期的植入。植入是指在故事的前半部分有意识地提及某种解释了后续行为或事件意义的东西。例如，在《泰迪》中，塞林格小心翼翼地在故事中植入了男孩的日记内容，其中写道："它将发生在今天或是我长到 16 岁的 1958 年 2 月 14 日。"在读者第一次读到这本日记时，它相当令人费解并且几乎毫无意义。只有读到故事最后，我们才知道"它"指的是泰迪的死亡，这个男孩通过某种方式预见了这一点。此外，塞林格还提前描绘了泰迪死亡的画面，男孩告诉鲍勃·尼克尔森，他（泰迪）的妹妹"可能会上前推了我一下"，将"我"推进没有水的泳池中，"我可能

---

[1] 你在字典里找不到"inartful（没有艺术性）"这个词，不过威廉·萨菲尔在《纽约时报》中对其进行了定义："突兀的表达，但不一定不真实；不得当的；不妥当的；不巧妙的。"（萨菲尔，2008 年）

摔碎了头骨，当场死亡"。通过植入这些解释性的细节，作家用令人惊讶的结尾让读者回首整个故事去发现其意义，这让读者有了更强烈的参与感和满足感。

如果你并不认为读者会喜欢这种惊奇和探险，那么就请想想有多少优秀的作家频繁使用这一技巧。这些著名的例子包括乔治·奥威尔《1984》里令人震惊的结尾（在某种程度上它也算不上令人震惊，因为在前期已精心铺垫过）："他热爱老大哥。"以一种富有意义的方式让读者感到惊讶，而不是让事件凭空出现，是阅读优秀文学作品的主要乐趣之一。所以，请继续让读者大吃一惊吧。如果你铺垫到位，那么读者会喜欢上你给的惊奇就一点也不奇怪。

第 17 章

雷·布雷德伯里的创作方法

如果当今的文学作品和诗歌中藏有魔法，如果有着通往另一个奇幻世界的大门，那么相比其他作家，这些魔法和幻想更有可能出现在雷·布雷德伯里的书里。从我 13 岁那年开始，布雷德伯里就为我和我的伙伴们打开了通往奇幻新世界的大门，这个世界充满了各种各样的可能性。对于我来说，没有任何一个作家能够像布雷德伯里那样创造出一个梦幻般的世界，没有人能将语言运用得如此优美，没有人能不断地以纯粹的乐趣唤起童年幻想中的魔幻世界。布雷德伯里的作品映射了青春期的苦乐并影响了一代作家，包括理查德·马特森（Richard Mathesen）、威廉·F. 诺兰（William F. Nolan）和斯蒂芬·金。

雷·布雷德伯里（Ray Bradbury）出生于 1920 年，有个比他大 4 岁的哥哥伦纳德（Leonard）和一个妹妹，但是妹妹在布雷德伯里 7 岁那年便去世了。布雷德伯里自幼爱读埃德加·赖斯·巴勒斯的作品和其他科幻小说，在很小的年纪他便尝试创作并投稿出书。尽管他在之后并未上大学，但其作品体现出了哲学家的深思和科学家的见地。[1]

---

[1] 布雷德伯里，1990 年，第 59 页。

其中的大部分作品都被拍成电视剧或电影。他本人也对剧本创作无比迷恋，甚至自掏腰包投入 7.5 万美元参与戏剧制作，这一激进行为直接导致他的妻子离开了他一段时间。[1] 但这个充满激情的男人对自己信念的坚持足以让社会改革运动的斗士感到羞愧。

为何诗歌能帮助你的散文创作

写作新手经常认为，他们可以通过时不时抛出一两个隐喻、建立强大的词汇库或努力写出复杂的长句子来树立起自己的散文风格。但这些只会让作品看上去矫揉造作、刻意而为，显得极不自然。与此相反，你可能会发现雷·布雷德伯里的方法会对你更有帮助：他相信读诗和写诗可以帮助你成为更好的散文作家。

"生活中每天都要读诗，"他建议道，"诗歌是浓缩的比喻。这种比喻像剪纸一样，展开后将变成令人惊叹的图案。"[2] 毋庸置疑，布雷德伯里的许多故事和小说都像诗歌中的比喻一样，从几个想法不断延展并围绕它们建立起一个新的世界。譬如，《从魔界来的》（*Something Wicked This Way Comes*，1962 年）这本小说围绕两个少年通过一个古怪神秘的黑色嘉年华进入另一个世界的主题展开，在这个

[1]　贝利，2006 年，第 100 页。
[2]　布雷德伯里，1990 年，第 39 页。

世界中可以使用魔法，时间可以前进也可以倒退。《火星编年史》（*The Martian Chronicles*，1950 年）中包含对殖民化的隐喻，其中火星象征着被欧洲人征服的所有文明国家。《华氏 451》（*Fahrenheit 451*，1953 年）则是建立在批判思想审查和书籍封禁这一中心思想之上的。上述每部作品，特别是《从魔界来的》一书充满了诗歌般的语言。

除了布雷德伯里，许多作家也认为写诗对散文创作是项很好的训练。譬如，福克纳、哈代和劳伦斯也是成功的诗人。布雷德伯里在高中时便加入了斯诺·朗利·胡什（Snow Longley Housh）创建的诗歌俱乐部，并在他之后的小说《从魔界来的》的题词中向胡什致以谢意。尽管起初他因为许多女孩的加入感到尴尬，但通过俱乐部的学习和交流，他养成了对诗歌的终身热爱，甚至还出版了一本诗集《庭院花香》（*When Elephants Last in the Dooryard Bloomed*，1973 年）。

布雷德伯里的文章里经常包含诗歌，如他在《从魔界来的》的第二十四章中这样描述电子先生（Mr. Electrico）——"某处电机刺耳地尖叫抗议，似野兽般低吼呻吟。灯管发出深绿色的光粒。死亡如影随形，但威尔的求生欲望依然坚定！机器在啼叫，火焰在嘶鸣，还有成群的野兽张着血盆大口怒吼着咆哮。"若想在故事中融入诗歌般的语言，其关键在于确保这样的风格不会影响到故事的叙述。"在写诗的过程中找到恰当的词汇是项严峻的挑战，"布雷德伯里承认道，"我的潜意识抛出一个词，然后告诉我'不应用那个词，而应该用这个词。'接着，我又问我自己'这个结论是从哪儿冒出来的呢？'我重复着这样的步骤，把它当作一个斟字酌句的益智游戏。"[1]读者当然可以自行判断布雷德伯里文章中的诗歌语言是否使用过度，但在大多数读者看来，诗歌的运用增加了作品的乐趣和魅力。

在限定时间里完成初稿的技巧

　　许多作家承认在写初稿时，他们通常都会写得很快，且不对所写的内容进行检查来确保自己能够尽情挥洒。他们会豪爽地告诉你"只用把想法全部写下来就行了"。从斯蒂芬·金到欧内斯特·海明威再到威廉·福克纳等作家都是在快速写完初稿后再回头去修改。但可能从没有人会告诉你这样一个被雷·布雷德伯里使用了多年的小技巧：在写初稿时，他不仅仅是简单快速地一气呵成，实际上会有意进行一些重复写作，试图写出一个句子或比喻的多种表达以便后期再做修改。当他在 1960 年将未经删减的《从魔界来的》的手稿寄给双日出版社的编辑时，他告诉编辑："当你读这份手稿时，我知道你会有意识地删掉我第一稿、第二稿里那些华丽的比喻。有时我会在一页里放入四个、

---

[1]　布雷德伯里，引用自贝利，2006 年，第 168 页。

五个甚至六个比喻，最后到了第五稿时，只保留特别好、特别恰当的其中一两个。"[1]正如布雷德伯里向他的编辑解释的那样，他通常会进行多次写作以便在之后的"修订模式"中可以从中挑选出最好的短语和最为恰当的比喻。可以说在写初稿时，他正在制作着自己的单词和短语库，在修改作品时从这个库中优中选优，让作品更加完美。

当然，使用这个技巧需要进行一些额外的写作，但它的妙处在于可以让你的思维处于活跃的巅峰时刻，即当你的思维处于正在构思的情境之中时，充分激发它的潜能。这就避免了当思维活动已经冷却下来时较难再次进入到一个情感充沛的状态的尴尬。如果你的第一稿里已经有了所有你能想到的最棒的句子和短语，你更有可能从中挑选出合适的，而当你冷静下来处于"修订模式"时，你无法在感情上全身心投入，这些词也就几乎不可能再次出现在脑海里。

布雷德伯里"强加"于自己的另一个技巧是在进行短篇故事创作时，要求自己在一天之内完成初稿。"我相信初稿就像生命和生活一样，直接、快速并充满激情。在一天内写出初稿可以让我拥有一个故事的整体框架。"[2]为了完成这一让人望而却步的任务，你可以尝试写出一个粗略的故事大纲，在高度压缩的初稿中将故事推向高潮和结局。之后在更为冷静的状态下，慢慢去充实细节、描写和对话。

---

[1] 埃勒和图普塞，2004 年，第 267 页。

[2] 布雷德伯里，2004 年，第 26 页。

　　除此之外，布雷德伯里的另一个技巧可以让任何一位作家突破现有的写作瓶颈，那就是将小说的手稿放置一年。当再翻开阅读时，手稿中的语言读上去就会像另一个人所写。这一过程允许作者用全新的视角审视自己的作品。如果你有充足的时间，强烈建议使用这个方法进行初稿的修改。它对于那些左右开弓、轮着写两到三本书的作家而言特别有效。你可以在写完一本书时马上切换进另一个故事，在后者写完后，再重新去翻看修改抽屉里的那本初稿。[1]

　　像许多职业作家一样，布雷德伯里每天都按照固定的日程安排写作："我严格遵守写作时间，一般每天早上九点开始动笔，一周写五天。如果早上精神很好，我会先出去散散步或去健身房锻炼，到了下午再修改手稿。"[2]这种有规律的固定安排能帮助作家养成良好的写作习惯，让写作变得流畅自然。最后，布雷德伯里还藏着一手：在仔细阅读修改每一份手稿时，他会有意识地在每一页里至少找出一个值得下笔修改的字眼。"最后的定稿就是从鸡蛋里挑骨头的过程。我会试着在每一页里找出一个可以修改的词。当通读了整个故事并觉得每个单词都很完美时，我才会把它寄给出版社。"[3]

　　"我写了《蒲公英酒》（*Dandelion Wine*，1957 年）这样

[1]　田纳西·威廉姆斯（Tennessee Williams）就是以同时写多本书著称。

[2]　布雷德伯里，2004 年，第 26 页。

[3]　布雷德伯里，2004 年，第 26 页。

的书，里面满载了我童年的美好回忆。"[1]可以说，雷·布雷德伯里的写作风格呈现出了一种展现生活光明一面的乐观主义，他的作品里充满了哲学宗教般的热忱。这一风格主要体现在对怀旧情怀的巧妙运用上，他会在作品里回首那些玫瑰色的温暖过往，追忆童年记忆中总是难以忘怀的美好时刻。

　　然而，回忆有时也带着黑暗和悔恨。在 1928 年突然爆发的灾难性流感夺去了他妹妹的生命后，布雷德伯里深受打击，陷入消沉。评论家萨姆·韦勒（Sam Weller）指出，布雷德伯里感受到的这一深刻情感毫无疑问渗透进了他那些以迷失和死亡为主题的小说中。[2]《从魔界来的》中濒临死亡的体验以及《火星编年史》中的一系列死亡描写体现了这一主题。提及雷·布雷德伯里作品中蕴含的阴暗主题并不是在提倡你的作品里也必须有忧郁的腔调，我想强调的是作品必须与写作者个人情感有着某种重要的联系，不论这是何种情感。如果过去在以某种重要的方式向你诉说，那就唤醒这些记忆，重新建构它们，并让它们在小说中重获新生。你要做的是拥抱过去，并将其转化为艺术。

　　当然，布雷德伯里经常会写些关于男孩子童年的故事。《蒲公英酒》和《从魔界来的》就是其中两个最为典型的例子。这些小说中的故事明显取材自布雷德伯里丰富的童年经历。事实上，布雷德伯里记忆力惊人，他甚至声称记得自己

---

[1] 布雷德伯里，引用自贝利，2006 年，第 3 页。
[2] 韦勒，2005 年，第 40—41 页。

出生时候的事！评论家大卫·莫根（David Mogen）将布雷德伯里的方法称为"自传式的虚幻小说"，因为这些小说深受布雷德伯里幼时经历和成长心理的影响。当然，怀旧包含了所有对作家有用的回忆；你完全也可以写关于女孩成长的故事，关于你的学校、去过的地方等等。只要对事物的情感还在，你生活中出现过的人物、地方和场景就是可以信手拈来的素材。[1] 不像画家还要买颜料，你的记忆已经为你备好了所有的颜料，接下来要做的就是唤醒这些记忆并把它画下来。

为何角色中的"双人组合"在小说中好使

在《蒲公英酒》中，道格拉斯·斯波尔丁（Douglas Spaulding）和他的弟弟汤姆经历了一个令他们难忘的夏天。在这个夏天，道格拉斯意识到老人不是孩子，他们和他有着本质的不同；你不能依赖任何事物，因为它们迟早会分崩离析，你也不能依赖任何人，因为他们终将离你而去、走向死亡；最后，他得出了一个令人震惊的结论——有一天他也会死。于是，他和弟弟汤姆想要一起获得塔罗女巫的帮助得到永生。但在书的最后，他接受了自己终将

---

[1] 布雷德伯里是一位毫不掩饰自己情感的作家。他曾向他的传记作者承认道，他经常哭，有时一天不止哭一次。"喜悦的泪水。悲伤的泪水。他在看新闻的时候会哭，在人们对他说了温暖的话后会哭，在回忆起美好时光的时候会哭。他并不害怕表达自己深刻的情感。"（韦勒，2005 年，第 9 页）

死亡的事实，变得更明事理，也更能充分享受生活。

　　另一对亲密无间的主角赋予了《从魔界来的》这本书生命力。13 岁的威尔·哈洛威（Will Halloway）对来到镇上的黑色嘉年华极其痴迷。他的同龄伙伴吉姆·奈特谢德（Jim Nightshade）则更为大胆，即便冒着失去理智和生命的风险，也要骑上带有魔法的旋转木马。两个男孩在黑色嘉年华中一同与黑暗势力做斗争，并帮助威尔的父亲振作起来对抗邪恶势力。

　　这两本书都有赖于角色上的"双人组合"，这是世界文学作品中经久不衰的人物创作技巧，布雷德伯里有意识地运用这一方法达成了两个重要目的。一方面，双人组合让布雷德伯里能够对人物进行比较并指出其相似之处，相比单纯去讲述一个男孩的故事更能够深入挖掘人物的特点。例如《蒲公英酒》的道格拉斯和汤姆两兄弟的共同之处在于他们都未和父母生活在一起。"道格，你打了它，你打了它！"汤姆喊道。"这就是我们没和妈妈爸爸住在一块儿的原因。从早到晚你都是个麻烦，大麻烦！我的兄弟，你真是个人才！"[1] 通过凸显兄弟两人在与父母的对立中是如何的相似，布雷德伯里强调了孩子的普遍特征——他们属于另一个世界，因此看待世界的方式也必然不同。我们能感受并理解道格拉斯和汤姆在这一点上的共同之处，因为作

---

[1]　布雷德伯里，1957 年，第 20 页。

为个体，我们都感受到了代沟。

与此同时，关系亲密的双人组能够让布雷德伯里深入描绘人物细微的心理差别，凸显出哪怕最为微妙的性格差异。例如，在《蒲公英酒》中，年长两岁的哥哥道格拉斯对这个世界的看法比弟弟汤姆更有见地，并且能够对弟弟尚未意识到的事提出质疑。例如，道格拉斯意识到"爷爷和爸爸并不知晓世界上的一切"，但汤姆并未看到这一点或者对此完全否定。[1] 这种敏感性上的微妙差异将两个男孩分成了聪明（道格拉斯）和幼稚（汤姆）两种角色。

同样，在《从魔界来的》中，男孩之间的细微差别体现在吉姆是勇敢大胆的冒险者角色，他的搭档威尔则更为慎重、周到并善于反思。例如，威尔的父亲曾认为：

> 这便是他们间的关系：吉姆为了和威尔在一起会跑得更慢；威尔为了和吉姆在一起会跑得更快。吉姆会在闹鬼的房子里打破两扇窗户，因为威尔就在身旁；威尔打破一扇窗户而非空手而归，因为吉姆在看着。上帝啊，这就是友谊，他们都在扮演着陶艺家，将自己的手指置于对方的黏土之上，真期待他们能将彼此塑造成什么形状。

布雷德伯里通过强调两个男孩在速度、稳重等方面的

---

[1]　布雷德伯里，1957年，第19页。

细微差别突显了两者之间的差异，同时，相比唯一的中心角色，双人角色更能让作者深入到每个男孩的内心之中。为了进一步刻画吉姆和威尔间的差异，布雷德伯里接着探讨了他们之间的友谊与普通友谊的异同，并指出朋友就是通过接纳和弥补彼此间的差异来使友谊长存。通过这种人物刻画的方式，布雷德伯里强化了小说中反复出现的主题——友谊和忠诚。

在创作人物角色时，请记住布雷德伯里教给你的这一课。如果你有两个相似的角色，你可以通过比较和发现他们的相似之处来进行人物刻画。许多成功的作家都通过比较突显人物的特征，例如普鲁塔克[1]（比较众多历史人物）、莎士比亚（比较夏洛克和波西亚[2]）、福克纳（比较乔·布朗和乔·克里斯默斯）等等。同时，你也可以通过指出两者之间的差异来进一步充实人物肖像。例如，吉姆和威尔都是年仅 13 岁的少年，但他俩之间的细微差别让我们在更深层次上对他们的内在品质有所了解。

比较和对比是所有作家在非小说类写作班中都会学到的技巧。但正如布雷德伯里所展示的，它也可以运用在小说中。其他明显运用了这一技巧对双人组合进行比较的小说还包括赫尔曼·黑塞的《纳尔齐斯与歌尔德蒙》、保罗·奥

---

[1]　普鲁塔克（拉丁文：Plutarchus，约公元 46 年—120 年）罗马帝国时代的希腊作家，哲学家，历史学家，代表作为《比较列传》（又称《希腊罗马名人传》）。——译者注
[2]　莎士比亚的喜剧《威尼斯商人》中的主要人物。——译者注

斯特（Panl Auster）的《巨兽》（*Leviathan*，1992 年）和 D.
H. 劳伦斯的《恋爱中的女人》。

如何书写少年

　　马克·吐温、查尔斯·狄更斯、J. D. 塞林格都写过关
于少年的作品，但恐怕没有人像雷·布雷德伯里一样饱含怀
旧情怀和诗意描绘了少年故事中奇幻的画面。尽管你会从他
的自传中好奇地猜测他偏爱少年故事的原因，但我们更应该
去研究他在创作少年故事中运用到的手法。至少在他的作品
中有三个看上去显而易见的技巧：他运用了大量的幻想，采
用了大段的对话，并将年少的主人公置于魔幻的场景之中。

　　当被问及为何《从魔界来的》这本书会如此吸引年轻
读者时，布雷德伯里解释称充满魔幻色彩的童年回忆——
旋转木马是其中的关键。"我认为旋转木马是吸引人们的
焦点。在我看来，那些想要快点长大的年轻人对旋转木马
很是着迷，他们在阅读我的故事时就爱上了这个旋转木
马。"[1] 从布雷德伯里的话中可以总结出来的道理是，作者
应该满足读者对魔幻元素的需要，角色应该经历神秘的变
化。在布雷德伯里的所有作品中都存在着奇幻元素，这让
他的作品与众不同。毕竟，青少年们有着无拘无束的想象

---

[1] 科林·克拉克对布雷德伯里的采访。

力，而奇幻元素肯定会在读者们阅读少年故事时引起他们的共鸣。

在撰写少年故事时，布雷德伯里对对话的倚重也颇具启发性。一些作家会有意避开撰写青少年对话，因为他们担心自己无法准确把握青少年的用词。在写少年故事时省略对话，毫无疑问是极其错误的做法，作家们应该像布雷德伯里那样尽力在对话中捕捉到青少年敏捷的思维，强调生活中他们看重的东西，并展现出童年的幽默、欢笑和好奇。倾听青少年的对话并追忆自己的孩童时光肯定会帮助你消除顾虑。你的读者无疑会感谢你的这番描写。如果你对写出来的对话没有把握，可以让一些青少年读你的手稿，通过年轻人的眼睛来检验这些语言的贴切度。例如，刘易斯·卡罗尔在创作《爱丽丝梦游仙境》及其他儿童作品时就曾这么做过。

最后，布雷德伯里总是将主角置于魔幻的环境中。例如，《从魔界来的》里的威尔和吉姆进入了一个超现实的黑色嘉年华，布雷德伯里将这场嘉年华渲染得惊心动魄：它由阴险邪恶的达克先生（Mr. Dark）和库格先生（Mr. Cooger）一手操纵，其中的镜子屋、可以改变人们年龄的旋转木马以及生死不明的电子先生等让这场奇异冒险危机四伏。魔幻的场景同样让《蒲公英酒》从普通作品中脱颖而出，成为老少咸宜的读物。《蒲公英酒》里的故事发生在伊利诺伊州的格林镇，在那里不会有（长期）令人感到沮丧或（永远）令人不快的时刻，因为 12 岁的主人公不会这样看待世界。布雷德伯里设法通过一个男孩的眼睛来感知这个世界，让读者借助阅读重返童真。像布雷德伯里一样，回忆起童年的"魔幻"时刻，并将这些体验融入到故事的场景设置之中，定将让少年冒险故事更加生动。

有限的第三人称视角

在撰写故事时，故事的叙述视角至关重要。许多成功的小说运用了多重的叙述视角，这也是阿尔·楚克曼[1]（Al Zuckerman）在写作指导书《写出重磅小说》（*Writing a Blockbuster Novel*，1994 年）中对作家们的建议。但是多重视角对于畅销书或任何其他类型的小说并非必要，有时单一的视角更适合故事的叙述。例如，轰动一时的《麦田里的守望者》用的是单一的第一人称视角。另一部影响深远的巨作《1984》则运用了有限的第三人称视角。布雷德伯里大获成功的《华氏 451》也用到了有限的第三人称视角。下面就让我们来讨论一下有限第三人称视角的优势。

在《华氏 451》中，布雷德伯里通过主角盖伊·蒙塔格（Guy Montag）的视角讲述了整个故事。他从未偏离过这一视角，这使得小说并未进入其他任何一个角色的内

---

[1]　"A1（阿尔）"是"Albert（艾伯特）"在美国的昵称。载于《世界人名翻译大辞典》。——编者注

心。蒙塔格是其所处世界的局外人，就像《1984》里的温斯顿·史密斯一样，他的思维方式和其他人不同。在这个未来社会里，阅读书籍是犯罪，政府雇佣"消防员"负责烧毁书籍。在与思想开明的邻居克拉丽丝·麦克莱伦（Clarisse McClellan）交谈后，蒙塔格开始怀疑烧书的正当性，他的思想慢慢发生改变。不久他的理念相比小说开头发生了一百八十度的反转：他开始喜欢上读书。接着，他被当作罪犯追捕，直到小说的最后，他遇到了一群同样喜欢读书的人。他们每个人都献出自己的一生去记住一本书，将书中的知识传给后代。

开始意识到真相的蒙塔格是故事的核心。布雷德伯里用有限的第三人称视角排斥了其他人物视角，将所有的焦点集中在这个中心人物身上。作者借主人公蒙塔格的眼睛看待世界上的一切，使故事变得统一紧凑，并让读者间接体验到主人公如何用新眼光看待世界。正如《1984》一样，第三人称视角在这个故事中取得了最佳的效果。

尽管这一视角被称为"有限"视角，但它依然能让作家走进主人公的内心。例如，当蒙塔格受伤逃跑时："每次放下霰弹枪，他的腿上便传来走火的声响，他不禁在内心咒骂道，你这个笨蛋，该死的笨蛋，十足的笨蛋，白痴，十足的白痴，该死的白痴，傻瓜，该死的傻瓜。"[1]这种对

---

[1]　布雷德伯里，1953 年，第 121 页。

中心人物内心世界的深入探索让其与读者的关系变得十分紧密，读者不会因其他角色的内心活动而分心，同时由于整个故事是从主人公的单一视角出发，读者便会密切关注他的看法并关心在他身上发生的故事。这一方法之所以被称为有限的第三人物视角，就是因为我们被限制在了单一人物的视角之中而不会被故事中其他人物的想法所左右。当你希望读者只从某个人物视角看待事件时，这种方法特别奏效。在《1984》中，我们永远都不知道奥勃良和茱莉娅在想什么。在《华氏451》中，我们也不知道蒙塔格的妻子米莉（Millie）或他的朋友克拉丽丝在想什么。这种人物聚焦让故事变得紧凑统一，此时中心人物的意识就会无形中成为读者的意识。这也是为何一部带有强烈观点或中心思想的小说常常会以有限的第三人称视角取得成功。

布雷德伯里的作品可以激发所有类型的作家去发挥出超越幻想小说的想象力。他诗一般的语言、打草稿的方式、对怀旧情怀的运用、通过双人角色进行人物比较以及对人物视角的把握，激励许多成功作家在作品上展开新的冒险。如果你可以将他高超的写作技巧从奇幻的故事中剥离出来，那么布雷德伯里肯定会成为你写作路上无与伦比的灵感导师。

第 18 章

弗兰纳里·奥康纳的创作方法

　　乡下口音、乡村地点、怪诞角色、暴力曲折的情节——它们都出现在了弗兰纳里·奥康纳的书中，正如它们同样出现在福克纳、威廉·斯泰伦[1]、杜鲁门·卡波特等南方小说家的书里。[2]但奥康纳凭借文字中独特的南方哥特式风格、宗教色彩和幽默特色在文坛上占据了一席之地。她的写作风格特立独行，语言新颖大胆，引起了人们的关注。

　　弗兰纳里·奥康纳（Flannery O'Connor）于 1925 年出生于佐治亚州的萨凡纳市，她是家中的独生女，其家族是爱尔兰天主教的后裔。[3]15 岁时，她的父亲因红斑狼疮去世。奥康纳有着很重的南方口音，这一口音甚至让她在爱荷华大学新闻研究生院开展正式写作课程期间担任她研究生导师的保罗·恩格尔（Paul Engle）感到惊讶。她是一

[1] 威廉·斯泰伦（William Styron，1925—2006），美国当代著名小说家，普利策奖获得者，著有长篇小说《漫长的行程》《躺在黑暗中》《苏菲的选择》等。——译者注

[2] 卡波特从奥康纳身上学到了如何在作品中运用暴力元素。（亨丁，1970 年，第 156 页）然而，奥康纳运用暴力元素的方式和他截然不同，通常奥康纳作品中的暴力是为了呼应精神觉醒的主题，暴力本身是愚昧对待精神价值的后果。尽管卡波特仰慕奥康纳的作品，但奥康纳却说他的作品"让我感到极度恶心。"（奥康纳，引用自金特里，2006 年，第 42—43 页）

[3] 辛普森，2005 年，第 1 页。

个安静的学生，很少在课堂上举手提问，即便如此她的作品仍受到学院认可。[1] 在取得了艺术硕士学位后，奥康纳开始发表短篇故事，其中一些成为她之后的小说章节。[2] 25 岁那年她患上了红斑狼疮，随后搬到了她母亲在米利奇维尔（Milledgeville）的奶牛场。[3] 在这里她完成了大部分的作品，直到 39 岁去世。

如何在严肃的写作中运用幽默

很少有作家能像奥康纳那样在严肃的主题里巧妙地融入幽默感。翻开《暴力夺取》(*The Violent Bear It Away*, 1960 年)，你会立刻被其高调沉重的主题以及黑色喜剧效果所冲击。特别是雷拜（Rayber）这个角色简直就是令人毛骨悚然的哥特式噩梦的化身。一旦知道奥康纳是如何达到这个效果的，你会发现她在严肃的主题里融入幽默的技巧并不难复制。她主要采用了三个基本技巧：夸张、滑稽式的强调和无厘头的并列。

《暴力夺取》讲述了 14 岁的孤儿塔沃特（Tarwater）因其监护人舅姥爷梅森（Mason）的突然去世而经历的一系列故事。梅森是位宗教狂热分子，塔沃特害怕变成和舅

---

[1] 斯科特，2002 年，第 xv 页。

[2] 斯科特，2002 年，第 xvi 页。

[3] 詹诺内，2000 年，第 8 页。

姥爷一样的人。他的内心里充满矛盾和抗争，一是与为表弟施洗的宗教欲望做抗争，二是和试图防止自己变成舅姥爷的复制品的自我意志做抗争。

在塔沃特第一次看到雷拜和他的助听器时，奥康纳用了夸张的手法对雷拜进行了描写——"他赤着脚，穿着睡衣，几乎是立刻返回来并把什么东西塞进了耳朵里。他推了推黑框眼镜，将一个金属盒子贴在睡衣的腰带上。这个盒子用一根绳和他耳朵里的塞子连着。一时间，男孩以为雷拜的脑袋是靠电力运转的。"[1]在《暴力夺取》中奥康纳几乎将所有主要的角色都塑造成了这种夸张又讽刺的形象，同时他们身上具备了某种怪异可笑的特质，例如老梅森的狂热、雷拜的听觉障碍、塔沃特对洗礼的痴迷。为了有效地使用夸张手法，奥康纳有意识地突显角色的特质并对其评论一番[2]。她带有目的性地运用夸张手法是因为她相信"极端情况最能揭示人类的本质"[3]。书中对雷拜的助听器进行了过于详细的描写，但这幅夸张生动的肖像画强有力并且毫不含糊地展现出雷拜是一个怎样的人：他对助听器的严重依赖象征着其机械式的弗洛伊德主义生活，这反映出他在视野上的局限以及与

---

[1] 奥康纳，1960 年，第 175 页。

[2] 成功的作家都会聚焦并放大角色身上的关键性冲突和性格特征。"例如，福楼拜在《包法利夫人》中夸大了艾玛的无聊和空虚感来维持并推动故事中的基本冲突。"（梅雷迪思和菲茨杰拉德，1972 年，第 21 页）

[3] 奥康纳，引用自福多尔，1996 年，第 42 页。

精神世界的隔绝[1]。在挑选需要强调的人物特征时，要像奥康纳那样确保它们体现了你的主题，并让读者产生共鸣。[2]

滑稽式的强调——或者说抖"包袱"——是奥康纳经常使用的技巧。例如，当塔沃特等人入住旅馆时，文中重点描述了这个男孩拿起笔在表格里写下自己信息的细节，但直到本章最后，"包袱"才被抖出来："'弗兰西斯·马里恩·塔沃特，'他写道，'来自田纳西州的鲍得黑德农场。我不是他的儿子。'"塔沃特在填写信息时的执拗既严肃又搞笑。男孩想要表达他不从属于雷拜的独立身份，但他的方式让人忍俊不禁。奥康纳通过在结尾抖出包袱，恰到好处地点出了男孩的较真行为及其中的滑稽。当然，奥康纳从不为了开玩笑而开玩笑，男孩写下"我不是他的儿子"这句话是他进行自我定义的过程，这对他来说尤为重要，但对读者来说却怪诞有趣。

无厘头的并列是将强调（或意外）的技巧与新奇的见解相结合。将意想不到或是毫无关联的事物放在一起是喜剧的主要艺术形式之一，奥康纳在她的作品中反复使用了这一技巧。例如，雷拜在走出一家餐馆后立马告诉男孩："除非你摆脱了给毕晓普（Bishop）施洗的强迫症，否则你

---

[1] 一位评论家认为，"即便作为一个教徒，奥康纳也接受了弗洛伊德的理论并理解了其理论中象征的含义，因为她认真地尝试与现代世俗的思想家们打交道"。（拉斯，1996年，第8页）

[2] 奥康纳的夸张确保了她能够异常清晰地传递想要表达的讯息。评论家点评道，很明显"她的神学表达了对世俗的不屑"。（布莱卡森，1978年，第156页）

永远不会成为一个普通人。"这里将"洗礼"和"强迫症"联系在一起确实是一个令人意想不到的组合，它在某种程度上很无厘头，但在这本书里又显得异常严肃。再例如，塔沃特的脑海里不时响起一位"朋友"（象征着恶魔）的声音："做个男子汉吧……做个男子汉吧。他就是你成为男子汉前唯一需要淹死的人。"通过淹死某人来成为一个男子汉的逻辑非常诡异，但也颇具黑色幽默。它再一次触及奥康纳这本小说中关于精神追求的主题，"淹死"和"洗礼"通过"水"紧密联系到了一起。无厘头的并列是奥康纳在作品中用于制造幽默感的最为微妙的技巧。尽管有时它是某种黑色幽默，但效果明显。如果你对如何运用这一技巧感到茫然，可以尝试将故事中两个不太相关的事物放在一起，并且找出它们与主题的联系。

如何用象征强化故事

奥康纳对象征的运用显而易见，因此从她身上学习这一技巧更为容易[1]。一位评论家指出，奥康纳的语言可能"稀松实用"，但她的作品"因象征而紧凑统一"[2]。作

---

[1]　奥康纳在名字的选择上也运用了象征手法。塔沃特的英文"Tarwater"是由沥青（tar）和水（water）两种不能融合的元素构成，象征着塔沃特精神世界与物质世界的冲突。T. 福赛特·米克斯的中间名"fawcett"和水龙头的英文单词"faucet"的发音一样，这提醒着我们这位铜管销售员立足的是物质世界而非精神世界。舅姥爷梅森的名字与共济会（freemasons）组织中的部分单词一致。见惠特，1995 年，第 93—94 页，第 96 页，第 99 页。

[2]　海曼，1996 年，第 20—21 页，第 23 页。

为一名虔诚的天主教徒，奥康纳在她的小说和故事中运用到了许多宗教象征。也有一位评论家这么评价道："弗兰纳里·奥康纳是一位天主教徒，但她并非一位天主教小说家。她是一位作家，作家仅属于文学而不属于任何教区。"[1]奥康纳的崇拜者乔伊斯·卡罗尔·欧茨也对此持有同样的观点："没有必要为了欣赏奥康纳的艺术而去认同她特定的宗教信仰。"[2]

奥康纳最喜欢运用的其中一个象征是恶魔，她希望当恶魔以米克斯和雷拜等人的形象出现时，人们能够认出它而不会将其理解为其他事物。[3]米克斯是名铜管推销员，在开车载塔沃特去镇上的途中，他被描绘成了恶魔。[4]奥康纳对故事进行了这样的设定：只要男孩听到了一个"陌生人"（后来他将其称为"朋友"）的声音在他的脑海中响起时，恶魔就开始作怪了。当米克斯出现时，奥康纳小心翼翼地将他称为"塔沃特的新朋友"，从而将这个人与恶魔联系在了一起。这部小说讲述的是塔沃特与其信仰做斗争的故事，将恶魔的象征置于他斗争的道路上，给了男孩一

---

[1]　布莱卡森，1978年，第157页。

[2]　欧茨，1973年，第49页。

[3]　"我想让人们将恶魔认定为恶魔，而不仅是因这样或那样的心理倾向。"（奥康纳，引用自詹诺内，2000年，第6页）

[4]　"米克斯是奥康纳作为'漫画家'的杰作。她把他塑造成最无趣的角色，说着最单调的语言，住在最平庸的环境中……他那'亲切友好'的销售口吻把爱以及人与人之间的交流变成了单纯的交易。"（詹诺内，1989年，第126页）

个需要战胜的危险对手，以此来深化故事情节和主题。米克斯可能有个"温顺（meek）"的名字并且看上去待人友善，但在他的表面之下却潜藏着恶魔。

另一个象征是给表弟毕晓普的施洗，施洗象征着接受信仰。但奥康纳并不是简单地告诉我们塔沃特想给他的表弟施洗，而是让塔沃特对是否应该施洗犹豫不决。通过塑造一个男孩需要与之做斗争的宗教象征，奥康纳强调了它对塔沃特以及对寻找真理和信仰这一主题的重要性。

奥康纳还是位将人物象征化的大师。雷拜的机械化、对心理学的依赖以及失聪都表明了他与真理无关。他对心理学的痴迷是他理性的象征，也是对现代人的暗喻。他听不清声音，更为重要的是当男孩想和他说话时，他听不清男孩说的话。当他们走出神殿，"他本可以在路上的任何时刻将手放在身旁的那个肩膀上，让场面不要如此沉默，但是他没有做出任何举动"。我们还从书中知道雷拜害怕爱：他害怕的并非善意或"普通的爱"，而是"没有理由的爱"或无条件的精神上的爱，人们通常将后者献给上帝。雷拜的失聪和对男孩感受的漠视使得他与恶魔间的联系固化加深。他成为恶魔的化身，因为他对上帝的话语充耳不闻，还告诉男孩其信仰不值一提。

而男孩则是追求精神启迪的人类象征，是奥康纳的自我投射，他在舅姥爷的宗教灌输和试图让他偏离人生使命的外部力量（雷拜、米克斯、陌生人、朋友以及城市本身）间被来回蹂躏。例如，"朋友"的声音在他耳边低语道："你只管问问自己，主的声音在哪里？我从未听到过。好好想想，是谁在今天早上以及每个早晨把你叫醒？"[1]而在第八章中，我们直接被告知男孩的"思想一直在与他所面对的沉默抗争，这个沉默要求他给孩子施洗，并立即开始舅姥爷为他安排好的人生"。从深层次来说，男孩就是人类通过接受信仰或高于物质的力量来追求精神上自我融合和人性完整的象征。

自由间接语体

弗兰纳里·奥康纳的作品如此有趣，部分原因在于她经常使用自由间接语体（英文为 Free Indirect Discourse, 简称 FID）这一文学技巧。优秀的作家普遍使用自由间接语体，它包括在叙述场景时采用某一角色特定的语言色彩。[2]作为作家的你肯定会爱上这一技巧，因为 FID 会让你的作品语言更为丰富、有力，并充满艺术感。

在我们讨论奥康纳对 FID 的使用之前，先来看一下在小说及非小说题材中使用的另外两种基本语体类型，FID 是由两者延伸出来的。第一种叫直接语体，即简单的对话，它指的是对人物叙述的直接引用。第二种叫间接语体，即没有引号的对话，它通常会用一个汇报式的动词，譬如某某"说

---

[１]　这是陌生人（恶魔）讥笑塔沃特的声音（奥康纳，1960 年，第 147 页）。

[２]　里蒙-凯南，1983 年，第 110 页。参见阿特金森，1990 年，第 124 页。

（said）"这样的表述引出人物的叙述，例如："爸爸、妈妈和姐姐要去姨妈家烧烤，**但康妮却说不，她对此不感兴趣，并用眼神告诉妈妈她的想法。**"[1] 黑体字即间接语体，它告知了读者角色所说的内容，但内容本身并未用引号括起来，而是用作者的第三方口吻间接告诉读者康妮说了什么。

自由间接语体与间接语体类似，但它并不用一个汇报式的动词作为说话人叙述的标志，而是直接告诉读者说话人内心的话语、想法和感受，不论这是说话人自觉还是无意识的心声。"它将两种声音进行了混合"[2]，这两种声音分别指的是故事叙述者和角色的声音。理解 FID 的一个有效思考方式是将其看作带有角色语言色彩或特点的叙述。"Tinged（着色）"这个词常被用于描述 FID 是如何影响叙述的，将 FID 类比成绘画色彩理论能够帮助作家们更好地理解 FID 如何给叙述增加深度并染上角色的语言色彩。[3] 再者，因为在同一叙述中包含了叙事者和人物的双重声音，FID 还能让作家达到类似于音乐中强有力的复调效果。此外，由于 FID 用的是角色的语言而非叙述者的口吻，评论

---

[1]　欧茨，1966 年，第 823 页

[2]　里蒙-凯南，1983 年，第 110 页。

[3]　如一位评论家在分析凯瑟琳・曼斯菲尔德（Katherine Mansfield）的一篇短篇小说时说道："相当一部分故事是由自由间接语体构成的……深深染上了当前人物的语言习惯和色彩。"（弗卢德尼克，1996 年，第 198 页）另一位评论家说道："乔伊斯的方法……让叙述看上去像客观的报道，但事实上染上了描述对象的语言色彩。这类自由间接语体引发了关于谁应对所描述的想法或言论负责的某种不确定性。"（巴里，2001 年，第 75 页）

家认为 FID "如实地再现了角色内心的声音"。[1] FID 的另一个有趣之处在于它 "相比于普通的叙述段落……充满了疑问、感叹、重复、夸张和口语式的叙述",并且它 "无论是内容还是风格……都不太可能出自客观的叙述者之口"。[2]

例如,在《上升的一切必将汇合》(*Everything That Rises Must Converge*,1961 年)[3] 中运用 FID 的一个例子是儿子朱利安(Julian)看了他妈妈的帽子后 "翻起了白眼",因为 "那是一顶极其难看的帽子"。"极其难看(hideous)"这个词是一种夸张的描述,看上去并不像是叙述者会用到的词,明显带有朱利安个人的语言色彩和想法。在故事的中段,我们得知在朱利安的意识中存在着 "一种精神泡沫",他可以退回到泡沫中静看外面的世界。[4] 后来 "他发展得还不错,虽然上的是三流大学……尽管他是在**小心思**的左右下长大的,**却最终获得了大智慧**;尽管时常听到他母亲的那些**愚蠢观点**,**但他终究摆脱了偏见**"。黑体部分我们通常不会从第三人称的叙述者口中听到,因为这些词糅

---

[1] 科恩,1978 年,第 14 页。在科恩这本极为精彩的关于叙述技巧的书中,她将 FID 称为 "叙述独白"。(科恩,1978 年,第 13 页)

[2] 科恩,1978 年,第 102 页。

[3] 小说的题目来源于泰亚尔·德·夏尔丹的理论,即精神追求到了接近启蒙的阶段,人类都是相似的。(惠特,1995 年,第 111 页)

　　皮埃尔·泰亚尔·德·夏尔丹(法语:Pierre Teilhard de Chardin,1881—1955),中文名德日进,法国哲学家、神学家、天主教耶稣会神父,他将人类称为 "心智圈",并认为宗教追求或超越世俗追求的 "精神向上运动" 将产生精神化无国籍的人,最终统一的人类将穿越心智圈,达到宇宙进化的终点 "欧米伽点"。——译者注

[4] 这个绝妙的比喻告诉我们,作者是如何用 FID 进入特定角色的 "精神泡沫" 之中的。

合了朱利安的思维方式和偏见。

另一个关于 FID 的例子出现在《暴力夺取》中，塔沃特从头到尾都将舅姥爷称为"老人"，这个称呼是从男孩的视角（同时也是雷拜的视角）出发的。此外，在第二章的中段我们得知："男孩已经**充分意识**到自己被学校的老师背叛了。"黑体字的部分糅合了塔沃特的观点。在这一章的后半段，当米克斯打电话时（塔沃特从未见过电话），我们看到"米克斯将这个机器拆成两部分，并将其中一部分靠在他的头上，手指则在另一部分上转起圈来"。整句话都是基于塔沃特的自身感受和语言特点。

如果你想在作品中使用 FID，就需要让自己跳进描述对象的脑海中，同时特别注意在某个特定场景下你自己通常不会使用但却很可能出现在叙述角色的内心活动中的词语，接着将这些词语融入叙述之中。如果你在这一步做得很好，那么你的语言将更贴合角色的特点，你的作品将具备单纯的客观叙述所无法达到的鲜活表现力。[1]

如何生动有力地展现结局

罗伯特·麦基（Robert McKee）关于影视剧本创作的这个观点同样适用于小说创造："最后一幕的高潮是你想象

---

[1] 汤姆·沃尔夫是另一位运用 FID 的大师，在他所有的著作中都渗透了这一技巧。

力的巨大飞跃。没有它，你就不会有故事。在拥有它之前，你的角色期待着它就像痛苦的病人祈祷着痊愈一样。"[1]奥康纳总会拿出药方，有力地展现结局，用三种方式从不温不火的结局中拯救她的角色：第一，呼应之前的内容；第二，确保转折的发生；第三，给读者留下一些讯息。

约翰·加德纳提到在小说中重复主题、画面和象征符号来增强其意义的重要性。这一点在结尾处尤为重要，他建议小说需要有一个"共振的结尾"。"打动我们的不仅仅是人物、画面和事件以某种形式重述或重现，我们是被事物间愈加紧密的联系以及最终连接起来的价值观所感动。"[2]这种文学共振类似于音乐上的共振。《暴力夺取》运用了这一技巧，在结尾处呼应了之前的情节，重申了小说主题中反复出现的元素："暴力的乡村""沉默""真理"及其他元素都被编进了小说的结尾，创造出类似于音乐上赋格曲的共振，将塔沃特与贯穿整个故事的精神觉醒的主题联系了起来。

小说情节在男孩最终决定接受自己的命运并跟随舅姥爷的脚步时发生转折。而这一决定在此前都无法预测。一位评论家指出——《暴力夺取》为读者提供了两种象征性的解决方案：选择塔沃特的道路，这不如说是选择了他将面对的磨难和暴力；选择雷拜的道路，这条道路是终极的

---

[1] 麦基，1997年，第309页。

[2] 加德纳，1985年，第192页。

精神折磨，因为它只会产生伪装成自由意志的无关紧要的东西。"[1]这一转折让一切尘埃落定，塔沃特在结尾最终还是选择了追随舅姥爷的艰难道路。

最后，这本小说所传递的讯息是想要成为一个好人就必须听从命运的安排和信仰的呼唤，而非拒绝它们。尽管塔沃特在整个故事中摇摆不定，但在故事最后，他回到了老家并意识到自己必须完成的使命。他为毕晓普洗礼，回到了故乡鲍得黑德，在发现舅姥爷已经被埋葬后，他仿佛看见一丛燃烧的灌木并听到一个声音告诉他去完成上帝赋予的任务。他象征性地抓起舅姥爷坟墓上的一把泥土，将它涂在了额头上。之后他返回城市，准备开始作为先知的生活。这个结局充满了言外之意。显然，奥康纳是站在塔沃特这边的，即便他曾犯下过错、走上歧途，她仍把他看作理想的精神觉醒象征。[2]

你不必从奥康纳的身上学习如何创作南方哥特风格小说，她巧妙的文学技巧可以用来完善任何类型的故事，即便那不是一个关于追求精神或真理的故事[3]。总而言之，你可以向奥康纳学习以下技巧：运用幽默为严肃的故事增亮添彩，运用象征增强故事的文学色彩，运用自由间接语体

---

[1]　惠特，1995 年，第 107 页。

[2]　奥康纳的短篇小说《好人难寻》("A Good Man Is Hard to Find"，1955 年）的结尾也完美展现了这三种技巧。

[3]　"奥康纳女士希望笔下的角色能追求到真理。"（马林，1966 年，第 114 页）

深入角色的思想以及塑造出让读者满意的结局。如果你掌握了这些技巧，并正在写南方哥特风格小说……那么，你很有可能成为另一颗势不可挡的文学新星！

第 19 章

菲利普·K. 迪克的创作方法

随着人类将触角伸向宇宙、探索其他天体并发现了亚原子世界，人类世界正在经历着翻天覆地的变化、承受着巨大的压力，现代生活充满了不确定性。科幻小说则有助于我们应对指数级增长的技术变革，其中菲利普·K. 迪克的作品站在了这类小说的最前沿。迪克的人生目标是将科幻小说与主流小说相结合，因此他的作品带有许多文学特质。[1]对他影响最大的小说家有 L. 弗兰克·鲍姆（L. Frank Baum）、阿尔弗雷德·贝斯特（Alfred Bester）、福楼拜、司汤达和居伊·德·莫泊桑（Guy de Maupassant）。[2]

菲利普·K. 迪克（Philip K. Dick）出生于 1928 年，是一个贫困家庭的独子。他的父母在他 5 岁时离婚了，他和母亲住在一起，母子两人相依为命，关系十分亲近融洽。尽管他一生都面临着巨大的经济困难，但母亲一直鼓励他坚持写作。[3]像许多独生子一样，迪克非常重视自己的事业。他结

---

[1] 苏廷，1989 年，第 3 页。他还写了十部主流小说，包括《一位废物艺术家的自白》（*Confessions of a Crap Artist*，1975 年）。他称《我们可以建造你》（*We Can Build You*，1972 年）正是他将科幻小说和主流小说进行融合的尝试之一。（在与大卫·吉尔的私人交流中提到）

[2] 苏廷，1989 年，第 3 页。

[3] 苏廷，1989 年，第 16 页。

过五次婚，经常将自己的妻子拉入对作品的讨论，要求她们阅读自己的初稿。和阿道司·赫胥黎一样，他尝试用迷幻药激发自己的创作灵感，他的小说也经常关注嗑药、替代现实以及质疑何为真实等主题。

如何写得又快又给力

事实上，迪克知道自己是个天才，他知道自己是位出色的作家，尽管他陷入了经济困难甚至交不起图书馆的罚款。"我喜欢科幻小说，既喜欢读相关的作品，也喜欢把它创作出来。"他说道，"我们这帮写科幻小说的人报酬并不高。这是一个很严酷的事实——写科幻小说通常意味着入不敷出。"[1]因此，他强迫自己进行快速写作并不断将自己推向极限，他一生中共创作了四十部小说和两百多篇短篇故事。[2]在作品的多产程度上，他有点像巴尔扎克，而且他也像巴尔扎克一样热衷于喝咖啡（虽然不像巴尔扎克那样过量），并用甲基苯丙胺（一般指冰毒）之类的兴奋剂激发灵感。

一位专门研究作家与毒品关系的专家声称，迪克"可能是使用过安非他明的最伟大的作家"。[3]但他不仅仅服用了安非他明这一种兴奋剂：

[1] 迪克，1995年，第18页。

[2] 苏廷，1989年，第9页。

[3] 布恩，2002年，第206页。

他从 20 世纪 50 年代中期开始服用镇静剂、抗抑郁药和其他精神药物，并在 60 年代早期尝试服用迷幻药……迪克使用甲基苯丙胺（脱氧麻黄碱制剂的商品名）一方面用来振奋情绪，另一方面也是为了辅助自己快速创作出通俗的科幻小说和故事……在 1963 年至 1964 年期间，迪克在安非他明的强烈刺激下，一口气写了十一部科幻小说及一些文章和短篇故事，这也促使他的其中一段婚姻破裂。这些小说中最引人注目的是《帕莫·艾德里奇的三处圣痕》（*The Three Stigmata of Palmer Eldritch*，1965 年）。[1]

《帕莫·艾德里奇的三处圣痕》是一部简明的科幻小说，讲述了未来火星殖民地的人们使用致幻剂的生活。书中的主要人物突然意识到自己实际上处在一个替代现实之中，读者们则为现实和幻境之间的切换啧啧称奇。约翰·列侬对这本书十分着迷，甚至想把它拍成电影。[2]

迪克还尝试服用大量的维生素（包括烟酸、维生素 C 和维生素 B）让大脑能够更好、更快、更加灵活地运转。[3]但迪克严重依赖兴奋剂的代价十分可怕："一星期服用一千多粒梅太德林（一种兴奋剂）使迪克冒出了 CIA 窃听他的

---

［1］　布恩，2002 年，第 206 页。

［2］　苏廷，1989 年，第 129 页。

［3］　《今日心理学》（*Psychology Today*）杂志的一篇文章让他相信服用大量维生素可以让左大脑更为有效地协同工作。（苏廷，1989 年，第 212—213 页）

电话并闯入他家等各种阴谋论，之后他被接连送进了几家精神病诊所，在 1972 年自杀未遂后，最终被送入加拿大的一家康复中心。"[1]

迪克通常每年会创作两部小说，"每部小说撰写初稿的时间需要六周，修改的时间也需要六周（重新输入和编辑）。在每本小说之间会有六个月的间隔来思考下一个故事情节"[2]。思考对迪克来说很重要："他曾警告妻子安妮（Anne），在他似乎只是安静坐着的时候不要打扰他。"[3]因为他总是在脑海中构思一本书的情节。

没有人建议你要像迪克一样服用安非他命，当然偶尔喝喝咖啡是可以的，这可能会达到类似于宇航员在执行太空任务时使用药物来提高身心状态的效果。[4]我们从迪克的创作生涯中可以获得的更为重要的一课是作家需要沉思的时间让大脑自由地思考并反刍想到的点子。心理预演或腹稿可以让写作变得更快、更轻松。[5]

---

[1] 布恩，2002 年，第 207 页。

[2] 苏廷，1989 年，第 107 页。

[3] 同上。

[4] 将作家类比成宇航员是恰当的，因为作家和宇航员一样都有需要完成的任务，并且这个任务需要他们有足够的智慧去完成。宇航员会定期使用安眠药和兴奋剂。当要执行一项关键任务时，他们有权服用兴奋剂来提升自身的身体性能。（佩奇，2004 年，第 415 页）另见丁格斯，2001 年，第 337—338 页。

[5] 这一观点是基于许多专业作家的写作方法以及针对运动员通过心理预演来提高成绩的研究得出来的。可参见如德里斯科尔、科珀、莫兰，1994 年，第 481—492 页，他们对 70 多项研究进行了整合分析。

为什么想象力那么重要

迪克不仅有异乎寻常的想象力，而且还在许多故事中将想象力上升为一个主题元素。[1]例如在《帕莫·艾德里奇的三处圣痕》中，人们需要凭借他们的想象力进入一个叫作"Perky Pat"的替代世界。当然，名为"Can-D"和"Chew-Z"的药物能帮助他们进入幻觉状态，一旦和其他人的思想开始融合，他们就会开始享受这新奇的幻想生活直到药物的作用失效。

问一个作家为何想象力对他如此重要可能多此一举，但这一点对于理解创造力以及如何提高思维能力去创作出引发读者共鸣的故事尤为重要。现在有大量关于思维能力以及如何提高创造力的文献研究。迪克注意到有关左右半脑差异性的研究，并在他的文章《人、机器人和机器》（"Man, Android, and Machine"）中讨论了这一话题。[2]他甚至尝试通过提高左右半脑的联系来提升自己的创造力。[3]和直到生命的最后一刻都相信自己是狄俄尼索斯的尼采一样，迪克的想象力过于丰富导致他从 1974 年开始出现一些心理问题，直到 1982 年去世。[4]如果迪克在他生命中的最

[1] 帕尔默，2003 年，第 86 页。

[2] 这本哲学文章收录在迪克，1995 年，第 211—232 页。

[3] 苏廷，1989 年，第 212 页。

[4] 1974 年，迪克开始出现幻觉，认为自己生活在遥远的过去。（平斯基，2003 年，第 159 页）尽管他有一些特别奇怪的心理经历，他总是能够回到现实中，而且在 1976 年至 1982 年间他都处于相对良好的心理状态。撰写《瓦利斯》实际上是一种治疗。（大卫·吉尔，2009 年，私人交流）

后八年间少受一些想象力的折磨，那我们可能就不会看到《瓦利斯》（*VALIS*，1981 年）这本书了，但几乎可以肯定的是我们会看到另外六本可能更具影响力的小说。[1]

为了培养创造力和想象力，有必要暂时从思想中的审查部分，即从大脑中具备批判性和判断力的编辑部分中逃离。实现这一目标的其中一个方法就是像迪克一样进行快速写作，要在"编辑"抓住你并说道"嘿，放慢点，让我有机会看一遍"之前写完初稿。有些作家发现冥想能够增强想象力。[2]其他人认为，益智药在促进创造性思维方面很有效。[3]如果像菲利普·K. 迪克这样的天才都对提高创造力感兴趣，那么提高创造力对任何一个作家而言都应该是一个目标，并且可以肯定的是在不久的未来还会出现更新更有效的方法。

如何培养出现代小说风格

没有哪位作家的作品比迪克的更具有现代风格了。他

---

[1]《瓦利斯》是一部重要并且受到高度重视的作品，但也是一部以自我为中心、错综复杂、结构破碎的作品。故事以第一和第三人称进行叙述，其中的人物霍尔塞洛·法特（Horselover Fat）是菲利普·K. 迪克的另一个自我。这种人物和作者之间的混淆颇具创造性，很有趣也很具启发性；但在劳伦斯·库比看来，上升到神经机能病（迪克可能得的病症）层面的反常想法反而会阻碍创作进程。（库比，1958 年）

[2] 林奇，2006 年。

[3] 例如，孕烯醇酮和长春西丁被视为改善大脑功能的益智药物。（克兹维尔和格罗斯曼，2004 年，第 276—277 页）医学博士雷·萨赫利恩认为前者可以促进创造力。（萨赫利恩，1997 年，第 46 页）

希望将科幻小说与主流小说相结合的终生抱负促使他不断提升描写方面的才能，这让其他科幻作家望尘莫及。因此，如果你对科幻小说感兴趣，他的小说和故事将帮助你培养出自由流畅的现代写作风格。同时，他的技巧也能完美地适用于主流小说，和你从约翰·厄普代克[1]、诺曼·梅勒、威廉·斯泰伦身上学到的没有差别。我们将从三个方面讨论迪克如何展现科幻小说的现代风格：人物的动机、句子长短以及角色描写。

　　18、19 世纪的作家通常通过引入角色的过去来阐述角色的动机。例如，狄更斯在《荒凉山庄》中详细讲述了埃丝特的出身以解释她的母亲德洛克夫人为何再也不和她说话[2]；陀思妥耶夫斯基则直接告诉读者《白痴》里角色的动机要比他已经揭示的复杂得多[3]；同时艾米莉·勃朗特在《呼啸山庄》中阐述了希斯克利夫（Heathcliff）的出身和经历以解释他如何变成了现在的模样[4]。与这些前辈相反的是迪克切断了对过去的回溯，以一种完全不同的现代方式赋予角色动机。在《帕莫·艾德里奇的三处圣痕》中，理查德·赫纳特（Richard Hnatt）追求（让大脑变得更强大

---

[1]　约翰·厄普代克（John Updike，1932—2009），美国小说家、诗人。一生发表过系列小说"兔子四部曲""贝克三部曲"以及一些短篇小说集、诗集和评论集等。厄普代克被公认为美国最优秀的小说家之一，许多作家受到他的文风影响。——译者注

[2]　第三十六章。

[3]　第四部分第三章。

[4]　希斯克利夫的童年出现在第四章，作为纳莉·迪恩讲述的过去故事的一部分。

的）进化疗法的动机巧妙地通过人物的对话和思考勾勒了出来。"我会和伟人在一起，他对自己说道"，这句话表明理查德相信自己的大脑功能将得到飞跃；接着他告诉妻子，"我们离我们的祖辈越远越好"，表明他相信这一疗法将是自然进化的下一阶段并且应是人们追求向往的目标。[1]

运用迪克高效的写作技巧，需要将故事背景和细节描写压缩到最小的程度。切勿将它们精简到无法准确传达出动机的程度，也不要像狄更斯、陀思妥耶夫斯基或勃朗特那样写出关于人物经历的长篇大论。人物的几行对话或几点想法足以让读者了解到人物的动机，接下来读者会用他们自己的想象去理解它的含义。如果角色的行为动机真实可靠，那么简洁地描述就够了。这就是展现人物动机的现代方式。

众所周知，18、19 世纪小说中的句子和段落通常要比现代小说长。你可能会发现学习托马斯·德·昆西[2]著名的散文风格是有意义的，但他周而复始的格律和复杂的句子偏离了现代小说的常态。迪克喜欢伟大的文学作品并向它们学习，但他并没有错误地复制其中难懂的句子结构。在向前人学习的过程中，他根据现代的标准进行了修剪。

---

[1] 迪克，1965 年，第 66—67 页。

[2] 托马斯·德·昆西（Thomas De Quincey，1785—1859），英国著名散文家和批评家，被誉为"少有的英语文体大师"，其作品是英国浪漫主义文学的代表性作品。——译者注

例如,《仿生人会梦见电子羊吗? 》[1](*Do Androids Dream of Electric Sheep?* ,1968 年)的第四章从主人公的一个简单想法开始:"里克·德卡德(Rick Deckard)不禁想到,可能我担心发生在戴夫身上的事也会发生在自己身上。既然一个机器人可以聪明到朝戴夫发射激光,那也可能将我带走。"迪克用两个简明的句子就充分说明了主人公的动机。如果你的文风繁复啰唆,你可以尝试将它精简为更现代的风格。

这里我将把狄更斯和迪克放在一起比较,他们俩不仅名字(Dickens 和 Dick)的发音相似,写作方法也有相通之处。狄更斯的笔法精致细腻、丝丝入扣、令人沉醉,哪怕说出其中一个缺陷都将招致评论家和粉丝们的非议,但即便冒着这样的风险,我们也要郑重地将他对角色的描写与迪克进行比较。例如,在介绍德洛克夫人时,狄更斯用一整个段落描写她的体态,这对于现代读者来说显得有点略长了:

> 她美丽依旧,不是正值青春年华,但也还没到垂暮之年。她有姣好的容颜——只能说美丽而不是俊俏,但在学会时尚技巧后,她变得耐看。她身姿优雅,给人一种修长的感觉,但她并不这样。鲍勃·斯特布尔斯阁下经常发誓断言"她只是展现了优点"。

---

[1] 这本书后来被翻拍成了电影《银翼杀手》。——译者注

> 同样也是这位权威人士认为她打扮精致，尤其盛赞她
> 的头发，认为她是那群女士中梳得最好的。

　　你怎么能说这段话有瑕疵呢？它诙谐自得，将德洛克夫人的体态描写得细致入微。但现代的风格需要更为精简，特别是对这些过于充分的外形描述进行极致压缩，今天的一个句子就足够涵盖之前一个或多个段落的内容。

　　迪克在描写人物时也用到了类似狄更斯的幽默风格。例如，《尤比克》（*Ubik*，1969 年）中的格伦·朗西特（Glen Runciter）经营着一家保护客户大脑免受窥探的反超能咨询公司，他的秘书弗里克夫人（Mrs. Frick）被迪克刻画成了这样一幅古怪滑稽的画像："憔悴羞怯的弗里克夫人脸上显出一丝人工修饰的痕迹，盖住了她古灰色的肌肤……"接着，迪克以常见于狄更斯作品中的幽默口吻写道："她朝着他走去又退了回来，这是弗里克夫人花了十年的时间练习才能独自完成的困难动作。"注意迪克仅仅用五分之一的篇幅就涵盖了所有狄更斯式的幽默。精简！精简！精简！这就是现代写作的游戏规则。在第五章中，他以朗西特的视角，用一句尖酸刻薄的话提炼出弗雷德·扎夫斯基（Fred Zafsky）的外貌："他把目光锁定在这个肥胖、大脚、长相奇异、头发黏糊、皮肤油腻、喉结肥大突出的中年男人身上——这一次他穿了一件颜色像狒狒屁股的直筒连衣裙。"迪克不仅让未来的男人穿上裙子，还用夸

张的笔法对他进行了讽刺描述。重要的是这些描写只用了一句话，而不像 19 世纪的大师那样长篇大论。你当然可以用一些狄更斯式的幽默，加入讽刺元素来描写人物外形，但记住要像迪克一样适应现代风格，在人物刻画上言简意赅、抓住要点。

如何写出浪漫的场景

尽管菲利普·K.迪克是位科幻作家，但他所具备的主流写作技巧仍值得我们借鉴，其中一个标志性技巧便是对浪漫情节的设置。"科幻小说被视作写给青少年看的内容，在美国只有高中生和那些躁郁不安的人才会看这类小说，"迪克说道，"正因为如此，我们这帮科幻作家的写作被限定在了没有性、暴力和深刻思想的主题中。"[1]但迪克本人擅长写各式各样的小说，并潜心研究了主流作品的风格以便将其中的元素融入科幻小说中。例如，里克·德卡德（Rick Deckard）和机器人瑞秋·罗森（Rachael Rosen）之间的爱情情节向我们展现了如何用主流手法在科幻小说的整整一章中精心编织一个浪漫的插曲。这一情节包含了现代爱情情节中的三个基本元素："好感""告白"和"初吻"。首先，第一个元素"好感"包括了角色对彼此的渴

---

[1]　迪克，1977 年 b。在这段录像采访中，迪克在接受一位法国记者采访时难得畅所欲言，谈论了他的作品和偏执。

望、爱意等任何想法。在里克和瑞秋的爱情场景中，迪克用有限的第三人称视角单独呈现了里克的想法，对机器人瑞秋的描写则通过里克的视角展现。里克注意到"瑞秋是仿造凯尔特型号制造的机器人，这个型号尽管已经过时但依旧迷人。她的超短裤下露出一双纤细修长的腿，紧绷中性且不带一丝挑逗的意味"[1]。和迪克小说中的大多数女主角一样，瑞秋年轻苗条，有着一头深色秀发。这里的浪漫情节与小说中的科幻元素同样精彩，颇具讽刺意味的是里克发现自己竟被一台机器吸引。其次，爱情场景中的第二个元素"告白"通常要早于男女主角的第一次接吻，但迪克在这里完全调换了它们的顺序。"里克对自己说道，我想知道吻一个机器人是什么感觉。于是，他向前倾了倾身子，亲了一下她干燥的嘴唇。"[2] 如果你的角色都是人类，那么被吻的对象几乎都会产生某种反应来调动浪漫的气氛；遗憾的是这种反应在这本书中是不存在的，因为瑞秋是一个机器人。但她显然有所感觉，因为在第一次接吻后不久，瑞秋告诉迪克希望他能够爱上自己，事实上在里克临阵退却时，瑞秋还说服了他。瑞秋（机器人）是那个首先告白的"人"，这对人类而言又是一个讽刺。另一个具有讽刺意味的是在这个浪漫的间隙中，迪克穿插了对一些技术术

---

[1]　迪克，1968 年，第 164 页。

[2]　迪克，1968 年，第 165 页。

语——例如"博内利反射弧实验"以及对"奈克瑟斯-6"等特定机器人型号的讨论。尽管这一章中夹杂着一些晦涩难懂的技术术语，也调换了接吻和互诉爱意的正常爱情过程，但里克和瑞秋的对话中流露出来的浪漫在这种非常态的爱情形式中恰到好处。

在设置浪漫场景时，你还可以运用另一个元素——淡出。淡出这一手法常见于电影，在小说中它暗示了男女主角在章节切换时有了鱼水之欢。例如，在这一章的结尾，瑞秋在倒数第二句话中要里克到床上去，最后一句以"里克爬上了床"收尾，点出了他们之间即将发生的亲密关系。

如果你想写出一个浪漫场景，可以按照上面三步走的形式去制造浪漫的元素，当然，接吻发生在告白之后是更为常见的爱情发展顺序。之后是否要对男女主角的身体接触进行描写取决于情节需要。像在《仿生人会梦见电子羊吗？》中，它并不是情节的重要组成部分，因此迪克对此只是一笔带过。而其他时候，例如在斯科特・斯宾塞的《无尽的爱》（*Endless Love*，1979 年）中就有长达 22 页的性爱描写，因为这在情节上是必要的，它展示了人物方方面面的特征。

如何推动对话

迪克运用他主流风格的写作天赋创作出让普通科幻小

说望尘莫及的人物对话。这里我们只探讨迪克创作对话的两个关键技巧：第一个技巧是将一段对话进行拆分，让首句包含人物属性；第二个技巧称为紧密聚焦，即在其他人在场的情况下仍将对话聚焦于两个主要角色身上。

对第一个技巧的运用可参见《盲区行者》（*A Scanner Darkly*，1977 年）的第四章。这本书的主人公巴布·亚特（Bob Arctor）是一名瘾君子，同时也是一名卧底缉毒探员，此时他正和朋友巴里斯（Barris）讨论问题并准备唠唠叨叨地讲述他梦里发生的事。为了确定发言者的身份，迪克在段落开头这样描写道："'一个梦点醒了我，'亚特说道，'一个关于宗教的梦。梦里有着响亮的雷声……'"这一段的其余部分都是这位吸毒者的口述。迪克并未提及角色的性格特征或正在发生的事，仅仅是简短地提到说话者的名字，便快速地表明说话者的身份。在写长篇对话时，你可以运用相同的技巧引导并告诉读者说话的人是谁。你也可以在人物说话时，偶尔提及他 / 她正在做什么，例如："'听着，'巴里斯说道，并焦躁地来回摇晃。"这些提及角色当下举动的小片段让整个场景在读者的脑海中鲜活了起来，使得对话不仅仅是单纯地对说话者叙述内容的记录，同时也成为场景建构的一部分。

推动对话的第二种方式是在同一场景中将对话过程中的人物切换次数压缩到最少。即便场景中有多个人在场，迪克通常也只让对话发生在两个人之间。如在《盲区行者》

的第二章中，人物的对话仅在仪式的主持人介绍巴布·亚特，以及亚特向阿纳海姆狮子俱乐部发表演说时发生。通过将人物的对话限制在两个人身上，迪克高效地将场景的焦点聚集在一起。尽管读者知道场景中还包含了很多人，但这种有限的焦点让场景变得更为可控和易于理解。这种方法在像小说这样的传播媒介中特别有用，这些媒介不能像电影一样可以让读者通过视觉看到场景中的一群人，但又必须达到在读者的脑海中去建构这种场景的效果。古希腊的剧作家们也同样运用了这个技巧，即便舞台上有许多演员，对话通常也只发生在两个角色之间。

　　菲利普·K.迪克的小说是通往另一个世界的大门，对于当代作家来说，它们也同样是学习主流小说中最为有用的文学技巧的途径。如果你能运用他的一些技巧——如快速写作、充分利用想象力、简要描写人物的动机和外貌特征，创造出浪漫的爱情场景并推动人物间的对话——那么你的文章也会熠熠生辉，呈现出读者所期待的现代风格。

第 20 章

汤姆·沃尔夫的创作方法

　　这位穿着白西装的男人是过去四十年来最具创新力的作家之一。如果你想发展出吸引现代读者的写作风格，汤姆·沃尔夫的聪明才智、对新新闻流派的定义以及他转型成为美国最成功的小说家之一的经历都让你不得不密切关注他。沃尔夫呈现给我们的是各种手法技巧的集大成，其中包括一些耀眼的、试验性的，甚至引发争议的创举。

　　汤姆·沃尔夫（Tom Wolfe）1931 年出生于弗吉尼亚州，是家中的独生子。他是耶鲁大学美国研究专业的博士，在这一人文学科上的深造成了他之后成功的跳板，并且是他对美国小说进行伟大批判的学术基石。对沃尔夫来说，当今作家们犯下的最大错误就是未能走进美国社会这个聚宝盆中。[1] 在沃尔夫看来，太少作家敢于接受挑战，像斯坦贝克那样描写美国。[2] 斯坦贝克在去了加利福尼亚州并在目睹了流动农民的现状后写下了《愤怒的葡萄》（*The Grapes of Wrath*，1939 年）一书，这本书之所以能够捕捉

---

[1]　沃尔夫对美国小说的评论可以在其作品集《勾搭》（*Hooking Up*，2000 年）中的文章《我的三个丑角》（"My Three Stooges"）里找到。（沃尔夫，2000 年，第 145—171 页）

[2]　约翰·斯坦贝克（John Steinbeck，1902—1968），美国作家。代表作品有《人鼠之间》《愤怒的葡萄》《月亮下去了》等。他曾在《纽约时报》担任记者，其作品多以美国社会为题材，描写人类在贫穷条件下的种种生活状态。他于 1962 年获得诺贝尔文学奖。——译者注

到当时美国社会现状的几乎所有元素是因为斯坦贝克融入了群众之中，并且不畏报道他所观察到的事实。根据沃尔夫的这一标准，近些年美国最好的小说之一便是他自己的作品《完美的人》（*A Man in Full*，1998 年），里面充满了当今美国社会的真实细节。

新新闻主义

新新闻主义是将写作文学小说的技巧运用到非小说类写实文学中的一种写作风格。这里的写作文学小说技巧包括场景设置、人物的发展演变、对话以及深入人物意识以揭示其想法等手法。同时，在特定情况下，作者也会将自己置身于故事之中。

新新闻主义的写作技巧是从小说家那里借鉴来的，这也是为什么汤姆·沃尔夫的写作风格反而容易被小说家所采纳，如他的作品《令人振奋的兴奋剂实验》（*The Electric Kool-Aid Acid Test*，1968 年）、《太空先锋》（*The Right Stuff*，1978 年，又译《太空英雄》）、《勾搭》。实际上，沃尔夫在写小说时用到了新新闻主义的所有技巧。在《虚荣的篝火》（*The Bonfire of the Vanities*，1978 年）中，他运用了场景设置、人物发展演变及写实对话。此外，沃尔夫还通过人物内心独白展现其心理活动。例如，在主人公谢尔曼·麦考伊（Sherman McCoy）被两名侦探询问后，沃尔夫进入他的脑海中告诉我们主人公最深层的想法："他被一阵压倒性的焦躁淹没。他的整个中枢神经系统都在警告他说刚刚遭受到了灾难性的打击……他受到了无礼的侵犯——这到底是怎么发生的？这两个……傲慢……低级……的生物……是如何入侵了他的生活？"沃尔夫直接进入谢尔曼的内心，揭示他所感受到的危机和灾难，包括挑衅者在他心目中的地位——谢尔曼在其脑海里将自己描绘成了文质彬彬的绅士，而另外两个侦探则是低贱渺小的低等生物代表。

在描写人物的内心活动时，可以用一些严肃认真的分析文字来吸引读者。例如，沃尔夫这样描写谢尔曼·麦考伊被捕后的心理：

> 谢尔曼把手伸向右边去拿夹克，想遮挡手铐。当他意识到他得移动双手才能拿起外套，并且在这一过程中手铐将陷进他的手腕中时，巨大的耻辱感涌向了他。这就是他自己，他心目中那个特立独行、不可侵犯、高高在上的自己，居然在布朗克斯区被铐上了一副手铐……这肯定是场幻觉，是个噩梦，是个玩笑，他会从这个混沌的状态中醒来的……[1]

《虚荣的篝火》中的这个片段既包含了对正在发生之事

---

[1]　沃尔夫，1987年，第468页。

的描述，又深入主人公的内心之中。事实上，这个小段落有点自我指涉，展示了沃尔夫如何实现他的效果。作家的这种"心理伎俩"看似展现了某个人物的心理活动，但实质上是把我们引入了他自己的意识之中。此外，沃尔夫还告诉我们小说家应该将他脑海里的显微镜对准人物"心目中那个特立独行、不可侵犯、高高在上的自己"；当作家聚焦于这种微观心理活动时，它并非难以看清看透。这就是用新新闻主义风格写作的最大乐趣之一，用伍迪·艾伦的话来说，它可以帮你深入到邻桌男孩的灵魂。简而言之，你可以近距离地观察一个人的内心。

从伟大的汤姆·沃尔夫那里学到的，我想不到还有比这更为重要的东西了。正如他自己告诉我们的那样（沃尔夫十分清晰地解释了自己的技巧以便任何人都可以使用它），对人物内心描写的目标是要深入到他们的中枢神经系统之中以揭示其最为真实的想法。在非小说类写实文学中，实现这一目标的方法是直接询问调查对象的想法。例如，沃尔夫在采访了一些宇航员并询问了他们在火箭升空前的内心活动后，写成了《太空先锋》一书。在小说写作中实现这一目标要更为容易，因为你无须采访真实的对象，只用将他们的想法和感受虚构出来就行了。当然，这要求你拥有丰富的创造力，有时也需要进行一些调研。

沃尔夫通常并不会为揭示笔下人物的庸俗想法所困扰，相反，他把目光放在更大的格局上，让读者能够以鸟瞰的视角看清人物的想法，他们或处于可怕的困境之中，或因强大对手的打击而受到心理重创，或正在遭受痛苦，或经历着精神错乱。这种精神焦虑经常是以耻辱和羞愧的形式出现，在这一点上他和陀思妥耶夫斯基很相似。我们已经看到谢尔曼在《虚荣的篝火》中感受到了羞辱。同样，在《完美的人》第二十一章，沃尔夫深入到了玛莎·克罗克（Martha Croker）的脑海中淋漓尽致地展现了她所受到的精神折磨："她不用在脑海中表达想法就能感受到痛苦和耻辱。只要听到这个名字，她就能感觉到一股滚烫的热浪席卷了她——事实上，这比痛苦和耻辱本身更加难受，说到底它是一种羞愧。"[1]

没有什么能比深入一个有趣人物的内心更让读者感兴趣的事了。如果你想在自己的写作中采用这一技巧，可以参照沃尔夫的建议在虚构人物处于焦虑和混乱时潜入他们的脑海中呈现他们的想法，尤其是愤怒、羞愧和受到羞辱等强烈的情感最为有效。在写非小说类文学时，记得问你的采访对象，在故事的关键时刻他们的脑海中在想些什么。你会惊讶于他们的回答，你的读者也同样如此。

如何像汤姆·沃尔夫一样塑造人物

研究沃尔夫塑造人物的技巧对现代作家来说十分具有

---

[1]　沃尔夫，1998 年，第 541 页。

借鉴意义。沃尔夫和他的偶像狄更斯一样会放大人物身上的关键特征，并对其进行冷嘲热讽以突出人物身上的缺点和不足。例如，在描绘粗暴、猥琐、野蛮的房地产开发商查理·克罗克（Charlie Croker）时，沃尔夫并未过多关注他的力量（他是前足球运动员）或是财富（他拥有一个种植园），而是直戳他的弱点。在整个二十一章中，克罗克因年轻足球明星法农（Fanon）无视他而感觉受到羞辱。接着，在这一章的结尾，当克罗克被迫承诺帮助（被指控强奸的）法农时，他怒不可遏："所以他就要变成寥寥几个为这个混蛋说话的白种人！……这绝不可能！做了这样的事后他还有什么颜面见人？……所有构成伟大的查理队长形象的一切都会被打破、碾压，狠狠地受到羞辱和鄙视。"[1] 注意沃尔夫是如何在这章的高潮部分再次让主人公遭受到了羞辱。他强硬起来惩罚了主人公，让主人公感到局促不安、痛苦难堪。

如果你想写出热销的小说，可以遵循沃尔夫的指导：不要把你的人物特别是主人公当成一个巨婴，不要让自己对主人公的同情（这通常占据了你无意识心理活动的绝大部分）阻碍主人公承受苦难。要像沃尔夫让克罗克所经历的痛苦那样，在主人公的经历中植入耻辱、羞愧、焦虑、混乱、堕落等情感，这样你的作品必然会引起读者的兴趣。

---

[1]　沃尔夫，1998 年，第 628 页。

而将所有这些痛苦的情感堆积在主人公心中并让主人公遭受种种命运的捉弄和折磨的方式，就是深入到他的意识之中，从内部直接揭示他的痛苦。

一旦你学会了让主人公遭受磨难并通过紧贴他的心理活动展现其痛苦的技巧，那么你离写出最为杰出的作品就不远了。因为直达人物内心是小说创作的核心，这是写作强于音乐、戏剧、电影等其他情感载体的优势之一。抓住人物的内心就抓住了写作的中心，没有人能比沃尔夫更好地教会你这点了。

用死亡和毁灭吸引读者

除深入人物的内心外[1]，沃尔夫的百宝箱里还有一些小说家们可以使用的其他技巧。在阅读《太空先锋》这本运用了新新闻主义中最好的场景建构技巧的小说时，你可能会错过沃尔夫多次巧妙又自然地融入故事中的另一个技巧——向读者呈现有关死亡与毁灭的生动细节。

当你准备创作的是一部关于角色在墨西哥的阿卡普尔科港喝喝茶、坐坐游艇、欢快度假的小说时，你可能想知道为什么需要关注这个技巧。理由很简单，因为情感充沛的场景（如死亡场景）会让读者们着迷。可能在你田园风

---

[1]　这里作者写成了"深入读者的内心（delving into the minds of readers）"，应该是笔误。——译者注

格的小说中从未出现过死亡场景，但学习沃尔夫的技巧可以让你意识到如何将故事中的情绪高潮点拨得更高、将最有意思的部分打造得更为动人。

在《太空先锋》中充满了宇航员因飞机爆炸、紧急降落、弹射出机舱、降落伞未能打开等情况，"啪"的一声重重砸向地面的死亡场景。死亡和危机的主题在整本书中占据了重要地位。这些宇航员有着"真材实料"，因为他们直面危险，并用勇气和胆识完成了自己的工作。他们周围的人深信他们的能力。"'宝贝陛下'号在仅仅二十多年里已经破落成裸露着机翼和支架的烧焦外壳。"[1] 但宇航员们仍然坚持不懈，他们并未被其他人的死亡吓退。皮特·康拉德（Pete Conrad）被派去搜寻他朋友的遗骸，结果只找到"架在树干上"[2] 的血腥尸块，这阻止他作为试飞员和宇航员的事业了吗？不，他这辈子都不会这么想！这只会带给他更多的决心、男子气概和胆识。当查克·耶格（Chuck Yeager）得知两名试飞员在执行一次危险的航空母舰着陆任务中与死神擦肩而过，其中一人在最后一刻被安全弹射出舱，另一人则留在故障的飞行器内最终控制飞行器安全着陆时，他"深深被这两个人的决定所触动"[3]。死亡如影随形、历历在目，就如同副歌般萦绕在整本书中，赋予了它宏大沉重的格调。

---

[1]　沃尔夫，1979年，第3页。

[2]　沃尔夫，1979年，第6页。

[3]　沃尔夫，1979年，第352页。

如果你采用了这一技巧，你的作品将会有巨大的飞跃。这并不意味着你必须像沃尔夫在《太空先锋》的部分场景中勾勒的那样让地面血流成河或残肢满地，你需要的是利用一切机会去剖析一个对你的主题至关重要的情感。这种情感可能是毁灭，也可能是爱、欲望、威胁或其他强烈的情感。沃尔夫在《太空先锋》中用死亡和毁灭的副歌谱写出了精彩的故事，其他作家也运用了危险的元素来推动故事的发展。譬如乔恩·克拉考尔（Jon Krakauer）的《进入空气稀薄地带》（*Into Thin Air*，1998 年）或欧内斯特·沙克尔顿[1]的传奇故事中那些令人心惊胆战的时刻正是故事最为精彩的高潮部分。

将带有人物身份特征的生活融入写作中

沃尔夫认为美国小说正陷入低迷。它没有活力，并被一些试验性小说拖入泥沼，其中的现实主义色彩已然消失。而重回现实的唯一通途只能由那些清晰地界定了自己在美国社会这一伟大"狂欢"中所属领域并一点点将其细节拼凑出来的作家建造出来——如《冷血》[2]（*In Cold Blood*，1966

---

[1] 有关欧内斯特·沙克尔顿（Ernest Shackleton，1874—1922，英国南极探险家）南极探险最为精彩的叙述是阿尔弗雷德·兰辛写的《忍耐》（*Endurance*，1959 年）一书。这本书读起来像部小说，其素材来自这位从两年磨难中生还的传奇男人的日记。

[2]《冷血》是美国当代著名作家杜鲁门·卡波特（Truman Capote，1924—1984）的纪实小说，被誉为"美国当代文学的分水岭"。——译者注

年）里漫长空旷的道路、《愤怒的葡萄》里的流动工人、《虚荣的篝火》和《完美的人》中的百万富翁和黑人。在沃尔夫看来，这才是回归现实的道路，也是通往成功的道路。

如果你想避免因没有反映社会现实而沦为"不接地气"的作家的命运（并像梅勒、厄普代克和约翰·欧文那样散发光芒），沃尔夫提醒你必须去观察现实社会并深入到劳苦大众之中进行调查！这是记者进行报道的方式，也是亨特·S.汤普森写出《恐惧拉斯维加斯》、约翰·萨克（John Sack）写出《M》（1967年）、迈克尔·赫尔（Michael Herr）写出《急件》（*Dispatches*，1977年）的方式[1]，同时也是汤姆·沃尔夫写出他所有作品的方式。此外，这也是巴尔扎克、狄更斯、左拉等人的写作方式，是一种自然主义和现实主义相融合的方式，是反思现实社会并写出真实之物的方式。

如果沃尔夫的观点是正确的，那么这种作家会比那些单纯研究不可言说的至高力量或只写神话故事、童话故事的作家要更加成功。

但如何把握社会现实这一广阔的主题呢？作家应该据此写出什么类型的故事呢？只要能通过大量的现实人物和

---

[1] 关于新新闻主义的两本杰作是马克·温加滕的《不会开门见山的那伙人》（*The Gang That Wouldn't Write Straight*，2006年）和罗伯特·S.博因顿编撰的《新新闻主义》（*The New New Journalism*，2005年）。这两本书里有大量可以帮助当代小说家、非小说类文学作家的写作技巧。

准确的细节确保故事的真实性，从社会现实这一广阔无垠的画卷中选取什么样的话题便是作家们的自由。沃尔夫特别喜欢用"身份生活"，他是这么阐释的："（身份生活）是对日常手势、习惯、礼仪、习俗、家具风格、穿着打扮、装饰风格、旅行方式、饮食、居家以及对待儿童、仆人、上下级、同伴等方式的记录，并附上在场景中可能存在的不同的表情、眼神、姿势、走路方式或其他具有代表性的细节。"[1] 通过记录这些细节，作家可以创造出富有现实感的场景来反映现实社会的生活或生活方式中的某些方面。这应该是当今的作家需要呈现在读者眼前并引起读者注意的现实场景。在这一过程中，你或许会让疲乏的美国小说重焕光彩并写出伟大的美国式小说。

记录"身份生活"需包括人们衣食住行的各方面细节。例如，《虚荣的篝火》中的律师克雷默（Kramer）穷困潦倒，他看到他的一位同学"穿着一件带着金棕色天鹅绒衣领的切斯特菲尔德斜纹大衣，拿着梅德勒或 T. 安东尼牌奢华的紫红色皮革公文包"。这些细节体现了沃尔夫对高端生活细致入微的观察，同时他也能够举重若轻地将它与低品质的生活进行比较。例如，当克雷默在 D 列车上看到一群穿着跑步运动鞋的人时，他将这些低档运动鞋与富裕阶层穿的高档运动鞋进行了对比：

---

[1]　沃尔夫和约翰逊，1973 年，第 32 页。

　　这些（在 D 列车上的）人并非和你在市中心看
到的那些衣着光鲜的年轻白人一样，为了强身健体
而每天早上穿着运动鞋上班。不，D 列车上的人穿
运动鞋仅仅是因为它们很便宜。在 D 列车上穿着这
些运动鞋就像在脖子上挂着贫民窟或哈莱姆区[1]（EL
BARRIO）的标志。[2]

　　另一个身份细节的例子描述了早上谢尔曼如何送他的
女儿坎贝尔（Campbell）到巴士站。这不是个单纯的巴
士站。这个巴士站位于纽约市第五大道，停靠在此的都是
私人巴士，车上有私立学校的专职陪护人员。[3]像这样的
身份细节几乎充斥在《虚荣的篝火》里的每一页。在《完
美的人》中也同样如此，书中详细描述了康拉德·汉斯莱
（Conrad Hensley）那些不用了的破旧家居（包括"一个从
特惠店买的 9.95 美元的铝制折叠椅"[4]），也详细描述了查
理·克罗克的私人飞机队（包括他在"其中一架飞机上挂
了一幅价值 19 万美元的画"[5]）。

　　当开始描写人物时，你可以从他们的穿衣打扮和居住

---

[1]　东哈莱姆（英语：East Harlem），又称为西班牙哈莱姆（英语：Spanish Harlem），是纽约曼哈顿区的一部分。该地区为纽约最大的拉丁裔社区之一，也包括部分黑人。后来这个区域的居民称此为"EL BARRIO"（西班牙语"邻里"的意思）。——译者注

[2]　沃尔夫，1987 年，第 37 页。

[3]　沃尔夫，1987 年，第 49—50 页。

[4]　沃尔夫，1998 年，第 174 页。

[5]　沃尔夫，1998 年，第 54—55 页。

环境入手，重点关注那些能够突显这一人物有别于其他人物的细节。像沃尔夫一样，观察并记录这些关于身份和地位的细节，无论它们反映的是贫穷还是富有，这些细节都将增强作品的真实感和细致感，其展现出的某个社会阶层逼真的生活状态会让读者感到亲切。

运用角色的语言

沃尔夫认为，将人物特定的语言风格带入小说中非常重要。这不仅意味着在写南方人时要用南方方言、在写纽约人时要用布朗克斯区的口音，还意味着将这些语言细节融入叙事本身。

在《太空先锋》中，沃尔夫描写了耶格和其他宇航员如何厌恶记者们对他们的报道。他们讨厌记者一开口就用"恐惧和勇敢"等字眼描述他们的工作。沃尔夫用宇航员的语言向我们传达了他们的厌恶之情："下流无耻！令人作呕！"这并非沃尔夫的想法或沃尔夫的语言风格，而是将宇航员的语言融入叙述，让叙述染上了宇航员的思维色彩。《虚荣的篝火》也用了同样的技巧。例如，当谢尔曼把夹克扔在床上时，他抱怨道："真该死，花了我一大笔钱。"这并不是一个完整的对白，只不过是站在角色角度的陈述句。

从主要角色的人物视角出发，用其语言风格进行写作是写作的重要一环。沃尔夫认为这是小说家写作的主要方法之一，同时也是新新闻主义作家为了实现他们的写作目的所使用的其中一个技巧。[1]当你从主要人物的视角出发进行写作时，你更有可能吸引读者，让他们更接近故事情节和人物的感受。这种由间接体验另一种生活带来的替代性快感正是小说的价值之一。

为了获得这些细节，你需要去研究写作对象和他们的想法。你可以前往他们的住所和他们进行交流。沃尔夫认为在进行人物研究时，和你的创作原型们建立友好的关系至关重要。他们最终会敞开心扉，向你透露自己的秘密、愿望和恐惧。沃尔夫花了三年时间研究《虚荣的篝火》里的人物，[2]花了十一年时间研究《完美的人》。你或许无须花费数年时间进行大量的人物研究，但21世纪最为成功的一位小说家在这方面花费了大量时间足以证明这一研究的价值，它会让你的写作迸发出沃尔夫所认为的对振兴美国小说至关重要的现实主义光芒。如果你想成为这一振兴计划的一部分，你需要关注并牢记这个白衣男人的建议以及他所做出的示范。

---

［1］　沃尔夫和约翰逊，1973年，第32页。

［2］　斯库拉，1990年，第222页。

第 21 章

斯蒂芬·金的创作方法

不论你写什么类型的故事，斯蒂芬·金的小说都会对你有所裨益。这其中的理由除权威作家威廉·福克纳提到的要去广泛涉猎不同风格和不同流派小说的建议外，还有一个你无法抗拒斯蒂芬·金小说的原因。金是美国头号恐怖小说家，但你不必为了向他学习而喜欢恐怖小说，也不必钟情于惊悚片，甚至不必喜欢美国现代小说。研究斯蒂芬·金作品的关键原因是他设置悬念的技巧出神入化，而设置悬疑是故事讲述者最为重要的工具之一。

斯蒂芬·金（Stephen King）于 1947 年出生于缅因州的一个中产阶级社区，他有一个哥哥。在金两岁时他的父亲突然离家出走，兄弟俩便由母亲抚养长大。孩童时期的金想象力十分丰富，在开始尝试创作时，他立马意识到这对于他来说将是最愉快的谋生方式。1971 年结婚后，他在一所高中当了一段时间的英语老师。之后，他作为创意写作老师受雇于缅因大学。但《魔女嘉莉》（Carrie，1974年）的一炮而红改变了这一切，他的写作事业便一发不可收，至今为止共出版了约 100 篇短篇故事和 40 本小说，其中许多已经被搬上了银屏。除此之外，他还写了一本有关自己写作技巧的书《写作这回事》（On Writing，2000 年）。

尽管书中涉及了他的一生以及他对语法和文风的看法，但遗漏了最为重要的一点：悬念的设置。这是斯蒂芬·金小说最为著名的地方，包括了恐怖气氛的营造、不断临近爆炸时限的嘀嘀声、怪物的逼近，以及对潜藏于正常世界和类似于兰道尔·佛莱格（Randall Flagg）的普通人心中的妖魔鬼怪正在显形的暗示……这些都没有出现在《写作这回事》这本书中。其中的原因很明显——金自己在导言里写道："包括在座各位在内的小说家们并不十分清楚自己做了什么。"

我并不是在暗示斯蒂芬·金不知道如何创造悬念——远非如此！事实上，悬念对于他极为重要，他甚至自称为"悬疑作家"[1]。我想表达的是他对悬念的制造几乎是靠直觉完成的，他并没有使用什么神奇的公式。尽管斯蒂芬·金没有在他的写作手册里告诉你如何制造悬念，但他的小说告诉了你这一点，任何分析家都能从中发现他制造悬念的模式。读完本章，你也会对此有全面的认知。

"但我并不写惊悚小说，"你可能会这么说道，"悬念对于我而言有那么重要吗？"

答案是无论你在写什么类型的故事，悬念都是故事叙述中不可或缺的一部分。如果莎士比亚从来没考虑过安排《哈姆雷特》的故事结构，那主人公可能在第一幕就死了。整部剧正是通过制造悬念让观众渴望知道哈姆雷特是否能

---

[1] 斯蒂芬·金，2000年，第161页。

找到杀害他父亲的真正凶手以及他会不会亲手复仇。你的故事可能会用或快或慢的节奏向读者揭露信息，但无论你采用哪种节奏，你都不可能在前几个场景中就告诉读者所有的情节。相反，你会像其他作家一样，或多或少采用悬念来推动故事并吸引读者的兴趣，将情节推向结局。

悬念到底为何物？

简单而言，悬念就是让读者去期待未来的某个事件。通常作家会试图让读者对接下来将发生的事感到不安，但有时，悬念仅仅是让读者带着渴望或好奇期待某件事的发生。而斯蒂芬·金制造的悬念通常会让读者担忧接下来到底会发生什么事。换句话说，悬念在斯蒂芬·金的小说中得到了放大：它并非简单的好奇（可能在莎士比亚的小说里是如此）或期待（可能在简·奥斯汀的小说里是如此），它会让读者紧张到咬手指、汗流浃背、心惊胆战。

悬念对于故事而言非常重要，因为几乎所有读者都乐于享受悬念带来的刺激体验。现在有些评论家声称悬念是低等艺术，在艺术里属于最低档次。譬如，E. M. 福斯特（E. M. Forster）在《小说面面观》（*Aspects of the Novel*，1927 年）中宣称悬念所吸引的是心智像石器时代的穴居人那样的读者："原始人观众顶着乱蓬蓬的头发，围在篝火旁……只能透过悬念让他们对接下来发生的事感到好奇，以此振奋他们的精神，保持清醒。"[1]但实际上，包括狄更斯、但丁和莎士比亚作品在内的最优秀的文学作品都运用到了悬念，我怀疑是否有人会将他们或是他们的观众称为"原始人"。悬念并非低等、粗俗或融入你的作品中会让你感到难堪的东西。当你彻底了解了它之后，你会发现悬念是所有故事的核心，是所有最优秀文学作品不可或缺的部分。甚至还有专门研究乔治·艾略特、夏洛特·勃朗特和查尔斯·狄更斯等作家如何运用悬念的专著。[2]但即便莎士比亚和梅尔维尔这样的大师，为了特殊的叙事安排也用了悬念这个技巧[3]，斯蒂芬·金仍是当之无愧的现代悬念大师。因为他制造悬念的方法更容易被发现，更有助于作家进行模仿学习。这并不意味着你就不用从莎士比亚、狄更斯或梅尔维尔身上学习制造悬念的技巧，我想说的是学习制造悬念的第一课应该像钟声一般清晰，而没有作家能够像斯蒂芬·金一样做到这一点。

文学上的悬念

在我们讨论斯蒂芬·金的方法之前，先来看看什么是

---

[1]　福斯特，1927 年，第 26 页。

[2]　另可参见，莱文，2003 年，第 65—83 页；库利奇，1967 年。

[3]　莎士比亚在他的所有戏剧中都充分利用了悬念。例如，在《李尔王》中，当老国王将国土平分给两个女儿后，我们担心接下来在他身上会发生什么，尤其是两个女儿最终忘恩负义，无情怠慢了他。梅尔维尔在《白鲸》中用多种方式制造了悬念，包括用一个补充章节介绍了"裴廓德"号的航行，让我们得知捕鲸是多么危险。

文学上的悬念，以便将斯蒂芬·金的方法置于大的文学背景中。当你看到斯蒂芬·金运用悬念的方法在这一背景中的位置，以及它是如何与有史以来最著名的作家们制造悬念的方式大同小异时，我猜你会说"啊哈，原来如此！"例如，诺曼·梅勒在《夜幕下的大军》的整个叙述中反复提及他在五角大楼门前的台阶上有被捕的危险（被保护五角大楼的军警逮捕和杀害的可能性）来制造悬念，这个方式和斯蒂芬·金在《闪灵》（*The Shining*，1977 年）中制造 217 房间里的恐怖悬念的方式如出一辙。

　　一些读者可能因为我们正在谈论斯蒂芬·金的创作手法而片面认为悬念必须用在流行小说、惊悚小说或恐怖小说之中，这种观点和事实相去甚远！任何时代最为优秀的小说、最具文学性的非小说类写实作品以及最具抱负的写作均有赖于延迟和悬念的使用。陀思妥耶夫斯基在拉斯柯尔尼科夫谋杀两名女性的事件中用到了延迟和悬念，揭示了他迟来的悔悟。梅尔维尔在白鲸的追捕中也用到了延迟和悬念。莎士比亚则在《哈姆雷特》中多次运用延迟和悬念。如果要讨论所有的例子就会离题万里。[1]

　　悬念还能让读者对人物面临的潜在危险感到担忧。在斯蒂芬·金的故事中，危险通常意味着失去生命或肢体；在浪漫的爱情喜剧中，危险更多指的是失去爱情和忠贞；

---

[1]　举个例子就足够了：在运动员出现在比赛场之前，主持人会对他们进行介绍和比较，这增加了比赛的悬念并提升了观众的兴趣。（克莱门，1972 年，第 66 页）

在狄更斯的小说中，危险很可能是秘密的暴露（例如德洛克夫人或马格威奇）。在《麦田里的守望者》中，危险意味着霍尔顿再也不受人待见，这对于他来说将是比死亡更糟糕的命运。故事中的危险可以是各种不同类型的事物，如果你知道并理解它为何物，就可以通过尽可能长时间地不透露应对这一危险的方法来提高读者的兴致，让读者陷入悬念之中。

斯蒂芬·金的悬念设置技巧

研究表明，斯蒂芬·金通常采用三个步骤来制造悬念。首先，他会提到或暗示在某个地方发生的某件事，这会令读者好奇或者不安。其次，在这一令人担忧的事件或想法真正得到印证之前，他会反复提及它。我将第二个步骤称为"回拨（callback）"，它类似于舞台喜剧演员在演出中巧妙用到了前面铺陈的梗。再次，斯蒂芬·金在印证的过程中用悬念将故事推向了高潮，这也是整个故事中恐怖气氛最为浓烈的时刻。

请记住，在斯蒂芬·金的小说中，悬念通常被用来营造令读者不安的氛围。说得更简单一点，他想让读者们感觉到在他们关注的人物身上会有不好的事情发生。例如，在《头号书迷》（*Misery*，1987 年）中，从读者们意识到主人公保罗被囚禁在安妮的家中并任由她摆布的那一刻起，悬念就应运而生了。大部分不安都是由被囚禁的主人公的想法造成的："她现在要出去了。她会出去的，我会听到她把清洗用的水倒进水槽里，她或许几个小时都不会回来，因为她可能还没想好惩罚我。"保罗忧虑的内心独白贯穿整本书，每当有什么不好的事可能发生时，主人公就会因此躁郁不安，读者也会随之感到不安（因为读者同情他）。

《头号书迷》的故事设置展现了一种持续营造悬念的技巧。当然，故事中的绝大部分情形已经透过主人公的视角传达给我们，但情形本身就是斯蒂芬·金用来制造悬念的独立装置。一开始主人公受到的人身监禁以及患有某种程度的瘫痪的事实就足以引起读者的担忧了。在此基础之上，他的看护人还是个虐待狂，保罗的处境就更为危险。任何处于（或读到）这一情形的人都会对接下来可能发生什么感到不安。每当安妮说道"现在我必须清洗"时，"回拨"就会发挥作用。当她第一次这么说时，她折磨了保罗，因此只要她再次说出这句话就提醒着读者更多的惩罚即将来。悬念的高潮和印证发生在故事的结尾，保罗终于突破千难万险从病床上发起进攻，用火点着并杀死了安妮。

在《末日逼近》（*The Stand*，1978 年）中，当第一个受害者感染病毒时，类似的担忧便产生了。小说的第一部分以病毒的影响为中心，在这部分的引言中斯蒂芬·金通过人物的内心独白告诉我们事态将变得多么严重。例如，斯图·雷德曼（Stu Redman）认为："这个病毒会像流感或夏天的感冒一样袭击你，只是它要可怕得多，你可能会因为鼻塞窒息而死，或是因发烧致死。传染性非常高。"[1]在小说的第二部分，一群存活下来的人类拯救和重建被病毒摧毁的世界。悬念在此进一步增强，病毒发挥着电话"回拨"的作用时刻提醒着读者随时可能发生更大的灾难。这一悬念在故事的第三部分得到了印证，读者见证了两个对立政治派别之间的大决战。[2]

在他的第一部小说《魔女嘉莉》中，斯蒂芬·金已经显露出了制造悬念的高超技巧，他运用暗示、回拨和印证去增加读者的不安。在整本小说中，我们都在等待女主人公运用她的超能力为平日所受到的羞辱和排挤对城镇进行报复。当听到嘉莉被邀请参加学校的舞会后，她极度虔诚的母亲对此竭力反对，悬念在此增加了："妈妈睁大了双眼，正在用'我不敢相信自己的耳朵'的那种眼神瞪着她。她的鼻孔就像一匹听到了蟒蛇吐信的马儿一样一张一合。"片刻过后，女孩的母亲极为厌恶地"把茶泼到嘉莉脸上"。这只是嘉莉所遭受的其中一个羞辱。每当看到嘉莉受到屈辱时，读者都期待她接下来的反应，但在悬念印证的那一部分，嘉莉爆发出来的愤怒导致镇上许多人丧生，这是谁都无法预料的过激结果。

---

[1] 斯蒂芬·金，1978年，第65页。

[2] 对于兰德尔·弗莱格的人物描写增加了故事的悬念，因为他显然是一个坏人。他杀害了戴娜，这让读者们想知道他还能制造什么其他骚乱。

　　到此为止，斯蒂芬·金为何没有在《写作这回事》里提及制造悬念的技巧已经很清楚了：因为这种方法因书而异。毕竟，他要怎么解释如何运用这个技巧呢——譬如"要让角色受到羞辱来制造悬念"？再譬如，主人公必须值得同情，欺凌者必须真实，主人公的母亲必须因某事变得刻薄，在悬念得到印证时愤怒的反应必须淋漓尽致地展现？像这种具体的指示无法囊括《魔女嘉莉》中运用到的所有技巧。说实话，悬念设置的技巧没有那么复杂，作家只需让读者对某件事感到不安就可以了。他们不安的原因也不一定是主人公遭到了羞辱。令读者不安、忧虑和期待的原因应是每个故事所独有的特色。

　　例如，《厄兆》（*Cujo*，1981 年）制造了悬念是因为读者们知道一旦圣伯纳犬库乔开始杀戮，将会有更多的人死亡。每个人的心中都存在着这样的疑问和不安：接下来死掉的会是谁？他是怎么被杀死的？除上述的方法外，斯蒂芬·金还在小说的第二页用预告制造悬念："怪物永远不会死亡。"好像这句话表达的含义还不够清晰似的，他进一步写道："它在 1980 年夏天再次回到了石头堡。"预告可以在小说的任何地方使用，它暗示着一些不好的事将会发生。

　　斯蒂芬·金对悬念极佳的直觉甚至影响到了他对比拟的使用。例如，他把月亮比作怪物，将月亮人格化并加入了一种不祥的预感。"月亮盯着小男孩的窗，就像死去的人睁着翻白的眼珠。"再例如，当狂犬病侵袭库乔的大脑时，金进入库乔的内心揭示了它的想法。在初次袭击了加里后，"库乔不确定它是不是还想要攻击人类。它感到心痛，撕心裂肺地痛，仿佛世界就是一张由感觉和印象拼凑成的碎布——"库乔的内心活动让悬念增加了，在它已经开始袭击人类并且它自己也不确定是否还会再次袭击时，我们对这条狗接下来究竟会做些什么感到不安。斯蒂芬·金超出常理地通过进入一条狗的大脑制造了悬念！在你的小说中，你需要弄清楚什么因素会引起读者的好奇、担忧或期待，然后将它融入故事之中。

我们在这里所讨论到的悬念类型也被称为延迟。"延迟意指不在'预定时刻'传递信息，而将它留在之后揭晓。"[1]例如，《闪灵》采用了这一技巧让我们等待特定角色身上的问题得到解决。斯蒂芬·金在小说的前几章提供了关于三个主要角色的大量信息：酒鬼杰克·托兰斯（*Jack Torrance*）、杰克长期受到折磨的妻子温迪（Wendy），以及他们能够通灵的儿子丹尼（Danny）。当我们对这些角色有了足够的了解后，斯蒂芬·金暗示有异常的事情时，我们便会关心他们身上将会发生的事。例如在第四章中，斯蒂芬·金告诉我们："（丹尼）知道关于他父母的很多事，他也知道很多时候他们并不喜欢他所知道的事，甚至都不肯相信它们。但总有一天他们不得不相信。现在他愿意等

---

[1]　里蒙-凯南，1983 年，第 125 页。

待。"这句话开启了一个延迟装置，保留了另外两个角色的信息，而这一信息在情感上对于丹尼十分重要。通过延迟揭露这一信息并暗示问题的存在，斯蒂芬·金制造了悬念。

后来，当这家人来到山间饭店时，厨师哈洛伦（Hallorann）警告男孩不要去 217 房间。这和乔治·奥威尔关于 101 房间的悬念很相似。丹尼被告知 217 房间里有不祥之物，尽管读者并未被告知这个不祥之物究竟是什么以及它为何不祥，但这足以让人心惊胆战。这里设置了延迟装置并让悬念得以维持，我们直到很久之后才知道房间里究竟潜藏着什么。斯蒂芬·金在揭示小说中众多悬念的意义前，总是让读者等待。在这期间，他通过"回拨"反复提到这一危险，让读者感到焦虑不安。例如，哈洛伦第一次警告丹尼勿进 217 房间是在故事的早期。在几章之后，丹尼在游览饭店时路过了这个房间，再次想起了它的不祥，这里用"回拨"提示读者 217 房间的恐怖。这个房间在之后又被多次提及，直到悬念揭开时门后的恐怖才被真正揭晓。斯蒂芬·金通过"回拨"将悬念与读者绑在了一起，悬念不断增加，读者也愈发提心吊胆、惶惶不安。

悬念和延迟是一枚硬币的两面，从作者的角度看，关注延迟是非常有帮助的，一旦你考虑到延迟揭晓答案，你就会意识到"回拨"的重要性。如果没有"回拨"，读者可能就会忘记角色即将面对的危险。你可以通过时不时提及这些危险，将这把达摩克利斯之剑悬在读者的头顶上，让他们保持战战兢兢的状态。同时，斯蒂芬·金不断重复 217 房间展示了重复对于优秀的叙述和突出的悬念的重要性。注意他是在多久之后才揭晓最后的答案，你会发现关键信息的延迟竟然可以跨越数十页甚至是数百页，只要你不让读者忘记这一悬念并通过"回拨"将读者和隐藏的信息联系起来。

　　了解斯蒂芬·金的写作手法最好的方式并非看他那本关于写作技巧的书，而是直接去读他的小说，并拿一支笔在书上圈出对危险事态的暗示，例如哈洛伦关于山间饭店的警告，或温迪对她丈夫酗酒的担忧。同时，在"回拨"出现时标记它们：这包括丹尼再次经过 217 房间以及温迪怀疑自己的丈夫再次酗酒等情节。最后，圈出悬念达到最高潮的部分，例如丹尼进入 217 房间，或者杰克因丧失理智用木槌袭击温迪。通过这一方式，你基本上能掌握创造悬念的三个基本步骤：对令人不安的事进行暗示、对危险的"回拨"以及对悬念的印证。在你意识到自己已掌握了这些技巧之前，读你书的人可能已经无法入眠了。

结　语

在这本书中，我们深入剖析了你可以进行模仿从而提升自己创作风格的经典作品。其中涉及的一些技巧包括初稿的创作、情节和人物的发展、人物视角的运用，以及伏笔和悬念的设置等。对这些技巧进行反复练习和试错必定会让你掌握这些一直以来你想有所精进的技艺。当然，书中的一些技巧相比其他技巧可能更加吸引你，重要的是当你读完这本书时，你已经能基本掌握分析小说写作特点的这项技艺了，我猜你也能用 X 射线般的视角去解析任何一部作品并理解它是如何运作和吸引读者的。当你在研究一本书时，它应该能化作你手中的黏土，并融合进你自己的作品中。

随着我们的讨论进入尾声，请记住前人非常看重模仿，罗马人、希腊人写的几乎每一部作品没有不公开模仿前作的。古罗马最为著名的修辞学家昆体良曾发自内心地鼓励作家去模仿。现代历史学家总结了昆体良对模仿的看法，这个观点对当代作家而言简明扼要并具有启发性：

好的模仿并非字面上的复制，而是对原作的基本精神以及对前人在用词、情节安排、态度观点甚至是主题等令人赞叹之处的理解。模仿者不应寻求与原型

　　严丝合缝的一一对应，他的模仿并非单纯的复制品而应具有创造性：作家必须理解原型的精神，并赋予原型新的生命，以此展示如何能够更好地完成作品；如果用相同的方式无法做得更好，那就另辟蹊径。[1]

　　现在，我希望在你的面前有着最激动人心的作品供你选择模仿。在选择的过程中，你也会形成自己的写作风格和艺术视野。如果这不令人兴奋，我不知道还有什么会令人兴奋了。

　　模仿是否有朝一日会停下？那些优秀的作家是否觉得他们已经没有什么新东西需要学习了？事实上，一旦掌握了模仿这门技艺，可以肯定的是你总会对一本新书、一位新作家、一种新风格感到兴奋，并希望从中汲取有价值的养分。在这一过程中，你会收获更多的回报，因为你敢于冒险，敢于运用你从未用过的新颖的写作技巧。通过学习新老作家的技巧，你将持续从他们身上汲取能量。即便在完成了《麦田里的守望者》后，塞林格也孜孜不倦地向卡夫卡学习，敬畏这位伟大的作家，因他的才华感到谦卑。这足以说明优秀的作家从不会停下学习的步伐。

　　我希望在思考我们讨论过的著名作家时，你不会对自己即将展开的冒险旅途感到恐慌。请记住，我们所要求的不仅是模仿，还要去改进并最终超越他们。

---

[1] 马林科拉，1997 年，第 13—14 页。

"但是，我怎么能超过像卡夫卡这样的大师呢？"你可能会问。

你知道塞林格也问了自己同样的问题吗！但最终他静下心来写作并尽全力做到这一点。伟大的作家在大师面前不会总是畏缩不前。确实，当一个作家看到前人的丰功伟绩时可能会感到沮丧，但这种反应完全正常。实际上，你没有这种感觉才会与某些重要的东西擦肩而过；偶尔感到谦卑是你具备作家的技巧和能力的标志，它证明了你已经足够敏锐到发现别人作品中的惊艳之处。[1]但如果你是一位真正的作家，你就会振作起来，跨过心中敬畏的那道坎，用固有的钦佩帮助自己将前人的作品视作铸就自己最佳作品的垫脚石。这就是作家的方式。

当你勇敢追求峰顶时不要害怕。古代修辞学家昆体良、西塞罗、圣奥古斯丁以及其他人都在鼓舞着你。听！你听不到他们的声音吗？你听不到他们在说什么吗？他们信任你，相信你能做到。我也是如此。

---

[1] 有无数个关于作家在见到前人伟大作品时绝望地痛哭流涕的故事。当然值得高兴的是，这些敏感的灵魂最终收起了失落，奋发向上，创造出了属于他们自己的天才作品。

致　谢

　　在此向众多为本书提供过热心帮助的作家、研究人员以及学者致以诚挚的感谢。他们中的许多人是研究某个特定作者的知名专家，对本书颇感兴趣，帮助我审阅了不同的章节并在我写作过程中提供了鼓励和指导。我要特别感谢以下人员在成书过程中提供了反馈、批评和建议：理查德·柯里（Richard Currie）、保罗·C.多尔蒂（Paul C. Doherty）、罗素·盖伦（Russell Galen）、大卫·吉尔（David Gill）、马克·哈蒙（Mark Harmon）、劳里·罗伯逊-洛伦特（Laurie Robertson-Lorant）、特德·摩根（Ted Morgan）、保罗·P.鲁本（Paul P. Reuben）和约翰·塔利亚费罗（John Taliaferro）。

　　特别需要提及的是，康斯坦丁·莫纳斯特尔斯基（Konstantin Monastyrsky）针对本书提出的想法就像黑暗里的一盏明灯，指引着我突破了风格、情节和人物发展等问题的迷雾，如果他不对我的书坦诚地进行批评、评论和建议，这些问题对于我而言就不会如此清晰。我还要感谢已故的朋友威尔森·布莱恩·基（Wilson Bryan Key），在我创作这本书的大部分内容期间他的鼓励和建议给了我莫大的帮助。他的文章依旧对与文学阐释和无意识相关的一些重要问题有所启发。

我非常感谢纽约城市人学、史坦顿岛学院（the Col-
lege of Staten Island）、纽约城市大学研究生中心、波士顿
大学、波士顿学院和福特汉姆大学（Fordham University）
的图书管理员们。在此，我还要特别感谢以下两个图书馆
让我有机会接触到它们的独家收藏：印第安纳大学莉莉图
书馆提供了关于伊恩·弗莱明小说的原始打字稿，以及位
于马萨诸塞州波士顿市的约翰·肯尼迪图书馆提供了欧内
斯特·海明威的手稿。

在此，我要特别感谢保罗·C.多尔蒂，他于20世纪
80年代早期在波士顿学院开创的模仿课程对我很有启发
性，同时他还一直支持我在修辞领域的兴趣。当我还是波
士顿学院法学院的研究生时，我从已故的詹姆斯·L.霍特
林（James L. Houghteling）和已故的桑福德·J.福克斯
（Sanford J. Fox）那里获取了关于写作风格的宝贵建议，
他们的影响促使我对这本书的基本前提及其他次要细节进
行了调整。

我也不会忘记纽约城市大学英语系的教职工们在教学
设施上给我提供的帮助。同时，玛丽·雷达（Mary Reda）
对我友好的批评和建议，让我在史坦顿岛学院不仅汲取了
知识也收获了友谊，这是一段值得铭记的开心时光。我还
要感谢弗兰克·巴塔利亚（Frank Battaglia）、吉恩·拉斯
玛森（Gene Rasmussen）、兰卡·罗尔斯（Lenka Rohls）、
迈克尔·沃尔特斯（Michael Walters）和玛莎·耶格（Mar-

tha Yeager）对我提供的学术帮助和支持。

　　我不知道我能否完全清楚地表达出二十多年来我在波士顿学院教授英语课程的快乐，在那里进行的多年研究和思考构成了这本书的基础。有一个人让这段经历尤为快乐：他就是詹姆斯·A.伍兹（James A. Woods）。他是有着欧内斯特·沙克尔顿[1]的领导能力的院长，他保证了我在此的教学过程既是一种乐趣也是一次学习经历。

　　感谢许多学生自愿承担帮我收集材料和阅读草稿的工作。在此，我要特别感谢保利娜·格洛兹曼（Paulina Glozman），她有着惊人的编辑洞察力，以及感谢李·多尼根（Lee Donegan）的持续帮助。

　　许多出版界人士也帮助了我，我非常感谢他们。在写这本书的前期，我从米歇尔·沃尔夫森（Michelle Wolfson）那儿得到了宝贵的指导。在整本书的准备过程中，我的文学经纪人亚当·郝罗梅（Adam Chromy）的建议也非常有价值。我要特别感谢他，因为他是我自与出版界打交道以来有幸遇到的最有风度的专家之一。

　　如果这本关于写作风格和模仿的书有自己的格调，那很大程度上归功于作家文摘丛书的优秀编辑斯科特·弗朗西斯（Scott Francis）的深刻见解和批评意见——他处理观点概念的能力与他处理文本表达的能力相当，他的洞察

---

[1]　欧内斯特·沙克尔顿（Ernest Shackleton，1874—1922），又译薛克顿，英国南极探险家。

力在许多方面对我有所帮助，以及他针对手稿优缺点的冷静评价和经过深思熟虑给出的建议帮助我更好地理解了自己的说理论证，也终将会帮助读者更好地理解这本书。我也很感谢作家文摘的整个团队，包括简·弗里德曼（Jane Friedman）和金·卡坦扎里特（Kim Catanzarite），他们的审稿工作细致入微，让我时不时无地自容。

最后，在这一长串的致谢中如果没有提及对父母给予我的热情支持以及他们在我幼年时期对我文学思维的影响的感恩和感谢，那这样的致谢就不算完整。同时，我的兄弟姊妹苏珊、菲利普、约翰也为我的作品提供了额外的反馈意见。最后但同样重要的是，我源源不断地从我的妻子玛丽莲和可爱的女儿凯特身上得到了宝贵的灵感。

参考书目 [1]

保罗·亚历山大（ALEXANDER, PAUL）

《塞林格传》，洛杉矶：文艺复兴书局，1999 年。（1999. *Salinger: A Biography*. Los Angeles: Renaissance Books.）

约翰·丹尼斯·安德森（ANDERSON, JOHN DENNIS）

《威廉·福克纳的学生同伴》，康涅狄格州韦斯特波特：格林伍德出版社，2007 年。（2007. *Student Companion to William Faulkner*. Westport, Conn.: Greenwood Press.）

保罗·阿特金森（ATKINSON, PAUL）

《民族志的想象力：现实的文本建构》，纽约：鲁特利奇出版社，1990 年。（1990. *The Ethnographic Imagination: Textual Constructions of Reality*.New York: Routledge.）

鲍勃·贝克（BAKER, BOB）

《通俗诗》，《洛杉矶时报》，2004 年 5 月 31 日：A-1 版。〔2004. "Poetry of popular patter." *Los Angeles Times*, May 31:A-1.Available online at articles.latimes.com/2004/may/31/entertainment/et-alliteration31 (accessed August 29, 2008).〕

奥诺雷·德·巴尔扎克（BALZAC, HONORÉ DE）

《高老头》和《欧也妮·葛朗台》，1834 年，E. K. 布

朗、多萝西娅·沃尔特、约翰·沃特金斯译，纽约：现代图书馆，1946 年。（1834. *Père Goriot and Eugénie Grandet*. Translated by E.K. Brown, Dorothea Walter and John Watkins. New York: Modern Library, 1946.）

《论现代兴奋剂》，1838 年 a，巴黎：巴切尔版本，2002 年。（1838a. *Traité des Excitants Modernes*. Paris: Éditions du Boucher, 2002.）

《咖啡的乐趣和痛苦》，1838 年 b，罗伯特·奥诺帕译，《密歇根州季刊》，第 35 卷，第 2 期，第 273—277 页，1996 年春。（1838b. "The Pleasures and Pains of Coffee." Translated by Robert Onopa. *Michigan Quarterly Review*. Vol. XXXV, no. 2, Spring 1996, pp.273–277. Also available online at http://hdl. handle.net/2027/spo.act2080.0035.002:01.）

凯文·巴里（BARRY, KEVIN）

《死者》，爱尔兰科克：科克大学出版社，2001 年。（2001. *The Dead*. Cork: Cork University Press, Ireland.）

乔治·比姆（BEAHM, GEORGE）

《斯蒂芬·金：美国人最爱的邪恶巫师》，堪萨斯城：安德鲁·麦克米尔出版社，1998 年。（1998. *Stephen King: America's Best-Loved Boogeyman*. Kansas City: Andrews McMeel Publishing.）

莫里斯·毕比编辑（BEEBE, MAURICE, ED.）

《文学中的象征主义：文学解读导论》，圣弗朗西斯科：

沃兹沃斯出版公司，1960 年。(1960. *Literary Symbolism: An Introduction to the Interpretation of Literature*. San Francisco: Wadsworth Publishing Co.)

苏珊·F. 贝格尔编辑 (BEEGEL, SUSAN F., ED.)

《海明威被忽视的短篇小说：新视角》，塔斯卡卢萨：阿拉巴马大学出版社，1992 年。(1992. *Hemingway's Neglected Short Fiction: New Perspectives*. Tuscaloosa: University of Alabama Press.)

吉恩·贝利 (BELEY, GENE)

《无保留的雷·布雷德伯里！未经授权的传记》，内布拉斯加州林肯：iUniverse 出版社，2006 年。(2006. *Ray Bradbury Uncensored! The Unauthorized Biography*. Lincoln, Nebr.: iUniverse.)

莎莉·本斯托克 (BENSTOCK, SHARI)

《没有偶然的礼物：伊迪丝·华顿传记》，奥斯汀：得克萨斯大学出版社，1994 年。(1994. *No Gifts From Chance: A Biography of Edith Wharton*. Austin: University of Texas Press)。

萨凡·贝尔科维奇和塞勒斯·帕特尔编辑 (BERCOVITCH, SACVAN, AND CYRUS R.K. PATELL, EDS.)

《剑桥美国文学史：散文写作，1940—1990》，纽约：剑桥大学出版社，1994 年。(1994. *The Cambridge History of American Literature: Prose Writing, 1940–1990*. New York: Cambridge University Press.)

安德烈·布莱卡森（BLEIKASTEN, ANDRÉ）

《弗兰纳里·奥康纳的异端邪说》，摘自《关于弗兰纳里·奥康纳的评论文章》，1978 年。由梅尔文·弗里德曼和贝弗利·里昂·克拉克编辑，波士顿：G. K. Hall 公司，1985 年，第 138—158 页。（1978. "The Heresy of Flannery O'Connor." In *Critical Essays on Flannery O'Connor*. Edited by Melvin J. Friedman and Beverly Lyon Clark. Boston: G.K. Hall & Co., 1985, pp. 138–158.）

哈罗德·布鲁姆（BLOOM, HAROLD）

《影响的焦虑：诗歌理论》第二版，纽约：牛津大学出版社，1997 年。（1997. *The Anxiety of Influence: A Theory of Poetry*. 2nd ed. New York: Oxford University Press.）

哈罗德·布鲁姆编辑（BLOOM, HAROLD, ED.）

《乔治·奥威尔的〈1984〉》，纽约：切尔西书屋出版公司，2007 年。（2007. *George Orwell's 1984*. New York: Chelsea House.）

约瑟夫·布洛特纳（BLOTNER, JOSEPH）

《福克纳传》合订本，杰克森：密西西比大学出版社，1984 年。（1984. *Faulkner: A Biography*. One-volume edition. Jackson: University Press of Mississippi.）

《圣殿》订正版，纽约：维塔奇书局，1987 年。（1987. Line and page notes to the corrected edition of *Sanctuary*. New York: Vintage.）

克里斯托弗·布克（BOOKER, CHRISTOPHER）

《七种基本情节：我们为何讲述故事》，纽约：Continuum 出版社，2004 年。（2004. *The Seven Basic Plots: Why We Tell Stories*. New York:Continuum.）

马库斯·布恩（BOON, MARCUS）

《无度之路：瘾君子作家史》，马萨诸塞州剑桥：哈佛大学出版社，2002 年。（2002. *The Road of Excess: A History of Writers on Drugs*. Cambridge, Mass.: Harvard University Press.）

戈登·鲍克（BOWKER, GORDON）

《走进乔治·奥威尔》，纽约：帕尔格雷夫·麦克米伦出版社，2003 年。（2003. *Inside George Orwell*. New York: Palgrave Macmillan.）

罗伯特·S.博因顿编辑（BOYNTON, ROBERT S., ED）

《新新闻主义：与全美最优秀的非小说类文学作家对话》，纽约：维塔奇书局，2005 年。（2005. *The New New Journalism: Conversations With America's Best Nonfiction Writers on Their Craft*. New York: Vintage.）

雷·布雷德伯里（BRADBURY, RAY）

《华氏 451》，1953 年，纽约：德雷图书公司，1991 年。（1953. *Fahrenheit 451*. New York: Del Rey, 1991.）

《蒲公英酒》，1957 年，纽约：班坦图书公司，1959 年。（1957. *Dandelion Wine*. New York: Bantam, 1959.）

《从魔界来的》，1962 年，纽约：班坦图书公司，1963 年。

（1962. *Something Wicked This Way Comes*. New York: Bantam, 1963.）

《庭院花香》，纽约：克诺夫出版集团，1973 年。（1973. *When Elephants Last in the Dooryard Bloomed: Celebrations for Almost Any Day in the Year*. New York: Knopf.）

《写作的禅机：释放内在的创造天赋》，纽约：班坦图书公司，1990 年。（1990. *Zen in the Art of Writing: Releasing the Creative Genius Within You*. New York: Bantam.）

《对话雷·布雷德伯里》，斯蒂芬·L.安杰利斯编辑，杰克逊：密西西比大学出版社，2004 年。（2004. *Conversations With Ray Bradbury*. Edited by Steven L. Aggelis. Jackson: University Press of Mississippi.）

网站和出版编辑科林·克拉克对雷·布雷德伯里的采访，苏格兰国家剧院。（N.d. Ray Bradbury Interview. Interview by Colin Clark, Web & Publications Editor, National Theatre of Scotland. www.nationaltheatrescotland.com/content/default. asp?page=s452. accessed December 23, 2008.）

沃森·G.布兰奇编辑（BRANCH, WATSON G., ED）

《赫尔曼·梅尔维尔：关键遗产》，纽约：鲁特利奇出版社，1997 年。（1997. *Herman Melville: The Critical Heritage*. New York: Routledge.）

纳撒尼尔·布兰登（BRANDEN, NATHANIEL）

《最终审判日：我与安·兰德共度的岁月》，波士顿：霍顿·米夫林出版公司，1989 年。(1989. *Judgment Day: My Years With Ayn Rand*. Boston: Houghton Mifflin)。

马克西米利安·布拉蒙（BRAMUN, MAXIMILIAN）

《陀思妥耶夫斯基：多样统一的全集》，哥廷根：凡登霍克和鲁普雷希特出版社，1976 年。(1976. *Dostojewskij: Das Gesamtwerk als Vielfalt und Einheit*. Göttingen: Vandenhoeck und Ruprecht.)

科林斯·布鲁克斯（BROOKS, CLEANTH）

《威廉·福克纳：约克纳帕塔法县》，巴顿鲁日：路易斯安那州立大学出版社，1990 年。(*William Faulkner: The Yoknapatawpha Country*. Baton Rouge: Louisiana State University Press, 1990.)

雷尼·布朗和戴夫·金（BROWNE, RENNI, AND DAVE KING）

《小说家的自我编辑：如何将自己编辑成印刷品》，纽约：哈珀柯林斯出版集团，2004 年。(2004. *Self-Editing for Fiction Writers: How to Edit Yourself Into Print*. New York: HarperCollins.)

贾辛莎·布迪科姆（BUDDICOM, JACINTHA）

《埃里克和我们：纪念乔治·奥威尔》，伦敦：Frewin 出版社，1974 年。(1974. *Eric and Us: A Remembrance of George Orwell*. London: Frewin.)

科林·布尔曼（BULMAN, COLIN）

《创意写作：小说写作指南和术语汇编》，剑桥：政体出版社，2006 年。（2006. *Creative Writing: A Guide and Glossary to Fiction Writing*.Cambridge: Polity.）

安东尼·伯吉斯（BURGESS, ANTHONY）

《欧内斯特·海明威及其世界》，纽约：斯克里布纳出版社，1978 年。（1978. *Ernest Hemingway and His World*. New York: Scribner's.）

埃德加·赖斯·巴勒斯（BURROUGHS, EDGAR RICE）

《人猿泰山》，1912 年，纽约：巴兰坦出版公司，1963 年。（1912. *Tarzan of the Apes*. New York: Ballantine, 1963.）

《火星公主》，1917 年，纽约：巴兰坦出版公司，1963 年。（1917. *A Princess of Mars*. New York: Ballantine, 1963.）

《脱离时间的深渊》，纽约：Ace 出版社，1918 年。（1918. *Out of Time's Abyss*. New York: Ace.）

《图维娅，火星女仆》，纽约：Ace 出版社，1920 年。（1920. *Thuvia, Maid of Mars*. New York: Ace.）

《月亮女仆》，1926 年，纽约：Ace 出版社，1968 年。（1926. *The Moon Maid. New York*: Ace, 1968.）

《火星大师》，纽约：Ace 出版社，1928 年。（1928. *The Master Mind of Mars*. New York: Ace.）

《火星战士》，纽约：Ace 出版社，1931 年。（1931. *A Fighting Man of Mars*. New York: Ace.）

《隐藏之地》，纽约：Ace 出版社，1932 年。（1932. *The Land of Hidden Men*. New York: Ace.）

《金星海盗》，纽约：Ace 出版社，1934 年。（1934. *Pirates of Venus*. New York: Ace.）

《飞越远星》，纽约：Ace 出版社，1964 年。（1964. *Beyond the Farthest Star*. New York: Ace.）

德洛丽丝·巴特里（BUTTRY, DOLORES.）

《"秘密苦难"：克努特·汉姆生关于创意艺术的寓言》，《短篇小说研究》19，第 1 期，第 1—7 页，1982 年。（1982. "'Secret Suffering': Knut Hamsun's Allegory of the Creative Artist." *Studies in Short Fiction* 19, no. 1, pp.1–7.）

威廉·凯恩（CANE, WILLIAM）

《爱的出生顺序》，纽约：达卡波 / 珀修斯图书集团，2008 年。（2008. *The Birth Order Book of Love*. New York: Da Capo/Perseus Books.）

梅塔·卡彭特（CARPENTER, META.）

参见王尔德，梅塔·卡彭特。

大卫·卡维奇（CAVITCH, DAVID）

《D. H. 劳伦斯和新世界》，纽约：牛津大学出版社，1969 年。（1969. *D. H. Lawrence and the New World*. New York: Oxford University Press.）

詹姆斯·查普曼（CHAPMAN, JAMES）

《通往刺激的通行证：詹姆斯·邦德电影的文化史》，纽约：哥伦比亚大学出版社，2000 年。（2000. *Licence to Thrill: A Cultural History of the James Bond Films*.New

York: Columbia University Press.）

菲拉泰·查尔斯（CHASLES, PHILARÈTE）

《巴黎批判概要：梅尔维尔真实神奇的航行之旅》，1849 年，《赫尔曼·梅尔维尔：关键遗产》，沃森·G.布兰奇编辑，第 171 页，纽约：鲁特利奇出版社，1997 年。（1849. "Parisian Critical Sketches: The Actual and Fantastic Voyages of Herman Melville." In *Herman Melville: The Critical Heritage*, edited by Watson G. Branch, p. 171. New York: Routledge, 1997.）

彼得罗·西塔提（CITATI, PIETRO）

《卡夫卡》，雷蒙德·罗森塔尔译，纽约：克诺夫出版社，1990 年。（1990. *Kafka*. Translated by Raymond Rosenthal. New York: Knopf.）

沃尔夫冈·克莱门（CLEMEN, WOLFGANG）

《莎士比亚的戏剧艺术：文集》，1972 年，纽约：鲁特利奇出版社，2005 年。（1972. *Shakespeare's Dramatic Art: Collected Essays*. New York: Routledge, 2005.）

罗伯特·L.科尔德（COARD, ROBERT L.）

《伊迪斯·华顿对辛克莱·刘易斯的影响》，《现代小说研究》，第 31 期：第 511—527 页，1985 年。（1985. "Edith Wharton's Influence on Sinclair Lewis." *Modern Fiction Studies*, 31.pp.511—527.）

多瑞特·科恩（COHN, DORRIT）

《透明思维：小说中呈现意识的叙事模式》，新泽西州普林斯顿：普林斯顿大学出版社，1978 年。(1978. *Transparent Minds: Narrative Modes for Presenting Consciousness in Fiction.* Princeton, N.J.: Princeton University Press.)

罗伯特·科尔斯（COLES, ROBERT）

《克努特·汉姆生：起讫》,《新共和》杂志 157，第 13 期，第 21—24 页，1967 年。(1967. "Knut Hamsun: The Beginning and the End." *New Republic* 157, no. 13, pp. 21–24.)

爱德华·P. 科门塔莱（COMENTALE, EDWARD P.）

《弗莱明的皇家特工：詹姆斯·邦德和现代风格技巧》,《伊恩·弗莱明和詹姆斯·邦德: 007 的文化政治》，爱德华·P. 科门塔莱、史蒂芬·瓦特和斯基普·威廉编辑，第 3—23 页，布卢明顿：印第安纳大学出版社，2005 年。(2005. "Fleming's Company Man: James Bond and the Management of Modernism." In *Ian Fleming and James Bond: The Cultural Politics of 007*, edited by Edward P. Comentale, Stephen Watt and Skip Willman, pp. 3–23. Bloomington: Indiana University Press.)

吉安·比亚焦·康特（CONTE, GIAN BIAGIO）

《模仿修辞：维吉尔与其他拉丁诗人的体裁与诗歌记忆》，查尔斯·西格尔译，纽约州伊萨卡镇：康奈尔大学出版社，1986 年。(1986. *The Rhetoric of Imitation: Genre and Poetic Memory in Virgil and Other Latin Poets*. Translated by Charles Segal. Ithaca, N.Y.: Cornell University Press.)

小阿奇博尔德·C.库利奇（COOLIDGE, ARCHIBALD C., JR.）

《系列小说家查尔斯·狄更斯》，埃姆斯：爱荷华州立大学出版社，1967年。（1967. *Charles Dickens as Serial Novelist*. Ames: Iowa State University Press.）

爱德华·P.J.科比特（CORBETT, EDWARD P. J.）

《现代学生的古典修辞学》第二版，纽约：牛津大学出版社，1971年。（1971. *Classical Rhetoric for the Modern Student*. 2nd ed. New York: Oxford University Press.）

理查德·A.科德尔（CORDELL, RICHARD A.）

《萨默塞特·毛姆：传记和批判性研究》，布卢明顿：印第安纳大学出版社，1961年。（1961. *Somerset Maugham: A Biographical and Critical Study*.Bloomington: Indiana University Press.）

米歇尔·H.考恩编辑（COWAN, MICHAEL H., ED.）

《二十世纪对〈喧哗与骚动〉的诠释：评论集》，新泽西州恩格尔伍德：普伦蒂斯霍尔出版社，1968年。（1968. *Twentieth Century Interpretations of The Sound and the Fury*: *A Collection of Critical Essays*. Englewood Cliffs, N.J.: Prentice Hall.）

凯瑟琳·克劳福德编辑（CRAWFORD, CATHERINE, ED.）

《如果你真想听的话：J. D.塞林格和他的作品》，纽约：桑德茅斯出版社，2006年。（2006. *If You Really Want to*

Hear About It: Writers on J. D. Salinger and His Work. New York: Thunder's Mouth Press.)

安东尼·柯蒂斯（CURTIS, ANTHONY）

《毛姆的模式：批判描写》，纽约：塔平格出版公司，1974 年。(1974. *The Pattern of Maugham: A Critical Portrait.* New York: Taplinger Publishing Co.)

乔·李·戴维斯（DAVIS, JOE LEE）

《愤怒或难堪》，1953 年，《对弗兰纳里·奥康纳的批判回应》，小道格拉斯·罗比拉德编辑，第 23—24 页，康涅狄格州韦斯特波特市：普雷格出版社，2004 年。(1953. "Outraged or Embarrassed." In *The Critical Response to Flannery O'Connor*, edited by Douglas Robillard, Jr., pp. 23–24. Westport, Conn.: Praeger, 2004.)

玛丽·V. 迪尔伯恩（DEARBORN, MARY V.）

《梅勒自传》，波士顿市：霍顿·米夫林出版公司，1999 年。(1999. *Mailer: A Biography.* Boston: Houghton Mifflin.)

安德鲁·德尔班科（DELBANCO, ANDREW）

《梅尔维尔：他的世界和作品》，纽约：克诺夫出版社，2005 年。(2005. *Melville: His World and Work.* New York: Knopf.)

菲利普·K. 迪克（DICK, PHILIP K.）

《帕莫·艾德里奇的三处圣痕》，1965 年，纽约：维塔奇书局，1991 年。(1965. *The Three Stigmata of Palmer Eldritch.* New

York: Vintage Books, 1991.）

《仿生人会梦见电子羊吗?》（以"银翼杀手"之名出版），1968 年，纽约市：德雷图书公司，1982 年。〔1968. *Do Androids Dream of Electric Sheep?* (Published as *Blade Runner*) New York: Del Rey, 1982.〕

《尤比克》，1969 年，纽约：寒鸦书局，1983 年。（1969. *Ubik*. New York: Daw Books, 1983.）

《盲区行者》，新泽西州花园城：双日出版社，1977 年 a。（1977a. *A Scanner Darkly*. Garden City, N.J.: Double Day.）

菲利普·K. 迪克的罕见访谈，科幻小说节，1977 年 b。〔1977b. Rare Philip K. Dick Interview. Festival du livre de science fiction. September. France. www.youtube.com/watch?v=7Ewcp6Nm-rQ (accessed September 28, 2008).〕

《瓦利斯》，纽约：维塔奇书局，1981 年。（1981. *VALIS*. New York: Vintage Books.）

《菲利普·K. 迪克变幻的现实：文学和哲学著作精编》，劳伦斯·苏廷编辑，纽约：维塔奇书局，1995 年。（1995. *The Shifting Realities of Philip K. Dick: Selected Literary and Philosophical Writings*. Edited by Lawrence Sutin. New York: Vintage.）

查尔斯·狄更斯（DICKENS, CHARLES）

《老古玩店》，彼得·普雷斯顿引言，1841 年，英格兰赫特福德郡：华兹华斯出版社，1995 年。（1841. *The Old Curiosity Shop*. Introduction by Peter Preston. Ware,

Hertfordshire, England: Wordsworth Editions, 1995.）

《董贝父子》，1848 年，纽约：企鹅出版集团，1986 年。（1848. *Dombey and Son.* New York: Penguin, 1986.）

《大卫·科波菲尔》，1850 年，纽约市：牛津大学出版社，1983 年。（1850. *David Copperfield.* New York: Oxford University Press, 1983.）

《荒凉山庄》，1853 年 a，纽约：班坦图书公司，1983 年。（1853a. *Bleak House.* New York: Bantam, 1983.）

《荒凉山庄》，1853 年 b，诺顿评论版，乔治·福德和西尔维尔·莫诺德编辑，纽约：诺顿出版社，1977 年。（1853b. *Bleak House.* Norton Critical Edition, edited by George Ford and Sylvère Monod. New York: Norton, 1977.）

大卫·F. 丁格斯（DINGES, DAVID F.）

《在太空飞行中入睡》，《美国呼吸与病危护理医学杂志》，第 164 卷，8 月 第 3 期，第 337—338 页，2001 年。（2001. "Sleep in Space Flight." *American Journal of Respiratory and Critical Care Medicine*, vol. 164, no. 3, August, pp. 337–338.）

斯科特·唐纳森（DONALDSON, SCOTT）

《为结尾做准备：海明威对〈美国太太的金丝雀〉的修改》，《重读欧内斯特·海明威短篇小说的新批判性途径》，杰克森·J. 本森编辑，北卡罗来纳州达累姆：杜克大学出版社，1990 年。（1990. "Preparing for the End: Hemingway's

Revisions of 'A Canary for One.'" In New Critical Approaches to the Short Stories of Ernest Hemingway, edited by Jackson J. Benson. Durham, N.C.: Duke University Press.）

费奥多尔·陀思妥耶夫斯基（DOSTOEVSKY, FYODOR）

《地下室手记》，1864 年，米拉·金斯伯格译，纽约：班坦图书公司，1992 年。（1864. Notes From Underground. Translated by Mirra Ginsburg. New York: Bantam, 1992.）

《罪与罚》，1866 年，悉尼·莫纳斯译，纽约：西格内特出版社，1999 年。（1866. Crime and Punishment. Translated by Sidney Monas. New York: Signet, 1999.）

《白痴》，1868 年，亨利和奥尔加·卡莱尔译，纽约：西格内特出版社，2002 年。（1868. The Idiot. Translated by Henry and Olga Carlisle. New York: Signet, 2002.）

《卡拉马佐夫兄弟》，1880 年 a，伊格纳特·阿夫西译，纽约：牛津大学出版社，1994 年。（1880a. The Karamazov Brothers. Translated by Ignat Avsey. New York: Oxford University Press, 1994.）

《卡拉马佐夫兄弟：分为四部分和尾声的小说》，1880 年 b，大卫·麦克达夫译，纽约：企鹅经典图书，2003 年。（1880b. The Brothers Karamazov: A Novel in Four Parts and an Epilogue. Translated by David McDuff. New York: Penguin Classics, 2003.）

詹姆斯·E.德里斯科尔，卡罗琳·科珀和艾登·莫

兰（DRISKELL, JAMES E., CAROLYN COPPER, AND AIDAN MORAN）

《心理训练能提高表现吗？》，《应用心理学杂志》，第 79 卷，第 4 期，第 481–492 页，1994 年。（1994. "Does Mental Practice Enhance Performance?" *Journal of Applied Psychology*, vol. 79, no. 4, pp. 481–492.）

贝蒂·爱德华兹（EDWARDS, BETTY）

《大脑右侧的新图画》第二版，纽约：杰里米·P.塔切尔 / 帕特南公司，1999 年。（1999. *The New Drawing on the Right Side of the Brain*. 2nd rev. ed. New York: Jeremy P. Tarcher/Putnam.）

拉约什·埃格里（EGRI, LAJOS）

《编剧的艺术》，纽约：西蒙与舒斯特出版社，1960 年。（1960. *The Art of Dramatic Writing*. New York: Simon & Schuster.）

乔纳森·R.埃勒和威廉·F.图普塞（ELLER, JONATHAN R., AND WILLIAM F. TOUPONCE）

《雷·布雷德伯里：小说生涯》，俄亥俄州肯特：肯特州立大学出版社，2004 年。（2004. *Ray Bradbury: The Life of Fiction*. Kent, Ohio: Kent State University Press.）

拉尔夫·埃利森（ELLISON, RALPH）

《阐述个人神话》，《关于欧内斯特·海明威的读物》，凯蒂·德·科斯特编辑，圣地亚哥：格林霍恩出版社，1997

年。(1997. "Elaborating a Personal Myth." In *Readings on Ernest Hemingway*, edited by Katie de Koster. San Diego: Greenhorn Press.)

格洛丽亚·C. 埃里奇(ERLICH, GLORIA C.)

《伊迪斯·华顿的性教育》，伯克利：加利福尼亚大学出版社，1992 年。(1992. *The Sexual Education of Edith Wharton*. Berkeley: University of California Press.)

大卫·H. 埃文斯(EVANS, DAVID H.)

《威廉·福克纳、威廉·詹姆斯和美国实用主义传统》，巴顿鲁日：路易斯安那州立大学出版社，2008 年。(2008. *William Faulkner, William James, and the American Pragmatic Tradition*. Baton Rouge: Louisiana State University Press.)

凯瑟琳·福尔克编辑(FALK, KATHRYN, ED.)

《如何写出浪漫小说：来自世界上最受欢迎的浪漫作家的建议》，纽约：皇冠出版集团，1983 年。(1983. *How to Write a Romance and Get It Published: With Intimate Advice From the World's Most Popular Romantic Writers*. New York: Crown.)

威廉·福克纳(FAULKNER, WILLIAM)

《喧哗与骚动》，1929 年，纽约：维塔奇书局，1954 年。(1929. *The Sound and the Fury*. New York: Vintage, 1954.)

《我弥留之际》，1930 年，纽约：维塔奇书局，1987 年。(1930. *As I Lay Dying*. New York: Vintage, 1987.)

《圣殿》，纽约：维塔奇书局，1931 年。(1931. *Sanctuary*. New York: Vintage.)

《八月之光》，纽约：当代文库，1932 年。(1932. *Light in August*. New York: Modern Library.)

《小说艺术第 12 期，对话让·斯坦·范登·休维尔》，《巴黎评论》，春季第 12 期，1956 年。(1956. "The Art of Fiction No. 12. Interview With Jean Stein vanden Heuvel." In *The Paris Review*, no. 12, Spring.)

罗伯特·弗格森（FERGUSON, ROBERT）

《谜题：克努特·汉姆生的一生》，纽约：法勒、施特劳斯和吉鲁克斯公司，1987 年。(1987. *Enigma: The Life of Knut Hamsun*. New York: Farrar, Straus & Giroux.)

彼得·费格松德（FJÅGESUND, PETER）

《D. H. 劳伦斯、克努特·汉姆生和牧羊神》，《英语研究》72，10 月第 5 期，第 421—425 页，1991 年。(1991. "D. H. Lawrence, Knut Hamsun and Pan." *English Studies* 72, no.5 (October): pp. 421–425.)

古斯塔夫·福楼拜（FLAUBERT, GUSTAVE）

《包法利夫人》，1856 年，阿兰·罗素译，纽约：企鹅出版集团，1950 年。(1856. *Madame Bovary*. Translated by Alan Russell. New York: Penguin,1950.)

伊恩·弗莱明（FLEMING, IAN）

《007 之大战皇家赌场》，纽约：西格内特出版社，

1953 年。(1953. *Casino Royale*. New York: Signet.)

《007 之你死我活》，纽约：西格内特出版社，1954 年。(1954. *Live and Let Die*. New York: Signet.)

《007 之来自俄罗斯的爱情》，纽约：西格内特出版社，1957 年。(1957. *From Russia With Love*. New York: Signet.)

《007 之诺博士》，纽约：西格内特出版社，1958 年。(1958. *Doctor No*. New York: Signet.)

《007 之金手指》，纽约：西格内特出版社，1959 年。(1959. *Goldfinger*. New York: Signet.)

《007 之女王密使》，纽约：西格内特出版社，1963 年。(1963. *On Her Majesty's Secret Service*. New York: Signet.)

《007 之雷霆谷》，纽约：西格内特出版社，1964 年。(1964. *You Only Live Twice*. New York: Signet.)

鲁道夫·弗莱什（FLESCH, RUDOLPH）

《通俗写作的艺术》，1949 年，纽约：克里尔出版社，1962 年。(1949. *The Art of Readable Writing*. New York: Collier Books, 1962.)

莫妮卡·弗卢德尼克（FLUDERNIK, MONIKA）

《走向"自然"的叙事学》，纽约：鲁特利奇出版社，1996 年。(1996. *Towards a 'Natural' Narratology*. New York: Routledge.)

萨拉·J. 福多尔（FODOR, SARAH J.）

《弗兰纳里·奥康纳推介：制度政治与文学评价》，《弗兰纳里·奥康纳：新观点》，苏拉·P.拉思和玛丽·内夫·肖编辑，第12—37页，雅典：佐治亚大学出版社。（1996. "Marketing Flannery O'Connor: Institutional Politics and Literary Evaluation." In *Flannery O'Connor: New Perspectives*, edited by Sura P. Rath and Mary Neff Shaw, pp. 12–37. Athens: University of Georgia Press.）

E. M. 福斯特（FORSTER, E. M.）

《小说面面观》，1927年，波士顿：霍顿·米夫林·哈考特出版公司，1985年。（1927. *Aspects of the Novel*. Boston: Houghton Mifflin Harcourt, 1985.）

诺斯罗普·弗莱（FRYE, NORTHROP）

《诺斯罗普·弗莱在现代文化中的研究》，简·格拉克编辑，多伦多：多伦多大学出版社，2003年。（2003. *Northrop Frye on Modern Culture*. Edited by Jan Gorak. Toronto: University of Toronto Press.）

大卫·加尔布雷斯（GALBRAITH, DAVID）

《斯宾塞、丹尼尔、德雷顿的模仿结构学》，多伦多：多伦多大学出版社，2000年。（2000. *Architectonics of Imitation in Spenser*, Daniel, and Drayton.Toronto: University of Toronto Press.）

约翰·加德纳（GARDNER, JOHN）

《小说家之路》，纽约：哈珀与罗出版公司，1983年。（1983. *On Becoming a Novelist*. New York: Harper & Row.）

《小说的艺术：为年轻作家准备的技巧手册》，纽约：维塔奇书局，1985 年。（1985. *The Art of Fiction: Notes on Craft for Young Writers*. New York:Vintage Books.）

马歇尔·布鲁斯·金特里（GENTRY, MARSHALL BRUCE）

《他本是个好人：杜鲁门·卡波特与弗兰纳里·奥康纳的同情与卑劣》，《弗兰纳里·奥康纳的激进现实》，简·诺尔比·格兰隆德和卡尔-海因茨·韦斯塔普编辑，哥伦比亚市：南卡罗来纳大学出版社，第 42—55 页，2006 年。（2006. "He Would Have Been a Good Man: Compassion and Meanness in Truman Capote and Flannery O'Connor." In *Flannery O'Connor's Radical Reality*. Edited by Jan Nordby Gretlund and Karl-Heinz Westarp. Columbia: University of South Carolina Press, pp. 42–55.）

诺埃尔·B.格尔森（GERSON, NOEL B.）

《浪子天才：奥诺雷·德·巴尔扎克的生活与时代》，纽约州花园城：双日出版社，1972 年。（1972. *The Prodigal Genius: The Life and Times of Honoré de Balzac*. Garden City, N.Y.: Doubleday.）

理查德·詹诺内（GIANNONE, RICHARD）

《弗兰纳里·奥康纳和爱情的神秘》，厄巴纳和芝加哥：伊利诺伊大学出版社，1989 年。（1989. *Flannery O'Connor and the Mystery of Love*. Urbana and Chicago: University of Illinois Press.）

《弗兰纳里·奥康纳：隐居小说家》，厄巴纳：伊利诺伊大学出版社，2000 年。（2000. *Flannery O'Connor: Hermit Novelist*. Urbana: University of Illinois Press.）

威廉·S.格莱姆（GLEIM, WILLIAM S.）

《〈白鲸〉的意义》，1938 年，纽约：拉塞尔与拉塞尔出版社，1962 年。（1938. *The Meaning of Moby Dick*. New York: Russell & Russell, 1962.）

格雷厄姆·古德（GOOD, GRAHAM）

《观察自我：重新审视散文》，纽约：鲁特利奇出版社，1988 年。（1988. *The Observing Self: Rediscovering the Essay*. New York: Routledge.）

菲利普·古登（GOODEN, PHILIP）

《以名家之名：达尔文竞争、俄狄浦尔情节、卡夫卡式煎熬——针对日常语言中名家典故的使用指南》，纽约：圣马丁出版社，2008 年。（2008. *Name Dropping: Darwinian Struggles, Oedipal Feelings, and Kafkaesque Ordeals—An A to Z Guide to the Use of Names in Everyday Language*. New York: St. Martin's Press.）

弗雷德里克·L.格温，约瑟夫·L.布洛特纳编辑（GWYNN, FREDERICK L. AND JOSEPH L. BLOTNER, EDS.）

《大学里的福克纳》，夏洛茨维尔：弗吉尼亚大学出版社，1995 年。（1995. *Faulkner in the University*. Charlottesville: University Press of Virginia.）

克努特·汉姆生（HAMSUN, KNUT）

《神秘的人》，1892 年，斯韦勒·林格斯塔德译，纽约：企鹅出版集团，2001 年。（1892. *Mysteries*. Translated by Sverre Lyngstad. New York: Penguin, 2001.）

《维多利亚》，1898 年，斯韦勒·林格斯塔德译，纽约：企鹅出版集团，2005 年。（1898. *Victoria*. Translated by Sverre Lyngstad. New York: Penguin, 2005.）

罗素·哈里森（HARRISON, RUSSELL）

《反对美国梦：查尔斯·布科夫斯基论文》，加利福尼亚州圣罗莎：黑雀出版社，1994 年。（1994. *Against the American Dream: Essays on Charles Bukowski*. Santa Rosa, Calif.: Black Sparrow Press.）

欧内斯特·海明威（HEMINGWAY, ERNEST）

《伊甸园》，纽约：克里尔出版社，1986 年。（1986. *The Garden of Eden*. New York: Collier Books.）

《乞力马扎罗山下》，俄亥俄州肯特：肯特州立大学出版社，2005 年。（2005. *Under Kilimanjaro*. Kent, Ohio: Kent State University Press.）

约瑟芬·亨丁（HENDIN, JOSEPHINE）

《弗兰纳里·奥康纳的世界》，布卢明顿：印第安纳大学出版社，1970 年。（1970. *The World of Flannery O'Connor*. Bloomington: Indiana University Press.）

大卫·霍华德和爱德华·马布里（HOWARD, DAVID, AND EDWARD MABLEY）

《编剧工具：作家的剧本写作技巧及电影剧本要素指南》，纽约：圣马丁出版社，1993 年。（1993. *The Tools of Screenwriting: A Writer's Guide to the Craft and Elements of a Screenplay*. New York: St. Martin's Press.）

里昂·霍华德（HOWARD, LEON）

《梅尔维尔与天使的斗争》，《对梅尔维尔〈白鲸〉的批判性回应》，凯文·J.海斯编辑，康涅狄格州韦斯特波特：格林伍德出版社，1994 年。（1994. "Melville's struggle with the angel." In *The Critical Response to Herman Melville's Moby-Dick* edited by Kevin J. Hayes. Westport, Conn.: Greenwood Press.）

帕特里克·豪沃思（HOWARTH, PATRICK）

《夸大其词与循规蹈矩：流行小说的主人公》，伦敦：爱尔·梅休因出版社，1973 年。（1973. *Play Up and Play the Game: The Heroes of Popular Fiction*. London: Eyre Methuen.）

A.E.霍奇纳（HOTCHNER, A. E.）

《爸爸海明威：个人回忆录》，1966 年，纽约：兰登书屋，1984 年。（1966. *Papa Hemingway: A Personal Memoir*. New York: Random House.）

《天选之人：我所知道的伟人、近乎伟大的人和忘恩负义的人》，纽约：莫洛出版社，1984 年。（1984. *Choice*

People: The Greats, Near-Greats, and Ingrates I Have Known. New York: Morrow.）

克莱尔·休斯（HUGHES, CLAIR）

2005.《消费服装：伊迪丝·华顿的〈欢乐之家〉》,《时尚理论：服饰、身体与文化杂志》, 第9卷, 第44期, 第383—406页, 2005年。（"Consuming Clothes: Edith Wharton's *The House of Mirth*." *Fashion Theory: The Journal of Dress, Body & Culture*, vol. 9, no. 44,pp. 383–406.）

约翰·汉姆马（HUMMA, JOHN）

《贯穿全文的隐喻:〈查泰莱夫人的情人〉里的自然和神话》,《美国现代语言协会出版物》, 第98卷, 第1期, 77—86页, 1983年。（1983. "The Interpenetrating Metaphor: Nature and Myth in Lady Chatterley's Lover." *Publications of the Modern Language Association of America*, vol. 98, no. 1, pp. 77–86.）

伯恩哈特·J.赫伍德（HURWOOD, BERNHARDT J.）

《写作电子化》, 纽约：康登和威德出版社, 1986年。（1986. *Writing Becomes Electronic*. New York: Congdon & Weed.）

阿道司·赫胥黎（HUXLEY, ALDOUS）

《美丽新世界》和《重返美丽新世界》, 1932年, 纽约：哈珀与罗出版公司, 1965年。（1932. *Brave New World & Brave New World Revisited*. New York: Harper & Row, 1965.）

斯坦利·埃德加·海曼（HYMAN, STANLEY EDGAR）

《弗兰纳里·奥康纳》，明尼阿波利斯：明尼苏达大学出版社，1966 年。(1966. *Flannery O'Connor*. Minneapolis: University of Minnesota Press.)

帕特里斯·L. R. 希格内特（HIGONNET, PATRICE L.R）

《巴黎：世界中心》，亚瑟·戈德哈默译，剑桥：哈佛大学出版社，2002 年（ 2002. *Paris: Capital of the World*. Translated by Arthur Goldhammer.Cambridge: Harvard University Press.)

M.托马斯·英奇编辑（INGE, M. THOMAS, ED.)

《对话威廉·福克纳》，杰克逊：密西西比大学出版社，1999 年。(1999. *Conversations With William Faulkner*. Jackson: University Press of Mississippi.)

朱迪斯·帕特森·琼斯和吉尼维尔·A.南斯（JONES, JUDITH PATERSON AND GUINEVERA A. NANCE)

《菲利普·罗斯》，纽约：昂加尔出版社，1981 年。(1981. *Philip Roth*. New York: Ungar.)

詹姆斯·乔伊斯（JOYCE, JAMES)

《一个青年艺术家的画像》，纽约：B. W. 休博什出版社，1916 年。(1916. *A Portrait of the Artist as a Young Man*. New York: B. W. Huebsch.)

《尤利西斯》，1922 年，纽约：维塔奇书局，1990 年。(1922. *Ulysses*. New York: Vintage, 1990.)

卡尔·古斯塔夫·荣格（JUNG, CARL GUSTAV)

《人类及其象征》，1964 年，纽约：戴尔出版社，1968

年。(1964. *Man and His Symbols*. New York: Dell, 1968.)

弗兰兹·卡夫卡（KAFKA, FRANZ）

《审判》，1925 年 a，布雷·米切尔译，纽约：肖肯出版公司，1998 年。(1925a. *The Trial*. Translated by Breon Mitchell. New York: Schocken, 1998.)

《审判》，1925 年 b，威拉和埃德温·穆伊尔译，纽约：维塔奇书局，1964 年。(1925b. *The Trial*. Translated by Willa and Edwin Muir. New York: Vintage, 1964.)

《城堡：基于修复文本的新版翻译》，1926 年，马克·哈曼译，纽约：肖肯出版公司，1998 年。(1926. *The Castle: A New Translation, Based on the Restored Text*.Translated by Mark Harman. New York: Schocken, 1998.)

《美国：失踪者——基于修复文本的新版翻译》[1]，1927 年，马克·哈曼译，纽约：肖肯出版公司，2008 年。(1927. *Amerika: The Missing Person. A New Translation, Based on the Restored Text*. Translated by Mark Harman. New York: Schocken, 2008.)

《基本卡夫卡》，纽约：口袋书出版公司，1979 年。(1979. *The Basic Kafka*. New York: Pocket Books.)

角谷美智子（KAKUTANI, MICHIKO）

"时代书评：查泰莱夫人和嬉皮士"，罗伯特·罗珀

---

[1]　卡夫卡的长篇小说《失踪者》（*Amerika*）在早期出版时的名字是《美国》。——编者注

对《入侵者》的书评,《纽约时报》,1992 年 11 月 24 日。〔1992. "Books of The Times; Lady Chatterley and the Hippie." Book review of *The Trespassers* by Robert Roper. *New York Times*, September 24. Available online at www.nytimes.com/1992/11/24/books/books-of-the-times-lady-chatterley-and-the-hippie.html (accessed January 1, 2009). 〕

加森·卡宁(KANIN, GARSON)

《纪念毛姆先生》,伦敦:哈米什·汉密尔顿出版社,1966 年。(1966. *Remembering Mr. Maugham*. London: Hamish Hamilton.)

尼古拉斯·J.卡罗里德斯,玛格丽特·鲍尔德和道恩·B.索瓦(KAROLIDES, NICHOLAS J., MARGARET BALD, AND DAWN B. SOVA)

《100 本禁书:世界文学的审查史》,纽约:切玛克图书公司,1999 年。(1999. *100 Banned Books: Censorship Histories of World Literature*. New York: Checkmark Books.)

伯尼斯·科特(KERT, BERNICE)

《海明威的女人》,纽约:W. W.诺顿出版社,1983 年。(1983. *The Hemingway Women*. New York: W. W. Norton.)

约翰·基林格(KILLINGER, JOHN)

《海明威与死神:存在主义研究》,莱克星顿镇:肯塔基大学出版社,1960 年。(1960. *Hemingway and the Dead Gods: A Study in Existentialism*, Lexington: University of Kentucky

Press.）

莎伦·金（KIM, SHARON）

《伊迪斯·华顿和描写心灵顿悟的文学作品》,《现代文学杂志》, 第 29 卷第 3 号（春季）, 第 150—175 页, 2006 年。〔2006. "Edith Wharton and Epiphany." *Journal of Modern Literature*, vol. 29 no. 3 (Spring), pp. 150–175.〕

斯蒂芬·金（KING, STEPHEN）

《魔女嘉莉》, 1974 年, 纽约：口袋书出版公司, 1999 年。（1974. *Carrie*. New York: Pocket Books, 1999.）

《闪灵》, 1977 年, 纽约：口袋书出版公司, 2001 年。（1977. *The Shining*. New York: Pocket Books, 2001.）

《末日逼近》, 1978 年, 纽约：双日出版社, 1990 年。（1978. *The Stand: The Complete and Uncut Edition*. New York: Doubleday, 1990.）

《厄兆》, 1981 年, 纽约：西格内特出版社, 1982 年。（1981. *Cujo*. New York: Signet, 1982.）

《头号书迷》, 1987 年, 纽约：西格内特出版社, 1988 年。（1987. *Misery*. New York: Signet, 1988.）

《写作这回事》, 纽约：西蒙与舒斯特出版社, 2000 年。（2000. *On Writing: A Memoir of the Craft*. New York: Simon & Schuster.）

亚当·基尔希（KIRSCH, ADAM）

《美国,"美国"》,《纽约时报》, 2009 年 1 月 2 日, BR23

页（纽约版）。〔2009. "America, 'Amerika.'" *New York Times*, January 2, p. BR23 (New York edition). Also online at www.nytimes.com/2009/01/04/books/review/Kirsch-t. html?pagewanted=1&_r=1 (accessed January 6, 2009).〕

卡尔·克罗克尔（KROCKEL, CARL）

《D. H. 劳伦斯与德国：影响的政治》，阿姆斯特丹：罗多皮出版社，2007 年。（2007. *D.H. Lawrence and Germany: The Politics of Influence*. Amsterdam: Rodopi.）

劳伦斯·S. 库比（KUBIE, LAWRENCE S.）

《创造过程的神经扭曲》，劳伦斯：堪萨斯大学出版社，1958 年。（1958. *Neurotic Distortion of the Creative Process*. Lawrence: University of Kansas Press.）

雷·克兹维尔和特里·格罗斯曼（KURZWEIL, RAY, AND TERRY GROSSMAN）

《奇妙航行：活到永远》，纽约：罗代尔出版社，2004 年。（2004. *Fantastic Voyage: Live Long Enough to Live Forever*. New York: Rodale.）

佐兰·库兹马诺维奇（KUZMANOVICH, ZORAN）

《强烈的观点和神经点：纳博科夫的生活与艺术》，《纳博科夫剑桥指南》，朱利安·W. 康诺利编辑，纽约：剑桥大学出版社，2005 年。（2005. "Strong Opinions and Nerve Points: Nabokov's Life and Art." In *The Cambridge Companion to Nabokov*, edited by Julian W. Connolly. New York:

Cambridge University Press.）

里奥·拉尼亚（LANIA, LEO）

《海明威：插画自传》，纽约：维京出版社，1961年。（1961. *Hemingway: A Pictorial Biography*. New York: Viking Press.）

阿尔弗雷德·兰辛（LANSING, ALFRED）

《忍耐：沙克尔顿的奇迹航行》，纽约：麦格劳-希尔教育出版集团，1959年。（1959. *Endurance: Shackleton's Incredible Voyage*. New York: McGraw-Hill.）

D.H.劳伦斯（LAWRENCE, D. H.）

《儿子与情人》，1913年，纽约：维京出版社，1968年。（1913. *Sons and Lovers*. New York: Viking, 1968.）

《虹》，1915年，纽约：企鹅出版集团，1981年。（1915. *The Rainbow*. New York: Penguin Books, 1981.）

《努恩先生》，1920年a，纽约：企鹅出版集团，1985年。（1920a. *Mr. Noon*. New York: Penguin Books, 1985.）

《恋爱中的女人》，1920年b，纽约：企鹅出版集团，1983年。（1920b. *Women in Love*. New York: Penguin Books, 1983.）

《狐狸》，1923年a，纽约市：班坦图书公司，1967年。（1923a. *The Fox*. New York: Bantam, 1967.）

《美国经典文学研究》，1923年，纽约：企鹅出版集团，1977年。（1923b. *Studies in Classic American Literature*. New York: Penguin Books, 1977.）

《查泰莱夫人的情人》，1928 年，纽约：西格内特出版社，1962 年。（1928a. *Lady Chatterley's Lover*. New York: Signet, 1962.）

《查泰莱夫人的情人》，1928 年 b，马克·肖勒作序，纽约：格罗夫出版社，1993 年。（1928b. *Lady Chatterley's Lover*. Introduction by Mark Schorer. New York: Grove Press, 1993.）

《启示录》，意大利佛罗伦萨：G. 欧里奥利出版社，1931 年。（1931. *Apocalypse*. Florence, Italy: G. Orioli.）

《第一版〈恋爱中的女人〉》，约翰·沃森和林德斯·瓦齐编辑，纽约：剑桥大学出版社，1998 年。（1998. *The First 'Women in Love.'* Edited by John Worthen and Lindeth Vasey. New York: Cambridge University Press.）

威廉·J. 莱瑟巴罗（LEATHERBARROW, WILLIAM J.）

《费奥多尔·陀思妥耶夫斯基:〈卡拉马佐夫兄弟〉》，纽约：剑桥大学出版社，1992 年。（1992. *Fyodor Dostoyevsky: The Brothers Karamazov*. New York: Cambridge University Press.）

克劳德·勒福特（LEFORT, CLAUDE）

《写作：政治考验》，大卫·埃姆斯·柯蒂斯译，北卡罗来纳州达勒姆：杜克大学出版社，2000 年。（2000. *Writing: The Political Test*. Translated by David Ames Curtis. Durham, N.C.: Duke University Press.）

卡罗琳·莱文（LEVINE, CAROLINE）

《悬念的严肃乐趣：维多利亚时代的现实主义和叙

事怀疑》，夏洛茨维尔：弗吉尼亚大学出版社，2003 年。（2003. *The Serious Pleasures of Suspense: Victorian Realism and Narrative Doubt*. Charlottesville: University of Virginia Press.）

《民主的激发：为什么我们需要艺术》，马萨诸塞州马尔登：布莱克威尔出版社。（2007. *Provoking Democracy: Why We Need the Arts*. Malden, Mass.: Blackwell Publishing.）

R. W. B. 刘易斯（LEWIS, R. W. B.）

《文本上的注释》，《伊迪丝·华顿小说：〈快乐之家〉/〈暗礁〉/〈乡土风俗〉/〈纯真年代〉》，纽约：美国图书馆，1986 年。（1986. "Note on the Texts." In *Edith Wharton: Novels: The House of Mirth / The Reef /The Custom of the Country / The Age of Innocence*. New York: Library of America.）

约翰·利蒙（LIMON, JOHN）

《战后写作：从现实主义到后现代主义的美国战争小说》，纽约：牛津大学出版社，1994 年。（1994. *Writing After War: American War Fiction From Realism to Postmodernism*. New York: Oxford University Press.）

埃丝特·隆巴迪（LOMBARDI, ESTHER）

《伊迪丝·华顿的短篇小说让我们看到了她文学天赋的另一面》，未注明出版日期。〔N.d. "The short stories of Edith Wharton provide us with another look at her literary genius." Available online at http://classiclit.about.com/

library/weekly/aa030101a.htm (accessed August 23, 2008).〕

萨姆·J.伦德沃尔（LUNDWALL, SAM J.）

《科幻小说都包含了什么》，纽约：Ace 出版社，1971 年。
（1971. *Science Fiction: What It's All About.* New York: Ace.）

理查德·A.卢波夫（LUPOFF, RICHARD A.）

《埃德加·赖斯·巴勒斯：冒险大师》，修订补充版，纽约：Ace 出版社，1968 年。（1968. *Edgar Rice Burroughs: Master of Adventure.* Revised and enlarged edition. New York: Ace.）

安德鲁·莱西特（LYCETT, ANDREW）

《伊恩·弗莱明：詹姆斯·邦德背后的男人》，亚特兰大：特纳出版社，1995 年。（1995. *Ian Fleming: The Man Behind James Bond.* Atlanta: Turner Publishing.）

大卫·林奇（LYNCH, DAVID）

《放长线，钓大鱼：冥想、意识和创造力》，纽约：杰里米·P.塔切尔/企鹅出版集团，2006 年。（2006. *Catching the Big Fish: Meditation, Consciousness, and Creativity.* New York: Jeremy P. Tarcher/Penguin.）

斯韦勒·林斯塔（LYNGSTAD, SVERRE）

《小说家克努特·汉姆生：批判性评价》，纽约：彼得·朗出版社，2005 年。（2005. *Knut Hamsun, Novelist: A Critical Assessment.* New York: Peter Lang.）

肯尼思·S.林恩（LYNN, KENNETH S.）

《海明威》，纽约：西蒙与舒斯特出版社，1987年。（1987. *Hemingway*. New York: Simon & Schuster.）

大卫·马登（MADDEN, DAVID）

《小说的修改：作家手册》，纽约：新美国图书馆，1988年。（1988. *Revising Fiction: A Handbook for Writers*. New York: New American Library.）

布伦达·马多克斯（MADDOX, BRENDA）

《D. H. 劳伦斯：婚姻轶事》，纽约：西蒙与舒斯特出版社，1994年。（1994. *D. H. Lawrence: The Story of a Marriage*. New York: Simon & Schuster.）

欧文·马林（MALIN, IRVING）

《弗兰纳里·奥康纳和怪诞》，《新增维度：弗兰纳里·奥康纳的艺术与心灵》，梅尔文·J.弗里德曼和刘易斯·A.劳森编辑，纽约：福特汉姆大学出版社，1966年。（1966 "Flannery O'Connor and the Grotesque." In *The Added Dimension: The Art and Mind of Flannery O'Connor*, edited by Melvin J. Friedman and Lewis A. Lawson. New York: Fordham University Press.）

约翰·马林科拉（MARINCOLA, JOHN）

《古代史学中的权威与传统》，纽约：剑桥大学出版社，1997年。（1997. *Authority and Tradition in Ancient Historiography*. New York: Cambridge University Press.）

德博拉·A.马丁森（MARTINSEN, DEBORAH A.）

《羞耻情感的运用：陀思妥耶夫斯基的谎言和叙事曝光》，俄亥俄州哥伦布市：俄亥俄州立大学出版社，2003 年。（2003. *Surprised by Shame: Dostoevsky's Liars and Narrative Exposure*. Columbus, Ohio: Ohio State University Press.）

W. 萨默塞特·毛姆（MAUGHAM, W. SOMERSET）

《人生的枷锁》，1915 年，纽约：西格内特出版社，1991 年。（1915. *Of Human Bondage*. New York: Signet, 1991.）

《月亮和六便士》，1919 年，纽约：维塔奇书局，2000 年。（1919. *The Moon and Sixpence*. New York: Vintage, 2000.）

《总结》，纽约州花园城：双日出版社，Doran & Co 公司，1938 年。（1938. *The Summing Up*. Garden City, N.Y.: Doubleday, Doran & Co.）

《刀锋》，1944 年，纽约：企鹅出版公司，1992 年。（1944. *The Razor's Edge*. New York: Penguin, 1992.）

《作家手记》，1949 年，纽约：阿诺出版社，1977 年。（1949. *A Writer's Notebook*. New York: Arno Press, 1977.）

安德烈·莫鲁瓦（MAUROIS, ANDRÉ）

《普罗米修斯：巴尔扎克的生活》，诺尔曼·丹尼译，纽约：卡罗尔和格拉夫出版社，1965 年。（1965. *Prometheus: The Life of Balzac*. Translated by Norman Denny. New York: Carroll & Graf Publishers.）

乔伊斯·梅纳德（MAYNARD, JOYCE）

《我曾是塞林格的情人》，纽约：骑马斗牛士出版社，1998

年。（1998. *At Home in the World: A Memoir*. New York: Picador.）

罗伯特·麦基（McKEE, ROBERT）

《故事：内容、结构、风格和编剧的原则》，纽约：雷根书屋，1997 年。（1997. *Story: Substance, Structure, Style and the Principles of Screenwriting*. New York: ReganBooks.）

马歇尔·麦克卢汉（McLUHAN, MARSHALL）

《理解媒介：论人的延伸》，第二版，1964 年，纽约：鲁特利奇出版社，2001 年。（1964. *Understanding Media: The Extensions of Man*. 2nd ed. New York: Routledge, 2001.）

凯瑟琳·敏思（MEANS, KATHRYN）

《玛格丽特·米切尔和汤姆·沃尔夫：亚特兰大的斯嘉丽和太空先锋》，《文学之旅：跟随名人的脚步》，维多利亚·布鲁克斯编辑，加拿大不列颠哥伦比亚省温哥华：最伟大逃脱出版社，2000 年。（2000. "Margaret Mitchell and Tom Wolfe: Scarlett and The Right Stuff in Atlanta." In *Literary Trips: Following in the Footsteps of Fame*, edited by Victoria Brooks. Vancouver, B.C., Canada: Greatest Escapes Publishng.）

叶列阿扎尔·M.梅莱廷斯基（MELETINSKY, ELEAZAR M.）

《神话诗学》，盖伊·拉努埃和亚历山大·萨德尔茨基译，纽约：鲁特利奇出版社，1998 年。（1998. *The Poetics of Myth*. Translated by Guy Lanoue and Alexandre Sadetsky. New York: Routledge.）

米尔顿·梅尔泽（MELTZER, MILTON）

《赫尔曼·梅尔维尔传》，明尼阿波利斯市：二十一世纪图书出版公司，2006 年。(2006. *Herman Melville: A Biography*. Minneapolis: Twenty-First Century Books.)

赫尔曼·梅尔维尔（MELVILLE, HERMAN）

《莫比·迪克》或《白鲸》，1851 年，纽约：西格内特出版社，1998 年。(1851. *Moby-Dick; or, The Whale*. New York: Signet Classic, 1998.)

罗伯特·C.梅雷迪思和约翰·D.菲茨杰拉德（MEREDITH, ROBERT C., AND JOHN D. FITZGERALD）

《构建你的小说：从基本理念到完成手稿》，纽约：巴恩斯与诺贝尔图书公司，1972 年。(1972. *Structuring Your Novel: From Basic Idea to Finished Manuscript*. New York: Barnes & Noble Books.)

杰弗里·梅耶尔斯（MEYERS, JEFFREY）

《D. H. 劳伦斯传》，纽约：克诺夫出版社，1990 年。(1990. *D. H. Lawrence: A Biography*. New York: Knopf.)

《萨默塞特·毛姆的一生》，纽约：克诺夫出版社，2004 年。(2004. *Somerset Maugham: A Life*. New York: Knopf.)

马洛·A.米勒（MILLER, MARLOWE A.）

《英国现代主义的杰作》，韦斯特波特：格林伍德出版社，2006 年。(2006. *Masterpieces of British Modernism*. Westport, CT: Greenwood Publishing Group.)

保罗·米尔斯（MILLS, PAUL）

《在行动中写作》，纽约：鲁特利奇出版社，1996年。（1996. *Writing in Action*. New York: Routledge.）

玛格丽特·米切尔（MITCHELL, MARGARET）

《飘》，1936年，纽约：雅芳图书公司，1973年。（1936. *Gone With the Wind*. New York: Avon, 1973.）

塔尼亚·莫德莱斯基（MODLESKI, TANIA）

《复仇之爱：为女性制作的大规模幻想小说》，康涅狄格州哈姆登镇：阿肯图书公司，1982年。（1982. *Loving With a Vengeance: Mass-Produced Fantasies for Women*. Hamden: Conn.: Archon Books.）

大卫·莫根（MOGEN, DAVID）

《雷·布雷德伯里》，波士顿：特韦恩公司，1986年。（1986. *Ray Bradbury*. Boston: Twayne.）

特德·摩根（MORGAN, TED）

《毛姆》，纽约：西蒙舒斯特出版社，1980年。（1980. *Maugham*. New York: Simon & Schuster.）

朱利安·莫伊纳汉（MOYNAHAN, JULIAN）

《查泰莱夫人的情人：生命之行》，《英语文学史》，第26卷，第1期（3月），第66—90页，1959年。〔1959. "Lady Chatterley's Lover: The Deed of Life." *ELH*, vol. 26, no. 1 (March), pp. 66–90.〕

詹姆斯·J.墨菲，理查德·A.卡图拉，福布斯·I.希尔

和多诺万·J.奥克斯（MURPHY, JAMES J., RICHARD A. KATULA, FORBES I. HILL, AND DONOVAN J. OCHS）

《简明古典修辞学史》，费城：劳伦斯·埃尔鲍姆合伙公司，2003 年。（2003. *A Synoptic History of Classical Rhetoric.* Philadelphia: Lawrence Erlbaum Associates Inc.）

亨利·A.默里（MURRAY, HENRY A.）

《以魔鬼之名》，《〈白鲸〉百年论文集》，达拉斯：南卫理公会大学出版社，1953 年。（1951. "In nomine diaboli." In *Moby-Dick Centennial Essays*. Dallas: Southern Methodist University Press, 1953.）

弗拉基米尔·纳博科夫（NABOKOV, VLADIMIR）

《文学讲稿》，弗里尔森·鲍尔斯编辑，纽约：哈考特出版社，1980 年。（1980. *Lectures on Literature*. Edited by Fredson Bowers. New York: Harcourt.）

琼·诺贝尔和威廉·诺贝尔（NOBLE, JUNE, AND WILLIAM NOBLE）

《窃取情节：故事建构和剽窃的作家指南》，佛蒙特州米德尔伯里镇：保罗·S.埃里克森公司，1985 年。（1985. *Steal This Plot: A Writer's Guide to Story Structure and Plagiarism*. Middlebury, Vt.: Paul S. Eriksson.）

乔伊斯·卡罗尔·欧茨（OATES, JOYCE CAROL）

《你将去何方，你今在何处？》，《经典短篇小说》，查尔斯·H.博纳编辑，第 821—832 页，新泽西州恩格尔伍德市：普伦蒂斯霍尔出版社，1966 年。(1966. "Where Are You Going, Where Have You Been?" In *Classic Short Fiction*, edited by Charles H. Bohner, pp. 821–832. Englewood Cliffs, N.J.: Prentice Hall, 1986.)

《弗兰纳里·奥康纳的宗教幻想艺术》，1973 年，《弗兰纳里·奥康纳：现代批判观点》，哈罗德·布鲁姆编辑，纽约：切尔西屋出版公司，1986 年。(1973. "The Visionary Art of Flannery O'Connor." In *Flannery O'Connor: Modern Critical Views*, edited by Harold Bloom. New York: Chelsea House, 1986.)

《海明威的奥秘》，1988 年，《布雷特·阿什利：主要文学人物》，霍华德·布鲁姆编辑，纽约：切尔西屋出版公司，1991 年。(1988. "The Hemingway Mystique" in *Brett Ashley: Major Literary Characters*, edited by Howard Bloom. New York: Chelsea House, 1991.)

弗兰纳里·奥康纳（O'CONNOR, FLANNERY）

《暴力夺取》，1960 年，《弗兰纳里·奥康纳三部曲:〈智血〉〈暴力夺取〉〈上升的一切必将汇合〉》，纽约：新美国图书馆，1983 年。(1960. "The Violent Bear It Away." In *3 by Flannery O'Connor: Wise Blood, The Violent Bear It Away, Everything That Rises Must Converge*. New York: New American Library, 1983.)

《上升的一切必将汇合》，1961 年，《弗兰纳里·奥康纳三部曲:〈智血〉〈暴力夺取〉〈上升的一切必将汇合〉》，纽约：新美国图书馆，1983 年。(1961. "Everything That Rises Must Converge." In *3 by Flannery O'Connor: Wise Blood, The Violent Bear It Away, Everything That Rises Must Converge*. New York: New American Library, 1983.)

乔治·奥威尔（ORWELL, GEORGE）

《动物庄园》，纽约：西格内特出版社，1945 年。(1945. *Animal Farm*. New York: Signet.)

《1984》，1949 年，纽约：西格内特出版社，1961 年。(1949. *Nineteen Eighty-Four*. New York: Signet, 1961)

《我为什么写作》，纽约：企鹅出版集团，2005 年。(2005. *Why I Write*. New York: Penguin Books.)

安·E.K.佩奇编辑（PAGE, ANN E. K., ED.）

《保护患者的安全：改变护士的工作环境》，华盛顿：美国国家科学院出版社，2004 年。(2004. *Keeping Patients Safe: Transforming the Work Environment of Nurses*. Washington, D.C.: National Academies Press.)

克里斯托弗·帕尔默（PALMER, CHRISTOPHER）

《菲利普·K.迪克：后现代的兴奋与恐怖》，利物浦：利物浦大学出版社，2003 年。(2003. *Philip K. Dick: Exhilaration and Terror of the Postmodern*. Liverpool: Liverpool University Press.)

杰·帕里尼（PARINI, JAY）

《一个无人能及的时代：威廉·福克纳的一生》，纽约：哈珀柯林斯出版集团，2004年。（2004. *One Matchless Time: A Life of William Faulkner*. New York: HarperCollins.）

赫谢尔·帕克（PARKER, HERSHEL）

《赫尔曼·梅尔维尔传（一）：1819—1851，》，巴尔的摩：约翰斯·霍普金斯大学出版社，1996年。（1996. *Herman Melville: A Biography. Volume I, 1819–1851*. Baltimore: Johns Hopkins University Press.）

朱迪斯·希尔曼·帕特森（PATERSON, JUDITH HILLMAN）

参见朱迪斯·P.琼斯（Jones, Judith P.）。

迈克尔·平斯基（PINSKY, MICHAEL）

《未来的现状：伦理与科幻小说》，新泽西州麦迪逊：菲尔莱·狄更斯大学出版社，2003年。（2003. *Future Present: Ethics And/As Science Fiction*. Madison, N.J.: Fairleigh Dickinson University Press.）

保罗·波普瓦夫斯基编辑（POPLAWSKI, PAUL, ED.）

《D. H.劳伦斯关于躯体的描写：关于语言、呈现和性的论文》，纽约：格林伍德出版社，2001年。（2001. *Writing the Body in D.H. Lawrence: Essays on Language, Representation, and Sexuality*. New York: Greenwood Press.）

彼得·普雷斯顿和彼得·霍尔编辑（PRESTON, PETER, AND PETER HOARE, ED.）

《现代世界的 D. H.劳伦斯》，纽约：剑桥大学出版社，

1989 年。（1989. *D.H. Lawrence in the Modern World*. New York: Cambridge University Press.）

V. S.普利切特（PRITCHETT, V. S.）

《巴尔扎克》，纽约：克诺夫出版社，1973 年。（1973. *Balzac*. New York: Knopf.）

卡尔·R.普洛菲尔（PROFFER, CARL R.）

《〈洛丽塔〉的关键》，布卢明顿：印第安纳大学出版社，1968 年。（1968. *Keys to Lolita*. Bloomington: Indiana University Press.）

达登·阿斯伯里·拜隆（PYRON, DARDEN ASBURY）

《南方姑娘：玛格丽特·米切尔的一生》，纽约：牛津大学出版社，1991 年。（1991. *Southern Daughter: The Life of Margaret Mitchell*. New York: Oxford University Press.）

安·兰德（RAND, AYN）

《小说的艺术：作家和读者指南》，纽约：普鲁姆出版社，2000 年。（2000. *The Art of Fiction: A Guide for Writers and Readers*. New York: Plume.）

苏拉·P.拉什和玛丽·内夫·肖编辑（RATH, SURA P., AND MARY NEFF SHAW, EDS.）

《弗兰纳里·奥康纳：新观点》，雅典：佐治亚大学出版社，1996 年。（1996. *Flannery O'Connor: New Perspectives*. Athens: University of Georgia Press.）

埃伦·里斯（REES, ELLEN）

《小说家克努特·汉姆生：批判性评价（书评）》，《斯堪的纳维亚研究》，第 80 卷，第 1 期（春），第 109—112 页，2008 年。〔2008. "Knut Hamsun, Novelist: A Critical Assessment [book review]." *Scandinavian Studies*, vol. 80, no. 1 (Spring), pp. 109–112.〕

瑞秋·豪古鲁·雷福（REIFF, RAYCHEL HAUGRUD）

《J. D. 塞林格：〈麦田里的守望者〉和其他作品》，纽约州塔里敦镇：马歇尔·卡文迪什出版有限公司，2008 年。（2008. *J. D. Salinger: The Catcher in the Rye and Other Works*. Tarrytown, N.Y.: Marshall Cavendish Benchmark.）

汉斯·赖斯（REISS, HANS）

《作家的任务：从尼采到布莱希特》，伦敦：麦克米兰出版公司，1978 年。（1978. *The Writer's Task From Nietzsche to Brecht*. London: Macmillan.）

布兰迪·雷森韦伯（REISSENWEBER, BRANDI）

《人物：投影》，《小说写作：纽约著名创意写作学校的实用指南》，亚历山大·斯蒂尔编辑，第 25—51 页，纽约：布鲁姆斯伯里出版社，2003 年。（2003. "Character: Casting Shadows." In *Writing Fiction: The Practical Guide From New York's Acclaimed Creative Writing School*, edited by Alexander Steele, pp. 25–51. New York: Bloomsbury.）

芭芭拉·雷诺兹（REYNOLDS, BARBARA）

《但丁：诗人、政治思考家、男人》，伦敦：I. B. 陶里斯公司，2006 年。(2006. *Dante: The Poet, the Political Thinker, the Man*. London: I. B. Tauris.)

迈克尔·S.雷诺兹（REYNOLDS, MICHAEL S.）

《〈太阳照常升起〉：二十年代的小说》，波士顿：特韦恩公司，1988 年。(1988. *The Sun Also Rises: A Novel of the Twenties*. Boston: Twayne.)

什洛米斯·里蒙－凯南（RIMMON-KENAN, SHLOMITH）

《叙事小说：当代诗歌学》，伦敦和纽约：梅休因出版社，1983 年。(1983. *Narrative Fiction: Contemporary Poetics*. London and New York: Methuen.)

R. 里奥－杰里夫（RIO-JELLIFFE, R.）

《大量黑暗元素：威廉·福克纳的理论与实践》，宾夕法尼亚州路易斯堡：巴克内尔大学出版社，2001 年。(2001. *Obscurity's Myriad Components: The Theory and Practice of William Faulkner*. Lewisburg, Pa.: Bucknell University Press.)

劳里·罗伯逊－洛伦特（ROBERTSON-LORANT, LAURIE）

《梅尔维尔传》，纽约：克拉克森·波特公司，1996 年。(1996. *Melville: A Biography*. New York: Clarkson Potter.)

欧内斯特·M. 罗伯森（ROBSON, ERNEST M.）

《语言的演奏》，纽约：托马斯·约塞洛夫公司，1959 年。(1959. *The Orchestra of the Language*. New York: Thomas Yoseloff.)

詹姆斯·罗尔斯顿（ROLLESTON, JAMES）

《卡夫卡的时间机器》,《弗兰兹·卡夫卡（1883—1983）：技巧及思想》, 罗曼·斯特鲁克和 J. C. 亚德利编辑, 加拿大安大略省滑铁卢：劳里埃大学出版社, 第 25—48 页, 1986 年。〔1986. "Kafka's Time Machines." In *Franz Kafka (1883–1983): His Craft and Thought*, edited by Roman Struc and J.C. Yardley. Waterloo, Ont., Canada: Wilfrid Laurier University Press, pp. 25–48.〕

菲利普·罗斯（ROTH, PHILIP）

《对话菲利普·罗斯》, 乔治·J. 瑟尔斯编辑, 杰克逊：密西西比大学出版社, 1992 年。（1992. *Conversations With Philip Roth*. Edited by George J. Searles. Jackson: University Press of Mississippi.）

莎伦·A. 拉塞尔（RUSSELL, SHARON A.）

《重访斯蒂芬·金：关键指南》, 第二版, 康涅狄格州韦斯特波特：格林伍德出版社, 2002 年。（2002. *Revisiting Stephen King: A Critical Companion*. 2nd ed. Westport, Conn.: Greenwood Press.）

威廉·萨菲尔（SAFIRE, WILLIAM）

《毫无艺术性》,《纽约时报》, 2008 年 7 月 20 日, MM14 页（纽约版）。〔2008. "Inartful." *New York Times*, July 20, p. MM14 (New York edition). Also available at www.nytimes.com/2008/07/20/magazine/20wwln-safire-t.html. (accessed January 10, 2009)〕

雷·萨赫利恩（SAHELIAN, RAY）

《孕烯醇酮：让人自然感觉良好的荷尔蒙》，纽约州花园城：艾弗里出版集团，1997 年。（1997. *Pregnenolone: Nature's Feel Good Hormone*. Garden City Park, N.Y.: Avery Publishing Group.）

J. D. 塞林格（SALINGER, J. D.）

《麦田里的守望者》，1951 年，纽约：班坦图书公司，1966 年。（1951. *The Catcher in the Rye*. New York: Bantam, 1966.）

《九故事》，波士顿：利特尔·布朗出版社，1953 年。（1953. *Nine Stories*. Boston: Little, Brown.）

《弗兰妮和祖伊》，波士顿：利特尔和布朗出版社，1961 年。（1961. *Franny and Zooey*. Boston: Little, Brown.）

玛格丽特·A. 塞林格（SALINGER, MARGARET A.）

《梦幻守望者：一本回忆录》，纽约：华盛顿广场出版社，2000 年。（2000. *Dream Catcher: A Memoir*. New York: Washington Square Press.）

R. 尼尔·斯科特（SCOTT, R. NEIL）

《弗兰纳里·奥康纳：批判性注释参考指南》，佐治亚州米利奇维尔：廷伯莱恩图书公司，2002 年。（2002. *Flannery O'Connor: An Annotated Reference Guide to Criticism*. Milledgeville, Ga.: Timberlane Books.）

查尔斯·斯克里布纳三世（SCRIBNER, CHARLES, III）

《唯一重要的事：欧内斯特·海明威/马克斯韦尔·珀

金斯 1925—1947 的通信》序言，纽约：斯克里布纳出版社，1996 年。（1996. Preface to *The Only Thing that Counts: The Ernest Hemingway/Maxwell Perkins Correspondence 1925–1947*. New York: Scribner.）

多萝西·M.斯库拉编辑（SCURA, DOROTHY M., ED.）

《对话汤姆·沃尔夫》，杰克逊：密西西比大学出版社，1990 年。（1990. *Conversations With Tom Wolfe*. Jackson: University Press of Mississippi.）

罗兰·A.谢里尔（SHERRILL, ROWLAND A.）

《以实玛利超越自我的生涯》，《赫尔曼·梅尔维尔的〈白鲸〉》，哈罗德·布鲁姆编辑，纽约：切尔西屋出版公司，1986 年。（1986. "The Career of Ishmael's Self-Transcendence." In *Herman Melville's Moby-Dick*, edited by Harold Bloom. New York: Chelsea House.）

埃德温·S. 施奈德曼（SHNEIDMAN, EDWIN S.）

《梅尔维尔的认知风格:〈白鲸〉的逻辑》，1986 年，《梅尔维尔研究指南》，约翰·布莱恩编辑，纽约：格林伍德出版社，1986 年。（1986. "Melville's Cognitive Style: The Logic of *Moby-Dick*." In *A Companion to Melville Studies*, edited by John Bryant. New York: Greenwood Press, 1986.）

富兰克林·H.西尔弗曼（SILVERMAN, FRANKLIN H.）

《为保有和超越而出版》，康涅狄格州韦斯特波特：普雷格出版社，1999 年。（1999. *Publishing for Tenure and*

Beyond. Westport, Conn.: Praeger.）

欧内斯特·J.西蒙斯（SIMMONS, ERNEST J.）

《陀思妥耶夫斯基：小说家的诞生》，伦敦和纽约：牛津大学出版社，1940 年。（1940. *Dostoevsky: The Making of a Novelist*. London and New York: Oxford University Press.）

梅丽莎·辛普森（SIMPSON, MELISSA）

《弗兰纳里·奥康纳传》，康涅狄格州韦斯特波特：格林伍德出版社，2005 年。（2005. *Flannery O'Connor: A Biography*. Westport, Conn.: Greenwood Press.）

萨姆·F.史密斯（SMITH, SAM F.）

《约瑟夫·康拉德轶事》，2006 年。〔2006. "Joseph Conrad Anecdote." http://forreststokes.com/wordpress/?p=131. (accessed March 15, 2008)〕

马克·斯皮尔卡（SPILKA, MARK）

《狄更斯和卡夫卡：相互解释》，布卢明顿：印第安纳大学出版社，1963 年。（1963. *Dickens and Kafka: A Mutual Interpretation*. Bloomington: Indiana University Press.）

弗兰克·J.苏洛威（SULLOWAY, FRANK J.）

《生来叛逆：出身顺序、家庭动力学和创造性的人生》，纽约：潘什恩公司，1996 年。（1996. *Born to Rebel: Birth Order, Family Dynamics, and Creative Lives*. New York: Pantheon.）

劳伦斯·苏廷（SUTIN, LAWRENCE）

《神圣入侵：菲利普·K.迪克的一生》，纽约：哈莫尼图书公司，1989 年。(1989. *Divine Invasions: A Life of Philip K. Dick*. New York: Harmony Books)。

弗雷德里克·约瑟夫·斯沃博达（SVOBODA, FREDERIC JOSEPH）

《海明威和〈太阳照常升起〉：一种风格技巧》，劳伦斯：堪萨斯大学出版社，1983 年。(1983. *Hemingway & The Sun Also Rises: The Crafting of a Style*. Lawrence:University Press of Kansas.)

《最困难的修改工作》，《布雷特·阿什利：主要文学人物》，霍华德·布鲁姆编辑，纽约：切尔西屋出版公司，1991 年。(1991. "The Most Difficult Job of Revision." In *Brett Ashley: Major Literary Characters, edited by Howard Bloom*. New York: Chelsea House.)

彼得·斯威格特（SWIGGART, PETER）

《福克纳小说的艺术》，奥斯汀：得克萨斯大学出版社，1962 年。(1962. *The Art of Faulkner's Novels*. Austin: University of Texas Press.)

约翰·塔利亚费罗（TALIAFERRO, JOHN）

《永远的泰山：泰山的创作者埃德加·赖斯·巴勒斯的一生》，纽约：斯克里布纳出版社，1999 年。(1999. *Tarzan Forever: The Life of Edgar Rice Burroughs*, Creator of Tarzan. New York: Scribner.)

D. J. 泰勒（TAYLOR, D. J.）

《奥威尔的一生》，纽约：亨利·霍尔特出版公司，2003年。(2003. *Orwell: The Life*. New York: Henry Holt.)

海伦·泰勒（TAYLOR, HELEN）

《斯嘉丽的女人们：〈飘〉和它的女粉丝》，新泽西州新不伦瑞克：罗格斯大学出版社，1989年。(1989. *Scarlett's Women: Gone With the Wind and Its Female Fans*. New Brunswick, N.J.: Rutgers University Press.)

维克多·特拉斯（TERRAS, VICTOR）

《卡拉马佐夫指南：对陀思妥耶夫斯基小说的起源、语言和风格的评论》，麦迪逊：威斯康星大学出版社，1981年。(1981. *A Karamazov Companion: Commentary on the Genesis, Language, and Style of Dostoevksy's Novel*. Madison: University of Wisconsin Press.)

威尔登·桑顿（THORNTON, WELDON）

《D. H. 劳伦斯：短篇小说研究》，纽约：特韦恩公司，1993年。(1993. *D. H. Lawrence: A Study of the Short Fiction*. New York: Twayne.)

霍华德·佩顿·文森特（VINCENT, HOWARD PATON）

《〈白鲸〉的试验》，1949年，卡本代尔镇：南伊利诺伊大学出版社，1965年。(1949. *The Trying-Out of Moby-Dick*. Carbondale: Southern Illinois University Press, 1965.)

弗雷德里克·韦格纳（WEGENER, FREDERICK）

《伊迪丝·华顿与〈论小说写作〉中的写作困难》,《现代语言研究》, 25:2（春）, 第 60—72 页, 1995 年。〔1995. "Edith Wharton and the Difficult Writing of *The Writing of Fiction*." in *Modern Language Studies*, 25:2 (Spring), pp. 60–72.〕

马克·温加滕（WEINGARTEN, MARC）

《不会开门见山的那伙人：沃尔夫、汤普森、迪迪翁和新新闻主义革命》, 纽约：皇冠出版集团, 2006 年。（2006. *The Gang That Wouldn't Write Straight: Wolfe, Thompson, Didion, and the New Journalism Revolution.* New York: Crown.）

萨姆·韦勒（WELLER, SAM）

《布雷德伯里纪事：雷·布雷德伯里的生活》, 纽约：威廉·莫洛出版社, 2005 年。（2005. *The Bradbury Chronicles: The Life of Ray Bradbury.* New York: William Morrow.）

大卫·韦斯特和托尼·伍德曼编辑（WEST, DAVID, AND TONY WOODMAN, EDS.）

《创造性模仿和拉丁文学》, 纽约：剑桥大学出版社, 1979 年。（1979. *Creative Imitation and Latin Literature.* New York: Cambridge University Press.）

伊迪丝·华顿（WHARTON, EDITH）

《伊坦·弗洛美》, 1911 年, 纽约：克里尔出版社, 1987 年。（1911. *Ethan Frome.* New York: Collier Books, 1987.）

《纯真年代》，1920 年，纽约：巴恩斯与诺贝尔图书公司，2004 年。(1920. *The Age of Innocence*. New York: Barnes & Noble Classics, 2004.)

《孩子》，1928 年，纽约：斯克里布纳出版社，1997 年。(1928. *The Children*. New York: Scribner, 1997.)

《回眸一瞥》，纽约：D. 阿普尔顿-世纪公司，1934 年。(1934. *A Backward Glance*. New York: D. Appleton-Century Company.)

埃德蒙·怀特（WHITE, EDMUND）

《克努特·汉姆生》，《当代小说评论》，第 3 期，第 21—26 页，1996 年。(1996. "Knut Hamsun." *Review of Contemporary Fiction*, no. 3, pp.21—26.)

玛格丽特·厄尔利·惠特（WHITT, MARGARET EARLEY）

《了解弗兰纳里·奥康纳》，哥伦比亚：南卡罗来纳大学，1995 年。(1995. *Understanding Flannery O'Connor*. Columbia: University of South Carolina Press.)

梅塔·卡彭特·王尔德和奥林·波兹登（WILDE, META CARPENTER, AND ORIN BORSTEN）

《亲爱的绅士：威廉·福克纳和梅塔·卡彭特的爱情故事》，纽约：西蒙与舒斯特出版社，1976 年。(1976. *A Loving Gentleman: The Love Story of William Faulkner and Meta Carpenter*. New York: Simon & Schuster.)

杰弗里·威廉姆斯（WILLIAMS, JEFFREY）

《理论与小说：英国传统中的叙事反思》，纽约：剑桥大学出版社，1998 年。（1998. *Theory and the Novel: Narrative Reflexivity in the British Tradition*. New York: Cambridge University Press.）

威廉姆斯·田纳西（TENNESSEE, WILLIAMS.）

《回忆录》，纽约州花园城：双日出版社，1975 年。（1975. *Memoirs*. Garden City, N.Y.: Doubleday.）

汤姆·沃尔夫（WOLFE, TOM）

《太空先锋》，纽约：班坦图书公司，1979 年。（1979. *The Right Stuff*. New York: Bantam.）

《虚荣的篝火》，纽约：班坦图书公司，1987 年。（1987. *The Bonfire of the Vanities*. New York: Bantam.）

《完美的人》，纽约：班坦图书公司，1998 年。（1998. *A Man in Full*. New York: Bantam.）

《勾搭》，纽约：骑马斗牛士出版社，2000 年。（2000. *Hooking Up*. New York. Picador.）

汤姆·沃尔夫和 E.W. 约翰逊编辑（WOLFE, TOM, AND E.W. JOHNSON, EDS.）

《新新闻主义》，纽约：哈珀与罗出版公司，1973 年。（1973. *The New Journalism*. New York: Harper & Row.）

乔治·伍德考克（WOODCOCK, GEORGE）

《水晶精神：乔治·奥威尔研究》，1966 年，蒙特利尔：黑玫瑰图书公司，2005 年。（1966. *The Crystal Spirit:*

A Study of George Orwell. Montreal: Black Rose Books, 2005.）

威廉·华兹华斯（WORDSWORTH, WILLIAM）

《抒情歌谣集》序言，伦敦：比格斯和卡托尔公司，1802 年。（1802. Preface to *Lyrical Ballads*. London: Biggs and Cottle.）

本·亚戈达（YAGODA, BEN）

《关于城镇：纽约人和他们所创造的世界》，纽约：斯克里布纳出版社，2000 年。（2000. *About Town: The New Yorker and the World It Made*. New York: Scribner.）

简·贾菲·扬（YOUNG, JANE JAFFE）

《银幕上的 D. H. 劳伦斯：在〈木马赢家〉〈儿子与情人〉〈恋爱中的女人〉的电影中重新塑造散文风格》，纽约：彼得·朗公司，1999 年。（1999. *D. H. Lawrence on Screen: Re-Visioning Prose Style in the Films of the Rocking-Horse Winner, Sons and Lovers, and Women in Love*. New York: Peter Lang.）

菲利普·扬（YOUNG, PHILIP）

《欧内斯特·海明威：重新审视》，大学园区：宾夕法尼亚州立大学出版社，1966 年。（1966. *Ernest Hemingway: A Reconsideration*. University Park: Pennsylvania State University Press.）

莫妮卡·扎加尔（ZAGAR, MONIKA）

《克努特·汉姆生的驯悍记：阅读〈溺水的塔玛拉〉》，

《斯堪的纳维亚研究》70，第 3 期（秋）：第 337—359 页，1998 年。〔1998. "Knut Hamsun's Taming of the Shrew: A Reading of *Drowning Tamara.*" *Scandinavian Studies* 70, no. 3 (Fall).pp. 337–359. Academic Search Premier, EBSCOhost.（accessed December 9, 2008）〕

艾伯特·楚克曼（ZUCKERMAN, ALBERT）

《写出重磅小说》，辛辛那提：作家文摘丛书，1994 年。（1994. *Writing the Blockbuster Novel.* Cincinnati: Writer's Digest Books.）

斯蒂芬·茨威格（ZWEIG, STEFAN）

《巴尔扎克》，威廉和多萝西·罗斯译，纽约：维京出版社，1946 年。（1946. *Balzac.* Translated by William and Dorothy Rose. New York: Viking Press.）

图书在版编目（CIP）数据

小说创作大师班 / （美）威廉·凯恩著；黄筠译
. -- 郑州：大象出版社，2021.6
ISBN 978-7-5711-0805-2

Ⅰ.①小… Ⅱ.①威… ②黄… Ⅲ.①小说创作—创
作方法 Ⅳ.① I054

中国版本图书馆 CIP 数据核字 (2020) 第 247715 号

著作权合同备案号：豫著许可备字 -2020-A-0136

小说创作大师班

XIAOSHUO CHUANGZUO DASHI BAN

[美]威廉·凯恩 著
黄筠 译

出 版 人	汪林中	
责任编辑	陈 灼	
责任校对	张英方	
美术编辑	杜晓燕	
书籍设计	墨白空间·Yichen	

出版发行　大象出版社（郑州市郑东新区祥盛街 27 号　邮政编码 450016）
发行科　0371-63863551　总编室 0371-65597936
网　址　www.daxiang.cn
印　刷　北京盛通印刷股份有限公司　电话：022-59950268
经　销　全国新华书店
开　本　889 mm×1194 mm　1/32
印　张　13
版　次　2021 年 6 月第 1 版　2021 年 6 月第 1 次印刷
定　价　68.00 元

若发现印、装质量问题，影响阅读，请与承印厂联系调换。